上海文学名家文库·40后卷

罗达成

上海市作家协会致敬文学　　罗达成◎著

罗达成自选集　**将来的日子还很长**

百花洲文艺出版社

图书在版编目（CIP）数据

罗达成自选集：将来的日子还很长 / 罗达成著. —— 南昌：
百花洲文艺出版社，2020.1
（上海文学名家文库. 40后卷）
ISBN 978-7-5500-3561-4

Ⅰ. ①罗… Ⅱ. ①罗… Ⅲ. ①散文集 – 中国 – 当代②报告文学 –
作品集 – 中国 – 当代③序言 – 作品集 – 中国 – 当代 Ⅳ. ①I217.2

中国版本图书馆CIP数据核字（2019）第284742号

罗达成自选集：将来的日子还很长

LUO DACHENG ZIXUANJI：JIANGLAI DE RIZI HAI HEN CHANG

罗达成 著

出 版 人	章华荣	
责任编辑	蔡央扬	
书籍设计	方　方	
制　　作	何　丹	
出版发行	百花洲文艺出版社	
社　　址	南昌市红谷滩新区世贸路898号博能中心一期A座20楼	
邮　　编	330038	
经　　销	全国新华书店	
印　　刷	江西华奥印务有限责任公司	
开　　本	720mm×1000mm　1/16　　印张 21	
版　　次	2020年1月第1版第1次印刷	
字　　数	280千字	
书　　号	ISBN 978-7-5500-3561-4	
定　　价	58.00元	

赣版权登字　05-2019-415

邮购联系　0791-86895108
网址　http://www.bhzwy.com
图书若有印装错误，影响阅读，可向承印厂联系调换。

目录

第二辑：自序·为友人序

第 一 辑

散文

刻骨铭心说马达

这一段日子，心里一直沉甸甸的，传报噩耗的电话无情而又残酷，我所敬重的文汇老报人相继离去，上回是主将梅朵，这次是主帅马达，还说他最后时刻豁达依旧，遗言是"笑别人生"，让人唏嘘不已。

在马达手下工作十多年，他离休后又和我在同一小区住了十一年，有过很多接触和交谈，最让我刻骨铭心的，是他的知人善任、爱兵如子，对报社的年轻人乃至每个人关怀备至，鼓励你、鞭策你像他那样在工作中马达飞转，豪情万丈。他虽然叱咤风云，偶有冲天一怒、雷霆万钧，但更多时却是和煦阳光、化雨春风。

1977年，马达刚到报社走马上任，我还在《笔会》，没和他接触过。其间，我随作家访问团去青岛回来，写了篇散文《贝壳与诗》，第二天主笔就转告说，"马达夸你写得好，很有感情"，我有点受宠若惊。三年后，被梅朵挖到《文汇月刊》工作，报社一位跟马达交流甚多的大牌记者，跟我关系不错，也几次对我说："老马很赏识你，有才气，又有工作激情。"我虽感欣慰，更感到一种压力和鞭策。我跟马达也熟悉起来，他在走廊里、食堂里见到我就问，"最近在写什么呀？要忙里偷闲坚持，写作、组稿两不误。"还叮嘱说，"《文汇月刊》的报告文学要有分量，要做到每期有一篇能打响!"而在中国足球难得风光的1981年,我在武汉组稿途中,奉命到北京赶写的《中国足球队,我为你写诗!》似乎感染、打动了他,在最后一场生死决战前又让我赶到广州,写好续篇后,马达在小样上密密麻麻地做了改动,并叫我晚上到他办公室一起看球,准备第二天出一个整版。但最后比赛以0比1告败,马达长叹一声,好一会才心有不甘地问:"怎么办?"我苦笑着说,"算了吧!"心里觉得很对不起老马。1984年底,老马语重心长地找我谈话,说:"党委同意梅朵的意见,提拔年轻人做助手,老梅曾受过很多苦,身体不好,现在太忙太累,你要替他多分担。"那年我40岁刚过,压上担子,这在当时算是破格提拔了。

岁月如梭,马达在班子交接之后离休了。但人走茶不凉,他仍心系报社,经常回来看看,每个人也都像从前那样敬重他、欢迎他。而我每次去看他,他还是关切地问长问短、问这问那:"你怎么样?报社有什么情况?"他每每感叹老文汇精神的日渐淡薄和缺失:"办报还是要心无旁骛呵,现在诱惑太多,分心太多。"让我终身难忘的是1999年末,在我正高职称评定碰到麻烦时,他出手力挽狂澜。那时,我还有3年多也要退休,申请正高眼前这次可能是最后机会了。专家组的朋友告诉我,在他们这个层次上我已高票通过,但最终握有决定权的,是各大报的头头脑脑。这几年申报,我已经失败过两次,原因是只有高中文凭,必须排入"另册",靠"双突破"闯关。粥少僧多,要靠老总们替自己人力争。情势依然很不乐观,有人直率表示:"没有本科,也没有大专,只有高中学历怎么能评正高?"我很不服气,怎么做工作时是骨干,一到评职称就变成了负担?真让人寒心。也有点恨自己,以前不知天高地厚、自以为是,报社曾组织到区工大读夜校,解决学历,我觉得不值,放弃了。也恨梅朵,1985年当我有机会参加中国作协和武汉大学联办的首届作家班时,他竟把通知函扯得粉碎,还涨红了脸怒斥道,"你作为刊物的副主编,居然好意思提这种要求。"

　　心灰意懒，怨气冲天，我不忍心去"声讨"刚做完胃癌手术的梅朵，想起了相距咫尺的马达。我给老马打电话，发了通牢骚，只想宣泄一下，并不指望他佛手回天，他早已下野了啊！"别着急！"想不到，他不光安慰我，还表示要出手相助，"怎么能一概而论，一张文凭定终身？我会替你说公道话！"我后来听他夫人邱枫老师说，马达很激动，仗义执言，整整一晚上都在打电话。我不知道他说了什么，只听说投票前作最后陈述时，许多老总都对我表示认可和肯定：是有作为的编辑，也是有影响的报告文学作家，得过上海和全国的奖项，有很多著作，也有论文。不给他评正高，说不过去，也不公平。

　　2000年到来前的一个晚上，马达来电话了，他兴奋地说："投票你通过了，有那么多人帮你力争，替你说话！"这就是真性情的马达，跟从前一样爱兵如子，有情有义！如今，虽说他已远去，但依然时常出现在我眼前心上！

2011年10月，写于鑫城苑

敬畏梅朵

突然接到报社同人告知梅朵去世的电话，感情上一时间很难接受。

说突然，其实也有些预感。去年五月间我和作家祖慰去中山医院干部病房探望他。这位当年主编《文汇月刊》，在文学界呼风唤雨、叱咤风云的梅老板，瘦削、佝偻的身子无力地斜靠在病榻上，面色蜡黄更衬出鬓发的苍白，目光失神而凝滞。我跟着他为刊物奋斗了十年，直至奉命停刊。但他在我自报家门后才勉强辨认出我，而对他也很熟悉的祖慰则不无尴尬地摇头说："记不得了。"告别前，我们跟他要《梅朵文艺评论选集》，陪护的阿姨立马答应给我们每人一本，但他指着我们两个大男人，提高嗓门喝阻道：他们两口子是一家人，一本够了。

我和祖慰相视一怔，无奈无言，心中在叹息。我们知道，在这里躺了将近八年的梅老板，已进入风烛残年，他的思维明显退化了。这位九十老人恐怕永远无法离开这间病房，且余日无多了。

尽管丧事一切从简，闻讯后的第二天上午，我和肖关鸿还是坚持前往寓所悼唁，我们当年是跟梅朵摸爬滚打操办《文汇月刊》的左右手啊！梅朵是让人敬畏的师长，曾给我们太多太多的关怀、提携和鞭策。当我在他那和善而令人敬畏的遗像前鞠躬致哀时，往事随难以抑止的泪水而流淌。

梅朵曾经对自己以及跟他有过相同历史遭遇的人，下过这样的结论：人的经历，人的思想，决定着他的工作、他的生命价值。梅朵命运坎坷，这个老资格的《文汇报》报人、《大众电影》主编，在1957年"反右"运动中被彻底打翻在地，划为"右派"，先后送到河北、山西的农场和煤矿，劳动改造了二十多年，受了太多的苦和累。他曾万念俱灰，直至1979年，才摘去帽子，获得释放，回到报社工作。他觉得失去的岁月无法追回，只有在剩下的时间内加倍发挥光和热，所以多次向报社领导请命。次年，文汇报创办了《文汇月刊》，由他挂帅。

江东无人不识君。这本定位在以文学为主，并扩及其他领域的综合性杂志，创刊号一炮打响。那是让人惊叹的名家云集，一大批有代表性的人物如巴金、茅盾、叶圣陶、唐弢、艾青、公刘、邵燕祥、王蒙、刘心武、舒芜、曾卓、冯亦代、董鼎山、杨宪益、谢晋……纷纷在杂志上袒露思想，展现风采。有口皆碑，刊物很快产生全国影响，而梅朵的编辑家声望，远远盖过他的电影评论家名头。

好稿难求，每期组来一大批好稿件更谈何容易！活力梅朵，性格张扬，他的组稿风格，让人钦佩，更让人敬畏。他的心脏早搏、血压很高，经常一下飞机，就揣着硝酸甘油和面包在北京组稿，挤公共汽车，一天跑五六家。北京的文学名家中，流传着一句话："梅朵梅朵没法躲！"丁玲怕他，王蒙怕他，陈祖芬怕他，理由也怕他，怕他的执著和诚意。他要的稿子你要给他，而且要限时限刻。"下个月我给你稿子，这个月不行。""为什么不行？我这个月就要！"他就是这样斩钉截铁，"说定了，我版面给你留下，开天窗你负责。"没有人有勇气抗拒他的铁腕，他的精神轰炸。在那个年代，最让人胆战心惊的，是加急电报——夜深人静，摩托轰鸣，咚咚敲门，举家惊惶，邻里不安。梅朵对拖延交稿的大名家，毫不手软地连续使用这致命武器，且战无不胜。

我亲眼见识过他向丁玲逼稿的全过程。那一期，刊物亟须丁玲写篇重头稿子，但她正好因病离开北京躲到外地静养去了。梅朵打了一个又一个电话到丁玲家，但任凭他软泡硬磨，或是发怒、咆哮，她的家人咬定青山，坚不吐实，他们怎么能让梅朵去折磨老太太呢？梅朵无奈，打了一长串电话到作协，到熟悉丁玲的北京朋友处，从早到晚攻坚一整天，终有突破——名不虚传的"没法躲"，居然打探到了老太太在鼓浪屿一家宾馆的房号和电话。羊落虎口，老太太惨了，在顽强抵抗了一阵以后，梅朵以大嗓门发出最后通牒：这一期，非要这个稿子不可！马上写，写完了给我，就不打扰你了。你不写，我马上乘飞机赶过来！丁玲知道这位50年代就相识的老友的行事风格，不得不屈服了。

言传身教，使我们这些梅派传人组稿都有些强悍，有些霸道。到作家家里，看到好稿子就"拦路打劫"。作家为难了，"不要紧，我给你打收条，承担责任，稿子被《文汇月刊》某某取走，此据。"陈祖芬曾痛苦地回忆道，一次发高烧，不能动弹，但我为逼她完成一个重要稿件，下了"死命令"，只要有一口气，一定要完成！最终她还是奇迹般地交稿了。作家们每每"逆来顺受"，不为别的，是因为他们和我们编辑部积累下深厚的友情，大家都是心心相印的好朋友，都看中这个刊物在文学界举足轻重的地位。

外面人没法躲，编辑部内部的人更没法躲。一般而言，报社各部门都不愿意要作家，觉得他们散漫，老想着自己写东西，梅朵不这么想，把报社的作家搜罗一空，我也是被梅朵从《笔会》调来的。我们十个组稿编辑里，有六七个中国作家协会会员。我是写报告文学的，当时分管报告文学栏，为避嫌，把自己写的稿子给别的杂志，但刚要寄走，给他看见了："快，打开让我看！"不容分说。他看完觉得满意，就扣留了，"肥水不流外人田，我们自己用，发排！"他逼你组稿，要殚尽全力把最好的稿子抢到手。他也逼你写稿，不断敲打你，提醒你，记住你的另一身份——作家："当了编辑就不写东西，算什么作家？拿不出好作品，怎么能跟别的作家平起平坐，在一个高度上对话？"

为了确保每期的重头稿，他还常常搞"突然袭击"：有时是原本应允稿件的作家有意外变化，爽约了，他替你订好飞机票，让你当天出发救场，必须在杂志截稿前赶出新作来，我的《你好，李谷一！》就是这么逼出来的。还有一次，我在武汉祖慰家组稿，他的电话到了："中国足球队3：0大胜科威特，扬眉吐气，史无前例！你马上赶到北京采访，这一期做头条！标题我替你想好了：《中国足球队，我为你写诗！》"他布置任务都带有决断的感叹号，不容分辩，不容讨价还价。

跟梅朵干活很累很累，他要把你榨干，但我们心甘情愿，因为他老人家首先把自己榨干了，瘦削得只剩下坚韧的筋骨和跳动不太规则的心脏。况且，我们一个个组稿、写作双丰收，何乐不为！这是我们刊物的全盛时期，也是个人创作的黄金岁月。

工作很忙，心情很舒畅，编辑部空气相当活跃。我们每周开选题会，为对一个稿子的评价，为挑选下一期封面，或是一个重大选题找哪个作家，常常跟梅朵争论得面红耳赤，简直像吵架。梅朵曾大发感慨：我们编辑部，那是一个很难再次找到的生命集体，他们像一团火似的，把一切投入了工作，他们没有别的考虑，人们之间的关系，也就是如何把杂志办好，很少计较个人的得失，因此编辑部的会议虽有热烈的争执，却没有造成相互间的隔阂，只有意见的对不对，没有地位的高与低。所以总能做到畅所欲言，发挥每个人的才智。

"阴暗面"的东西传得快，不熟悉梅朵的人，只知道他脾气坏，很霸道。但一见面，他们就发现自己错了，恶名在外的梅老板竟是一个待人礼貌和善、说话轻声细语的好老头。刚时刚来柔时柔，好脾气是梅朵的常态——只不过在追稿逼债、争论问题时除外。他总是笑眯眯的，对部下问寒问暖，关怀备至。见我们忙得顾不上家，他常常抽空问你的家事，你的孩子。一旦有谁身体不适，他马上给你打电话，写条子。他的曾祖父是中医,他夫人的兄弟姐妹里也有几位是在上海有影响的名医,医疗资源很充沛。有时,一些没有名气的作者到编辑部来,梅朵会跟人家聊上个把小时。一位在《文汇月刊》崛起的上海报告文学作家,之前一直被退稿,梅朵和我劝他不能泄气,后来真的越写越好,有些还做了当期报告文学头条。若干年后,这位作家对我说:"知道吗,我是被你们的话震动了,才憋了一口气。你们当时说,'没在《文汇月刊》报告文学栏上发表过作品,算不上报告文学作家;没在这一栏上做过头条,算不上第一流报告文学作家。'哎呀,这话口气多大,却绝对是大实话。"这话的版权是梅老板的,我只是稍许梳理了一下转发。对一些重点作者,梅朵要求我们,一定要感情到位,服务到位。1982年,我们专门派到北京沟通全国评奖事宜的编辑,在第一时间把第二届全国优秀报告文学得奖篇目传回来,梅朵心急火燎地催促说:赶快把消息告诉得奖的作家!肖复兴的《海河边的一间小屋》也获奖了,打电话到体育馆路杂志社,没人接,打到家里,他爱人说他到江苏开笔会去了。我先后找了江苏几家杂志社的七八个朋友,打了两个多小时电话,最终在一个意想不到的地方找到肖复兴。"天哪,你怎么能找到我?"梅朵也乐了,他抢过电话,热情祝贺肖复兴。

梅朵对我们这些小辈爱护有加,在当时那种论资排辈的年代里,他力主把三十来岁的我和肖关鸿提拔为副主编,把我们推到第一线,轮流当班,充分发挥创造力。提携之情,铭记在心,激励我们日复一日地为刊物呕心沥血。办杂志,梅朵不拘一格,不守株待兔,不唯唯诺诺,而是充满了主动性和责任感。他很敏锐,在发现报告文学这一关注现实、触及时弊的文学样式受到读者广泛欢迎之后,就要我们大大强化这个栏目,拉开架势组稿,每期发三到四篇,五万字左右,而且头条一定要打得响,一定要在作家圈和读者群中产生震荡。我们紧紧抓住全国最好的几十个报告文学作家,几乎每天在给作家们写信或打长途电话,交流、沟通,问他们手头有什么选题,反反复复地叮嘱,写好了赶快给我们,要是有问题需要商讨，我马上赶过来。那时，我一年有六七个月在各地奔波，或组稿，或采访，而对北京一些超一流报告文学作家的重头稿件，有一阶段梅朵让我每个月专程前往去取，当场看定，以确保质量和时效万无一失。梅朵很得意，我们成了推动全国报告文学蓬勃发展的领头羊之一，在中国作家协会评定的全国优秀报告文学奖项中的得奖篇目数，我们每次都与《人民文学》不相上下。我们相继推出的几期报告文学专辑，也得到读者强烈反响，刊物发行数直线上升，一度稳定在20万份以上。

"草根微吐翠，梅朵半含霜。"《文汇月刊》是党的十一届三中全会思想解放的大时代产物，她在艰难中创生。作为思想者、呐喊者、践行者，躬逢其盛的文汇人都是幸运儿！我们很留恋这十年，也珍惜这十年，享受这十年。1990年，当我们走向报社新的部门时，我们这样安慰自己："只在乎曾经经历和拥有，不在意天长地久。"而已经古稀之年的梅朵，也确实该休息了。在一场激情投入后开始离休生活，意犹未尽的梅朵有着无限感慨："这十年，尝尽了办刊的欢乐和艰辛，也真正体现了我生命的价值。"之后，豪气不再的他淡出了公众视线，我们也很少见到他，但我经常跟我的同事们以敬畏之情说起梅朵的编辑精神。

如今，集刚柔于一身，有时如暴风雨般犀利，有时如春风细雨般温和的梅朵已经远去。"这样的长者并不多见，这样的编辑几近绝迹"，当我把消息告诉各地的一些作家时，他们无不感慨万端。不仅如此，虽然岁月流逝，在北京，在上海，在各地，仍有多少文学名流和普通读者，至今还珍藏着全套《文汇月刊》——毕竟，这是一代人永远的记忆。

2011年1月24日，写于鑫城苑

注：文中提及的年代均为20世纪。

天天累得我心疼

在我们家，最累的不是上班的人。累得让我心疼的，是在上小学一年级的孙子天天。他才七岁半，却似乎生活在一条紧张、忙碌、规律性很强的流水线上。算算这些一年级孩子的"在线"时间，好像比工厂流水线上的员工还要漫长。

天天从幼儿园起，便由妈妈带着去上各种各样的课，识字，练字，学拼音，学查字典，学算术，并早早就开始请老外上门教英语。虽然有思想准备，且做了好些前期知识铺垫，但从去年9月他上小学之后，还是感到压力超出预想，有点应接不暇：白天要上六到七节课，中午在校用餐后原本休息一小时，却要挤掉一半时间做作业；晚上也要做作业，还要预习和复习，而且要不断应对接踵而至的语文、数学、英语测验。生活节奏大大加快，负担明显加重，而且也因此大大降低了整个家庭的生活质量和幸福指数。

每天都从一个紧凑得有些慌乱的早晨开始。做妈妈的心疼儿子，总要等到六点三刻才催天天快起床，而他还没睡醒，常常下意识地反抗，嚷嚷着"起不来，起不来，还没睡够呢！"或者是"迟到就迟到，迟到就不去了！"但在反复催促下，他很快清醒了：一骨碌起身，洗脸、刷牙、让妈妈替他卸矫正近视的ok镜……早上，妈妈忙，外婆和保姆也跟着忙。最费时间的是早餐，要搭配丰富，还要尽可能吃饱——这些挑食的孩子觉得学校什么都好，就是外包出去的这顿午餐不太好，也吃不饱。

八点一刻学校做广播操。因为早上堵车，原本只消五分钟车程，却要准备花掉半小时。哎呀，怎么这么慢！这时最着急的反而是天天，一路催促快点快点，"妈妈，千万不能迟到！"是呀，在班级里"有头有脸"、还管点事儿的天天，怎么能带头违反纪律呢。

从幼儿园算起，儿媳接送天天已经四年了。小两口在国外打拼八年才回来，她以35岁的"高龄"当妈妈，爱心拳拳，决意以带孩子为主，工作为辅。在天天蹒跚长大，要进幼儿园时，当年最高规格是坐自行车上幼儿园的儿子特意添了辆小车；儿媳也考出驾照，负责早晚接送与跟老师沟通。星期六、星期天母子俩一天至少要赶两场课，来去匆匆，我看着都觉得累——妈妈做得好辛苦呵，不光全职，而且必须全能，儿子学什么，她也必须跟着陪读，学画图要弄清颜色搭配，学钢琴得看懂五线谱，不然就没法督促儿子练习。

下午放学接孩子，妈妈和许多家长一样，提前一个小时就到校门口排队等候，凭牌进入，几百个人的队伍，逶迤而又壮观。几乎每个家长都准备了两样东西：一张简易的折叠小凳，一包带给孩子加餐的补给品。

流水线从学校又延伸到家里，随后开始的是一个时间节点相当紧凑的战斗夜晚：回家就洗澡，做一个小时作业，六点多吃晚饭。没等咀嚼运动完全结束，天天就急着订正测验考卷上的失误，再让妈妈检查、签字。随后，是听与课文同步的磁带，朗读、背诵和复习当天教的课文或古诗，并预习明天的内容——妈妈还特意买来两套版本不同"由上海百位名师联袂编著"的"一年级课文"辅导材料，布置得也很明确：复习、预习，一定要确保至少三遍，完成了有奖励！妈妈每天都要查看儿子带回来的那本"学校家长备忘手册"，并经常上网到"家校平台"上验证。

数学、英语还算是天天的强项，考试经常是100分。我们家的这位数学课代表，叹曰："最难最吃力的是语文。"语文课的进度快、容量大，堪称填鸭式：每天上两节课，教一篇三四百字的新课文，推出八九个生字、一串词组；要弄清同义词、近义词、反义词，会定音四声、正确拼写、填部首、辨字组词、连词成句；还要学会用部首、笔画、音序几种方法查字典。最头疼的，是要死记硬背，要求"朗读并背诵"的课文和古诗蜂拥而至。我们几个大人也感叹不已，拔苗助长，逼人太甚！这真是小学一年级的课本吗？他们的小脑袋能装下这么艰深的东西吗？诗人艾青的《绿》，绿得让孩子们晕了："好像是绿色的墨水瓶打翻了/到处是绿的/到哪儿去找这么多的绿/墨绿、浅绿、嫩绿、翠绿、淡绿、粉绿/绿得发亮，绿得出奇……"这首五节17行的诗要背诵。五节24行的《夏天》要背诵。三节13行《识字的小秘密》要背诵。6节12行的《象形字真奇妙》要背诵。三节12行的《数量词》要背诵。《王冕学画》的第二节要背诵。在单元复习里，还警示地提醒道："已学过的两首古诗，你都会背吗？"是啊，不管你懂不懂，都要背，不背的也要烂熟于心，期末考试有"古诗补充、填写完整"的内容等着！还勉为其难地要孩子们体味，唐代李峤的古诗中吹来的没有出现的风字，"风"——"解落三秋叶，能开二月花。过江千尺浪，入竹万竿斜"；以及三国魏时曹植情急下七步吟成的"救命诗"，无怪乎，百分之百的孩子对语文叫苦不迭，双休日几乎全班人马都在外面的补习班补语文。成绩差的更累，补完语文补数学，补完数学补英语。

我们家的"流水线"一般到晚上八点半收场，以让疲劳不堪的孩子保证近10个小时睡眠。不过，每逢星期四这"保证"却难以保证：晚餐前，英语外教要上一个半小时的口语。这个晚上总是分秒必争，孩子也只能晚些睡。但天天还算是幸运的，有妈妈在边上保驾。而有些同学，家里这时候只有老人，有问题还要等父母下班辅导，差不多每天熬到九点半左右才能睡觉。

理解力和承受力很强的天天，也有极限，也需要排解和宣泄。我叮嘱天天，"乖囡，记住！吃得消，就尽量坚持，吃不消，一定告诉爷爷！"

有时，他会无奈地指着满台子的课本、辅导材料和作业，叹息着说："爷爷，我今天真累呵！""老没有时间玩，吃力得恨煞脱了！"感觉中，简直像是被老板折磨得直不起腰的员工。真如重锤捶胸。每当这时候，我无言以对，心疼不已。但是，我能顺势说"乖囡，吃力就别做了，去玩吧，去睡觉"吗？不能！而且，决定权在他妈妈。妈妈规定了好多"平时不准"，不准看电视，不准玩游戏，不准下棋。在他压力大到亟须发泄时，如果妈妈不好言劝慰，反而强求他马上完成，甚至还要加码，不堪忍受的天天也会泪如雨下，瞬间如火山般强烈爆发："不要逼我！我不想读书了！"有一次甚至愤怒而又哀怨地喊叫："再逼我，我就从楼上跳下去！所有问题统统可以结束！"这是七岁孩子说的话吗？太让人揪心，让人震惊，让人害怕！

天天几次热泪横流的爆发和抗争，使做妈妈的深为震撼。她为儿子付出很多，能让他享有较好的物质生活，却无法也无意去缓解那紧张的流水线生活。相反，是她与学校、老师，自觉、主动、紧密合作，才让七岁半的孩子，每天在流水线上满负荷地运转14个小时！好在我们家的第二代都比较开通，他们在惊醒中反省，对孩子作出相当尺度的让步、减压，而且痛快地表示："没时间，钢琴可以暂时不弹"，"外面的补习班，除了语文，现在可以不参加"。虽然加了一些限制词，毕竟还是切切实实地松绑了。钢琴再重要，能够跟儿子比吗？不想弹不弹也罢。要有点玩的时候？可以！妈妈跟儿子商量：星期五晚上可以下棋。星期六彻底放松，把书本扔在一边——到公园骑马好吗？到体育馆游泳、打羽毛球好吗？放长假时，我们再到香港或是三亚去，好吗？

妈妈在学校的家长交流会上说了，不做虎妈，不等于做绵羊妈妈，不给儿子加压，不等于放任自流。她的期望值不高也不低：近期目标很明确，学习成绩不要求满分但一定要高分，在班级里不要求第一名但一定要第一流。今后目标，不要求孩子将来成名成家，但一定要能进国内或是国外一所好一点的大学,有一份理想的工作。她跟所有家长一样,不想逼孩子,却又不得不逼:现实明摆着,社会就业和生存竞争压力前移了,高考的指挥棒影响到中小学,一定要用分数把人分出个三六九等来。

有讽刺意味的是,我这个坚决的减负派,犹豫再三,还是做了件"帮凶"增压的事:提议让天天每天抽20分钟,跟我一起商量、构思写篇百字文,记下一件感人小事,学会遣字造句讲故事,这会让他终生受益。天天对小作文有兴趣,我们祖孙俩晚上总在讨论、沟通,还互相提问。我问天天,电视里说广西山区里的住校小学生,因为家里穷,顿顿都吃黄豆饭,天天如此,年年如此,让你每天吃,你怎么办?他回避难点,狡黠地回答:"这要看你生在哪儿呀!"他提的问题,往往很简单,却复杂得无法回答。"我听同学爸爸讲,现在大学生最空,小学生最忙,为啥?"我不能跟他说,这是教育制度有问题,去问教育部部长吧。只能说,确实不合理,不公平,太欺负孩子了!

见我每次在通话中总为天天的劳累忧心忡忡,远在洛杉矶的女儿建议,"让天天到美国上学吧,绝对不累。这里专门为中国来的小学生新开了好多学校,而且办得相当好。"这可是一张轻易打不得的牌呵!现在就把孩子送出去,实在太小、太早,会弄得英文溜,中文半生不熟。家庭会议决定:天天出国读书的事,最终拍板权属于爷爷。可我还是不由得感叹:智力被过早开发、过度开发,中国孩子的减负问题,家家户户的切肤之痛,在中国越来越解决不了,也就难怪越来越多失望、无奈的家长作出消极选择——带孩子到国外减负。

也难怪人们对"减负"得了集体失望症和焦虑症,因为对这个沉重的话题,已经议论了太久,期待了太久。从1982年起,巴金先生有感于在上小学二年级、才七岁半的外孙女端端放下饭碗就做功课,"比外公还辛苦",曾三度撰文为孩子发出呐喊和呼吁,"这样过日子实在没劲。像端端这样年纪,一星期总得有几个小时跳跳蹦蹦,和两三个小朋友一起谈笑,才算有了自己的童年。现在好像是背着分数的沉重包袱在登山。"并对"把学校办成填鸭的场所"提出尖锐批评:"即使再好的老师,也得重视学生的脑子。学生要肯动脑筋,会动脑筋,才有希望做到青出于蓝,否则灌输和强记,那么教出来的学生就会一代不如一代了。""大家都认为需要改革,都希望改革,也没有人反对改革。可是始终不见改革。几年过去了。还要等什么呢?从上到下,我们整个国家、整个社会都把孩子们当作花朵,都把希望寄托在孩子们的身上,那么为什么这样一个重要的问题都不能得到解决,必须一天天拖下去呢?拖是目前我们这个社会的一个大毛病。"

转眼三十年过去了,其间国家教育主管部门及北京、上海等许多城市曾先后出台一个又一个"减负"文件,但没有一个能真正解决问题的。形成负担的关键问题明摆着,即教科书太难、教学进度太快,背离了孩子的年龄特征、阅历和能力。不对教科书、教学大纲动"外科手术",彻底修订,为减负而减负,只能"越减越负"——而学生越是跟不上去、考不出来,越是要看辅导材料、上补习班。学生无奈,家长无奈,老师和学校也无奈。

对于改革教育的强烈呼声,今年终于有了连串的正面回应。3月,温总理首次在政府工作报告中提出,要为中小学生减负,加快课程、教材、教育方法和考试制度改革,把中小学生从过重的课业负担中解放出来。而之前几天,他在中南海主持召开座谈会,讨论修改后的"国家中长期教育改革和发展规划纲要",又开始第二次公开征求意见。这让全国两亿中小学生和他们的家长,有了期盼。

我最关注"纲要"里相当人性化的那一条:"率先实行小学生减负"。我期待我的孙子和他的同龄人,他们的"流水线生活"能张弛有度,不再这么辛苦,不再没有周末,不再忙于上补习班。期待他们的幸福指数能够提升,能够拥有真正的童年。

2011年5月,写于鑫城苑

我给天天说新闻

连我自己也没想到，在报社工作了三十多年，画上句号、解甲归田之后，还在日复一日、乐此不疲地关心新闻——听广播、看电视、上网浏览。不同的是，以前是为好多好多读者编稿子、做新闻，而现在的受众范围则缩小到一个人——家里那个上小学二年级的孙子天天。每天晚上，我都为他开办十来分钟的"说新闻"专栏。头一次开讲，我曾考问他，"这栏目叫《天天给天天说新闻》，里面怎么有两个天天呀？"这可难不倒做惯"脑筋急转弯"的乖囡，他不假思索地回答道："第一个天天是时间概念，第二个天天才是我。"

天天上小学后就成了"小忙人"，我和他的交流，真的很有"时间概念"。我们一天中最长时间的近距离接触，就是在晚上，我在一旁默不作声地看他做作业。他没时间、也没情绪跟我说话。尽管他是班长，很聪明，也很努力，成绩始终保持在班级的第一梯队，但还是要神经紧绷、全力以赴，才能应付至今依然流行、让他们透不过气来的"填鸭式"教育。每天晚上，天天尽管总要嘟囔"连拿筷子的力气也没有了！"但饭碗一放，他嘴巴里的咀嚼运动还没停止，就又开始忙乎功课了。谁想阻止他，他都会争辩道："我忙煞了，不抓紧，哪能来得及？"大多数时间里，他都表现正常，但每隔一段时日，都会有所发作和宣泄。轻则皱眉、摇头、叹息，不耐烦地晃动手里的笔。中则连连叫喊："上火了，上火了，我吃力煞了，恨煞了！"重则加上肢体动作，把笔一扔，狠狠地栽倒在沙发上，大幅度地手舞足蹈。偶尔，还会失控地怒吼，发泄极端言辞："我就想从楼上跳下去！可以永远不读书，不做功课！"他说的是气话，但绝对透露出真心情。

眼看着孙子又忙又累又不愉快，作为爷爷的我，唯有一次次痛苦地在心中徒呼奈何！我怜爱孙子，形势逼迫我琢磨：一个老报人，一个作家，能用自己的专业知识为他做些什么，来化解他的烦恼，让他放松一些、快乐一些？至少，饭后能休息片刻吧。我痛下决心，把自己的写作搁在一边，尝试着跟乖囡忙里偷闲地开展柔性对话和沟通，给他讲书本上所没有的鲜活生动的新闻——天天觉得最难对付的是语文，就让我陪伴他一起斗语文吧。为天天量身订制的饭后"说新闻"栏目，就是这么来的。

那些国内外新闻，经过我的消化和剪辑，短小、浅显，的确对天天很有吸引力，让他总是安静而又专注地倾听。我怕影响后面做功课，往往在他听得很入迷时，就戛然而止。而天天还没过瘾，常常缠着要我"继续发布"。比如，那天我讲"伊朗今天擒获了美国最先进的无人间谍机，不是用导弹打下来，而是破解了电脑，利用GPS导航系统的缺陷，把它骗下来的。""怎么个骗法呀？"我就知道他会不依不饶地追问，准备工作做得很充分，就继续解释了破解过程，又补充了U2型无人机早年就曾被中国和苏联击落的故事，但天天还是欲罢不能，直到我答应给他买一张有关中国击落U2型间谍机的碟片来，才放过我。

说新闻，还常常要联系到孩子身上，让他学会思考，学会做人，珍惜人间真情。天天心中最崇拜的是老师，最神圣的是母爱。在央视播放"感动中国的十大人物"时，我给他讲了四川教师胡忠和他的妻子谢晓君，双双离开大城市，到雪域高原西藏支教的故事。2000年，胡忠在报纸上看到甘孜州康定县塔公乡西康孤儿学校，急需老师的报道，动了支教念头。他带着妻子前往考察，对当地的艰苦状况深感震惊，回来后就辞职，作为志愿者到西康任教，每月仅有300元生活补助。胡忠成了集中了汉、藏、彝、羌四个民族的143孤儿的老师和父亲，而他自己的女儿这时才刚刚出生8个月。3年后，谢晓君老师带着3岁女儿，也来这里支教。2006年，她又主动要求到新创办的一座位置更偏僻、条件更艰苦的学校"木雅祖庆"教书。她是藏族孩子的老师，也是他们的妈妈和保姆，自己住在教师宿舍，而女儿和同学们一起住在学生宿舍，女儿在学校也叫她老师，不能叫妈妈。我问天天："如果是你，不让跟妈妈住在一起，不能叫妈妈，你会怎么办？谢老师又为什么要这样做？""虽然心里会很难受，但我也会这么做。假如谢老师让女儿搞特殊，藏族孩子会感到不舒服，觉得老师没有一视同仁，没把他们当作自己的孩子。"天天回答着，眼眶有点湿润，他是个心地善良、感情丰富的孩子。

现在，一连好多天，天天心里最崇敬和牵挂的，是另一位才29岁的老师——举国关注的佳木斯市十九中的"最美女教师"张丽莉，她的生命脱离危险了吗？面对失控大客车，在生死攸关的瞬间，张老师一把推开已惊呆的学生，用身体撞开身边的学生，而自己被卷入车轮下，高位截瘫。我告诉天天，当救护车载着昏迷中的张老师转院时，无数人在佳木斯的医院门口焦急地等待着，为她祈祷，数百辆出租车自发地组成车队护送她出发；而在目的地哈尔滨医院外，也簇拥着无数市民，无数辆汽车在路口守候，齐声鸣笛，向她致意。她的学生在网上深情地说："危险来的时候，你是我们的靠山我们的天，以后我们就是你的轮椅你的天！"我对听得泪水盈盈的天天说："张老师没做过妈妈，但她却是世上最伟大的妈妈。说她是最美女教师，不是指她年轻、漂亮，而是指什么呢？"天天点着头，抚着胸膛，接口回答说："是指她心灵美，心里就想到学生，不顾自己！"

美好的心灵、美好的习惯，都孕育于小事和细节。一个星期五，在

"说新闻"之前，我特意带天天到附近的虹桥路、凯旋路上，对这个交通繁忙的三岔路口作实地观察：只见助动车、自行车惊险地穿行在机动车中间，还有许多人——包括一些挽着孩子的妈妈，或是高鼻子、蓝眼睛的老外，都在闯红灯。晚上，我在"说新闻"里，引用了"网球一姐"李娜接受采访时说的一件让她终身难忘的感人小事：一位德国名人在深夜的路口等绿灯过马路，尽管路上很冷清，没有一辆车。有人问他为什么不过去呢？他说，"我不能这么做，假如我穿红灯，这时某个高楼上有个孩子正在窗口看到，我就会成了坏榜样，甚至会影响他的一生。"我对天天说："好风气、好习惯要从小抓起。就说遵守交通规则，养成好习惯很困难，学会坏习惯却很容易。李娜阿姨说了，她永远不会做坏榜样，你呢？"天天说："我也永远不会闯红灯，不会做坏榜样。"

我给天天说新闻，说了很多美好向上的人和事，同时，也向他展示了不少丑恶阴暗的东西。他知道"地沟油"、"染色馒头"、"瘦肉精"危害人体健康；知道连享誉世界的麦当劳等洋快餐，也被查出使用过期食品，而他喜欢吃的味千拉面的骨头汤，完全是弄虚作假；还知道一些药厂竟然使用有毒的工业明胶胶囊，而它是由臭气冲天的废旧皮革下脚熬成的……天天不再乱吃东西，也不肯进大排档，生怕那里的油或是肉有问题。家里有人吃药，他也会谨慎地提醒说：上网查查看，伊拉（沪语"他们"之意）的胶囊上过黑名单吗？

每天饶有兴致地给天天讲新闻，一起做作文，让我的耐性也越来越好。我怕买来的馒头、蛋糕有太多的添加剂，一口气买来一二十本关于制作馒头、蛋糕、面包的书，添置了厨师机、面包机、烘箱，以及大小不等、形态各异的模具，在短期内奇迹般地制作出品相和口味俱佳的馒头，以及很有档次的戚风蛋糕，让嘴巴很刁的天天百吃不厌。儿子惊讶不已，甚至不敢置信，背着我感慨地点评说："又是讲新闻，又是做作文，还要做蛋糕？这是老爸吗？搞不明白，简直像是换了个人！"

确实，我当年愧为人父。30岁不到，我已经有两个孩子，但很少有时间去亲近、关爱他们。我很歉疚，但并不后悔。当时正值拨乱反正的三中全会之后，出现可遇不可求的文艺复兴高潮。我有幸作为一家办得风生水起、在全国享有盛誉的刊物的负责人之一，当然要风风火火、不舍昼夜地全身心投入。我每年总有六七个月，要在北京、广州等地组稿或采访；而回到上海，又经常是白天编稿，晚上在全家入睡后，在"寒舍"开始写作，常常写到凌晨三点左右，才靠安眠药入睡；早上九点之前，又精神抖擞地出现在编辑部。大而言之，我那是献身于新闻和文学事业，义不容辞；小而言之，是要通过努力和奋斗成名成家，以改变个人和家庭的生存状态。但年复一年，留在女儿和儿子记忆中的，更多的是爸爸在两尺半见方、低矮的小餐桌上的写作背影，而很少是父爱和亲情。

什么时候能把亏欠儿女的这份爱补回来呢？当我彻底终结三十多年的报人生涯之后，我决意了却夙愿，把双倍的爱献给第三代，让他们有幸福而又完整的童年。可惜，外孙早已跟随父母定居洛杉矶，鞭长莫及，好在孙子天天近在咫尺。尽管儿子不无"嫉妒"，我也还是痴心不改，要对天天倾注更多的、更深沉的爱。

2012年5月，写于鑫城苑

与大海签约

平生最怕参加追悼会，从那种哀乐低回的悲伤氛围里出来，这一整天心里都很沉重，什么事也做不了。

我更怕清明时去苏州扫墓，劳累还在其次，最难将息的是站在山上看脚下，看四周的那种感受：数不清的坟墓，说不出的苍凉，生死间似乎一线之遥，让你觉得生命如烟，人生如梦。但怕归怕，扫墓却是非去不可的。虽说自己也是年过半百的人了，但父母的养育之恩点点滴滴在心头，须臾也不敢忘记，不去扫墓，实在是愧对父母的在天之灵。

父母亲先后长眠于苏州的墓地，这20多年来，扫墓便成了家里的一件大事，一件不容推辞的艰巨任务。"清明时节雨纷纷，路上行人欲断魂"，老天像是要考验我的决心和孝心似的，每年清明前后，只要我去扫墓，这一天便下雨。那雨真讨厌极了，从早上下起倒也罢了，有好几次是大晴天，晴空万里，半路上或是到墓地时大雨如注，没处买伞，也没处躲雨狼狈得很。一路交通也严重堵塞，甚至一动不动地一堵两三个小时，等得眼睛发黑，心里冒火。扫一次墓，真是弄得晕头转向，疲惫不堪。

第一次送父亲的骨灰盒入土时，是坐长途车去的，母亲有晕车症，吃了点药也去了，早上五点多出门，到家已是晚上八九点钟了。摁着太阳穴，颠簸了一天，又淋了雨，母亲回来就病倒了。从此，我再也不让她参加这艰难之旅，母亲也没有勇气坚持了。虽然这些年来，苏州的路况越来越好，很少堵车，去一次只消原先的三分之一时间，甚至更少，交通工具也不断进化。但无论是乘旅行社扫墓专线的进口大巴，还是坐朋友的私家车去，妻子和女儿还是晕车，扫墓回来，便东倒西歪的。而儿子又在国外，于是，只留下我不懈于斯、不辱使命，年复一年地到苏州去。

不过，近年来，因为忙，因为累，也稍为有些懈怠，我从每年去扫墓，改为隔年去。今年清明我就没去，但五月间儿子从日本回来了，只隔了两天，小两口就急不可待地弄了辆车去扫墓——奶奶去世时，这小鬼不能赶回来，这些年来一直深感愧疚。而这一天，又是天公不作美，儿子才出发了二十分钟，就淅淅沥沥地下起雨来，下了一整天。

时世变了，我和母亲这代人对后事的想法大相径庭。长眠于苏州墓区的上海人已有几十万了，占去了太多太多的山林和土地；而每年去扫墓的上海人更是有百万之众，这要耗费多少车辆、多少时间、多少精力？何必一定要埋到那儿去，何必一定要永久保留骨灰呢？树葬、海葬不也很好吗？我曾跟母亲灌输过这些想法，被斥之为胡说，以至母亲病重时，唯恐她的后事会有变化，反反复复地叮嘱，死后一定要让她早日入土为安，我自然不会违背老人的意愿，但于我而言，虽过天命之年，还有不少时日要徜徉人世，要早早叮嘱这两个孩子的是：当我有一天离开这个世界时，丧事一切从简，不开追悼会，不惊动亲友和同事，别让他们也别让我听令人心碎和消沉的哀乐，把骨灰撒到我所喜欢的大海去——七十年代初，我刚做记者，曾有机会先后采访过几艘万吨货轮，在海上度过一段难忘的日子——有一次遇到台风，在海上一耽搁就是七八天，那种滋味实在是刻骨铭心。透过那圆圆的舷窗，可以感受到海的浩瀚和壮阔，海的欢笑和怒吼，我喜欢日出时大海的绚丽，也喜欢风暴时大海的威风。大海征服了我，我希望有一天能永远地融入她的怀抱。

　　我很喜欢我的两个孩子，他们姐弟俩先后在国外生活过一段时间，有自己的事业，又很有孝心，希望他们能尊重我的选择。这既满足了我的心愿，又大大解放了他们——在我离开这个世界时，不必太多地为我的后事而操心、而奔波、而劳累。每到清明，在我的相片前，泡上一杯龙井，搁上一枝鲜花，我就很满足了。要是再能聆听一张我所喜欢的CD片——无论是贝多芬，还是莫扎特，那就更美妙了。

1999年7月10日，写于九三书斋

我家的"天伦热线"

我家的书房很小，只有9.3平方，我把它戏称为"九三书斋"。

书房小则小矣，但在这个小天地里品茗读书，很有味道。不过，这书房里最让我陶醉，每每为之怦然心动的，还是那架"保密"的——外人不得打扰的红机子电话！

在我书房的写字台上，并排放着两架电话——一个黑机子挺忙乎，不时响起铃声；而另一个红机子却是终日沉默不语，平时从没人打。偌大的世界上知道这电话号码的，除了我之外，只有一个人——我的远在日本的儿子。这红机子，是我几年前特意为他开设的一条"热线"……

儿子在国内时，供职于首都一家大报驻上海的信息中心，有一份还算不错的工作。儿子很恋家，长这么大，从没离开过父母。九十年代初，儿子刚满20岁，不知怎么的突然心血来潮，想闯荡东瀛。儿子很现实，知道不能仰仗于我这"一介书生"，立足于自力更生，第一年没办成，第二年又从头开始办，托了一些人，花了一些钱，经过一串周折，总算办出来了。我很喜欢儿子，对他的出国虽然有些舍不得，有些不放心，但在家庭会议上我还是投了举足轻重的赞成票，一锤定音！趁着年轻，应该让他去见见世面，开开眼界。像他这样20年来在父母翅膀下，在蜜糖缸里长大的人，出去吃点苦受点磨难，也是一笔财富。

儿子懂事，很体贴父母，怕我们为他担心，到了日本后写信打电话，尽挑好的说，报喜不报忧——刚去时，说一切都很顺利，朋友到机场接他了，担保人也对他很热情。上学了，说学校的环境好，老师也很好。住的地方嘛，起先挤在朋友那儿，不大方便，现在租到房子了，虽然暗了点儿，没有电话，也不能洗澡，但一个人独住，比较舒服。至于工作，儿子报告说——找到打工的酒店了，干活比较辛苦，但我身体顶得住，收入也还不算少。

真是字斟句酌，自小作文就不怎么样的儿子，报起"平安"来，真是煞费心思了——"虽然我要上学，又要打工，但我保证睡眠充足。老爸，你放心，到目前为止，没有任何问题。"似乎怕说满了，我会怀疑，他补充说："就是语言有隔阂，不会说，也听不懂。"儿子的结束语也让我大为宽慰："爸爸，你要相信你儿子的承受能力，我是做好足够的思想准备来的！"

真难为我的宝贝儿子！在家时，他从不做家务，小时候懒，大了又忙。到了日本，大少爷成了打工仔，一切都得自己来，买菜、烧饭、自己开伙；到饭店打工，也是从他平时最不愿意干的洗碗刷盆子开始。语言不过关，还能指望干什么？虽然儿子出国前自学了一阵子日语，但这点极不正规的"洋泾浜"，到日本根本不派用场。而在日本的语言学校课堂上学的那点东西，急切间也很难学以致用。天可怜见，一个活泼好动、能说会道的小伙子，耳朵和嘴巴几乎都成了"摆设"。

儿子把情况说得再好，也瞒不过我，他的境况决计好不到哪里。一年多之前，我曾应约在锦江饭店彻夜不眠地采访过一位二十世纪八十年代初到日本去的30多岁的上海青年——尽管他已"抗战八年"，苦尽甘来，成了好几家株式会社的老板，但他历数寄人篱下、吃苦受气、挨骂以至挨打的惨淡往事时，竟一次又一次泣不成声，哭得像个孩子："罗先生，不瞒你说，我流过的眼泪不止一面盆！"他在日本什么活都干过，洗盘子、送报纸、修马路、背死人，每天打好几份工，长达19小时，倒下去睡得像死猪，早上根本起不来，他买了5只闹钟，接连着闹，才勉勉强强能把自己闹醒……之后，我在北京的一家杂志上，发表了一篇洋洋数万言不无愤懑和控诉的纪实文学：《闯荡在太阳旗的国度》——而儿子，是我这篇文章的第一读者。

我真牵记儿子，透心彻肺，牵肠挂肚！儿子在身边时，有时我因为忙着写文章，会嫌他烦，"挥之即去"；见儿子把家里当旅店，一早不见行踪，直到深更半夜才回来，有时我又忍不住管头管脚，父子间难免有碰撞。但儿子到异国他乡去了，才觉得心里空荡荡的，偶得闲暇，便呆呆地想：儿子这会儿在做什么呢？读书跟得上吗？打工吃得消吗？睡眠时间充足吗？天冷了，会照料自己，添点衣服，不会着凉吧？我也常常暗自思量，时过境迁，中国人的地位比以前高多了，"太阳旗"下不会再那么黑暗，"日本鬼子"不会再那么张狂了吧？我儿子也不会再重蹈我那篇文章中主人公的覆辙吧！

儿子去了将近半年，似乎熬过最困难的日子，渐渐安定下来了。我也是额手称庆，悬着的心慢慢有了着落。不曾想到，一天半夜里，我被突然响起的急促的电话铃声惊醒了！这已是凌晨一点多钟，儿子是在打工回去的途中，从电话亭中打来的。

"爸爸，我心里实在受不了，要跟你说说话！"怎么回事？刹那间，我吃惊得睡意全消，心跳得像头奔鹿。儿子哽咽着，说："你儿子不怕吃苦，很硬，但现在一个人在日本已哭过几次，没有亲人，没有人好说话，真孤独啊！我只好打工、打工，打得精神麻木！""儿子！你听我说，你要是觉得实在受不了，坚持不下去，你就回来！"我又慌又急，但脑子十分清醒，生怕儿子既想回来，又怕人财两空，脸上无光，大声地表态说："儿子你回来！不要有思想负担——不就是花掉几万块钱吗？爸爸不在乎，不要它了，钱以后有机会还能挣，只要你太太平平回来，比什么都好！"

儿子沉默着，似乎在擦着泪水，我也禁不住泪水盈眶。很快，他平静下来了，说："爸爸，刚才一发泄，我心里好过多了，让我想一想再说。"挂电话前，儿子又让我深深地感动了一回，他说："爸爸，真对不起，这么晚吵醒你，我把你当成朋友呢！"

一连几天，我都时刻牵挂着远在日本的儿子，等待他急流勇退，回家团聚。我这个写作懒散的人，像吃了兴奋剂，居然每天一封信，一连四封，每封信都有四五张信笺，每张信笺上都写得密密麻麻，激情如注，亲情如涌！我深切地感到：这个世界上没人比儿子更重要；也没有什么人能像我这样，给儿子以如此直接而又真切的安慰。

等儿子回信，我真是等得急不可耐，度日如年！让我欣喜不已的是，儿子的回信也是一连来了三四封，而且也都是长信。其间，还穿插打来过一个电话，说："爸爸，我想了又想，想通了，我不应该回去！人家告诉我，开头半年最难熬，他们也一样，语言过关就好了。你放心，我会从头开始，照顾好自己，适应这里的生活。"儿子擦干泪水，痛定思痛，又成了一个挺硬气的充满活力的男子汉，读书、打工，在"太阳旗"下挑战命运，挑战人生。

而我，也决意把前些日子那种牵肠挂肚的狂热的父爱，化作和煦的阳光和春风，持久地照耀和吹拂在儿子心上，决不能"三天打鱼，两天晒网"。我希望跟儿子有更多的心灵沟通，光写信还不够，还要多通电话。我怕家里的电话忙，儿子想打电话时打不进来，赶紧托人帮忙，以火箭般的速度又在书房里装了一架红机子电话。随后，我很兴奋地把这重要消息告诉儿子，叮嘱他说：第一，每个星期天晚上10点钟起，爸爸等你电话。第二，你任何时候要往家里打电话，这个新电话都等着你。

从此，我们父子间有了一条畅通的、充满亲情温暖的"天伦热线"。直到现在，儿子的日本话已经滚瓜烂熟，生活和工作的境遇也有改观，儿子的女朋友也已经到日本去攻读大学，跟他并肩战斗了，但这条"天伦热线"还是雷打不动，星期天晚上10时，红机子便铃声大作，随后便听到儿子的开场白——"老爸，你在做啥？"

我很陶醉，世界上有什么声音比这更动听？

1998年5月12日夜，于九三书斋

学车的日子

　　我是在今年七八月的盛夏酷暑里，顶着天上的火球，忍受着师傅眼中不时迸射的同样火辣辣的不满意眼光，以及他因为我手忙脚乱、一再操作失误，而发出的恨铁不成钢的批评声，在我学习驾驶的那辆破旧的"桑塔纳"里，透心彻肺地感受到"六十岁学吹打"的那种痛苦滋味，那种与艰辛、烦躁、失落同在的激情和兴奋。

　　岁月的车轮转得真快，转眼间我已做了三十年编辑，还有一年多时间就要到点了。未雨绸缪，我定下两个不大不小的目标：一是学会开车，买辆小车，可以信马由缰地潇洒潇洒，二是把荒废了十多年的写作重新拾掇起来，写点东西。兵贵神速，四月间我就到龙华一家驾驶员培训部报了名，但因我在世界杯足球赛期间要到韩国出访，培训部说中间最好不要中断，你还是参加再下一期吧。这一拖就拖到7月初开班，整个就是一个战高温班，从第一堂课开始，气温始终徘徊在摄氏35度至37度之间，而地面温度则高达摄氏六七十度。虽说"破桑"里有空调，但几个人不断轮班，上上下下，还一直要开窗观察，在热浪滚滚中，我们一个个都是汗出如浆。等到五六堂课的"阳光浴"下来，我已晒得黝黑，手臂上甚至开始蜕皮了。

　　我本以为，对于学车的艰苦性，已有充分准备，高温早在预料之中；一周有三天要起早摸黑，六点三刻出门，去赶头班轻轨，而晚上七点多才能从远在闵行的驾校疲惫不堪地回到家里，这点苦也还吃得起。但我对驾驶这门技术所需的反应能力和协调能力估计不足，没想到这"老胳膊老腿"，做起动作来，总是比年轻人要慢上一拍；而最缺少思想准备的，是对师傅的严厉和斥责的承受力，特别是最初几天，实在有些难以忍受，我是咬紧牙关，克制自己，才算压抑住内心的那种烦躁和抗拒。

　　师傅姓关，五十多岁，在新疆石河子度过的十八年支边生涯，在他脸上留下深深的岁月沧桑。四年前，关师傅才和家人回到上海，在这个新岗位上，他已经带教过五六百个学员了。我们这一期，多了个插班生老吕，老老少少有九个人，老吕还有两个月就要过学车的极限年龄六十岁了，而两个搭伴而来的小姑娘才二十出头——不过，她们也是在倒计时，很快就要开始远赴海外了。也许是在新疆建设兵团的小学里工作过很久，关师傅的表达能力很强，初次见面，他只用一句话就清楚地表述了方向盘的重要性："手里捏着你自家性命，还有别人的性命。"而他对自己，也仅仅用一句话作了概括："师傅开车的技术还可以，也有一点理论。"

　　但我很快就领教到，他一着急，一生气，就把这简洁明快丢开了，不光话多，而且语气冲得让人难以接受。头一天，他关了发动机，花了一个多小时，让我反复"认"离合器，"一慢二快三停顿"：左脚踩下去，迅速抬起5厘米，然后再慢慢抬起1厘米，停顿2秒钟后，再收脚。但一上路实践，离合器怎么也认不准，一抬脚就大大超标，车子开得往前一冲一冲，颤抖得像犯了疟疾病，老是熄火。一个多小时下来，关师傅火了："你哪能回事体，刚刚练了介长辰光，还是记不牢？"他不满意地摇着头，让我将车停在路边，然后弯下身来，手摁着我的脚面，让我再次在离合器上揣摩、感受高度。重新上路，还是时好时坏，反反复复，关师傅的棒喝声还是不时响起，"脚又抬高了！""又熄火了！"这天下课时，他摇着头，叮嘱说："你这样不来事，回去要练，用把尺量着练。"

最简单的走直线，我开了两堂课，方向盘总是有点飘，车子走不直，师傅评点说，"反应太慢，进度比别人慢了一倍。"在驾校河边练转弯，弯中加减挡，竟花了四堂课，我总觉得动作多得来不及做，打方向则不是太晚就是太早，晚了会冲进别的车道，而早了要往河里窜。师傅不止一次猛地踩下刹车，喝道："你做啥，想游泳，还是要阿拉命？"有时，他也许意识到批评的火力太猛，反而弄得学员手足失措，想制造一点轻松，笑着叫我"不要介紧张，看看左边车上这个人太阳眼镜啥颜色？"但没过几分钟，前面一辆学员车好好地开着，突然来了个急刹车，我毫无思想准备，慌乱中想踩刹车，却踩上油门，师傅怒气冲冲地解了围，就发火了："学车本来是件好事，像侬这样自家开车要闯祸，还不如乘乘出租车算了。"

最初的一个星期下来，我有一种身受重挫的失败感，师傅的一盆盆冷水，浇得我几乎没有信心和勇气坚持下去了。在这困难时刻，我跟圈子里几位开得一手好车的朋友"诉苦"，他们都无一例外地劝说和鼓励我：最难熬的就是开始这段日子，每个人都经历过，也都是在师傅的骂声中成长起来的，你一定要坚持下去，也一定能学会开车。一位在报社当老总的朋友还告诉我，几年前他去学车时，头一天师傅就毫不客气地说，"在单位你们是领导，人家都要听你的，到这里你们是学员，统统都要听我的。"而且，在他推错排挡时，师傅叭地敲他的手，并对他的抗议解释道："不敲，你印象不深，记不牢！"作为过来人，他不无感慨地说，"也许真是不骂学不会啊！"他劝我，该听的就听，有些话不想听，就当他耳边风，不要放在心上。

经过朋友们对症下药，我迅速调整了心态，算是一腔冰雪都消融了。我甚至还能去做通师兄、师妹的工作。老吕是一家公司的老总，他跟我交流体会时，早知道要挨骂，就不来学了，花几千块钱找罪受。我劝他，不要这么想，要学车就得忍受，最受不了的时候，也要告诫自己，一定要熬过去,学车是暂时的,而生活是长远的。一位和副行长一起来学车的在银行当主任的师妹也嘀咕,"我跟师傅讲过了,你不要骂我,我受不了。"她心态很不平衡地说,"我是正处,副行长是副局,我们平时一直批评人家,到这里却老挨训。"我劝她换个思路想明白,这里不是单位,不管你是谁,是律师,是作家,是官员,还是老板,都必须毫不例外地忘记你的身份,你的权威,以至你的自尊。你跟其他七八个师弟、师妹一样,只不过就是一个要跟师傅从头学起的普普通通学员。

平心而论,师傅是个直来直去,很有责任心的人,虽然有时话说得有些难听,脸色也有些难看,让人下不了台,但他的批评都一语中的,在你吃错挡位走错道,转弯不开方向灯,路口不观察情况,或是忘了背安全带时,他一定会给你迎头棒喝。练"倒车"、"侧放移位"时,好几次他喊得嗓子都哑了,吃着润喉片,还在喊,他说:"大太阳里,我也可以不喊,躲到树荫下面去,让你们自己做,但那样我就没有尽到责任。"见师弟、师妹们大都通过考试,快毕业了,而师傅怕我通不过,让我不要拉计时卡,补些日子课再考。见我很着急,他反过来劝我,"没把握,就多开几趟,阿拉总算师徒一场,我就多陪侬一段辰光。"几天课补下来,师傅才露出难得的笑容,说我现在车子开得有点样子了,不要慌,考试侬一定能通过。

两个月过去,离分手没有多少天了,师傅的脾气似乎温和了许多,有时还跟我们开玩笑,一次甚至眼圈红红地感叹:"唉,你们这一批又要走了!"我们安慰他,将来大家都会来看你的。说实在,我们也真动了感情,刚开始的那段日子,受不了师傅的严厉,希望能早些跟他分道扬镳,但接触长了,交流多了,分手在即时,反倒生出许多留恋,觉得跟师傅就该跟这样的人。我想,以后每当握着方向盘的时候,一定会想到这位严格、认真,爱发火的关师傅。

2002年9月10日,写于鑫城苑

我在本命年"下岗"

2003年这个本命年，对我来说有些不寻常，因为今年九十月间就要到点，要跟服务了三十多年的编辑岗位拜拜。心情实在复杂、矛盾，真说不清是盼着这一天，还是害怕这一天的到来。

作为一个在报告文学圈子里转悠了许多年的人，也曾有过一段风风火火的创作高峰期，既编又写，但在我们那本很有些名气的刊物突然停刊后，我的写作也戛然而止。回过头来办报，十多年来深陷其中——恐怕是性格的悲哀，我对稿件以至版式总是尽可能地追求完美，跟着我一起干活便成了十足的苦差使。但在鞭策部门里的年轻编辑全力以赴的同时，我自己也丝毫不敢懈怠，否则还有什么资格去要求别人呢。我是多么希望有一天能从这无边的"苦海"中走出来，成为一个可以随意支配自己时间的自由人，想写什么就写什么，想干什么就干什么。

然而，当这一天即将在这个本命年来临时，我却越来越有点担心，自己像一个有劳碌命的陀螺，已经依恋、习惯于快速旋转，能够坦然面对停顿下来的现实吗？

不过，在潜意识的驱使下，我其实已经早早在为"下岗"做准备："六十岁学吹打"，去年我顾不得盛夏酷暑，在师傅暴风骤雨式的"训导"中,吃尽了辛苦,总算拿到了"驾照"。这几个月,我正热情高涨地张罗着买辆车,却又拿不定主意挑"宝来"、"威驰",还是坐等加长三十厘米的三厢"POLO"。握着方向盘,决不仅仅是为了代步,它将会改变我的生活方式,开车让我全身心地兴奋和陶醉,手脚、大脑都变得灵敏了许多。人可以老去,可以白发丛生,但思维必须永远年轻!倘是不甘寂寞,我还可以接手个外来的杂志做做,既能过把瘾,又能挣点儿钱,光是退休金怎么养得起一辆车呢。

我将追求那种"动如脱兔,静如处子"的"下岗"生活。动,是快快活活、风驰电掣般地开车,尽兴到周边城市去兜兜,访朋问友。静,则是与世隔绝,钻进书房成一统。或是随意写点小东西;或是在"网上博弈",纹枰对阵;或者打禅似的枯坐,久久感受人生的寂寞和孤独,慢慢消解、弥合内心深处藏着的一些创伤。或者呢,打开盘片,做一件"隔代亲"的人生快事,欣赏我那活泼可爱的外孙小嘉旻——他刚满一岁,一个月前跟着父母去美国时,还不会说话。现在,在屏幕上他已经能随着妈妈的发音,指出A、B、C;他还会叫"妈妈"了,但不知道这究竟属于中文,还是英文?

看来,打算在本命年这样迎接"下岗",准备这么个活法,还算不坏吧!

2003年1月27日,写于鑫城苑

挂在脖子上的护照

　　设想一下，到国外参观访问或是旅游时，让你脖子上成天晃悠着一个小包，你能习惯吗？老外们这么干的倒是屡见不鲜，而中国人在异国他乡当"老外"时，却未必肯这么"晃悠"。

　　我们这个记者访问团一行十人，是加拿大航空公司邀请的客人，公司方面派来一位二十来岁的小姐当领队。尽管我们这支新闻团队中全是资深记者，还有几位老总：《工商时报》的老总、《中国旅游报》的老总、《旅行家》杂志的老总，但全都得听这位有点儿风风火火、说话快得像机关枪似的小姑娘的号令。我们毫不客气地把真团长晾在一边，一个个尊称她为"团长"。有什么办法呢？跟老外打交道，全仗着她那一口英语，叽里呱啦，相当潇洒，而我们这帮人，对英语有的一窍不通，有的只会片言只语，缺少实用价值。

　　刚到温哥华，"团长"就给每个人发了一个有带子的深蓝色小包，让我们将护照、钞票，以及沿途机票、回国机票等紧要物品，统统装进去，挂在脖子上，还叮嘱道："别怕难看，要是丢了东西，就后悔也来不及了！"没人认真听她的，我们又不是毛毛糙糙的小孩子，而且又是团队活动，要这玩意儿做什么？头一天下来，太平无事，更坚定了我们的信念。

第二天一早，我们的大巴士直奔吐华逊港，准备乘轮渡到维多利亚岛去游览闻名于世的布查德花园。我们早到了将近一个小时，但码头上各式各样的车辆已排成一条看不到头的长龙，壮观极了。导游兼司机程先生是从香港来的，已经来了六七年，情况很熟悉，介绍起温哥华的景点来，可谓如数家珍。他告诉我们，这个码头每年九月中旬起减少航班，两小时才发一班船，不提前预定车位，根本就别想上轮渡。似乎怕我们荒废时间，他大声招呼说，"抓紧一点，这个码头上的市场值得一看，小商小贩多得不计其数，最值得看的是那些木制工艺品。"在我们下车前，"团长"不失时机地又一次关照道，"大家小心，别丢东西！"我们饶有兴致地逛了每一个卖木制工艺品的摊位，却谁也没买。那些小玩意儿太贵了，一个要几十加币，甚至一百多加币，我们记住了导游的忠告："多用眼睛，少动钱包"。

终于，汽车的长龙开始往轮渡上游动了。天哪！这艘"不列颠哥伦比亚精神号"——能泊几百辆车的庞然大物，怎么能说它是轮渡呢？"精神号"有四层：底层停小车，二层停客车，三层是餐厅，四层则是观光、游戏、休闲的所在。不多会儿，餐厅门口已经排起了一二百人的长队。怪不得那位来自香港的导游要安排我们到船上用早餐，这里的自助餐完全是星级标准，点心和饮料品种极多，侍应生的服务也很到位。尤其让人有好心情的是，隔着那一溜宽大的落地长窗，可以一览无余地观赏和感受大海的雄浑与壮阔。

轮渡上设想得很周全，是想让游客愉快地打发到维多利亚的这37公里路程、一个半小时时光吧。轮渡顶层，是一个快乐、舒适而又安闲的所在：船头上、甲板上，许多人在拍照，又兴奋，又热闹；等你在外边疯够了、乐够了，照片拍够了，可以到宽敞的休息厅里歇脚。这里不像园林那样清幽，又不像咖啡厅那样浓烈，它有好几百个舒适的座位，人们有的在看书看报，有的在轻声聊天，连生意繁忙的小卖部，以及散落在边上供游客使用的电脑房，都给人以一种非常闲适的感觉。恐怕是花在拍照片上的时间太多了，等我到休息厅里来放松一下时，轮渡已经快到目的地了。

我们在维多利亚岛上大饱眼福，特别是那个被列为世界十大名胜之一、在废弃的石灰岩矿上建起的布查德花园，美得让人眼花缭乱、赞叹不已：这里到处是鲜花，被特意留作纪念的旧矿车里是鲜花，连每个路标上都画着一朵红玫瑰，小卖部还有好几十种花种出售。直到下午4点，我们才匆匆去赶轮渡回温哥华。不知是想弥补早上的损失，还是想找个地方好生消化、回味一下维多利亚，上了船我就直奔4层那个休息大厅，去歇脚了。

我找了一个临窗的地方坐下，将照相机及小包搁在边上空位子上，就一身轻松地掏出一叠维多利亚岛的景点图片和文字介绍资料，有滋有味地对照、品尝起来。大厅里的氛围很温馨，我发觉在游客中有许多中国人，据导游说中国人已成为温哥华最大的少数民族，有40万人之多。我对面的一排位子上，就坐着一位70来岁的老人和一个10岁左右的女孩。老人在闭目养神，小姑娘在看书，她的头舒适地靠在老爷爷身上。

好时光总是流逝得特别快，还没坐够、舒服够，一个多小时已经过去，一些心急的伙伴已经在招呼我准备下船了。导游关照过我们，在游轮抵港前5分钟到大巴士里集中。果然，等在车门口的导游已经在清点人数，见人差不多到齐，他突然说道："快下船了，检查一下，不要丢了东西！""哎呀，照相机丢了！"北京的一位女记者一声惊叫，我也赶紧检查东西，照相机在手里拎着呢，但随后我也慌乱地叫了起来，"导游，我的小包没拿下来！"女同胞的照相机丢了，导游还不太紧张，一听我说包丢了，而且"东西全在里面"，他也慌了。一把攥住我的手，问道："快，快上去，你刚才过哪儿？"

我实在急坏了，小包里装着护照和美金，装着我在加拿大境内及回国的全部机票。丢了这些，不光我自己寸步难行，还连累了同伴，耽搁了行期，而这时船已经在靠岸，人流转眼间就会散去，东西怎么能找回来？

导游一边跟我急步向顶层赶去，一边安慰道："放心，在加拿大绝对丢不了东西，这里路不拾遗，你不是看到了吗，所有的人家没有一家装铁栏栅的！"我没有这么乐观，而是在想象着丢失护照、机票后的惨淡景象，简直是回不了家乡，见不了爹娘。

顶层的休息大厅里，已经变得空空落落，没有什么人了。让我大感意外的是，我对面座位上的祖孙俩居然还在，而我的小包也奇迹般地静静地靠在椅背上。没等我反应过来，老人跟我们点了点头，就带着小孙女走了。"人家这是在等你，给你守着包呢！"

我的包找到了，北京那位女记者的照相机也找到了，有人捡到后交到播音室，喇叭里已经播了好几次，只是我们的英语水平太差了，听不懂。我们这才对导游的话深信不疑，"在加拿大不可能丢东西！"而教训最深的我，开始忠实地执行我们"团长"的指示，老老实实地把装着护照的那个小包挂在脖子上，让它晃悠着——管他难看不难看，不丢东西就行！更何况这是在国外，我也是个道道地地的"老外"！

1999年岁末，写于上海九三书斋

加拿大的导游和司机

　　到卡尔加里的当天，当我们这十个老记——加拿大航空公司邀请来的记者考察访问团，被晾在宾馆大堂个把小时，站在那儿傻乎乎地干等床位时，便对接手这一站的导游邓先生的能力表示怀疑。我们用多少有些不耐烦的眼光打量着这位五短身材、迈着八字步、一口含混不清广东普通话的领头人，总觉得他只够业余水平，跟头一站温哥华那位能干的导游兼司机程先生一比，味道上差远了。

　　卡尔加里是个小地方，只有80万人口，中国人占了十分之一，但它的斑芙小镇、它的木莲湖、它的哥伦比亚冰川，却都具有世界级影响，让人向往不已。

　　光是看看大冰川脚下那个餐厅的生意，就知道有多热火——每天在这里用自助餐的有5000人次。可惜，导游的水准很一般——原因也很简单，承接我们这项业务的那家香港旅游公司在卡尔加里没有点，只能委托邓先生的小公司做。邓老板是10年前从香港来的，做旅游，也做房产，平时从不带队，这回是看得起我们，才亲自出场，难怪他说不出什么，肚子里的货色比我们手上的说明书还要单薄。他在大巴士里很少做解说，口音也让人听着累。上大冰川时，他带着浓重的卷舌音介绍说，"这山上有许多许多美丽的蛇"。蛇?而且又是许多许多蛇!几位女记者一听,顿时慌了。"不是蛇,而是'蛇'!"见解释不清楚,他灵机一动,赶紧甩了句英语单词,谢天谢地,大家终于听懂了,是"美丽的雪"!车上的人哄堂大笑。

幸运的是,女司机班太棒了,车开得棒,人也棒。我们弄不准她的年龄,起先私下称她为"班老太"——从背后打量,"一把抓"的发式归纳在一个硕大的深褐色发卡中,头发主体是金黄色,但边缘地带掺着一片斑白。也许是烟瘾大,一下车便一支烟接着一支烟,车上不能吸烟,她的嘴里总含着一支棒头糖,只有在邓先生被我们问得张口结舌时,她转身插话时,才把糖转移到手上——似乎什么问题都难不住她,小到早上跟中午温差是几度,从这个景点到下个景点有多远,从哪个角度取景最理想,大到这大冰川形成多少年了,厄尔尼诺现象对它影响大吗,将来会不会融化、消失?这一切,"班老太"差不多全知道。正面看她,胖乎乎的白皙的脸上,有一个红红的鼻子,鼻子上架着一副茶色太阳镜。

看来,班是个老资格司机,爱车如命,每到一个景点,她便立马擦车窗,或是接上水龙头冲洗,而景点上总有她的徒弟——那些姑娘司机、小伙子司机们,一个个抢着上来向她问好。这时的班,显得快活而又慈祥,我猜想:班至少有50多岁了,也许有60多岁了,大概是退休返聘吧。班对我们也真不错,早上很冷,听说山上零下20度,我们每个人都是全副武装,羊毛内衣、皮夹克、鸭绒衫、围巾、头巾,应有尽有,而她也早早地将车上的暖气开得很足了。回去时,阳光直射,车厢里热得不得了,班又马上把冷气打开。途中,班几次临时停车,让大家下去拍照,当你猫着腰取景时,她还撑开一把伞,给你遮太阳。有时,她又接过我们十二个人的照相机,背在肩上,一个个地替我们拍。班不无自豪地说,她曾带团47人,47架照相机一口气拍完!

班这么敬业、这么无私,但意外的是,那天晚上我们想坐她的车逛逛卡尔加里夜市,班竟一口拒绝,说她家在班芙,不想加班,她拿11个小时工钱，只能工作到晚上7点。但当邓先生解释说，公司付给她的是12小时工资时，班立刻表示晚上可以送大家去，工作到8点钟。更意外的是，逛完街，回到旅社，我们问邓先生："'班老太'多大年纪，有60了吧？""什么老太，人家才40多岁呀！"

再下一站是多伦多。我们是晚上将近11点钟见到第三位导游肖先生的，刚见面就产生了一点小误会——他将我们领到大巴士上，打了个手势，"等我五分钟！"便推着机场的几部小行李车，在寒风中消失了。当我们心里大惑不解，想象着导游抽空去忙什么"私活"时，肖先生脚步匆匆地回来了，他边摊开手心里的一把硬币，边解释说："去给你们把手推车的押车费给退回来了——这钱不能白白贡献给加拿大！"我在心里叫了声"哎呀"，差点儿冤枉了他！

"贵人出门招风雨，这里今天才转凉"，刚才那一招就很出人意外，而车子刚上路，在文绉绉的开场白之后，他又意想不到地用一瓶道地的镇江醋镇住我们。他不无得意地宣布道："我问过温哥华的导游老程，他说你们吃东西喜欢蘸醋，所以特地准备好了一瓶正宗的镇江醋！我们现在就去用餐！"一连两招，我们真有些服他了。

从机场到市中心只有25公里，但因为堵车，大巴士开了将近一个小时。肖先生国字型的脸上满是热情，他很敬业，尽管因为声带息肉动过手术，嗓音有些沙哑，但一路上几乎不停顿地在作解说，且有问必答。"多伦多市人口为250万人，其中华人就有50多万，占了近四分之一，这里的华语电台每天播音达17个小时。安大略省有1300万人，整个加拿大也不过2700万人，只相当于北京与上海人口的总和，而加拿大的面积比中国面积还要大。"

肖先生从国内到加拿大还不满两年，但他一直在下功夫搜集这个国家的历史、地理资料和景点资料，每次回国也都要到书店去找资料。怪不得一些相关数字和年份，他几乎是随口而出。我们中间有人问及安大略湖和大瀑布,他答道:"多伦多紧靠着安大略湖,有五大湖的湖水都流进了安大略湖,五大湖一共24万平方公里。大瀑布位于多伦多西南方向137公里处,它的水来自伊利湖,大瀑布最初是1638年由一位法国传教士发觉的"。"加拿大是谁发现的呢?"像是要探根究底,更像是要考验导游的记忆力,有人追问道。"1497年,英国水手发现了一个岛,还在上面生活了一年,但没有深入下去。1534—1535年,法国水手卡铁亚沿着圣劳斯河,到了现在的魁北克省,当地的土著居民印第安人领着他到了一块大平原,影片《与狼共舞》就是这个地方。直到1608年,法国由一位将军带着200名法国人来到魁北克——其中有士兵,有水手,也有铁匠和农夫。1642年,又有一队法国人在蒙特利尔登陆,成为当地最早的移民。而加拿大立国,是1867年"。我们真服了这位肖先生,他不仅是个导游,而且简直像是研究加拿大历史和地理的!

在卡尔加里的日程安排得很紧凑,只有一整天的观光游览时间。我们游览了世界上最壮观的尼加瓜拉大瀑布,拜访了离大瀑布不远处的世界上最小的——只能容纳六个人的教堂,登临了世界上最高的——553米的电视塔,参观了白求恩当年就读过的多伦多大学,还挤出时间进赌场去"体验生活"。

我们不仅大饱眼福,还大饱耳福,"知道吗,这个国家为什么叫加拿大?"导游一路很风趣地在介绍加拿大的税收和国情,"加拿大首先是'拿大家',高福利、高税收,个人所得税、买卖税,一块钱工资要扣25%,用在失业保险、养老金上。一块钱只剩七毛五了,买东西还要打总值15%的税,这一块钱就只剩六毛多。"导游手势一翻,口气也像是"苦尽甘来":"然后,就是'大家拿'了。这里的小孩,从出娘肚到18岁,可拿牛奶费;教育从小学到初中、高中都免费;看病、住院不花钱;老人的养老金按以前的贡献大小发放,最低的也有600加元。我母亲70岁,是退休后到加拿大来的,她国内有退休工资,在加拿大又白白拿800加元,我对她老人家说，社会主义对你不错，资本主义也对你不错。我母亲说，拿国内的钱心安理得，这儿的钱拿得真不好意思。"

也许是导游的风头太足，他将跟他搭档的司机戈沃的光彩淹没掉了。戈沃车开得出色，风度更出色，他有一个文质彬彬的光秃秃脑袋，衬衫上别着饰物，笔挺的西装上全是金闪闪的纽扣；车到景点后，他闲着，总是站着抽烟，不肯随便找地方坐下，生怕弄皱了衣服。我们常常在戈沃身后竖大拇指，他的气派像是一个贵族、一个教授！

分别的时候，肖先生动了感情，话也少了许多，只是一个劲儿跟我们握手，说"相处的时间太短了，希望你们下次再来！"还说已经跟温哥华的导游老程通过电话，他会到机场去接你们的。我们也很感慨，加拿大之所以这样美丽，这样让客人流连，看来并不仅仅在于她的风光，还在于有班和戈沃这样出色的司机，有肖先生和程先生这样出色的导游！

1999年岁末，写于上海九三书斋

在首尔看球

在我们这个小小的代表团里，少数民族占有绝对的统治地位，诗人、中国作协官员吉狄马加是彝族同胞，另一位诗人、延边作协主席金学泉则是朝鲜族同胞——而我们所以能在这次世界杯期间去韩国走一遭，大半原因，是前韩国作协主席、首尔文学之家顾问成春福先生冲着他的面子。两个多月前，这位突发奇想的韩国老诗人，便向这位中国老朋友征询意见，想邀请三位中国作家和三位土耳其作家到韩国访问，一起交流文学创作，并同场观看中土之战。

可惜，他的一片热望被大打折扣，当我们来到被青山绿树所环抱、恍若仙境的首尔文学之家时，中国足球队出局已定，没有留下任何悬念，继0：2败于不知名的三流球队哥斯达黎加后，又被巴西打了个4：0，最后一仗不过是为尊严而战。好在土耳其队日子虽然难过，但下一场球，如果他们以大比分战胜中国队，巴西又拿下哥斯达黎加，仍有可能在最后一刻挤进十六强。

首尔充溢着浓重的世界杯氛围，在欢迎酒会上，在文学讲演活动散场之后，为国家队"爆冷"而兴奋不已的韩国作家和文学青年，说起足球来，一个个都眉飞色舞，但结束语都忘不了安慰我们这些尴尬的失败者，"不要灰心，还有下一届"，"我们也失败了那么多次，盼望了近半个世纪才有今天。"为下场球忧心忡忡的土耳其作家中，有一位既是诗人，又是采访足球的记者，听说我写过足球的文章，还出过书，让我展望一下即将开打的中土之战。"作为一个21年前就采写过中国足球队的球迷，我对这支队伍很有感情，我渴望胜利。但是，他们的能力有限，也可能打平。"这不是我的由衷之言，但内外有别，尽管恨铁不成钢，还能说什么呢？

虽然，足球这个爱煞人的圆滚滚小东西，充满了魔力和魅力，但对于人数为世界之最的中国球迷来说，面对着一支不入流、不成器的国家队，可谓愁煞，急煞，气煞。不幸的是，我自己在很早就莫名其妙地成了球迷。1981年10月，我在北京组稿期间，中国队出人意料地以3∶0大胜科威特队，举国为之震动，我们那个急性子的老主编，在电话里以激动而又不容置疑的口气，下了死命令："马上赶写一篇报告文学，这一期刊物上就要用。"末了，他还嚷道：我连标题都给你起好了，就叫《中国足球队，我为你写诗！》。

几天下来，我就被足球征服了，采访和写作都充满了激情。两个月之后，我又飞抵广州，采访这支原本说"有5个净胜球，出线没有问题"的队伍，一些体育专栏甚至计算出出线的可能性为十八分之十七，即95%。他们高兴得太早，居然放假回家，而沙特阿拉伯不多不少以0∶5放水给新西兰，逼得中国队重新仓促出阵，跟新西兰争夺出线权。最终，中国队以0∶1败北，中国队饮恨吉隆坡。我清楚地记得那一天，随着凄厉的终场哨声，我的心冰冰凉，准备第二天见报的文章成了废纸。

随后16年，一连4届世界杯，国家队都踢得灰头土脸，让国人伤透了心。爱之弥深，恨之弥切，我还算醒悟得早，除了1997年，为从巴西学成归来的健力宝队写过一本书，我已经不愿意再写足球，而这支很有希望的"中国足球青年近卫军"，很快被莫名其妙地解散了。我算看透了一个又一个足球明星，尽管他们一个个钱包鼓了起来，身价高了起来，甚至有了树碑立传的雕像，但无论是球技、境界和素养，他们似乎还不如我当年采写过的苏永舜率领的那支队伍，不如李富胜，不如容志行。虽然，每逢世界杯我依旧痴迷地从半夜观战到清晨，但已不再浪费时间看"低水平纠缠"的甲A联赛。而看有国家队参加的国际赛事时，则摆正心态，对他们不抱任何指望。即便是这回，中国队沾了亚洲白白多出两个名额的光，出了线，媒体上也拼命炒作，但我依然料定，没戏！

6月13那天，我们提前一个多小时来到首尔世界杯体育场。至少有一万多名中国球迷赶来了，他们痴心不改，打着横幅、晃着小旗，鼓声、歌声、呐喊声，震天动地，这场面令人感叹，中国没有一支伟大的球队，却有一批伟大的球迷。伙伴让我预测比赛结果，我很不忍心地说了实话：恐怕要丢两个球。但怎么也没料到，不到十分钟，便得到印证，中国队已溃不成军。终场哨声响起，土耳其球迷欢腾雀跃，掌声如雷，而中国球迷又一次痛苦地品尝失败的滋味，有的边走边摇头叹息，我身边两个脸上画着五星红旗的年轻姑娘，传递着一条白毛巾，擦着泪水。三位土耳其作家，生怕刺激我们，起先没有停步投入欢庆，但走着走着，开始跟周围同胞拥抱、接吻，随后又碰上熟人，十几个人竟久久地搂成一团，笑着、叫着、闹着，把我们完全尴尬地晾在一边，韩国陪同人员善解人意地招呼道：我们先走一步吧。出了地铁，遇上十来个北京球迷，知道我们的身份后，七嘴八舌地叮嘱，一定要把他们的意见转达出来，"米卢是个跳大神的，把队伍带成这模样，酬金、广告费倒捞走了几千万"，"这几场球踢得太次了，我们很不满意，他们自己还好意思说很满意？"

第二天晚上，是欢送酒会，土耳其大使夫人和二秘都赶来助兴，而当晚还有一场世界杯重头戏韩国与葡萄牙之战。于是，主题又是球，土耳其朋友是庆祝胜利，东道主则是纵情展望。轮到我发言时，在祝贺土耳其出线后，我转而举了一个参观田淑禧老人私人开办的文学史料馆时的小例子，说起在首尔的感受："当我们询问她的年龄时，她幽默地回答道，这属于保密范围。但助手说她已八十多时，老人笑着让我们看她的鞋，'我今天特意穿了双红皮鞋，是想告诉你们，我跟世界杯上那些年轻人一样，充满了青春活力。'从她联想到你们的国脚，虽然技术上不如世界一流的葡萄牙，但凭着他们在场上那种跑不死的拼搏精神，完全有可能赢得胜利！"

他们果然赢了这场球！这个疯狂之夜，人们拥上街头，到处是鼓声、歌声、喇叭声、欢庆声。我无法入睡，在思索中国足球，我们无须埋怨，但我们必须改变，为什么要把大把大把的钱，全都扔在这些被外电称之为"没有技术、没有体力、没有斗志"，技术已经基本定型的人身上，花在低水平的甲A联赛上呢？全世界都在抓娃娃，办学校，为什么我们不改变急功近利，去认认真真、踏踏实实地落实小平同志一再指示和有识之士一再呼吁的"要从娃娃抓起"呢？应该把他们从小送到国外去学习，或是用重金将国外的大牌教头重金请来，为他们上课。十年、二十年后，中国足球定有所成，否则，我们将被韩国和日本甩得更远、更惨，在亚洲恢复到只有两个名额的情况下，下届世界杯乃至下下届世界杯，连小组出线都没指望！

2002年6月17日，写于鑫城苑

宾馆一夜

也许是这些年来，每年总有三分之一的光阴是在天南海北地东奔西走中度过的。或组稿，或采访，可谓萍踪不定，浪迹天涯。我已经说不清自己住过的那一家家宾馆和招待所的名称；更记不清那一个个匆匆相识、匆匆作别的旅伴。

然而，说也奇怪，在我的记忆中，却又深藏着两年前住在常州宾馆的那最后一夜，连同那只普普通通而又不同寻常的浴缸……

常州宾馆。在三楼的这个双人房间里，我竟也算是老住户了。另一个床位仿佛是专门留给匆匆过客住的，短短的几天里已经走马灯似的换过三个人。我早出晚归，连这一位"过客"什么时候走的，那一位什么时候来的都不知道。今天，采访扫尾了，又下着雪，下午我就赶回来了。一打开门，只见房间里坐着个陌生的老人。哦，又走马换将了。

出于一种职业的习惯，我闪电般地打量着他，寻求"第一印象"。要不是他胖乎乎的脸上，架着金丝眼镜，有着一道道深深的皱纹，使人感受到他的知识和智慧，这个个头不低、身体肥胖得有些臃肿的老人，很容易使人联想到"力拔山兮气盖世"的相扑选手。我有些担心，盥洗间里那只相形见绌的浴缸，能否"容忍"他的体积和重量？

　　在我开动"形象思维"的这一瞬间，老人已从沙发上起身，反客为主地招呼道："侬回来啦？听讲侬也是上海人，真巧，自家人！"老人的脸上带着真诚和热情，他的金属般的嗓音共鸣得厉害，说话很好听。他要是唱歌，一定是个出色的男低音。

　　"阿拉是自家人，对不起……有件事情要跟侬商量。"我有些愕然，刚见面，怎么就拉关系，怎么谈得上"对不起"，又有什么事"要商量"？"我人胖，夜里要打呼噜，恐怕侬吃不消。"他为难地露了底，"我平常住旅馆，总归尽量要找一个人一间，条件差倒不怕，就怕吵了人家，今朝实在找不到地方，没办法……"

　　"没关系，没关系。"说真话，有一点儿声响我也睡不着，最怕跟打鼾的人住在一起了。但人家这么大年纪，又这么坦率地打开天窗说亮话，我还好意思说什么呢？虽然心里暗暗叫苦，却不忍心让他失望，又重复地安慰说："不要紧，不要紧。"

　　老人似乎得到了"大赦令"，真的放心了。随着他的脸色"由阴转晴"，话题也很快变换了，由沉闷转而轻快。他一听说我是半路出家的记者，又搞文学创作，活跃起来了，逗笑说："噢，有意思！怪不得我这个科班出身的圣约翰大学中文系毕业生，会阴错阳差地去当了工程师，原来饭碗被侬抢掉了！"他告诉我，他是上海郊区那座庞大的现代化石油化工城里的工程师。

　　很遗憾，我几次去过他们的"石化城"，还在那里采访过一阵子，却跟他是"无缘对面不相识"。这个言谈机灵、诙谐的老工程师，有六十岁了吧？我一问，他哈哈大笑。"六十？侬这双'新闻眼'观察失误，上当啦！"他用手指着头上，"我这一把黑头发是染的，转眼就六十八岁啰！"他笑够了，霍地起身，从衣架上摘下大衣，说："记者都是忙人，你忙吧，我要去看看朋友，再'采购采购'……"

　　晚上，老工程师披着一身雪花回来了。他"左右开弓"，从这边大衣兜里掏出"采购"来的一瓶高粱酒,又从那边衣兜里拿出一袋花生米;随后,一面用毛巾擦脸,一面踱到窗前,说:"侬快来欣赏欣赏'千树万树梨花开'的味道,南方这种雪景难得碰到。"他用手指着窗外富有古典式园林风味的建筑物,自问自答道:"侬晓得吗?这个宾馆就'嵌'在江南有名的'近园'里。近园里厢建筑,带有晚明风格,从清代康熙六年(1667年)动工,到康熙十一年(1672年)初落成,已经有三百多年历史了……"老人果然渊博,谈起古园林建筑来也头头是道,能说出个来龙去脉。要不,他脑门上怎么会有这么多智慧的沟纹呢。

他沉默着、观望着,似乎被近园清幽的夜景和雪景陶醉了。许久,才转身指着那瓶酒,对我说:"机会不能错过,今朝夜里,我要饮酒赏雪……"

酒瓶子没打开,话匣子却打开了。这个健谈的、热情的老知识分子,跟我像是忘年交似的,起先我们打开房间里的彩色电视机,边看边聊天,到后来只顾"聊",却早把"看"忘了。等我们终于醒悟过来,电视机屏幕上已是一片空白,节目早就结束了,看看表,快十二点钟了。"侬快去睡觉吧,我要坐一歇,刚才只顾说话,还没好好喝酒、赏雪呢!"老人催促我,自己却不肯去睡,"我一打呼噜,你就没法了。"

等我一觉醒来,将近深夜二点了。他还亮着台灯,真在那儿喝酒,酒只剩下半瓶了;台灯上,还遮着一张挡光的报纸。我的心一热,不对!老人不是什么"喝酒、赏雪",这是"幌子",他是怕打扰我的睡梦!"不行,我上当了!侬再不困,我就坐着陪侬到天亮!""我困,侬就吃不消,肯定吃不消。""我吃得消,我不怕,侬快困吧!"我几乎是在恳求他。他拗不过我,苦笑着摊了摊手,"威胁"说:"好,好,那侬等着吃苦头好了!"

他睡了。我的天!他的头碰到枕头最多才三五分钟,鼾声就开始了,随后"分贝"越来越高……我把被子蒙在头上睡,也抵挡不住他的"重量级"的呼噜声;我再用纸团儿做成耳塞塞住耳朵,还是不解决问题,反而更憋得慌……半个小时折腾下来，我真受不了了，他刚才的"威胁"，不幸化为现实了。这有着穿透力的噪音，简直是无坚不摧，不光叫人耳膜难受，而且脑子难受，心里难受，怎么办呢？

我在这房间里转来转去，走投无路："这一夜，就这么完了！"我胡乱地打开壁橱门看看，关上了；又拉开盥洗间的门，突然我像获得了灵感，产生了一个绝妙的"构思"：不能在这浴室里，不，准确地说，是在这浴缸里凑合一夜吗。我庆幸自己的发现，连忙把壁橱里藏着的四条被子全都垫在浴缸里，躺上去一试，还真舒适，并不亚于床上的"席梦思"……

总算好了，我跟这位打呼噜能手各得其所，都有了归宿。他刚才照顾了我，我现在报答了他。他的鼾声被一堵墙，一扇门隔绝着，威力大大降低了。我香甜地、温暖地进入了梦乡。

第二天，当老工程师在浴缸里找到了失踪的我时，我俩不由得相视而笑，哈哈……哈哈……我逗老人说："我吃亏了，花十块钱竟然睡浴缸，房钱应该让侬一个人掏腰包。"老人也跟我开玩笑："侬真不开窍，写篇浴缸的文章，挣点稿费，不就抵消损失了？"然而，当我闪着狡黠的目光，迅即"声明"接受他的建议时，他"警惕"起来了，警告说："侬稿子里不能出我洋相啊，否则我下次出门找不到地方，流落街头，要跟侬算账！"我们忍不住都笑得前仰后合，"哈哈哈哈……哈哈哈哈……"

跟打呼噜的人在一起下榻，确是苦事；有谁会乐于聆听这种叫人心烦意乱的"不和谐音"呢？但我却喜欢这位邂逅相逢的极有人情味的老工程师，——尽管他也是打鼾的能手。仅仅一个晚上，他却使我感受到许多温暖和快乐，给我留下了难忘的忆念和思索。我还真庆幸和欣赏自己戏剧性的创举，居然在他的轰炸机式的鼾声中，产生奇妙的灵感，在浴缸里寻找到香甜的梦乡……

1985年3月29日—31日，上海爱国二村斗室

落榜者的滋味

落榜的滋味真不好受。

我是在30多年前——1962年高考时落榜的，但我真正意识到自己是一个失败者，品尝到没有学历的万般苦涩，却是这几年的事。

也许是"少年不知愁滋味"，十八九岁时在高考败阵的往事，也已经记不得许多了。我只记得考场设在荒僻的军工路上的上海机械学院，那次的作文题目是《雨后》和《不怕鬼的故事》。还记得其间有过不吉之兆，向一位好心的邻居借用的一块上海牌新表，头一场考试考到一半就停掉了——它似乎比我还紧张。而让我刻骨铭心、终生难忘的，则是接到落榜通知的那一刻，父亲脸上难以言述的失望至极、恨铁不成钢的神情——他如遭雷击，似乎突然间失去了语言功能，足足有一个多月沉默不语。他把我和我母亲都吓坏了。难怪父亲如此懊丧，他太期望家里能出个大学生，填志愿时他兴奋不已，斟酌再三，让我填了个他所喜欢的古典文学系，甚至还斗胆填了个高不可攀的新闻系。而我这个不争气的儿子，却让他希望成灰，脸上无光！

在梦想破灭之后，经商做小本经营的父亲，变得很现实，也很固执：让我尽快择业，端上一个铁饭碗。在选择是到外语学院夜校部读三年俄语，将来去当教师，还是到技校培训一年后进工厂时，他很坚决地选择了后者。而在技校期间，作为业余棋手的我参加上海市棋类锦标赛获得名次后，有关方面征求我父亲意见，准备送我进市青少年体校，以培养成专业的国际象棋棋手时，父亲又毫不犹豫地回绝了，并对我教训道："这能当饭吃吗？"

我在一家造船厂工作了将近十年，直至七十年代初。让我印象最深、受益终身的，是厂办下面那个简陋的防空洞里每周一次的"文学沙龙"活动，那简直可以称得上是一座文学院！上海当时的一些有影响的工人作家、诗人，多年来曾先后到这里深入生活，有时也到防空洞来作辅导，跟我们座谈。甚至在"文革"那种闹书荒，到处找不到文学名著的年代，我们沙龙里却是"名家云集"——只要找到一本"母本"，就自己动手刻印，十八个成员人手一册。在编选的那本很厚很厚的《散文精选》里，就收有我推荐的刘白羽的《长江三日》、《日出》，魏巍的《谁是最可爱的人》，杨朔的《雪浪花》，还有我很崇拜的魏钢焰的《船夫曲》。最让人兴奋不已的，是我们还编选了自己的作品选——其中一部分居然还上了上海两家大报的副刊。我永远也不会忘记，头一次在报纸上发表了一首只有二十行的短诗，竟然激动得整夜都无法入睡。在那个特殊年代，没有人强调文凭，我们这支业余作者队伍中，后来竟十有七八陆续走上了报社、出版社、电台、电视台等专业岗位，而且无一例外地成了业务骨干。

我由工厂借到报社，直至调到报社，圆了一个破碎的梦，这也大大冲淡了因我当年"落榜"而长期郁结于父亲心头的阴影。一贯在家里搞家长制、脾气暴躁的父亲，态度变得温和了许多，他从来没有夸奖过我，总算在我母亲面前说了句："儿子还是争气的！"其实，倒不是为他争什么气，我是从内心喜欢编辑这份"为人做嫁衣"的活，跟那么多稿件打交道，跟那么多作家打交道，每天都活得不重复，每天都会有新的感受，而且每天都会受到老编辑的身教言传。

在《笔会》时,我跟老编辑、老作家徐开垒,开始几年主要负责处理来稿。他为人厚道,工作十分投入,每天早上八点就到报社,走得又很晚,他不光看重名家的稿件,对我们初选出来的一般来稿,也一丝不苟。二十世纪八十年代初,正是《笔会》办得最好看、最兴旺的一段时光,在《笔会》待了十年的我,又被《文汇月刊》的梅朵"挖"到手下。风风火火的梅老板,简直是霹雳雷电的代名词,"梅朵梅朵,没法躲",那些名家,即便是丁玲、王蒙这样的人物,也个个怕他的"疯狂式"组稿。他只要看中你,不怕你不交稿。不想写?拎起电话,一天给你打几个长途。还不行?让电报深更半夜、大惊小怪送到你家。虽说梅老板组稿不择手段,无所不用其极,但屡试屡灵,所向披靡。

在梅朵手下,用不着去想学历的事,他更看重你的能力和实绩,只希望你跟他一样,去疯狂组稿。大概是1985年吧,全国许多重点学校的中文系都在开办作家班,许多朋友都去了——花上两三年时间,又读书,又写作,又有一张货真价实的本科文凭何乐而不为呢?好事也落到我头上来了,武汉一所大学的作家班来函让我去。我拿着信,兴冲冲地向梅朵报告。他一看,大发雷霆:"要读什么书?要拿什么文凭?没有必要!你是刊物的副主编,工作走不开,你怎么好意思提出来?太让我失望了!"发完火,他根本不打算请示上一级领导,就蛮横地把那封信没收了。他是好心,是为了刊物,而且待我不薄,让我放手工作,怎么能吵着闹着一定要去,跟他撕破脸呢。我不无惋惜地将这次机会放弃了。

这是一次代价沉重的放弃,十多年后我为此悔恨不已,而声称"没有必要"的梅朵,早在《文汇月刊》奉命停刊后不久便已离休。不过,没有文凭的严峻性并不是一下子显现出来的。在全国恢复职称评定之后,我很顺当地被评为编辑。四年后,虽因没有文凭属"突破"对象,申报主任编辑有些麻烦,但还是通过了。这使我自信心大增,有些不知天高地厚,自1996年起,开始申报高级编辑,心想学历虽是软档,但我是中国作协会员、上海作协理事，也许能抵消一下；而且有一定实绩，除在主编几个专副刊版面，还出过七八本报告文学专著，拿过全国的、上海的文学奖，申报"正高"问题不会太大吧？然而，五年来已申报了几次，都碰上一个大大的问号——学历太低了！本来就粥少僧多，又需要"破格"——而破格名额，仅占总人数的百分之十；再加上自己拉不开脸面，不愿主动跟评委们沟通，更谈不上"活动"，希望自然十分渺茫了。

头一次申报，好歹还算挨得上初评投票，结果没超过半数，给否了。第二次，口径变了，不仅强调文凭，而且特别强调外语——参评的先决条件，是你在职称外语考试中成绩必须及格。而我根本没有去参加考试——既无实力，也无勇气，自然连申报的资格也没有。吃一堑，长一智，这第三次我是早早地开始准备了：没读过英语，就将三十年前读过的俄语重新捡起来，还老老实实地参加了俄语A级补习班。尽管复旦大学来的那位退休女教师十分尽职，嗓子都讲得哑了，而且经常给大家鼓劲，但相当于大四水平的俄语教材，还是让大多数人听不懂、跟不上。个把月后，开小差的越来越多。我咬紧牙关，想熬过去，但终于觉得无法忍受，也成了逃兵。天可怜见，好在考题是五十道选择题，让你在A、B、C、D中圈定——而且有个网开一面的"规定"，50多岁的，及格分数线可以降低一半。我连猜带蒙，靠灵感，靠想象，靠意志，居然奇迹般地考了个及格！去年秋天，第三次申报开始了。按系统评职称，这是最后一次，以后就要交到社会上去评定了。谁都想挤这末班车，申报的人特别多，而我已"廉颇老矣"，今后就更没有机会了，所以这次从填写申报材料起，就高度重视，几易其稿才交掉。所幸的是，初评时评委们同意让我"突破"。

随后一关，是由市里新闻口的专家组投票，从初评中的"突破"对象中再作突破——其中绝大多数，将被无情地淘汰。这是一个极其难熬的星期六，我无法随这种生死难卜的压力和压抑，无法坐以待毙，于是心灰意懒、无可奈何地去逛了书店又逛街，以消磨这艰难时分。当我不得不结束这无谓的游走,回家闭门"养息"时,依然思绪纷飞、心潮难平,作为一个没有学历、没有"通行证"的失败者,我渴望侥幸过关,却又不敢抱有什么奢望。一个我劝慰说:"做好足够的思想准备,来承受一次极其沉重的打击。"另一个我反驳说:"不,这不合理,也不公平,'一张文凭定终身'让人无法接受,无法理解,内心也无法平衡。"这个我甚至有些动摇和后悔,这么些年来,日复一日地全身心投入编务工作,为他人做嫁衣,是否值得?为什么不多抽出些时间搞创作呢?

然而,就在我胡思乱想的时候,专家组的投票结果是让我再次"突破",可以算是死里逃生!我很庆幸,但我一点也不敢乐观,还得经过高评委投票这道最最重要的关口。一切都要从头来起,依然是九死一生,我还得经受一次更严峻、更痛苦的考验。

最后的结果会是什么,这很难预料,我忍不住给梅朵打了一个"申讨"电话,不久前他刚动过胃癌手术。"我耽误你了,对不起你",梅老板尴尬地说,"现在,我能为你做什么弥补工作呢?"我能说什么呢,又能怨谁呢?只能怨自己当年太不争气,没有拿到一张生死攸关的文凭——一张任是什么作家头衔、什么作品和奖项都不能替代的文凭。

真没想到,命运之神对我网开一面,高评委对我高抬贵手了——2000年元旦到来之前一个夜晚,突然接到一位新闻界老前辈的简短电话:"投票你通过了,许多人都为你力争,为你说话!"在这个走向新千年的美好夜晚,我激动不已,也备感欣慰:这一次,我终于不再落榜了!

2000年10月于上海淮海西路新居

注:文中提及的年代均为20世纪。

旧巢新窝

千呼万唤，终于盼到了一套三居室的新工房。

终于可以永远地离开被我无数次诅咒过的"棚户区"了。

虽然，这要付出不少的代价，我们家的一套私房要放弃产权，交由单位处理。母亲心疼不已。难以割舍——这房子是五十年代末她跟我父亲倾家竭产，一砖一木费尽辛苦建造的。别无选择的我，艰难而又坚决地做通了母亲的工作。

位于"大杨浦"的偏僻遥远的爱国二村，它的嘈杂，它的狭窄，它的陈旧和凌乱，在上海残留的棚户区中，恐怕是最有典型性的了。住在好地段好房子里的女作家程乃珊，曾在这一带的"下只角"教过书，感触良多，由此便有了她的电视剧《穷街》。拍摄外景，便有幸选中了我们爱国二村这块风水宝地。

日复一日，一踏进这座住了三四十年的私房，便烦躁，便牢骚，虽然有楼上楼下，几十平方，但大而无当，没有一块地方可以让人坐下来静心看书或是写作。不管你愿意不愿意，隔壁人家录音机、电视机那大音量愿意放多久就放多久；不远处一桌"麻将"又搓得兴起，爱怎么嚷就怎么嚷。陈旧、单薄的砖木结构，噪音难挡，我只能跟人家共同"享受"。

但奇怪，行将撤出这间使我生厌的旧房子时，却又有一种说不出的留恋。搬家的事我拖了好久。我突然觉得这破房子如此亲切，我是从这里起步，走进《文汇报·笔会》和《文汇月刊》的，走进上海作家协会和中国作家协会的。我已问世的四五个报告文学集子，是在房间里那张油漆斑驳、高仅及膝，又当饭桌，又当书桌的小方桌上完成，送到各地出版社去的。

跟许多"爬格子"的人一样，我写作时听不得些许不和谐音，有一点儿也不成。旁边更不能有人。记不清有多少次，稿子人家急要，自己也心急火燎，却又不得不苦苦等待"万籁俱寂"的到来。一俟四围"鸣锣收兵"，我在小桌子上铺上报纸，才开始纸上谈兵。天可怜见，那桌子太矮，为了保持相对高度，我不得不"屈尊"买了幼儿园小朋友坐的那种红红的、矮矮的塑料凳。

这时，一切怨气和烦恼都消失了。我甚至有种比上不足，比下有余的庆幸：有这么一个小环境，比起上海滩上几代同堂挤在一间房里的人家幸运多了。甚至还自慰：倘是没有这简陋、这局促、这艰辛，或许反而会分心，不会这么尽心尽力，挑灯夜战。

苦则苦矣。大热天屋里不大透风，蚊子包围了肉体，只好一面赤膊上阵，一面两台电风扇一起开，既吹人也吹蚊子。大冷天，这屋子处处漏风，冷得人打颤，没奈何只得全副武装，身披棉大衣，腿罩羊毛毯，还在小桌子肚里放上一只红外电热取暖器，倒也热气腾腾。

我的专业是编辑，作家是业余的。赶稿子的日子，一般总要写到凌晨两三点钟才睡，有时干脆通宵达旦，而第二天上午9点之前又得精神抖擞地出现在编辑部里，得为他人做嫁衣了。

终于，搬入独门独户，煤卫俱全的新屋了，终于有了个属于自己一个人的世界——一间比较舒适的9.3平方的书房，有了一张像模像样的写字台。想起过去冷天冷得要死，热天热得要命的窘境，狠狠心又安上了一架"窗式空调"。

　　然而，天知道是怎么回事，搬来半年了，懒散得很，吊不起情绪，写作上至今颗粒无收。每得闲暇，靠在沙发上看看武侠小说，便睡着了；醒来又看，再接再厉，消遣而已。

　　荒废日久，自己也觉说不过去，先前还自我辩护：想必是装修房子太累了，精力不济；或是气候不好，身体不适所致。但鼓起勇气往深处一想，不觉脸红，潜意识里藏着个怯战的懒汉："以前太苦了，太累了，放松一阵子再说吧"。

　　于是，我不能不进而想起鲁迅先生的那句名言：生活太安逸了，工作反为生活所累。我大概也是为先生所不幸言中的那类人吧。好在汗颜之后又有些放心，这富贵病虽则可怕，但于我却不至经久不愈。一个以爬格子为生计的人不是富翁、阔佬，也没有搞"官倒"，卖批文；况且一个窝刚筑好，已是囊空如洗，坐吃山空是断然坐不起来的。没那等福分。

　　我想，不管怎么说，此窝总比那窝好，舒服亦绝非坏事，只要不为之所累。终究，我是不会辜负这比较安静、舒适的书房，不会虚对这用不着动用幼儿园小凳寻求"相对高度"的写字台。

　　　　　　　　　　　　　　　　　　　1991年1月末，于九三书斋

与噪音为邻

终于乔迁新居了。虽说小区坐落在淮海路的尾巴淮海西路上,恐怕算不上是黄金地段,但发展商的广告词还是诱人地写道,"我家住在淮海路!"一墙之隔的两家邻居,都很像模像样:一边是闻名遐迩的一家胸科医院,另一边是新建的占地60多亩的番禺公园。

买房子直至乔迁,乃是人生一件大事、乐事,但往往又成了憾事。一些过来人告诫道:尽管你倾囊而出,全力以赴,最终的结果却未必能让你称心如意——十之八九如此。但我却一度很自信,我前期工作做得细致而又充分,几近无懈可击,大概不至于会留下什么后遗症吧。

我原先并不急于买房子,但女儿出国后,已在日本五年多的儿子表示要回国陪老爸,"等你弄好房子我就回来,越快越好,两套房子要买在一起,你老了好照顾你!"他还特意叮嘱道:"地段一定要好!"于是,之后三四个月的双休日里,根据媒体广告和朋友们提供的信息,我先后认认真真地看过三四十个有点名气的楼盘——不光是看图纸、看模型,而且在轰鸣的施工声中,头戴安全帽,随着咣当作响的简易电梯亲临现场。事关重大,考察时得有十二分的细心和耐心,不能出任何差错:房子朝向、采光情况如何,绿化到底占百分之几? 周边环境是否安静? 出门交通、购物是否方便？还得打听清楚，发展商是否有实力，期房能不能如期完工？

那些日子，我每周都往日本寄特快专递，让小两口"审核"我初选下来的楼盘。而每到周末，我们便各自摊开图纸，在远洋电话里展开讨论以至争论，但每每无果而终——我看中的，他们说不理想；他们认可的，我又有些犹豫不决。见我踏遍铁鞋无觅处，一位热心的搞房产专版的同事伸出援手，安慰说："不要急，最多再等两个月，淮海西路那里就要推出一个上档次的新楼盘，保证你第一个签合同，你一定会满意的！"我是急性子，没等开盘，就早早地去侦察了一次，但什么也看不出来，工地上乱哄哄的，还在做地基呢。等到图纸和小区模型刚出来，我又一连去看了几次，有时还带了参谋。确实，如引荐的同事所说，房型、地段、环境、交通，总体感觉都相当不错。虽说，也有参谋提出了缺陷：这里眼下还比较冷落，购物不便，离医院也太近。但权衡下来，我觉得能够接受，儿子也表示满意，只是觉得交房的时间晚了些，回国后要在老房子里挤上一年。开盘那天，我大概是最早签约的——但这之前，又特意去勘察了未来的明珠线，心里有了数：步行将近十分钟，开通以后响声大概不会传过来。我自以为是细致入微了，但百密一疏，在施工现场雄浑的音响轰鸣中，恰恰忽视了那近在眼前、高高耸立着两根细烟囱的医院食堂。

经过一年半马拉松式的等待，今年五月，终于搬进新房子，享受胜利果实了。新居给人的第一印象不坏，我的老朋友、作家赵丽宏夫妇来做客，他们觉得最有情趣的，是在连通主卧的圆弧形阳台上，俯瞰脚下那郁郁葱葱的偌大一个公园；而推开书房或是客房的窗，又可以享受到一墙之隔的医院小花园——一块半个足球场大小的芳草地，三面绿树环抱，另一面一条葡萄架长廊蜿蜒通向一池碧水。赵丽宏不无赏识地归结道："我很喜欢这个房子，很喜欢这个环境。"

我没想到，我们的邻居竟藏有高分贝噪音。在这里，倘是没有干扰的话，枕着夜色或是晨曦，原本可以聆听大自然的生命协奏曲——大小两个园林里此起彼伏的蛙鸣、虫鸣和鸟鸣，让人能够多少感受到一些"鸟鸣山更幽"的滋味。然而，凌晨四时许，随着一声子弹出膛般尖厉啸音的先导，医院食堂上空响起了鼓风机的轰鸣声，随后第二台鼓风机又加入了，锅炉也开始不时嘶嘶放气，烟囱的黑灰则随风飘落……这时，园林里所有生命的鸣唱也都戛然而止，不知是受惊了，还是生气了？而我只能在夜色中沮丧地品尝失误的苦涩。

被朋友们不幸而言中，真的很遗憾，噪音也着实让我头痛不已——它如同变态的不负责任的闹钟，每天将我惊醒，使我失眠。但我很乐观，过眼烟云，终将散去——比我早搬进这幢大楼的人，早已发现问题，发展商也正在催促邻居快刀斩乱麻，而且不断给我通报进展的消息：对方已经签下协议，8月底开始动手改造，拔掉高烟囱，换成油锅炉和低噪音鼓风机。尽管至今噪音依旧，十月底前的一个凌晨，环保监测人员还在我的窗口进行测量——即使只启动一台鼓风机，噪音也已超标。但我记得那位环保"大盖帽"临出门时，安慰我的话："放心，一定会给你一个满意的答复，问题也一定会得到解决！"

我相信他的承诺，也相信以发扬人道主义为己任的芳邻，一定会珍视城市环境，与我们共享美丽的绿树和红花，以及美妙的虫鸣与鸟鸣——我们无权也无颜将这里的噪音和污染带入二十一世纪！

2000年10月28，于鑫城苑新居

贝壳与诗

　　不知道是什么缘故，人们不论年岁大小，都喜欢贝壳。尤其是远离大海的人更是如此。

　　记得有一次，一位住在海南岛的朋友，给我从"天涯海角"捎来了一小袋贝壳，真使我喜出望外。那贝壳倒出袋来一看，千奇百怪、五光十色。论色彩，有的红如枫叶，有的白得像玉，有的亮得像涂上了一层釉彩，有的是淡黄色的，上面有着好多大小不同的褐色斑点，如同是老虎、豹子身上斑点的颜色。论形状，有的像折扇的扇面，有的表面突起菊花瓣，有的呈细长的圆锥形……虽然，对这些贝壳我连个名字也叫不上来，但我珍藏着，十分喜爱。有时，翻动着这些贝壳，它们的身上还会抖落出一些细细的金黄的沙粒，使我不自禁地想起了大海，我总向往着什么时候能到海滩上，尽兴地拾起一枚枚好看的贝壳。

　　春风四月，我有机会跟随一个诗歌作者访问团来到了青岛……晚上，我们一行就住在湛山那一带的海滨招待所里。多好的所在地呀！它跟大海相距不过三四十米远，一推开窗户，就传来一阵阵震耳的涛声。我们凭窗相望，情切切地急于领略一下海的辽阔、海的壮美。可惜的是，夜海茫茫，除了海面上那一盏盏眨巴着眼睛，闪烁不定的航标灯之外，什么也看不出来。自然，更谈不上去寻找贝壳了。

第二天，大清老早我们就睡不住了。一起身，我们就靠在楼上阳台的栏杆上，饱览着青岛城的风姿。这个傍山临海的花园城市，正像人们所给它勾画的那样：青山、碧水、绿树、红瓦……美好极了！远远看去，海天相接，分不清哪是天上的云，哪是海上的雾。而傍着海岸，顺着山坡，建造而成的幢幢红楼，掩映在绿树丛中，别有一番风味。迷人的清晨呵，真叫人沉醉，但我还是没忘记自己的夙愿，我盼着潮水一下子退走，好让我们到沙滩上去捡贝壳，捡它个痛快！

古诗里不是说"潮来天地青"么？果如斯言！涨潮涨得那么快，而落潮却慢得出奇。终于，我们憋不住了，像是赶海的孩子似的，跟在浪花后面奔着、笑着，就差没甩下鞋子，光着脚丫。

蓝宝石般的大海呀，你在沙滩上给我们留下些什么样的贝壳做见面礼呢？我们不再喧闹，也不再奔跑，而是一步一步地寻找着、搜索着，生怕一不留神，会漏掉个珍奇而又美丽的贝壳。找呀找呀，我把这半月形的海滩走了个遍，竟一无所获；我又不甘心地攀上了海边的一片礁石上，但除了在坑坑洼洼的积水的石缝里，找到一些活的海蛎子之外，仍然是两手空空。看看伙伴们，也大抵如是，有人虽然拣得几个，色彩却都单调，模样也平淡得很。

大海太吝啬了。弄得我们乘兴而来，败兴而归。海大概觉察到我们的心情，那浪花不时向礁石上涌来，俄而又退去，那潮声，像在跟我们打招呼，说着："抱歉，抱歉！"我们队伍中的一个姑娘，跺着脚嚷道："小气鬼，小气鬼！"像是在跟大海斗气似的。

她的嚷嚷，逗乐了大家，也逗乐了一位看热闹的海洋生物研究员，他额上那波涛似的皱纹，以及那个装扮，真会让人猜测成老渔工。他带个助手，摇着一只小船，正准备给海上人工栽培的海带施肥去。"别生气了，上船吧！"老人要带我们去开开眼界，补偿一下"损失"呢！老人是个

"大海通"，爽快、开朗。大概，像我们这样到海边拾贝未能如愿以偿的游子，他见得多了。很快，他就和我们搞熟了，为海打起抱不平了："你们别怪海，找贝壳的人每天少说上千，多了上万，它来不及加工，供不应求呵！"可不是，长长的沙滩上星星点点有好多的人，刚才我们只顾自己拾贝壳，没注意到从什么时候起，这海边拾贝的队伍悄悄壮大了。怪不得以前听人说，如果你想找珍贵、稀罕的上好贝壳，最好到绝少人烟的海滩，或是常年沉睡的荒岛上去。

老人虽说是搞海洋生物的，出言吐语却充满了哲理味："贝壳好的少，才珍贵，不然就不叫'宝贝'了。依我说，找贝壳跟你们写诗编词儿一个道理，不都是在海边东找西找的？你不下力，没点耐心，八成九成找不到！"

船儿慢慢驶进海带养殖场的水面。这儿，一排排金属浮子闪着光亮，浮子下面系着秧苗似的小海带。小船就是沿着这排列有序的浮子，开来开去，船尾喷出长长的弧形水柱，在给可爱的小海带施肥呢！这时候，太阳仿佛洗完了一次海水浴，脸上红扑扑的，周身焕发光彩，海上云收雾敛，整个大海连同我们的一叶扁舟，都沉浸在光明之中……然而，我们顾不上细细欣赏这些，心思全被眼前这位堪称"知识老人"的老学者迷住了。

"古人写了本《尔雅》，看过没有？要说专门谈到贝壳的书，它是最早的一部了。"他饶有风趣地引导着，把我们带进了遥远而又诱人的历史年代，那是贝壳跟人类的生活结下不解之缘的年代！我仿佛看到五万年前，我们的老祖宗有的在用贝壳当碗盛饭，有的在将贝壳做成了刀、铲、斧头等工具。我也仿佛看到，五千年前私有制产生之后，不光是中华民族的祖先，世界上的许多地方，人们在大海的无数贝类中，选中了一种色彩最美、数量很少，而又伪造不了的宝贝，用它的壳作为货币流通起来。贝壳身价百倍了！如果你有兴趣作次比较，你一定会发现：繁体的"贝"字，跟宝贝的外形如出一辙。它的外框是宝贝的外壳，两横是壳上的花纹,至于下面的两撇,分明是贝类伸出来的两支触角!

贝壳的身世确是不凡。老海洋学家娓娓动人地告诉我们,随着铜和铁这号金属品的出现和替代,贝壳又跑进了艺术的领域。起先还只是将它略加雕刻,作为妇女身上的装饰;到周代又进了一步,将它做成细致的鱼虫花草,镶嵌在器具上,称之为"螺钿"。从马王堆汉墓中出土的文物里,就也有着这种工艺品!

好个老渔工模样的学者,讲贝壳讲得太有魅力了。小船施完肥,返航了,快向海滩驶近了,他却"卖关子",不肯把这有关贝壳的故事唠完,反而给我们设下个悬念,说:"都说的陈年八辈的事。要看贝壳?贝雕厂有的是;贝雕也比'螺钿'精巧得多。快靠岸了,我也要'鸣锣收兵'了。这下文嘛,你们找个空闲,自己到贝雕厂去听分解吧。"这老人多有意思!

幸好,这次还算来得快。只过了一天,我们参观贝雕厂的计划就得以如愿。我们到这个创造艺术的工厂来探讨"下回分解"了!

一踏进工厂门,我们像是走进了一个贝壳世界。杳蔼的大海,似乎被我们的虔诚感动了,它竟慷慨地打开了百宝箱,展示出它所珍藏的琳琅满目、色彩绚丽的贝壳。在这儿,过道上、大门旁,到处堆积着一堆堆海螺壳、蛤蜊壳、海红壳、蛏子壳……这些还算不上是珍品。当你来到车间里那陈列贝壳的玻璃橱面前,你一定会被吸引,甚至会惊讶得叫出声来。这些贝壳,跟它们的名字对照起来,太名副其实了!佛耳贝跟弥陀佛那又肥又大的耳朵一模一样;日月贝的两扇贝壳,果真是一扇红得像太阳,另一扇白得像月亮;太阳衣笠螺,活像是顶渔夫头上戴的斗笠;笔架螺,宛如是书房里的笔架……还有什么嵌条扇贝、企鹅珍珠贝、山猫眼宝贝、虎皮斑纹贝、堂皇海菊蛤,以及瓜螺、夜光螺、香贝螺、锥子螺等等……光从它们那一串动听的名字里,不就可以想见贝壳的外形吗?

"满橱的贝壳满橱的诗啊!"我们仿佛走进了诗的境界。昨天在海滩上生气的姑娘,现在大为感慨。她这么一说,引得我们这些人都浮想联翩：从贝壳的光泽想到美丽动人的诗句，从贝壳的千姿百态想到艺术风格……说实在，我们站在五光十色的贝壳陈列柜前，真不想离开了。但是，热情的主人却急于把贝雕画介绍给我们呢！

呵，这就是贝雕画？如果说，来自大海的贝壳带着天然的色泽和纹理，那么，巧夺天工的贝雕，则既有自然的美，也有着劳动的美、艺术的美。你看，那张"菊黄蟹肥"，多么逼真多么传神！一株菊花在秋风中轻轻摇曳。那花瓣，金黄耀眼；那花蕊，绿得深沉；一个神气活现的螃蟹，扬起右边的巨螯，里头夹着一个小小的锥子螺，仿佛在炫耀自己的威力。你再看，旁边那一幅上：一只圆圆的瓜儿成熟了，好像还能闻到它散发出的淡淡清香。那瓜儿，瓜皮上的花纹纹路清晰可见，瓜蒂是赭黄色的。一只雄赳赳的螳螂停歇在上面，它的身上好像披着一层绿纱。它的敏锐的眼睛，它的带刺的螳臂，无不富有生气。瓜蔓的绿叶上，也停着一个神态可爱的小生命：一个绿豆般大小的红瓢虫，身上还镶嵌着一个个黑点点儿……

多么奇妙的贝雕画呀！有的娇艳，有的淡雅，它既有中国画不拘一格，以写意为主的气派，又具有浮雕般的立体感。在这些艺术画面上，细看之下，只有那瓜儿，那锥子螺，能看得出是用原只的贝壳做成的，其余的部分呢？工厂负责介绍的同志似乎看出我们的疑惑，指着那四处可见的贝壳，用肯定的口气说："原料全摆在这儿了！"

这些贝壳中，漂亮的并不多，多数是普通的蚌壳、蛤壳、蚶壳、蛏子壳、鲍鱼壳……全凭着贝雕工人的精湛技巧、绝妙手艺，才使美丽的更加生辉，平凡的变得神奇。不是吗？要利用好二百多种贝壳的自然色彩、自然纹理，加以切割、研磨、拼砌，使之化为栩栩如生的山水花鸟的形象，实在是很不容易的！贝雕姑娘们那灵巧的手指，捏着各种形状的小小的贝壳原件，在电动砂轮上磨砺自如，随心所欲，好像是诗人们在构思剪裁，匠心运度，创造着充满激情的诗篇！转眼间，一些贝壳在她们手中，有的磨得小如米粒，有的磨得弯如游丝，有的变成了千姿百态的小零件：

蟹盖、鱼鳞、花瓣、藤蔓、云彩、亭台……随后，她们按照设计蓝图的艺术构思，对这些小零件进行装砌，粘在画面上，使它们各得其所，相映生辉。于是，《海滨之春》、《麒麟送子》、《鲤鱼跳龙门》、《凤台莹珠》等一幅幅精致的贝雕画就是这样诞生了!

最使我们震惊不已的，是《文成公主入藏图》那幅气势磅礴的大型贝雕画，长为三百二十厘米，宽为一百四十厘米，画面上出现的人物竟有七八十人之多! 这幅画，光是出厂价就要五万元。如果只让一个贝雕工人制作的话，要花上三四年的工夫。"入藏图"极为生动地记下了公元六四一年，吐蕃王松赞干布欢迎文成公主入藏的热烈隆重的场面。画面上，唐公主那端庄秀美的脸庞，那脉脉含情的眼神，表现得细致入微;粗犷豪放的吐蕃王，带着喜悦和敬重，把雪白的哈达连同自己深挚的爱情，一起献给了万里入藏的文成公主。这时，宫女傧相们有的吹奏唢呐、拨动琴琶、打起玉板，有的举着节庑和宫灯，有的捧着美酒和绸缎，白鹤和吉祥鸟欢叫在蓝天上，白玉栏杆辉映七彩，莲花台阶落英缤纷……一切都是这样富丽堂皇，蔚为壮观，使你觉得，这民族联姻的盛大场面，好像就发生在今天，发生在眼前……

真的，人的感觉有时就是奇怪，我们明明知道是在看一幅贝雕画，但还是难以置信:这是贝壳组成的? 王安石的两个诗句，跃上了我们的心头: 看似寻常最奇崛，成如容易却艰辛!

漫步在贝雕厂艺术的海洋中，我又想起了充满了生命力的碧绿的海。在这儿，有着三千多种样式的贝雕，而海滩上，贝壳的品种又何止于三千呢? 我也想起了那位鹤发童颜的可敬的老学者，想起了他说的那些意味深长的话。是的，我们这一生，不就是在辽阔的海滩上，寻找着贝壳，寻找着生活，寻找着诗句……

1979年4月，写于青岛至上海途中

鼓浪屿上觅诗魂

　　厦门——海防前线呀，你究竟在何处？

　　不是一片片的荔枝林哟，就是一行行的相思树；

　　厦门——海防前线呀，哪里去寻找你的真面目？

　　不是一缕缕的轻烟哟，就是一团团的浓雾。

　　真的，我们这些陶醉于鼓浪屿风光的远方游子，表达感情的方式也许是太别出心裁了：竟然登临九十九米高的日光岩顶，一个圆形平台上，面临遒劲秋风，俯身一弯栏杆，尽兴地朗诵诗人郭小川的名篇《厦门风姿》，听任那湛蓝的大海，碧绿的树海，艳丽的花海，一起滚滚滔滔拥入胸怀……

　　我第一次读《厦门风姿》这首诗，就给迷住了，那是在中学念书的时候。美丽的诗句，使我对厦门和鼓浪屿，产生美丽的向往，我打开地图册，孩子气地寻找着，想象着，那地方大概跟童话里描写的仙境一样瑰丽、神奇吧？要是能让天上的云朵驮着飞去，身历其境，那该多好！

　　谁知，这心愿一直过了二十年之后，才得以了却呢。初秋，我到福州参加一个关于朦胧诗的讨论会来了。自然，我没忘记随身带着郭小川的那首《厦门风姿》。其间，主持会议的老作家郭风同志，带着长者的关切几次叮嘱我们这些客人：来一次不容易，一定要到厦门去看看，不然太可惜了。在他那隽永清丽、散文诗式的描述中，鼓浪屿变得更富于魅力了。

有关"朦胧诗"的讨论会，百家争鸣，众说纷纭，终于朦朦胧胧地结束了。我们乘坐在颠簸不已的长途汽车上，动身前往厦门观光。我的旅伴是一位很有些名气的诗歌评论家——他也是郭小川的崇拜者。会议期间，我们住在一起，"同室操戈"，颇为相契。这位湖南朋友，写的诗论素以严谨著称，性格却浪漫而活跃，也很善于幻想。他提议，在七八个小时的旅途中，我们把郭小川的那首长诗背出来，等到上了鼓浪屿的最高处，来他个"一吐为快"！

……傍晚时分，我们下榻在跟大海相距咫尺的鹭江大厦。一进宾馆，我们便打开长窗，隔着一条七百米宽的厦鼓海峡，眺望思念已久的鼓浪屿。鼓浪屿似乎像一位罩着洁白面纱的仙子，不肯轻易让人看清她的天姿国色。这个空灵、奇俏的小岛，连同它小巧玲珑的楼台亭阁，亮亮闪闪的万千灯火，不知是被大海的浩渺烟波迷蒙了，还是被天上的茫茫云雾遮没了，全都似见似隐，时灭时现，若即若离……怪不到鼓浪屿上，会出现了几位擅长于表现"朦胧美"的诗人。

许是顺风吹送，相距又近，隐隐约约的岛上，又传来隐隐约约的琴声，这是德彪西作的幽丽的《夜曲》中的《水中仙子》一节，充溢着美妙的、飘忽的、渺茫的想象，把德彪西追求的意境全然展示了：大海有着无穷的韵律……月光的临照下，水中仙子出现了，她像朵出水芙蓉，滴着水珠；她那么温柔、娇媚，用喁语般的声音诉说着水晶宫中的宝藏，和她那甜蜜的爱情……

被誉为"花园之岛"的鼓浪屿，兼有一个"音乐之岛"的美名，是当之无愧的。它"真像海底一般的奥妙啊，真像龙宫一般的晶莹"，"真像山林一般的幽美啊，真像仙境一般的明静"……我们凭窗而望，只觉得这一切似乎在伸手之间，又似乎是虚玄莫测的海市蜃楼。郭小川诗句中的妙处，我们体味更深了。哦，我又有点儿想入非非了，倘使我们能变成一串缓缓流动的音符，随风轻扬，飞上那夜来庭院深锁、却又风姿绰约的日光岩，岂不快哉！

次日清晨，睡美人般的鼓浪屿在霞光中醒来了——虽说她不及梳妆，不施脂粉，恬静、妩媚之中透出一点壮丽，却也令人销魂。这时候，厦门的一位诗友如约赶来为我们导游。这位热情的"厦门通"，写的厦门掌故与风光，比他的诗更有影响。仿佛有第六感觉似的，他一来就注意到桌上摊着的《厦门风姿》；我的评论家旅伴泄漏天机，把我们俩的打算透露给他了。想不到，这位朋友竟无端大笑起来——原来，我们是小巫见大巫了，他不无快慰地告诉我们，当年郭小川到厦门来就是由他导游陪同的，写《厦门风姿》的经过始末，他再清楚不过了。生活这个月老，常常是千里姻缘一线牵，把我们这三个人：一个写诗的，一个评诗的，一个编诗的，而且又同样迷恋于《厦门风姿》的，给凑到一块儿了。

…………

终于，在轮渡的欢快汽笛声中，我们穿越海峡，踏上了鼓浪屿，走进向往久矣的童话世界。我们这些终年生活在繁华都市的人，一到岛上，顿觉六根清净，一洗尘心。这儿，街上没有喧嚣的车马，没有烦躁的车笛，没有簇拥的人流，没有飞扬的烟尘，连空气也像大海般纯净、清新，醒人极了；窄窄的柏油小道，并不显得短促、单调，它依冈峦而筑，高低起落，曲折迂回，沟通于短街小巷之间。………鼓浪屿的实际面积虽则只有一点六四平方公里，但给游人的感觉却远过于此，显得广阔而又深邃，导游"厦门通"用几个字把我们感受到却又难于表达的意思说清了，这叫做小中见大，千变万化。

岛上的树木苍郁，花果奇异，热带的、亚热带的，多得让你眼花缭乱，却又叫不出个名儿来，只能说是"每一座墙头全覆盖新鲜绿叶，每一条街道都飘送醉人花香"。长着一簇簇碧绿碧绿小叶片的凤凰木，掩映着一幢幢小楼的楼角,煞是迷人;而它的树顶则给一片嫣红的繁花覆盖了,怪不得郭小川诗中唱道:"凤凰木开花红了一城,木棉树开花红了半空……"相思树更是楚楚动人,凝着芳韵,那椭圆形状,豆芽般大小的叶儿,密密层层,穷于算计,它们纤细、葱茏、一丛丛、一片片两偎依,卿卿我我,似有说不尽的柔情蜜意。我们漫游在植物世界里,眼界大开了:生命倔强的木麻黄,轩昂挺直的南洋杉,带有异国情调的椰子、芒果、菠萝树;被小川同志戏称为"好似长寿的老翁"的榕树,真够有意思,它深沉、苍老,胡须挺长,很容易使人想起一脸皱纹的智慧老人。可惜,我们走马看花,急切间没能见到"有如多子的门庭"的木瓜……但美林名木,风姿足见,鼓浪屿名不虚传,堪称是一个绿色的生命摇篮。

黛翠起伏,花香缥缈。绿树愈深愈密,道路愈远愈高,我们向前走去,心头汩汩流出了郭小川那饱含感情的诗行:

> 荔枝林呵荔枝林,打开你那芬芳的帐幕,
> 知我者,请赐我以战斗的香甜和幸福!
> 相思树呵相思树,用你那多情的手儿指指路,
> 爱我者,快快把我引进英雄的门户!

日光岩近了,从晃岩路向右一弯,沿着曲径通幽的小道进去,便可上日光岩,——转眼之间,就能实现二十多年的夙愿,我真有点急不可待了。谁想到向导却径直往海边走,把我们领向风光绮丽的菽庄花园。没奈何,我们只得客随主便了。

一进花园大门,便觉不同凡响:但见方门里套着圆门,圆门里又嵌着小门,似乎是层出不穷。原来这正是匠心独到之处,倘入园见海,就一览无余了。怪不得园门上要写着"藏海阁",大海真给藏在里头了。这花园说小也小,说大却也大,那茫茫大海好像是它的附属,是它有机的一个组

成部分。园里有飘浮于碧波之上的四十四孔桥，潮来时惊涛拍岸，雪浪离桥盈尺之间；落潮时，大海的气势消失殆尽，柔和得像一个无边的大湖，而这脚下也露出一片金黄沙滩。

看来，向导把我们先往这儿领，是颇有心计的，他毕竟是个诗人，懂得"构思"，他是让我们沿着郭小川当年漫游的路线走：这蜿蜒曲折、凌波卧海的百十米的长桥，不仅是全园的游览主线，更主要的是，它留下了郭小川流连的姿影。导游告诉我们：小川像沙滩那样单纯，像礁石那样朴实，像涛声那样热情，他天天傍晚到这儿，坐在雅静的"渡月亭"里，看海的变幻，看燃烧的晚霞，看夕照收去最后一缕美丽的丝线，看咫尺之间的晚潮，将月亮浸在水中，一抖动，又散开了，碎成粼粼波光；而桥面跟海水、月光，好似一起跳荡，诗魂在吸日月的精华，沧海的气魄，他如痴如醉，像着了魔，偶尔还掏出个小本儿记上几行，直至花园关门，才恋恋不舍地回到岛上宾馆。

就这样，小川似乎还未能尽兴。夜阑人静时，他还常常披衣而出，到港仔后海滩，踏着月华，踏着潮声，默默地踱过来，又踱过去，孕育着精巧构思、绝妙佳句，似乎不想出惊人的诗篇来，就永无休止地一直这样走下去……

出了花园，左首便是海滩，金色的阳光，照耀着金色的沙砾，使人唤起金色的联想：沙滩上，有着一行行深浅不定的脚印，哪一行是诗魂苦苦思索时踱步留下的？他现在去哪儿了，莫非是又上了日光岩？抬眼望去，但见山上巨石危立，怪松斜出，凉台亭立，而顶峰傲立海空，仰之弥高，愈显神姿。兴许，小川正在那儿掏出个小本儿，写下"日光岩有如鼓的浪声"那行诗句。

日光岩果是全岛的精华。我们循着诗人的足迹，拾级而上，未入山门，便见一块陡峭巨石耸立，刻有"天风海涛"、"鼓浪洞天"、"鹭江第一"的浑然大字。这些青苔蒙络的石壁上，有着数不清的题刻，它不光是书法艺术的瑰宝，给人以美的享受，而且使人陷入怀古钦英的幽思之中。循曲径而上，便是三百多年前郑成功水操台的石寨门，"开辟荆榛逐荷夷，十年始克复先基"，为了收复台湾，郑氏曾在这儿训练水师。而今，震天鼙鼓，森然营垒，早已荡然无存，唯独留下一个斑驳风化的寨门供人凭吊……

哦，诗人是最容易动情的，郭小川在这古阵地上、石寨门下，缅怀古人，回望来者，一定是神思驰骋，才会那样气势跌宕，一唱三叹："这里的每滴海水，都怀着深深的警惕"，"这里的每块石头，都流贯着英雄的血液"，"这里的每根小草，都深藏着百折不回的意志"，"这里的每朵鲜花，都显现着英勇无畏的雄姿"……是的，历史不会湮没，郑氏雄风犹存，巨石上刻有蔡廷锴将军的一首七绝："心存只手补天工，八闽屯兵今古同。当年故垒依然在，日光岩下忆英雄。"

山上的"古避暑洞"，也令人叹为观止。一块其重无比的巨石，天然地险险地依偎于边上的石块，覆盖在洞顶上，一走进去，遍体生凉，令人心悸，不知什么时候它会塌落下来。置身其中，倘若碰到风雨天：天风如浪，涌涌而来；海涛澎湃，声如鼓擂，你就会体味到把这个小岛叫做"鼓浪屿"，着实是恰到好处。郭小川大概是有幸见识了，要不，他在《厦门风姿》里怎么会那样忘情地吟唱那"如鼓的浪声"呢！

出了洞，仰望主峰，石岩上"日月俱悬"、"与日增光"的赫然题刻，使人心神为之一振，我们情切切地急步前去，不无心颤地攀上架设在峭壁上的凌空天梯……我激动得真想大声呼喊：日光岩呀，我们终于投进了你的怀抱！诗魂呀，我们踏着你的足迹来找寻"战斗的香甜和幸福……"

小川同志啊，且留步，请和我们一起吟诵你那脍炙人口的《厦门风姿》吧——

看，榕树老人捋着长髯，木瓜弟兄睁着大眼，候着出海的渔民哪，披风戴露满载鱼虾回家园；

听，日光岩下有笑声朗朗，五老峰中有细语绵绵，

陪着海岸的哨兵啊，谈天说地议论我们的好江山……

1981年9月，鼓浪屿至上海途中

儿子

舐犊之情，人皆有之。柔情万端的母亲们莫不钟爱自己的孩子；其实，作为男子汉的硬派公民——父亲们，也同样如是。尤其是那些刚刚幸运地取得做爸爸的资格，并且称心如意地生了个儿子的年轻人。太多的欢乐来自太多的痛苦，当这些未来的爸爸守候在产科病房门口，激动而又焦虑地期待着小生命降临的时刻，一分一秒是那样漫长、迟缓。里边，年轻的妻正在呻吟，在汗雨中，在阵痛中分娩，而他却爱莫能助，苦于英雄无用武之地！

终于，婴儿呱呱落地了，大声宣告着自己的诞生……一个小护士脚步匆匆地走过来，她太理解你内心的激动了，用不着问，她就匆匆地向你报告——"儿子！"

太好了，儿子！小护士的话简洁得像发电报，但对刚刚当了几分钟爸爸的人来说，这答案实在是太完美、太圆满了。儿子，用心肝宝贝这样的词儿来形容，是太乏味，太不新鲜了。儿子啊，该说是令人陶醉的抒情诗，是精妙绝伦的艺术品，是激情澎湃的乐曲，是壮丽无比的日出！

我的一位好友——诗人赵丽宏，新近也诞生了一首真正的"抒情诗"——儿子！年龄三十有四，才做了父亲，他的喜悦和兴奋，实在是无法抑制的。他对儿子的爱，很富有想象力和创造性。他在摇篮边上放了架录音机，录下儿子的啼哭声、吮吸声，随后再放出来欣赏，尽情享受天伦之乐。那个小家伙也真有意思。在他心满意足地吃完奶，听爸爸为他放贝多芬、舒伯特、柴科夫斯基等老爷爷的古典音乐时，便舒舒服服闭上眼睛聆听，不一会儿就香甜地入睡了。他似乎真有些与生俱来的音乐细胞，似乎知道他来到这个世界的第二天，他的"诗人爸爸"便慷慨解囊，给他买下一架价值一千七百元的钢琴。

"他像谁？"丽宏和他的妻问我们。我和一位朋友一起去看望时，他们创作的"抒情诗"睡熟了。这个才生下二十多天的小家伙，还真是个高质量的艺术品！"他的鼻子又高又挺，像妈妈；他的眼睛又黑又亮，也像妈妈。"做妈妈的得意了，"你们没注意，他的手指很长，将来弹钢琴有条件。"她又指着丽宏说："只有头发天然卷曲，像他。""好，好，优点都像你，没有我的份，怪不得你看得入了迷。"做爸爸的有点泄气，他开始笑着戏谑地说她真有"欣赏水平"，"半夜里起来喂好奶换好尿布，看儿子还能一口气看上一个钟头……"妻子也"反攻"了，抖露他的痴迷："老是去亲儿子，还傻乎乎地问儿子，'儿子，儿子，你怎么不跟爸爸说话呀？'有时，还真有介事地对儿子说，'你听着，爸爸给你朗诵一首诗《致儿子》——最天真的是你的笑；最清澈的是你的眼睛；就这样凝视我吧，儿子；你的目光使世界晴朗、年轻……'"

我们忍不住笑了，他们两口子也笑了。可怜天下父母心啊！不过，我这个做了十几年父亲的人，却在为他们担心，有一天他们会跟我一样，对儿子又爱又恨，又喜欢又烦恼吗？

我的儿子生下来质量似乎并不低，也有天赋，但他就是读书不用功，从小学到初中，平日一直是松松垮垮，他争分夺秒地干的事，是看武侠小说，下"海陆空大战"，集纪念邮票……临考试他才"挑灯夜战"，仗着一点小聪明，摇摇晃晃，勉勉强强地过关。如今，还有几十天他就要升学考试了，考查下来，却是这个不懂，那个不会，连初一、初二学的英语，也都是无缘对面不相识。他这才终于有些惊醒，总算做了一篇有点使我安慰的作文《我后悔……》："以前，爸爸生气地说，你将来会后悔的。我不敢顶嘴，但心里在回答，我才不后悔呢。我玩得快活，每年还升级，不就行啦，我又不想当你那个绞尽脑汁的作家……我现在后悔了，拉下来的功课太多太多了，我要把棋子、邮票和'霍元甲'全收起来。把失去的时间追回来……"

儿子在作文里表示后悔，说他"对不起爸爸"。我扪心自问，却也在忏悔"对不起儿子"。当他要我晚上去学校开家长会，我一口拒绝了："不行，外地来了两位作家，我要去组稿。"当他要我辅导他写作文时，我把编辑部电报往他面前一摊，"人家来催爸爸的稿子，我今天没空，你不要有依赖性，自己独立思考吧……"养不教，父之过啊。如今我们一起后悔了，一起努力了，我熬夜写稿，他熬夜复习。儿子太辛苦了，眼看着瘦了下来，成绩倒稍稍上去了。我怕他好景不长，故态复萌，还特意抄录了一首古人的劝学诗给他："三更灯火五更鸡，正是男儿读书时，黑发不知勤学早，白首方悔读书迟。"但愿他不要名落孙山……我的朋友丽宏似乎比我有远见，对我的不大成器的儿子，一直寄予希望，鼓励他，信赖他，甚至每出一本诗集、散文集，也破格地送他一本，还在扉页上题上诚挚的祝愿……

哦，现在我面对的，不是我那个缺点跟优点一样多的儿子，而是一个还来不及有过错的婴儿——赵丽宏的儿子。这个鼻子又高又挺，眼睛又黑又亮的小家伙。对了，还有富于乐感的纤长的手指呢！他会不会也让他的爸爸又喜欢又生气，恨铁不成钢？此刻，他的父母陶醉地笑着，哪会思想到假设的而且又是遥远的不快呢？喂，小小赵，你这个还没有取过名字的小家伙，别眯着眼睛，光顾听音乐，别这么优哉游哉，自得其乐，你能回答我这个伯伯的问题吗？

1985年6月1日，于上海爱国二村斗室

父亲的失望

时下，许多父母都不惜重金，千方百计地托关系弄架钢琴，以对孩子从小开始定向培养。据说，上海的一家大百货商店里，最紧俏的钢琴、彩电、电冰箱，分别由一、二、三把手亲自掌握销售。钢琴属于一把手。

钢琴的身价可谓高矣。但我总在怀疑，父母的意愿能否主宰子女的兴趣？买上一架钢琴，作为智力投资自无不可，倘是由此便指望造就出一个未来的演奏家，恐怕百分之九十九的将以竹篮打水而告终。

我小时候，父亲没那么多钱，也没那么高的音乐素养，没有想过买钢琴。但他是个京剧迷，看那些名角儿梅兰芳、周信芳、马连良、杨宝森演出，都带着我。有次，居然破天荒地用20块钱给我买了把京胡，暑假里还让我每月花几块钱跟老师学那个吱吱嘎嘎的二黄原板、西皮流水。

遗憾得很，父亲的定向培养并不如愿。胡琴上蒙的蛇皮已经被虫蛀了洞，我还是拉不出个板眼。他省吃俭用下来的钱，确实花得冤枉，我每次学琴无非是去应付一下，让老师把谱子抄到一个本子上，——这本子父亲要检查的。随后便匆匆告辞，泡到茶馆里、棋摊上，去下我爱得发狂的象棋，围棋，或是国际象棋。

我对父亲是消极对抗。父亲对我则是横加干涉，反对我下棋，看到了就没收，没收了我只好再偷偷地买一副，但积蓄那一毛八分钱实在是艰难之至。他还反对我看连环画和小说书，只是要我练琴，练琴！但我逢到星期天和假日，能溜出去一连下上十几个小时棋，也能一连看上十几个小时《三国演义》、《水浒》、《西游记》，却没法全神贯注地拉上十几分钟琴。那爱好不是我的，是父亲的，我不愿意替他完成，父亲最终还是无可奈何地容忍了我的"叛逆"，那是我在棋赛中得过几回名次以后——大势去矣！

走上工作岗位，我又爱上写作，由诗而散文而报告文学。我最早采写的报告文学都是写棋的，这对棋坛是告别也是答谢。许是因为我懂一点棋，懂棋而写棋，直至今日，不少编辑部还来找我写这个行当。前些天，我又受命于体育出版社，采访棋坛霸主——象棋特级大师胡荣华，给他写一本十万字的传记。我很少有时间摸棋了，但书橱里还珍藏着百来本棋谱，以及几副精致的棋子。尤其是国际象棋有"庞然大物"，也有可以放在掌心里的袖珍的，这是一位通过信却没见过面的苏联女中学生送给我的。

我父亲十年前离开了这个世界。我使父亲永远地失望了。他大概不会想到，对下棋痴迷得神魂颠倒的儿子，"看了《西游记》，到老不成器"的儿子，没有能按他的设计当上琴师，却成了舞文弄墨的作家。唯一可以告慰于他的，是我在苏州他的墓地里，在他的骨灰盒安葬时，放了册我的散发着油墨清香的著作——第一本报告文学集。

我自己也早已做父亲了。我可不想做一个失望的父亲，也无意叫子女定向发展，继承我的衣钵，还是听其自然吧。不过，我有时也多少有些懊丧，尽管我是"爬格子"的，尽管我有满满三大书橱，——洋洋几千册的书，但他们并不热衷于文学语言，女儿学的是医学语言，儿子则是计算机语言。但我每每安慰自己：比较而言，短暂的懊丧还是远胜过永久的失望！

1987年8月5日，写于爱国村斗室

在稿笺和棋盘上驰骋

奥地利的著名作家茨威格，一准是个出色的棋手。要不，在他写的脍炙人口的名篇里，怎么能把那"有神秘的诱惑力"的国际象棋，描绘得那样深刻，妙语迭出？说它是"没有结晶的思想，没有答案的数学，没有作品的艺术，没有石头的建筑"。

茨威格说得好极了，棋艺是奥妙无穷的。搞文艺创作的朋友，常常挺形象地把写作戏称为"爬格子"。而我，在弥足珍惜的业余时间里，除了喜欢在绿草原般的稿笺上驰骋，有时还乐于忙里偷闲，到用智慧和勇敢交织成的棋盘格子里，去跃马扬鞭，领略另一种乐趣。

我喜欢写作，也喜欢下棋。文艺和棋艺同样使你品尝到欢欣和艰辛的滋味，同样需要你捧着脑袋去思索和想象。没有比听任想象力的翅膀在无限空间中飞翔，更使人着迷的了。

一个星期天，在"爬格子"的空隙里，我刚摆开一枰棋局，进入角色。我的两个孩子不知怎么也放下功课，去打开"半导体"收音机。哦，真调皮！原来电台的文艺节目里正在播放我写棋手的一篇报告文学。一时间，电影演员达式常那浑厚感人、倍觉亲切的朗读声，将我引向棋坛，陷入回忆……

我从10岁开始下棋。先是学下象棋，钻在大人堆里，痴看着，像是

"哀求"似的缠着大人跟我下棋,输了还不让人家走,非要让他们教我几个"绝招"不可。什么"当头炮"、"屏风马",开头我是依样画葫芦地自个儿晴。后来,小学老师让我"深造"了,每星期两次到区少年宫参加棋类训练班的正规学习。到日子,我这个小不点儿,一放学就匆匆地赶去了。书包一撂,兴味无穷地坐在位子上,眨巴着眼睛,听上海的著名棋手韩文荣等人讲解棋艺。上中学了,我又爱上了黑白相间的围棋,记不得有多少个星期天,我都是一早往书包里揣上两只面包,从早到晚"泡"在棋室里跟人家"纹枰相对,从容谈兵"。后来,我又迷上了那富有异国情调的国际象棋。家里人说我下棋下得着魔了。他们怎么能理解其中的奥秘呢?横车跃马,神游于象棋王国的国土之中,真是太激动人心了。这时候,除了奋起进击,追索胜利,采撷桂冠,眼前别的一切,都淡去了,连同整个世界都不复存在了。区工人文化宫里摆棋类擂台,竟让我当了"先锋",还真够神气的,赢不了我,可甭想跟"台主"交锋。当我把一个个比我高出一截子的大人打败时,心里有着说不出的快活。这也叫"一夫当关,万夫莫开"吧?

十七八岁了,正是浮想联翩的年纪。我老是幻想能得个冠军,很有威风,很有计谋的冠军——宝刀之下,嚓嚓有声,对手纷纷"落马"了。但不行,心有余而力不足,在区一级的棋类锦标赛中,一连好几年,我只能得个国际象棋亚军。而最佳战绩,也只是在1963年上海市的锦标赛中,得了个"小六子"。那时,快20岁了,我正在南市区的一个技校里读书,什么《工程力学》、《机械制图》,课程真多。我付出的代价是够沉重的,比赛期间,吃都吃不下,睡也睡不着。——赢了兴奋得失眠,输了懊丧得不睡。但白天起床铃一响,还照样得出操、上课呢!有时,比赛"封盘"了,我哪有时间分析棋局呢?上课时,只好在一块硕大的制图板遮掩下,在同学们的掩护下,偷偷地用一副精巧的、可以托在巴掌上的袖珍国际象棋在课桌里冲锋陷阵。——这些还是中学学俄语时,跟苏联中学生通信,一位女孩子送给我的礼物。同学们也真好，每逢比赛，哪怕我比赛到深夜，他们也不肯先睡，钻在被子里一边聊天，一边等着我的"战报"。那么冷的天，滴水成冰呀！

冠军得不着，但我见了世面，开了眼界。作为赛场的体育馆，还真大，简直像那辽阔的海洋。而这里头，有许许多多名震棋坛的一代国手：胡荣华、徐天利、陈祖德、戚惊萱……聊以自慰的是，在决赛期间，我的名字有好些次上了《新民晚报》，那黑黑的庄重的铅字，散发着油墨香的报纸。不过，晚报上有一条消息——关于我大意失荆州的消息，可让我把那个写报道的秃顶记者恨透了："昨晚，罗达成与高校选手交战中，仅仅六个回合就被对方构成绝杀，这是开赛以来，最快结束的记录。"真坍台，千载难逢的一着倒运棋，给弄到光天化日之下了。

生活是趣味无穷的。没想到，青年时代，文学取代了弈棋，成了我的"第一爱好"，我开始了创作生涯。天知道，我"诅咒"过记者，自己却也成了记者，也采访人家啦！莫非是报应？

当我采写那些以往常在同一个比赛大厅里，结对儿厮杀过的棋手时，心头不由唤起了一种亲切、眷恋的感情。我对这一切，太熟悉了，也许这是任何采访也替代不了的。我写过我的"对手"——国际象棋大师戚惊萱（《中国的旋风》），写过在这座比赛大厅里青云直上的蝉联4届全国象棋冠军的胡荣华，也写过声名威震日本棋界的围棋国手陈祖德、聂卫平……我写着，写着，便进入了角色，回到了比赛席上，像是在写我自己那不可忘怀的棋坛生涯。在这些文章里，我描述说："父母亲看到他棋迷心窍，有点儿担忧，'他怎么啦？'是呀，'聪明'的孩子变得'糊涂'了。有时对着自己做的一副棋子如痴如醉，你叫他们好像没听见；有时一边吃饭，一边看棋谱，筷子还没有夹到菜，就往嘴里头送。""在棋盘旁一坐，简直成了不食人间烟火的神仙了！他不说话，不走动，水不想喝，饭懒得吃，只有那两只乌黑的眼珠，骨碌碌地转动着。常常一口气就坐三四个小时。他在思考，他在算度，他的心进入了象棋王国"。这一个个"他"，不就是我吗？我是描绘他们，也像是对着镜子为自己画"速写"！

真的，采写这些个棋手，不像采访别的领域那么苦，谈上一二次就觉得很充实了。他们的经历，他们的对局，我都有生活积累。要写到具体的看法、战术，我也不多问了——他们也不肯说了，"老兄，你自己去打谱吧。"一般来说，把棋类语言转换为文学语言，是不讨好的事。行家觉得你太浅薄，读者觉得你故弄玄虚。就像我后来采访中国足球队、跳水队，为了说一点不出漏子的行家话，不知费了多大劲儿。缠着个李富胜、李孔政，问这问那，他们解释了一遍又一遍，打着手势，讲的人和问的人都急出汗来了。当我写完有关这些棋手的报告文学，请他们审稿时，他们总是双手一摊："还看什么？不看啦！"

我爱棋艺，我也爱文艺。遗憾的是，二者不可兼得。创作需要时间。我无暇再去时常领略横车跃马、"勾心斗角"的无穷乐趣了。但我对下棋，有着初恋般的情感，我和象棋界的朋友们保持着"热线"联系，他们仍然把一本本对局选送给我。并开玩笑说："没时间，等二十年以后，退休了，再细看吧！"那好，等退休以后再说！

是的，文艺和棋艺同样需要想象。而我，就像以前缺少"象棋细胞"，现在也缺少"文学细胞"。如果说，少年气盛时，在棋坛上还曾向往过当冠军、拿金牌。那么转眼变成四十岁的"老青年"了，没有奢望了，金牌不属于我，能写出几篇稍有动人之处的作品，能得个银牌、铜牌的，就知足了。不过，我也不太悲观。我毕竟是业余棋手出身的，还会捧着脑袋，苦苦思索，还能听任想象展翅飞翔。也许，希望在明天，希望在前方……

我留恋棋坛。我把那本由四川人民出版社出版的报告文学集，书名取做《中国的旋风》，并非偶然。这也该算是对棋坛的答谢，对棋友们的怀念吧！

1983年12月于上海

第 二 辑

自序 · 为友人序

心头的熔岩与读者的梦

——《八十年代　激情文坛——我在〈文汇月刊〉十年》前言

北岛说过："回想八十年代，真可谓轰轰烈烈，就像灯火辉煌的列车在夜里一闪而过，给乘客留下的是若有所失的晕眩感。"搞文学的人，特别留恋八十年代：留恋那时文学在社会上的崇高地位、在人们心头的无上价值；留恋写作环境的宽松、舒畅；留恋那代人为事业奋发拼搏的进取精神；留恋那时充满人情味而少有铜臭味，人与人之间有着真诚交流和相互帮衬。难怪许多文化人都感慨不已：

我们经历过八十年代，已经不虚此生了！

我也特别怀念八十年代——从1980年到1990年那十年，是我一生中最充实、最难忘的一段时光。那时，我在大名鼎鼎的主编梅朵手下，呕心沥血、若痴若狂地投身于《文汇月刊》的编辑工作。毋庸置疑，兼具文学性和综合性的《文汇月刊》品位很高，是当时全国最具影响、最有冲击力和号召力的杂志之一，在人们心头，似有"鼎之轻重，未可问也"的分量。有人赞誉它，"是八十年代文艺复兴的一面旗帜"。有人则叹息它的一去不返："能编出这样的杂志，已成绝唱。《文汇月刊》是特定历史条件下的产物，任何时候不可能再有这样的刊物。"

让我感念不已的是,多少年过去了,这本总共只有十年寿命的刊物,没有被人们淡忘,许多文艺界、文化界的大名家,都曾和这本刊物产生过激情碰撞。他们至今还完整无缺地保存着《文汇月刊》的每一期——从第1期到第121期。

当年,为了装订每年的合订本,在发现缺少某一期时,这些很少启齿麻烦别人的文艺大家、一代名流,会毫不犹豫地写信给编辑部,我至今手头还藏有许多名家"恳请帮助配齐"的信笺。大诗人公刘即为一例,1984年1月12日,他给我来信:"日昨整理各种期刊,发现《文汇月刊》12号缺失,回想也的确不曾读过;贵刊是我逐年保存的少数几种刊物之一,买又买不到,为此恳望你能检寄一本,俾能成套。"

而从那个年代过来的更多普通读者,他们也深情地珍藏着一部分《文汇月刊》,任是搬家迁徙、工作调动,也不忍割舍。

这段经历,如同火山深埋心头。2011年,梅朵病逝。这位工作狂,在1990年6月《文汇月刊》停刊后,一直郁郁寡欢;他原本就佝偻的身子更直不起来,眼睛里也失去了光泽。我的一位同事,曾记下梅朵在最后的散伙会上,流着眼泪说的几句话:"这是我一生中最伤心的时刻,比我以前送去劳教二十年时还难受,因为那时我是麻木的。现在办了十年《文汇月刊》,就像一个孩子养了十年,突然夭折了,我把所有的感情都寄托在她身上……希望诸位到新的岗位上,能继续发挥作用。"

那年,梅朵七十岁,已超过离休年龄了,但始终难以接受报社几年前就宣布他为顾问的现实。与刊物共命运的他心犹未甘,总觉得没工作够,实际工作时间太短暂了——学生时代,曾在重庆国民党监狱坐过三年牢;1957年"反右"后,又被送去劳教二十一年。更何况,这回是在刊物无疾而终的情况下,让他彻底离开工作岗位回家养老的。

2003年,同住在一幢大楼里的谢晋,因为出书让梅朵写序——一是觉得老梅了解自己,是最合适人选;二是知道老朋友退休后心境抑郁,让他动动笔，会有所解脱。谁知，梅朵因为当时正在服用一种进口高血压药。一万个服用者中，可能有一个会产生药物反应。梅朵不幸成了这"万分之一"，浑身骨头痛得不堪忍受，连坐都不能坐，他不得不住进中山医院干部病房。

梅朵的晚年，是在这家医院的病床上度过的，在那里一住八年。哀莫大于心死，往事皆成追忆，不能再风风火火、频繁地飞往北京组稿；不用再用加急电报半夜三更搞"精神轰炸"，逼迫限期交稿，让作家们一个个惊呼"梅朵梅朵没法躲"；激情丢失了，思想停滞了，语言功能也几近消失，连跟至亲好友都不对话、不交流。梅朵在得抑郁症之后，继而又患上"阿尔茨海默病"，几乎完全不认识人了。生命的最后时刻，他神智失常，呼叫呻吟，拒绝进食，又被罕见的"超级病菌"所彻底击垮，每天要靠昂贵的进口针药艰难而又痛苦地苟延生机。医生给他插了胃管，又要切开气管，家属不忍卒睹，终向院方请求放弃医疗。

他的去世，让我记忆的熔岩从胸中喷涌而出，不能抑制。2011年1月底，我怀着深深敬意和拳拳真情，在《笔会》上写了一篇悼念文章《敬畏梅朵》。这带泪的缅怀文字之感慨之激扬，似也触碰了京城一批已入老境的文学名流的心弦，有五六十人相继致电致信慰藉年已八十五岁的梅朵夫人姚芳藻。

一些杂志和一批朋友，读了文章深感言犹未尽，纷纷鼓动我、勉励我能放开笔墨来写《文汇月刊》。再现她在幸存的十年里每每有重磅巨制，造成万人传阅、洛阳纸贵的风采；再现那支神通广大、生龙活虎、几乎清一色由作家组成的编辑队伍；再现那些与刊物共命运、被"梅朵梅朵没法躲"追稿的文学名家们；也同时再现八十年代那个文艺复兴的伟大时代。他们劝说道：《文汇月刊》的三位创办人——三个命运多舛的"摘帽右派"，其中梅朵和谢蔚明相继去世，仅存的把关编审徐凤吾业已垂垂老矣（2017年9月，徐凤吾也去世了，终年九十五岁）。剩下的，最了解情况且相对年轻的只有当年的副主编——你和肖关鸿,而肖眼下忙于经营自己的文化发展公司;你如果现在不抓紧写,就写不动了。这段历史也就因为你们而湮没了。

我整整迟疑了一年,担心自己廉颇老矣,会因写回忆文章,而将已经习惯了的散淡、平静的退休生活打破,乃至被累垮;但辗转反侧,长吁短叹,打算轻松,而心头却始终无法轻松,种种顾虑终被担心有一天会为愧对梅朵、愧对刊物、愧对历史的悔恨所盖过,梅朵当年对我们这些后辈有知遇之恩!我鼓励自己,就把写作这段回忆,作为我一生中最后的文字、最后的拼搏,算是孤注一掷吧。

我开始艰难起步。姚芳藻与我几度长谈,谈她和梅朵这对患难的"右派"夫妻,惨淡与辉煌交织的命运时日。她把正在送审、准备出版的《大劫难——〈文汇报〉反右岁月》的校样给了我——毕竟是亲身经历,这本书之悲催感人和震撼力,似更胜过章诒和的《往事并不如烟》。然而,一年多后——2014年4月20日,姚芳藻也离开了人世。她病重入院后,直至去世前一个多月跟我通电话,以及让子女跟我联系,谈的都是关于她那本追忆《文汇报》"反右"岁月的书:完稿十多年了,两家出版社出过校样,最终都搁浅了。问我能否帮忙另找地方出版。我征询过,努力过,均无果而终,唯留遗憾和心痛。

《文汇月刊》的把关责编、铁面无私的徐凤吾,也已九十岁,垂垂老矣。与我长谈时,他感叹说:"我曾经想过写回忆录,但现在已经写不动了。"这使我想起他的老同事、老同学、我在《笔会》时的老上司、老作家徐开垒,在看了《敬畏梅朵》之后,特意给我打电话,他叮嘱说:"你千万要抓紧时间写啊!否则到我这个年纪,就力不从心,不能提笔了。"令人遗憾和痛心的是,这是我们之间的最后一次通话。

徐凤吾从他当年记下的十年日记中,给我摘出了概括《文汇月刊》从创办至停刊所有大事和关键节点的十六页《文汇月刊始末》。当年的编辑部同人，包括已出国多年、在英国BBC就职的稽伟，不光与我恳谈，还给我送来他们曾发表过的关于《文汇月刊》的各类文字。我给北京、天津、长春、哈尔滨、成都，乃至已在国外的，当年曾和我们并肩作战、交往甚笃的兄弟刊物编辑，以及一批报告文学名家写信、打电话，得到了热烈回应，有二三十位给我写来了关于我们刊物以及编辑的"二三事"和"印象记"，还给以热切的鼓励和鞭策，认为做这件事极有意义，应当一鼓作气。

最打动我的，是《文汇月刊》的老作者和老朋友肖复兴、赵丽宏、陈冠柏和陈丹晨。复兴、丽宏、冠柏三位，每过一段日子，都会"敲打"我一次："无论如何不能动摇、不能放弃！"而自己正在张罗出版回忆录、被审稿与删改弄得备受煎熬的丹晨兄，在短信中鼓励说："电话里聊到的关于《文汇月刊》十年的回忆录，我以为非常好，非常值得写，而且非你莫属。芳藻大姐写的1957年的回忆文章也非常好，都是重要的第一手史料，我也对她讲过我的感受。这些文章比那些不知所云的小说要有价值得多，有意义得多。也是我们这些当事者、历史的见证者、参与者应尽的责任，希望你早日完成。如何发表是下一步的事，总可以为后人留下一点真实的历史片段。"

所幸的是，有意无意间，我保留下了从我在《笔会》工作起，直至《文汇月刊》停刊期间，与一百多位作家联系的大半信件，一个作家少的一两封，多的上百封，总计大概有将近两千封吧。

其中有老作家和名头很大的魏钢焰、汪静之、郭风、袁鹰、魏巍、流沙河、曾卓、孙静轩、黄宗英、田流、公刘等人的；更多的是当时的中生代作家、评论家和编辑——其中多与报告文学相关，如冯骥才、张锲、姜德明、张凤珠、高瑛、朱宝蓁、吴泰昌、陈丹晨、韩少华、乔迈、鲁光、理由、陈祖芬、张胜友、刘进元、肖复兴、孟晓云、李玲修、袁厚春、佘开国、王颖、李延国、尹卫星、韩静霆、王中才、王宗仁、朱秀海、张正隆、谢望新、祖慰、谢大光、陈冠柏、蒋巍、贾宏图、杨匡满、叶永烈、李元洛、叶文玲、朱子南、王维洲、王兆军、周明、傅溪鹏、石英、谢致红、刘茵、刘登翰、曹礼尧、廉正祥、魏世英、朱谷忠、庞瑞垠、张步真、罗石贤等;还有诗人李瑛、雷抒雁、徐刚、刘祖慈、叶文福、顾工、李松涛,以及朦胧诗的代表人物北岛、舒婷,等等。自然,也有许多上海名家,如辛笛、徐中玉、芦芒、徐开垒、肖岗、王安忆、赵长天、叶辛、赵丽宏、秦文君、俞天白、江迅、黎焕颐的信。这是笔十分折磨人的宝贵财富,我花了一年多时间才算整理完毕。

非但如此,我还以极大耐心,花了七八个月,把十年的《文汇月刊》所有重要篇目认真看了一遍,摘写提要,做了笔记;还做了一份较为详尽的目录,以便撰写期间不时查阅。仅动笔之前这点准备工作,已经花掉近两年时间!

或许是巧合,在我花了这么长时间做前期工作,而且工作量之大远远超出预料,超出承受力,心中充满疑虑和畏难情绪时,在网上看到一篇《余墨de博客——放飞灵魂,让孤寂的心有个着落》,那份淡淡惆怅、浓浓感怀,给我以难言的激励和鞭策,唤起我强烈的责任感和使命感!博文说,"《文汇月刊》是二十世纪八十年代一本文艺类期刊,由上海文汇报社主办,故名"文汇"。印象中的她是一本十分有格调的杂志,但却没有所谓格调、品位通常会带来的孤芳自赏。至今我还保存着八十年代初到1990年第6期停刊时的每一期杂志。……感谢《文汇月刊》,陪伴我度过整个八十年代!"

毋庸置疑,《文汇月刊》已经深映在那个年代过来的读者和思想文化界人士的心中。在我写作这本回忆录的第四年,觉得自己形同一叶孤舟,苦海无边,始终看不到岸边灯火和地平线。一位亦师亦友的名家,把偶然找到的一篇1993年《读书》上惋惜、感叹《文汇月刊》的短文——《〈文汇〉风格》发给了我,又一次给以激情鼓励和无比安慰,让我觉得再苦再累也值得。

　　《复旦沙龙》刊出一篇小文，以《逝者如斯》为题，将《文汇月刊》追忆了一番："美丽的事物也会因各色各样的原因悄然消逝，留意的人只有惋惜感叹的份。"

　　作者写道："精而不涩，丰而不肥"，是记忆中对《文汇》最好的评价。一本纯文学刊物要在大红大绿的报刊中保有自己的一席之地，光有出污泥不染的精神是不行的，还要竭力刊登一些雅俗共赏之作，以期有更大的接受面。"看上去就像倾国倾城的杨玉环一般，恰到好处。"《文汇》的小说登得很杂，从前卫文学到阳春白雪都有，但构成它浓郁味道的却是渐趋销声匿迹的传记文学栏。它曾以极大篇幅推出的传记文学作品，有很大的"命若琴弦，流年似水"之感。其实这就是《文汇》风格了。

　　作者说："这么一本刊物再无声息是有些冤枉的。"然而，假如在张爱玲所说"海棠无香，鲥鱼多刺，《红楼梦》残缺"这三件人生憾事之外，再添一件呢？《文汇》实在并非是"无声息"的。

　　从2012年1月至今，整整六年过去了。我终于艰难完成了这本关于《文汇月刊》的回忆文字，为它留下了一点"声息"。记得陈祖芬在我动笔前，曾好心劝止过："虽然你做的是一件很应该做的事，但我还是要说，老友罗达成，我为你担心！"我回复说："不惜以生命的余日为代价，去做这件事。"祖芬感叹："这话近乎悲壮。"

　　我不知道这个抉择是否"近乎悲壮"，但此刻，我确已精疲力竭。

2018年1月31日，于鑫城苑

　　注：文中提及的年代均为20世纪。

代价沉重，无怨无悔

——《八十年代 激情文坛——我在〈文汇月刊〉十年》前言补记

2012年初，我横下一条心，开始写这本追忆《文汇月刊》的书稿。直至2018年1月底，我才如同无边苦海中始终看不到岸边灯火的一叶孤舟，挣扎靠岸。从70岁写到76岁，整整花了六年零一个月，终于写完这本书稿的最后一行字。

我在第一时间，把终于完工的消息告诉了老友、《上海文学》社长赵丽宏。他是苦苦动员我写这本书的始作俑者，没有他2011年间整整一年的一再鼓动，我绝对没有勇气在这个年龄接手这个太过艰难的"大工程"。丽宏的劝说终告成功，是2012年伊始，在上海作家协会门口那个淡雅、书香味十足的小咖啡馆里。他"警告"说："如果不以这本极有价值和意义的回忆录终结写作生涯，你一定会抱恨终身，不能原谅自己！"棒喝之后是"胡萝卜"，他说到时《上海文学》会连载你书稿中部分篇章，联系出版社出版的事也一定会负责到底。言出必行，2015年，我的书稿进程过半，丽宏就在《上海文学》上，为我开设了一个《煮字风云》专栏，连载了一年。他还调侃说："想不到侬这部多年不开的'老爷车'，开动起来倒蛮灵光。"

　　稿子交出，压力骤减，靠着决心和信念，苦苦支撑、奋斗了两千多天的我，顿然觉得周身被极度疲劳所裹挟，太累太累了。我安慰自己：休整三五个月，也许会恢复如常。从二月初到五月初，我放慢节奏，一边耐心等待"负责到底"的丽宏，寻寻觅觅，帮书稿落实出版社，一边在为之准备相关的图片和扫描件。在这前后，因为书中写到的《文汇月刊》一些人相继离世，我的心境一直感到压抑，感到完成这本书的紧迫和责任。几位前辈，谢蔚明、梅朵、梅朵夫人姚芳藻，以及"创刊三老"之一的徐凤吾，先后于2008、2011、2014、2017年去世——幸好都是高龄，他们去世时已是85岁到95岁。让我震惊和难以接受的是，2018年伊始，1月14日我在龙华殡仪馆送走67岁的刘绪源。5月4日又在这里送走周玉明，她也只有71岁。

　　我没想到，几天之后，病魔和厄运竟也找上了我。5月6日那天，我在家里叹息、伤感，说人生无常，周和刘他们还年轻，走得太早了。还说及，我们这些人都不太注重身体，我便血也有几个月了，一是不很在意，二是放不下手头的事，舍不得花几天时间去做检查。儿子很警觉，当晚与在美国医院工作的姐姐通话，征求意见。姐姐斩钉截铁地对他说："要立即带老爸做肠镜！"8日上午，儿子强行带我去长海医院做肠镜。儿子要避开我，把肠镜报告告诉姐姐，我告诉他不必："我已经知道结果，检查报告上第一行就写着'直肠CA，中二期，呈菜花状'"。当时，我感到突然，感到惊讶，但并未崩溃，半是感喟、半是悲叹地对儿子说："我已经76岁，就算现在离去，也不算夭折了。"

　　这结果出乎意外，却也在情理之中，我有一定思想准备：虽然心意已决，不顾家人和朋友的劝阻和反对，不顾一切地开始动笔。但我明白，以我这个年纪，写这样容量的回忆文字，无疑是和生命赛跑。生命走向终点是自然法则，人到70多岁已经开始"排队"了，我一直跟朋友们说，"我们排队不插队"。但我一直不愿深想，像我这样年复一年沉浸在八十年代的氛围和回忆里，足不出户地伏案写作，本身不就是一种风险极高的"插队"？一语成谶，我动笔前说过"不惜以生命为代价"，现在果真要兑现这沉重"诺言"了。5月9日入院，第二天全身检查，5月11日早上便做手术。这是我一生中最受煎熬最难忍受的时日。从一早推往手术室，到术后进重症监护室，因为全身麻醉，护士不让我吃安眠药，前后四十多个小时我没有睡过一分钟。心如碎片，头若开裂，这过程是无法言诉的痛苦和折磨，让我近乎崩溃，觉得生不如死，生无可恋……

好在这灰暗、颓丧的情绪只持续了两天，就倏然而去。我的手机关了三天，我让衣不解带、全程陪护的儿子，负责给知道我在住院做手术（却不知道在哪家医院）的赵丽宏和汪澜通报消息。刚回归普通病房，便深深感受到他们的友情和温暖。先是丽宏打来手机，细问病情，还让我儿子把手机搁在我耳边，说："听说你手术成功，太好了！安心休养！你人虚弱，我不多说了。"过一会儿，他又发来微信："书的出版你大可放心，我一定会替你找到一家有全国影响、最适合推出这本书稿的出版社。"丽宏是我相交四十多年的挚友，让我下决心写《八十年代 激情文坛——我在〈文汇月刊〉十年》的主要推手，他知道这本书稿是我晚年生活和生命中的重要组成部分，病中更是牵肠挂肚，所以在这艰难时刻坚定、热情地让我放心："我对这本书的出版有信心，你对我也要有信心，有耐心！"

十来分钟后，汪澜也打来手机安慰道："你有强大的生命力，一定会战胜疾病，很快康复！"——"坏脾气"的我，和"好性子"的她，曾是《文汇报》老同事，在《文汇特刊》搭档十年，合作默契。她接任《特刊》后，不久被提升为《文汇报》副总编，之后又调任上海作家协会党组书记，直至退休。她还在微信上暖心、实在地写道："朋友们如此牵挂你，足见你的人格魅力……一，盼你放下一切杂念，安心治疗休养；二，包括出书等任何大小事情，有需要帮忙的请尽管吩咐（到时，需要的话，书的校样我可以帮忙一起看）。相信你会一天比一天感觉好起来。加油。"他们关切的话语和文字，让我感动不已。

生活待我不薄，让我深感温暖。我出院回家的第二天，从医的女儿业已向所在医院请好一个月假，迅即从洛杉矶赶回上海，既照顾我的饮食起居，又负责伤口消毒、换纱布、拆线。印象最深的是，我们父女间这次有过一次思想碰撞的对话——这些年，女儿曾多次强烈地劝阻我，不能这样呕心沥血写作，必须放松下来，去国内外旅游散心，但我依然故我，没听她的。这次她匆匆赶回，很心疼我大手术后身心受到重创，问道："老爸，你现在后悔了吧？"我回答说，不听你的确实付出沉重代价，而且接下来要做化疗，几个月一次肠镜复查，很折磨人。但如果听你的，不写这本我渴望写的书，听任那段历史被湮没，以我性格，一定会寝食难安，夙夜忧叹。那种日子能忍受吗？这沉甸甸的五十余万字的书稿校样，虽以生命为代价，却是我晚年生活极其重要的组成部分。如果时光倒流到六年前，让我重新选择，我一定还会选择写这本回忆录。即使天不假年，让我离去，但这书会留下。而且，我在天堂见到梅朵时，可以面无愧色地说：老梅，我尽力了！

女儿说不出话来。谁让她有个这么倔的老爸？但她假期结束，回到洛杉矶后，却在电话里、微信里，说了许多让我动容，为之震撼的话："老爸，你最关心的是书的出版，我们更在乎你的身体。我们觉得这次病理报告出来是二期，已经是抽了上上签了。老天对你不薄，二期肠癌这次化疗好以后不会威胁生命。晚年最想做的事，你全力以赴做好了，没有留下遗憾。现在该把一切放下。以后十年或者二十年应该好好活，不要事事操心太多，不要轻易发火。你在鬼门关前都走了一遭，其他有什么过不去的事？"还说："在上海时，那天丽宏叔叔来探望你，说找出版社的事他正全力以赴，一定会负责到底，为书稿找到圆满归宿。你千万不要太过纠结。"知道我的情绪不太稳定，且因化疗反应双脚都有指甲严重瘀血，几近剥落……她千叮万嘱，还不放心，8月间她先斩后奏地告诉我，已经买好明年1月18日机票，回上海过年，"这次三个星期，是拿自己的休假，不用开证明。20多年了，出国之前最后一次在上海过年是1995年……"我感到欣慰，又很不安，她儿子正要考大学呢。

9月9日，一个温暖而又关键时刻——再过一天就是我的生日；而折磨我的最后一轮药物化疗再过两天就要结束。这天下午，丽宏来电告诉我一个好消息：

"我把你的书稿，推荐给一家国家级出版社了！他们对八十年代的文坛十分熟悉，对《文汇月刊》也相当了解……"他说，中国大百科全书出版社社长刘国辉，来上海向他诚意组书稿；而他觉得遇到了对的出版社和对的人，向他们热忱推荐我的《八十年代　激情文坛——我在〈文汇月刊〉十年》。豪爽的刘社长很有魄力，说他们也正在组织关于八十年代文坛的书稿……真是机缘凑巧，一拍即合。

傍晚，丽宏又催促我，赶快将书稿的电子文本传送给他，他要马上转发给编辑李默耘，真是紧锣密鼓。一个多小时后，丽宏又转发来李的微信："我刚才收到了，已经转发给了社长。上午社长还说，稿子来了就发给他看。我刚大概看了前面部分，真的很有价值……"。

今年是改革开放40周年，我期盼这本书能在这个时刻在这家大社、名社出版。倘能如此，让《文汇月刊》这张八十年代上海极具影响的文化名片，在读者心头唤起回忆，闪耀光辉，我的所有付出都值了！

2018年9月10日，病中补记

（又：值此书出版之际，谨向四年多前就热情肯定和支持这个选题的上海作家协会、上海文化发展基金会致谢。并向八十年代曾为报告文学事业共同奋斗，这次又应我之约写来回忆《文汇月刊》二三事的周明、祖慰、乔迈、张正隆、谢大光、陈冠柏等三十多位报告文学名家名编由衷致谢——惜乎因篇幅所限，书中所附"名家追忆《文汇月刊》"，只收入其中十篇，我深以为歉。此外，老友肖复兴兄真情作序，王震坤兄为之装帧设计，刘凌先生及其女儿刘效礼在书稿修改过程中亦多有付出，一并深深致谢。）

注：文中提及的年代均为20世纪。

曾经雄姿英发

——《与大海签约》后记

这是我的第九个集子，可以说是一个"自选集"。20万字里，除了一部分散文是近年写的，主打的八篇报告文学却全是从我之前出的八个集子中精选出来的。翻看着这些自己写于80年代——创作盛年时朝气蓬勃的作品，很有种"公瑾遥想当年，雄姿英发"的感触，每篇东西的采写过程都历历在目。

80年代初，我已经在《文汇报·笔会》，在很有名气的老编辑、老作家徐开垒手下工作了近十年，年纪三十郎当，又被梅朵挖去，分管《文汇月刊》的报告文学专栏。这位梅老板平时一派长者风度，和颜悦色，体恤部下，但逼起稿子来却是雷霆万钧，限时限刻，容不得你讨价还价。京城的那些大名家几乎没有一个见他不怕，惊呼"梅朵、梅朵没法躲！"你不准时交稿，他一天几个电话催；你胆敢耽搁，他深夜里一个又一个加急电报，轮番对你进行"精神轰炸"。而我和肖关鸿作为他的副手，更是被他逼得团团转，没有喘息的时间。我们在对外"轰炸"那些大牌作家的同时，在内部却被他老人家所猛烈"轰炸"。

《文汇月刊》每期的封面要登一个文学家或是艺术家的照片，正文里则要配一篇与之相关的报告文学。而有好几次付印期在即，应允写这篇不可或缺文字的作家却因病、因出访或是别的意外，交不了稿。梅朵的办法很简单，"你自己去写！马上买机票出发！"《你好，李谷一！》那篇东西，就是被这老头儿逼着，让我在毫无准备的情况下赶往北京的。当时李谷一唱的《乡恋》受到非议，她的人也充满争议。我赶到中央乐团她家里时，小小的房间里搁着两张床，他们刚刚分手。她的前夫、憨厚的金铁林急于倾诉，流着热泪跟我谈了两天——他既是李谷一的生活伴侣，又是她的"启蒙"良师，他手把手地将她造就成歌唱家，从湖南的花鼓戏剧团调到北京，但最终却又无可奈何地看着她离开自己。通过新华社一位热心朋友的引见，我也匆匆拜访了李谷一的新家，这是我第一次走进一个高干子弟的家，桌上摊着大张的《参考消息》。我看到了李谷一新生活的一角，也感受到这位歌唱家的率直和随性，她坦然地归纳了和金的分手："问题不在他，我感谢他，他永远是我的老师。"这篇文章赶得太过匆忙，尾声是在飞机的小餐桌上完成的，这是1980年的12月末。

在北京崇文门东大街文汇报办事处的那个简陋宿舍里，我完成过好几篇这样的急就章，《蒋大为与张佩君》也是其中之一。一个金秋九月阳光灿烂的日子，为了进行高效率、不受干扰的采访，我早晨八点半就驱车赶到蒋大为家里，把他接到办事处，整整采访了12个小时。蒋大为谈自己的成长，谈他与张佩君的恋爱，讲着讲着有时又唱了起来，唱《牡丹》，唱《桃花》，唱《北国之春》、《乌苏里船歌》，采访非常成功，也非常愉快。

最不可思议的是，1981年10月，梅朵竟突乎其然地将足球向我大脚"踢"来。当时，他在北京组稿，而我在武汉抓组慰的稿子。那天我扑了个空，祖慰的儿子很懂事，让我跟他一起看世界杯外围赛的一场足球实况转播，结果中国队以3：0大胜科威特队。小家伙看得又蹦又叫，兴奋不已，而我对足球一窍不通，实在没看出什么名堂来。谁知我一到北京，就发觉整个城市像刚注射了兴奋剂，碰到的朋友都在说这场球，而先期回沪的梅朵已来过几个紧急电话，要"北办"转告我：放下所有的事，立即去采访中国足球队，"这是最大的热点，最大的买点，这一期刊物上就要用，留15000字地位，标题就叫《中国足球队，我为你写诗！》"令人难以置信的是，他是绝对球盲，这回居然不知托了多少人，弄到张球票，去看这场球。没奈何，我到王府井书店买了几本书，花了半天时间，狼吞虎咽地消化足球知识，关于红牌、黄牌，关于角球、点球，关于阵型和战术——随后，便疯狂地没日没夜地投入了采访。不讲理的梅朵这一逼，不光逼出了一篇稿子，还让我迅速成了一个球迷，而且一发不可收，有了后来的续篇，以及许多关于足球的文字。——我大概算是国内最早用报告文学来写足球的作家之一。

在《文汇月刊》的十年里，我成了报告文学沃土上的"两栖动物"，既是编辑，又是写手，日子过得忙忙碌碌，风风火火，一年里有五六个月奔波在北京等地组稿或是写作。但刊物办出了影响，好评如潮，编辑部里每个人都充分感受到：工作着是美丽的！

然而，90年代初，我却像高速旋转中的陀螺突然停顿下来——在《文汇月刊》停刊后，报社让我牵头去搞一个与文学很少沾边的周末特刊。虽然内心很是失落，但责任心依旧，作为一个职业编辑，如同职业球员，任是放到哪个岗位上，都应该全力以赴。不过，写作上却开始武功荒废，豪情不再——一是编务缠身，我已不可能再像从前那样，有整块时间，动辄远出；再则，人有惰性，我耳边再也没有梅朵逼命的吆喝，他已退休了——我有将近五年没有动笔。直至1995年，我被从"足球王国"巴西留学归来的健力宝小将的事迹所感动，为朱广沪教练的人格魅力所折服，才为作家出版社写过一本20来万字的《中国足球青年近卫军》。这书写得好辛苦，采访朱广沪要等他回沪时见缝插针，而采访队员我则是来去匆匆，几度星期五晚上飞到深圳，星期天晚上再赶回上海……

之后这许多年，除了偶尔写点千字文，写作又重归于山林般静寂。

唯一可资自我安慰的，我还算得上是一个尽心尽力的好编辑；而且，我还推动着、催逼着手下的一帮年轻人全身心地投入办报，永远不让他们有消停日子——在他们眼里，我无疑是又一个"暴风雨"般的梅朵，这也算代代相传吧。今年九月间，我的编辑生涯就要划个句号了，而这本集子，恐怕也是我写作生涯上的一个句号——还会有新著吗？我自己也解答不了这个问号。

2003年7月12日，于鑫城苑

注：文中提及的年代均为20世纪。

我的高个子"拍档"

——序江迅《跨越2000年》

　　上帝对于祖籍广东的江迅似乎有些偏爱，不仅赋予他一张凹凸分明、十分典型的广东面脸，而且给他两条绝非广东型的极长极长的腿——长得让人觉得整体上比例失调。"仰之弥高"，我们这些一米七六个头的，相形之下，矮了一大截。

　　步履优势，大大成全了集记者、编辑、作家于一身的江迅。这位大忙人，精力过人，来去匆匆，时间表一直排得满满的——抓新闻、编专稿、会朋友。尽管肩上永远地背着一只沉甸甸的大包，依然脚下生风。

　　也是四十岁出头的人了，忙碌若此，晚上本该放松放松了。但他因为讲义气、重情分，不好意思回绝别人索稿，备忘录上总是文债如山，不赶就来不及了。于是，在一支支"红塔山"和一杯杯龙井茶的兴奋下，挑灯夜战到第二天凌晨三四点才睡，这种"超载运转"，往往要延续好几天。江迅是快手，文思敏捷，笔走龙蛇，然太过匆忙，文章不免缺少推敲和打磨。倘使第二天有远方来客，相约到宾馆喝早茶，清晨七点半，他又会准点出现，虽说眼中有血丝，人却很精神。

　　我跟江迅碰面的次数算是多了，但都是事先早早约定，一如看专家门诊。我曾戏言，跟江迅不用预约，让他不请自到的，大概只有极少具有特殊魅力的人物，才有如此荣幸，——一是每星期六下午，他会排除一切干扰，风雨无阻地赶往市郊上海市芭蕾舞学校，去接宝贝女儿菲菲回家度周末；其二便是忙里偷闲，偕同知己孵咖啡馆，无所不谈。

我跟江迅相识十多年了，却怎么也回想不起最初见面时的情形，那大概是我在《文汇报·笔会》编诗的时候吧。熟悉到了一种模糊不清的程度，记忆库中只留下些许粗略的生活轨迹：他是老三届，从黄山茶林场回来之后，在上海第二医学院校刊工作过几年，才有机会了却夙愿，成了《文学报》记者。

江迅曾在一篇文章里写道："有人说，和一个人相识一个月，可以写一本书，相识一年，可以写一篇文章；相识多年，就一个字也难以落笔。"话虽然说得极端了些，却不无道理。看来，这种奇怪的模糊记忆现象，在文人中并不鲜见。

然而，生活中有些经历是不会淡忘的。1989年，我与江迅作为"拍档"，十分投入地办《金岛》杂志的那段日子，便明晰如昨。《金岛》的社长兼总编是我和江迅共同的朋友、下海的报告文学家陈冠柏。这位原先浙江一家大报的评论部主任、主任记者，不是那种斩钉截铁、说走就走的人，他也不肯轻易摔掉旱涝保收的铁饭碗。已基本决定去闯荡海南前，他来上海跟我在海鸥饭店作彻夜谈。"不去，太太平平，今后的日子也可以一眼看到头，无非是不好不坏，不死不活；去，当然要冒风险，但后半生还可能有波澜有高潮……"他的结束语相当激昂。我的赞成票则相当坚决。

几个月之后，在这家饭店再作一夜长谈时，冠柏已身份大变，既是经商做生意的一家公司总经理，又是海南《金岛》杂志的社长、总编。压倒一切的话题是探讨办杂志的事。这回轮到他拉我"下海"了。他说，刊号在海南，主力在上海，他两头跑，这里一摊子全交给你这个"特邀总编"。我这个"特邀"又提出特邀：请江迅出任编辑部主任。陈老板领首称好。

仅仅三四个人，不脱产地办一本96页的纪实刊物，从发稿到出刊物周期只有25天。这大概是我和江迅一生中最忙碌、最紧张、最奋发的日子。晚上和假日几乎都泡在"编辑部"，已经习惯的那种不紧不慢、不冷不热、不死不活的旧轨道，在这里荡然无存。干活就是干活，忙得天昏地暗；快活就是快活，忙完了，我们一溜人马总是光顾乍浦路那个个体户餐厅，"想吃什么喝什么，各位自己说！"

《金岛》很抢手，发行量直线上升，高达七八十万，二渠道的"大腕"们从各地赶来要书。付出艰辛劳动的江迅很疲乏，但很得意。他乐于燃烧，不愿意干耗。

江迅为人随和，很讲哥们交情，但他自尊心极强，受不得委屈。为了工作，我跟他曾有过一次短暂的不愉快的"碰撞"。《金岛》的扉页上，是六七篇重头稿的介绍，每一篇要"吊"出百把字的"提要"，短而跳。江迅干这个，堪称功夫独到。那天傍晚，江迅把一组提要交给我，有事先回去了。晚上，从海口专程飞来的冠柏在看清样，我则在看提要。一连几则，都没"吊"到点子上，水准大为失常。我忍不住给江迅挂电话，也没问原因，就开始声讨："老兄，这趟'提要'统统不灵，太拆烂污了！"话语很冲，出口伤人。电话那头江迅火了，"我就这点水平，写不好！"急促地说完这句话，便打住了，但我听出他有些哽咽。气势汹汹的我，本想抓质量问题，这下也慌了，"那好，那好，明天见面再说吧。"我退却了——我深知江迅，除了出于儿女情长方面的非常原因，流过不算少的泪水，平时却"从不轻弹"。这回是特例。事后才知道，这"提要"是他送女儿到医院急诊后写的，尽管没有情绪，还是熬了个小通宵……

有绅士风度的冠柏，见我被反击得狼狈，而付印周期又迫在眉睫，连夜改写了"提要"，平息了"风暴"。看来，办刊物得有个人搞"专横"，也得有个人搞平衡。

　　不知道是不是因为中国的刊物太多了，在多事之秋的1989年岁末，《金岛》奉命停刊。而我供职的《文汇月刊》命运亦然，也于年底收摊。我不太适应和享受这种戛然而止之后的悠闲，一连读了几十部武侠小说，受了些"仙风道骨"的熏陶，心境才归于淡泊、平静，但很懒散。江迅倒是沉寂未几，便又开始东奔西走地采访。最为难得的是，其后不久江迅在人生途中遭受到一次极大的情感上突发性的跌宕，却终于还是踉踉跄跄地挺了过来。他陆续抛出了一批大特写和报告文学，其中有些篇目写得相当不错。忙则忙矣，但每个月的某一天，他都会去看望一位已经别离人世的知己……

　　转眼又是一个秋天。市场经济姓"社"姓"资"，已有定论。文化氛围似乎也活跃起来，一批新杂志创刊问世了。又有刊物来"特邀"了，江迅自然是"特邀"的"特邀"。

　　不过，江迅似乎并不满足和拘泥于"小打小闹"，对这种"特邀的特邀"兴趣也不大了。他笑着试探道："怎么样？要么我们自己弄个刊号，要么干脆办个'稿子公司'，作为经纪人跟作家和杂志社、出版社打交道……"弄刊号谈何容易，当"经纪人"我不知道他是当真还是玩笑？但仅此一招，就足见此公市场竞争意识比我超前多了，观念新潮而时髦——他绝对是一块当经纪人的料！

1992年11月30日，写于九三书斋

山那边走来的陈冠柏

——序报告文学集《黑色的七月》

写文章的朋友相聚，总喜欢感情对流，说些快活和不快活的，轻松和不轻松的。

有个知己可以倾吐——无论是男性公民还是女性公民，乃是一种享受和解脱。而无人对话，无人"撞击"，形同没人爱也没人恨一样孤独、可悲。

深圳。风雨之夜。我跟冠柏下榻在现代化的深圳电子集团的一个远离现代化的招待所里——暖瓶里的水，跟服务员不耐烦的口气同样冰凉。但，我们还是谈得兴致勃勃，这彻夜长谈的机会太难得了。

冠柏稍稍有些内向，人多时绝少说话，温文尔雅。跟他"对流"，必须是两个人的半真空地带，他才一吐为快，淋漓尽致。他是个好记者，好丈夫，好爸爸。晚上，他把削好皮的苹果送到靠在床头看电视的妻子手里。而女儿呢，一觉醒来，见他还在挑灯夜战，天那么冷，仍是不顾一切地钻出热被褥，亲热地叫着爸爸、爸爸，"我给你冲杯咖啡，好吗？"冠柏的心温暖极了。

此番，我们由广州而深圳，碰上了几十年未遇的天气反常。昨天还热到摄氏三十度，只能穿件T恤衫，今天却下跌到五摄氏度，深圳商场里的鸭绒衫，一夜间身价百倍，成了抢手货。

　　冠柏的报告文学也是抢手货。他这回来采写的关于深圳电子集团总经理马福元的文章，早已说定是给我的。但出乎意料，同来观光的北京一家刊物编辑部的朋友，被马老板的魄力和魅力征服了，又是提问又是笔记，似乎他也是来采访的。他还强要冠柏的这个稿子。

　　好朋友的初次相识，并不一定愉快。不打不相识的友谊，大抵比一见如故的要牢靠、深笃。一如恋爱，闪电式的一见钟情，热得快，却也容易冷却，甚至易为"第三者"楔入。

　　我跟冠柏相识不算早，那场面也谈不上愉快、融洽。冠柏对此耿耿于怀，每每奚落说："大编辑，冷面孔，辣手辣脚。"

　　那是1986年夏天的一个周末，在我们《文汇月刊》编辑部。

　　冠柏是来面谈稿子的。他写了篇反映"温州模式"的《中国第一个农民城》，大题材，不易驾驭，已经请他翻过两次"烧饼"，仍不如意。作为报告文学责编，我的意见是：文章气势大，触角灵敏，很有些"超前意识"。但材料充足得近乎庞杂，缺少人的形象，缺少成块的画面，有太多的"评论员"色彩，读起来有些累，不怎么感人。

　　谈判了两三个小时，同义词的反复。他客客气气地解释，我客客气气地坚持：写法要作变动，篇幅也要压缩……不知是否有些店大欺客？知道他很希望在南派风格的《文汇月刊》上亮相，我毫不让步地逼他修改。

　　之后，改稿来了。大动干戈，改动得厉害。我们给砍掉几千字，如期发表了。这篇三万字的稿子，把冠柏折腾得好苦：他先后变换了四种思路和笔调，差不多写了十二三万字。

　　其时，冠柏功夫老到的杂文，已为廖沫沙先生这样的大家所称道。而作为报告文学作家，他还鲜为人知。尽管1985年已得过一回全国优秀报告文学奖——严格说，他只有半块金牌，那篇大作是跟人合作的。但他跟报告文学界的风云人物，还远非一个档次。冠柏也自我估价道："二流水平而已。"顺便说一句，我对得奖作者，并不一概钦羡，对某些入选之作，也实在不敢恭维。现今中国的文学大奖，"非文学因素"及作品之外的"讲究"太多了。几乎每届都搭盆菜似的搭出一点不知其奥妙之所在的杰作。

使冠柏捧杯的这篇"大题材"，写的是一位瘦瘦的改革者——很有些"草莽英雄"色彩。我并不怎么喜欢这篇东西。虽说笔走风雷，气势恢宏，但"报告"得缺少文学的魅力。从那文字，那构思，那手法不难看出，它出自熟练的新闻记者笔下，而少有作家的味儿。

由记者而成为报告文学家的，在中国不乏其人。但，这要经过一个漫长的、痛苦的、艰难的蜕变过程。很少有人能完成这个质变，特别是白天还得乖乖运行在新闻轨道上的人。

文学容忍放浪不羁，而新闻倡导循规蹈矩。训练有素的夜班编辑，用那支残酷的红笔，不知勾掉多少文学语言的"水分"，在有限的版面上，留下实打实的干货。

冠柏内心似乎矛盾得很，很怕走这苦难历程——他说过："由记者而至文学，隔着一座山。"却又想走过苦难历程——"但既然同属一个山峰，新闻与文学分属山之阴阳两坡，登顶并不遥远。"

冠柏有一双扫描和捕捉信息的眼睛，他又逮住一个绝好题材，想写一篇《黑色的七月》，把那些没日没夜、拼死拼活的考生"千军万马过独木桥"，争夺高校入场券的沉重画面勾勒出来。

一人赶考，举家慌乱。一年多前的那个黑色七月，我女儿报考医科大学时，我曾充分领略过那种可喜而又可怕、惶惶不可终日的滋味。

我对冠柏进一步摆脱"新闻腔"，暂时并不抱希望，但对这爆炸性题材却极有兴趣。于是，我们晚上常常通电话。他忙里偷闲，奔命似的采访，跟我说故事，说进展。而我逼命似的催稿，当编辑不能太仁慈。

他发烧了，喉咙嘶哑，嘴巴上是"排炮"，却没功夫躺倒——报告文学采访之艰难，大概不亚于七月高考。

稿子终于到了。我一口气读完，大为惊讶：还是这个陈冠柏吗？士别三日，刮目相看。他完完全全地换了一副笔墨，题材虽大，但写来细腻，不是大来大去，让人淹没在事件里、过程里、叙述里，也不在文章里进行评论员式的说教了，而是力求展现人的形象和心灵，把一个个块面加以组合和创造，由小见大，由点到面。我不敢相信，短短的几个月里，他竟有了这样一次飞跃、一次蜕变，他从那苦难的历程里熬出来了——我低估了这位北师大中文系高材生的文学功底和潜在能量。

但他那被我破坏了的自我感觉，仍未修复。电话又来了，没把握地问道："还好？"他用的问号，我用的感叹号："相当好！"

这篇《黑色的七月》令人瞩目。《文汇月刊》还未上市，《文汇报》刚发了条二三百字介绍内容的消息，国务院办公室就打电话来了：某某副总理想看看这篇文章……

读了文章，更多的反馈来了。一位老校长写道："我是年近七旬的老人，读此文时还禁不住热泪纵横。我是因追求升学率有功而升为校长的……干了二十多年片面追求升学率的坏事，读了此文，问心有愧。"

他从前的老师、而今的国家教委副主任柳斌，在给他的信上感慨道："这篇特写集中揭露了片面追求升学率的种种弊端，令人惊醒！"

冠柏的成功，是碰巧吗——一脑袋撞在报告文学界的大钟上，发出深沉的、惊心的音响？

他用事实回答了。十个月之后，在1987年10月号的《文汇月刊》上，他又发表了一篇反映老年人心态的《夕阳并不孤独》，副题是"中国的白发浪潮纪实之一"，胃口很大，气派不小。

《夕阳并不孤独》赢得更多的叫好声，它写得比《黑色的七月》还要老到些、潇洒些。

他还在《报告文学》月刊上，发表了非"气势型"的《酒杯托起的海》——它说的是一个在酒杯上刻花的工艺美术家的故事，文字很美，构思很巧。想不到大刀阔斧,以"势"取胜的冠柏,还有穿针引线的细腻之招。

一发而不可收。他那个有理论细胞又有文学细胞的脑袋,比我们好使几倍,很难碰的"大饼油条"问题,他居然也能入戏,写成一篇《大饼油条的挽歌》。乖乖,光那个"题记",文学色彩和理性色彩就闪耀得够厉害了:"这是两个世纪的夹缝间。挑战和机会共存。滋生和消亡俱来。新潮汹涌拍击传统堤岸。传统忧虑地检验未来的包容度。"

在1987年第5期《中国作家》上发的那篇只采访了几个半天便赶制出来的急就章《走向花园酒店——对一个中外合作企业里一群中国人的考察》,写得从容不迫,很有深度,毫无仓促落笔之感。他展示了改革新潮中一群人的形象和心灵——一群人的"精神大厦",如他在开篇的一节文字中所说:

> 面对这座五星级的豪华酒店,如果要考虑它的设施、管理、服务,毫无疑问,只说初来乍到的印象,就可以扛着满意二字归去。可是摄取于表象的东西再好也难免肤浅。我能满意?
>
> 对于深层意识的开掘者,花园酒店五光十色的幻景,便越发像座难以觅路的迷宫了。
>
> 我感兴趣的是人,主宰这座物质大厦和管理大厦的人,以及他们的精神大厦。我希望存于心中多时的课题在这儿破题——对外开放怎样影响着今天的中国人——人的现代化?

满是现代意识,又满是人情味儿。冠柏再不那样直着略为有些沙哑的嗓门,大声喧嚷了——不知道这跟他做过一次外科手术,把声带上一个息肉摘掉了是否有关?

走了两年,从"山那边"走来的冠柏,终于到"山这边"来收获了——他的洋洋25万言的报告文学集《黑色的七月》出版了,这果实,可谓丰硕。

　　他走累了，似乎放慢了些节奏，他很懂得一张一弛的妙处。毫无疑问，小憩之后，冠柏又打算向下一座山峰进发了——中国的名山大川比比皆是，报告文学界的大手笔亦如高山林立。但愿冠柏成为群峰中雄劲的一座。

　　搞文学的人，总不安分。年初去广州深圳观光时，我们便很有些流连忘返。不久冠柏便出人意料地从杭州奔向"天涯海角"。他被海南热席卷了，一面办公司挣钱，一面筹建《金岛月刊》。虽然忙得不亦乐乎，但他表示将不断抛出新作——那是他的足迹，是他的追求，是他的欢乐。

　　我羡慕冠柏，祝福冠柏，希望这位有才气、有心气、有运气的老弟，拥有更高的知名度和更多的崇拜者！

　　　　　　　　　　　1988年1月，写于北京天坛体育宾馆
　　　　　　　　　　　7月改定于上海爱国二村斗室

被海连累被海爱

——序童孟侯报告文学集

　　《现代漂流瓶》作者童孟侯君,是我在《文汇报》《笔会》副刊编诗时认识的。那天的情景,只记得他是相当拘谨地跟着港务局的一位诗歌作者一起来的。至于说了些什么以及那首诗本身,早就淡忘殆尽。当时恐怕是中国历史上最容易发表诗、最容易成为诗歌作者的年代之一。报纸上经常一登半个版甚至一个版的诗。这跟现今报刊上诗歌园地之稀少之紧俏,反差太强烈了。

　　但对于孟侯来说,恐怕是往事历历在目。因为那首诗——而且是"处女作"的发表与否,跟他的前途和境况攸关。他也是老三届。1967年,中学毕业分配,按条件应进"工矿",但因为有"海外关系",只能让他到长江口的崇明农场种地去。四五年以后,才上调到挖泥船上做水手和机匠。荷着沉重的"海外关系"包袱的他,很希望在报上发首诗,亮亮相,证实一下自己。他如愿了,这是1974年的7月。

　　此后,便无音讯。我不知道他的经历那么动荡,工作调动那么频繁。1975年,又调到一家工厂当冷作工、木模工。不受重用,却还是苦苦挣扎,或者说是奋发追求着。在这家专门制造灯塔和航标灯的工厂里,他一边干活一边探索，竟然写出一本专门介绍航标知识的书籍《神秘的航标灯》，这使厂长和总工程师大为惊诧。

做梦也不会想到，居然还有时来运转的日子。"四人帮"粉碎之后，他就当上了厂长秘书。由此，便青云直上：由局工会办公室主任而《航道报》总编；之后，又从这张小报调到《中国海员》杂志，担任编辑部主任，承蒙厚爱，几年后老主编又推荐他取而代之。斯时，童孟侯刚刚步入不惑之年。

1986年春，他突然打来个电话，简短地说了近况，并要送一篇写海员的散文来。我不由一愣，他什么时候也大彻大悟，写起报告文学和速写来了？那时，我已经调到《文汇月刊》六年，苦心耕耘着一块名家荟萃、档次较高的报告文学园地——当然，其间也时有异军突起、一鸣惊人的新秀。说实在，一别十余年的童孟侯一下子冒出来，并不很使我惊讶；倒是他突然想挤进我们这块园地的勃勃雄心，让我有点惊愕。

他送稿时说，这一年多来已经在一些小刊物上发过散文，而第一篇就被一家报告文学选刊所转载。最近又写了一篇，想来试试。看得出，他很想在《文汇月刊》上证实自己，但信心并不很足。

最有说服力的是作品本身。他送来的这篇——后来发表在1986年6月号上的《船魂》，是写中国海员"劳务输出"的，题材比较新鲜；故事通过5位海员生动的"自述"来完成，写得朴实、感人。这跟他当年那首诗的水平不可同日而语，真个是"士别三日，当刮目相看"。尽管那一期的"报告文学栏"发表的三篇作品中，有两篇出自名家手笔，但权衡之下，以题材取胜，还是用这位无名之辈的做了头条。这是童孟侯事先不敢奢望的。

他有些得意，却并不忘形。每年他只给我送一篇稿子来——当然是自我感觉最好的。他当然知道，我很挑剔，在稿子质量上"六亲不认"，即便是像肖复兴这样有影响的报告文学作家，也说："不可能每个稿子都好，但最好的稿子要给《文汇月刊》。"他用《海河边的一间小屋》、

《啊,老三届》等力作支持了刊物,也跟我们积下了深深的友谊。

孟侯的散文(速写、报告文学、随笔)几乎全是写海员的,很有生活气息,素材厚实。他说:"我是海员出身的,无法用俯视的角度写海员,我深深了解他们的甜酸苦辣,常常边写边流泪。"他在《萌芽》杂志上发表的《反差》,实实在在,很有人情味。故事很简单:长江口上横沙水文站,一个站长两个兵,他们因为岛上生活太寂寞、太乏味、太缺少刺激而寻求刺激甩扑克牌,从输了便洗碗便给赢家点烟,到输一副牌往碗里扔一分钱的"小来来"。而在一场空前的强台风袭来,在随时可能被大海吞没的境况下,他们不惜"以生命换'潮位'",一刻钟一次向上海方面报水位……他们得到了两份报答:一张是闪着金光的奖状,另一张是处分他们的"红头文件"。三条硬汉子流泪了。童孟侯完成了一篇感人肺腑的作品,它后来被话剧团搬上了舞台。

文如其人,童孟侯不是那种重量级、豪放型,"我几乎没有写过全景式的问题报告文学,我知道自己的报告文学缺少厚重感和思辨色彩,只能用深入的采访,考究的细节描绘、人物刻画来补拙。"他不想赶时髦,去写"全景式";不想削足适履,去强化理性色彩。事实上作家也不可能"从一而终",一辈子只写一种题材。题材如此,文笔亦如此,可以大江东去,惊涛裂岸,也可以小桥流水,依依垂柳。只要你写得比较感人,比较新鲜,比较高雅,你的作品就应当被认可。我以为,童孟侯以海为家为据点的自我选择,是聪明的,得天独厚的。

不知道是否有人给童孟侯看过手相,剖析过他的命运线,大概不外乎是先苦后甜吧。他从前受过海的连累,现在又受到海的馈赠,写了许多关于海的散文作品,又当了《中国海员》的大主编。当初,他立下的"好好写上几篇有质量的报告文学,争取加入作家协会"的愿望,也早已如愿。

作为朋友,作为同行,我为他的成功和得意而高兴。但又为他少了当初那份刻骨铭心的追求而感到有些遗憾。同类题材写多了,有了特色,但同时也有了某些自相重复，应当寻觅那种更高境界的征服力和感染力。倘使他横下一条心，他本可以再上一个台阶，跻身于那一批拥有更多读者的散文名家之列。但很可惜，就差了那么一步……

对于我的感慨，童孟侯也曾颔首称是，但我还是担心，这是不是过于苛求？

1991年6月20日于上海九三书斋

给一位走进四十岁的朋友

——序吴永进处女集《都市魔术师》

连上帝也会搞平衡。在被上海人贬之为"下只角"的杨浦区——一个有百多万人口的边缘工业区，却是风水极好，人才辈出。这些年来，从这个地区的沪东工人文化宫创作组"摇篮"里，居然先后摇出好几十个"饱学之士"，幸运地走进大上海的一家家报社、杂志社、电台、电视台，以及堂堂的作家协会。

这几十条汉子（自然也有好几员女将）端的了得：有的文思如涌，著作颇丰，很有些知名度；有的竟成了这些高雅之地的头头脑脑，能耐着实不小。

吴永进便是幸运儿之一。这位先前的上海炼油厂的水处理工、检修工，也有幸进入《生活周刊》和《青年报》社。而且，如今已是《青年报》里不大不小的一个官儿——编辑部主任。

吴永进竟也走近四十岁了。对于他的岗位来说，他已经相当老了——尽管因为特殊年代的特殊原因，在我们这块土地上，还宽容地把跨进四十岁的，安慰性地称之为"青年作家"、"青年记者"。这宽容和安慰，很有些可悲。

　　七十年代初，我在《文汇报》《笔会》副刊编诗。永进是业余作者，常来编辑部，留给我的印象相当清晰：一张清秀的脸。一个很有锐气、很有力度的名字——永进。二十出头的小伙子，腼腆得像个女孩子，怯生生的，说话脸就红。文如其人，他的诗读来畅达、秀美，却少有惊涛拍岸的喧响。

　　1980年，我由《笔会》调到《文汇月刊》，负责编"报告文学专栏"。他也进了报社。彼此都忙，几乎不通音讯。之后，才从《生活周刊》上，看到他的行踪。

　　我家里订了一份《生活周刊》，很留意那每次一整版的"大特写"：版面处理得相当"跳"，大号字提要和插图照片做得很精神，可谓"弹眼落睛"。自然，出自"本报记者吴永进"笔下的，对我别有一种吸引力。他的大特写一而再、洋洋洒洒地在版面上汹涌而来：《麻将潮》、《疯狂的外烟》、《喧闹的公墓》、《一〇一大车祸》，大概有二十余篇之多。

　　永进和《生活周刊》的几位好手，追踪社会热点眼光之准，捕捉重大事件落手之快，很使我们这些"慢三拍"的报告文学作家汗颜，自叹弗如。《生活周刊》上发表过的一篇《〈大特写〉外的大特写》，可以作为永进他们"风驰电掣"的佐证：

　　"《生活周刊》是一张周报，因此在发表一些社会重大题材的'大特写'时，往往受到时效上的限制，时间和速度成了'大特写'的关键，编辑部同仁养成了一个自觉的习惯——抢，抢时间、抢速度，可以毫不夸张地说，《生活周刊》有近半数的大特写，是在不眠之夜中'抢'出来的。"

　　1986年5月24日，上海发生了震惊全市的公共汽车翻车事故，有多位乘客受伤，其中7人重伤。次日，本市各家新闻单位纷纷报道了事故消息。编辑部同仁一致认为，这一全市人民所密切关注的重大事故，一定要在《生活周刊》的《大特写》专版上反映，可是星期日出报，眼下已是星期三了，怎么办？抢！吴永进等记者紧急出动了，两天时间内，共采访了公交九场，公安分局交通科、目击者、伤员、肇事司机的家庭等近50人，获得了详尽的第一手材料。

"回到报社，已是星期四晚上了，时间刻不容缓，马上就通宵达旦地写作，一直到星期五凌晨时，稿子终于出来了。编辑部副主任曾元沧为了让吴永进稍事休息，立即从自己那张小床上起来，编辑、划版，即刻发往印刷厂。6月1日，这篇题为《101大车祸》的大特写终于如期'抢'上版面了……"。

作为搞报告文学的同行，我们的往来多了起来。知道我曾采访过中国足球队和中国围棋队，他在写作《决战在明天》及《女先锋芮乃伟》之前，跟我通过气。知道我对作品比较挑剔，惯于直言，又几次征求我对他作品及《大特写》专版的意见。

我一吐为快。有人菲薄"大特写"，以为不入流、不上档次。这恐怕是一种偏见。在我看来，它跟报告文学并无太明显的分野。只不过是棍棒之短长、武器之轻重而已。

近年来的报告文学有了长足的发展，"全景式"、"多方位"，其力度、其深度、其容量皆令人刮目相看。负荷重了，"轻骑"不轻，速度减缓，于是"大特写"乘虚而入，取而代之，成了新的"轻骑兵"。大特写的写作也很见功力，又要快，又要好，又要速度，又要技巧。难度可谓高矣。

但，大特写四面开花之后，面临着突破。有些大特写素材稀薄，写作粗糙，形式雷同，人物之ABC，镜头之一二三，叫人不忍卒读。有时我深感痛惜，绝好的材料，竟给粗劣者糟蹋了。再组织人写，又有一种鲜味被舔掉了的感觉，"吃别人嚼过的馍，没有味道。"

永进的大特写"跑"得扎实，写得努力，读者是欢迎的。我也总为之欣喜，为之兴奋。虽然有个别的篇章，我是说不上喜欢的。

人到四十岁，不算太年轻了。一位报告文学高手新近对我感叹道："这是一个危险的年龄，有许多事情要来不及做了。"

共鸣是强烈的。说是"不惑之年"，其实是"大惑之年"。四十岁的人心头交织着兴奋和遗憾，期望和失望。生活已经走至中途，选择已经难以改变。下一步路怎么走？怎么开拓、突破？或是在成功中日趋成熟，或是在衰退中落入衰老。四十岁——一个路标——一个大大的问号——一个大大的惊叹号！

吴永进带着他的第一个集子，"心情复杂"、"喜忧参半"地步入他的第四十个年头。"喜的是自己的辛勤劳动，有了一次检阅的机会，忧的是这些孤灯夜熬的急就章，每每自己都觉得留下不少缺憾……"

但他说："我有信心期待着自己的下一个集子。"这使我想起了球王贝利，在回答"你最好的进球是哪一个"时，说道："下一个！"

作为朋友，作为同行，我相信——也"有信心期待"他明天能超过今天，"下一个"能盖过"这一个"。这不仅因为这个男子走进了四十岁，还因为他有一个绝好的名字：永进——永远进击！

1990年2月25日，写于上海

林峰想圆一个梦

——序林峰《棋弈心理战》

十五六年前，在我下决心不再"脚踏两只船"，全方位地"戒棋"，戒围棋，戒象棋，也戒国际象棋，以便全身心地投入报告文学写作时，却还是棋缘难了：首先采写的，是一连串的棋坛风云人物。我也曾跟命运坎坷的棋友林峰打过招呼，很想写写他，但总是阴差阳错，彼此逮不住，一次次机会错过。

没想到国际象棋在中国被冷落几十年，却在一夜之间突然走红：新闻媒介骤然升温，一拥而上，以空前的激情、空前的规模，展示一位中国姑娘夺得世界棋后王冠的无比辉煌的成就。真可谓"冷是冷得来冰凌上卧，热是热得来蒸笼里坐"。

轰动效应中，我也受命"一拥而上"，专程赶往北京。这回竟是一箭双雕，做的是棋后谢军的文章，却又捎带完成了对林峰的深层采访。

国际象棋的这种轰动，来得突然，但对"棋司令"陈祖德来说，并不感到意外。接受采访时，他很冷静地说，"国际象棋经过多少年艰苦创业，到时候了，到这份上今年不出谢军，明年也会出一个人。中国人是聪明的，中间个别有特别才智的，到一定时机必定会出来。作为谢军不容易，不是聪明才智、勤奋努力，不可能有今天。但我总以为更重要的是集体，而不是个人！"

很显然，祖德对这支没有邪门歪道，不受名利诱惑，"集体作用发挥得非常好"的队伍相当满意。他感叹道："小队员十二三岁便离开父母到这里，而像林峰、叶江川等一些教练和老队员则几年来抛家别子，要做到这一点，谈何容易啊。所以我常去棋队看望大家，去了也总是很动感情，我常说，'我讲了那么多大道理，但并不解决具体问题，我很对不起大家'。"

这位棋风豪放，对部下却颇有人情味的头儿，知道我和林峰相交多年，感慨万分地讲起林峰的事业心……

有"实干家"、"不管部长"之称的林峰，妻子体弱多病，既要承担繁重的家务，又要辅导上学的女儿，力不从心，希望他早日回上海。林峰心里有愧，嘴里也答应，却一直没向领导上提出来，觉得队里需要他，难以启齿。妻子大为不满，给陈祖德写信"声讨"丈夫："一走就是5年，泡在那里不肯回来，工资还在原单位拿，房子要靠原单位分……到底还想不想为这个家庭尽他应尽的责任？如果他无意改变主张，继续做不称职的丈夫、不够格的父亲，那么……"

结束语很有威胁性。陈祖德是九段高手，素来思路敏捷、"落子如飞"，迅即给她回了一封长长的、晓以大义的安抚信，盛赞她丈夫对事业对全队作出的贡献，恳请她给以理解和谅解，"有需要我帮助解决的困难，尽管提出来，我当尽力。"祖德很快托人前去探望。

当"不称职"的林峰准备回沪作短暂休假时，陈祖德又不放心地盘问："这次回去，有点什么打算？"回答是："做点家务，再劝劝她，让我安心在这里多干几年。"而他最紧要的，是想关起门来写书，不受干扰。陈祖德叮嘱说：千万不要这么做，写书怕打扰，妻子、孩子都不能出声，老夫老妻也要多交流……你一定要这么做……

当我来到北京西郊荒僻、简陋的国家集训队驻地，做些"新闻追踪"

时，林峰搔搔头皮，坦诚地说："老朋友，我是两难境地啊！从家庭出发，爱人苦苦支撑了好几年，我应该马上回去。但从事业来讲，队里需要我，我不能一走了事……"

林峰也是"五十而知天命"的人了，只有知道他这三十多年来，在黑白世界的崎岖小路上经历过太多太多的曲折，才会理解他怎的如此棋缘难断，有家不归。他这一辈子企求的，就是参加全国比赛，闯进国家队，打败外国棋手。

可以说是不打不相识。我和林峰初次相逢，是在20世纪60年代初的一个夏夜，上海市棋类锦标赛的国际象棋赛场。

那是一局"西班牙开局"的较量。还依稀记得那天过招时的心态：交战伊始，心里对这位不甚洒脱的对手，估价并不很高。及至进入中盘，被他步步紧逼，局面岌岌可危，才尝到他的厉害，但已悔之晚矣。

对手很快成了朋友。我们都是刚由下中国象棋改行的，改行之前，在自己家门口附近，都有过占山为王的历史；我们又都是囊中空空的中学生，比赛打完了，舍不得乘一次车，总要跑上一段，一路说棋，或是赢得痛快，或是输得懊丧。

看似性格温和的林峰，其实是外柔内刚，好胜心极强。在小学里，他就总要跟别人一比高低，而且一定要把人家比试下去。班里有个同学，拿手好戏是背唐诗，每次跟伙伴们争论得不可开交时，就甩王牌："唐诗三百首，我能背出一半，你呢？"每每使对方哑然。林峰容不得他这么张扬，借一本唐诗，花了几个星期，能把三百首唐诗从头背到底。一招制敌，硬是把甩王牌的那个同学比得摇头叹息。

他当初玩命下象棋，也是为了出一口胸中的恶气。1957年的一天，他还是个红领巾，放学路过上海最热闹的城隍庙，钻进一家棋室看棋，只见这一带的棋大王正猫捉老鼠般地戏弄对手，一定要给对方"剃光头"。林峰忍不住挺身而出，斥责棋大王棋品不好，而且跟棋大王杀了一盘。结果，从头输到底，惨不忍睹。棋大王极尽嘲讽，说："记牢，小鬼，要赢老伯伯，过十年再来。"

回去之后，林峰咽不下这口气，看棋书，打棋谱，几近走火入魔。半年之后，又去攻擂，竟连下三城。随后，他按住棋盘，问道："先生，你还记得我吗？"他报了仇，并取而代之，成了这一带的新棋王。

连林峰自己也没想到，1960年报纸上的一则简讯，竟使他如此震撼和屈辱：来自苏联的一支并不强大的国际象棋队，访问我国北京、上海等地，竟所向披靡，如入无人之境。他决意改学国际象棋，有朝一日承担起跟外国棋手相抗衡的使命。他咬咬牙，把好不容易积累起来半人高的中国象棋书全卖了，换回一副立体的国际象棋，以及几本国际象棋书籍。

记不清有多少个星期日，他步行到上海图书馆去借阅国外棋谱，又抄又摘，一个面包从清早一直维持到夜晚。又有多少个夏日，在闷热的阁楼里，他光着脊梁，大汗淋漓，如痴如迷地拆棋、打谱……

令人叹惜的是，他生不逢时。尽管他连夺1962、1963、1965年三届上海市国际象棋锦标赛冠军，却没有资格进入上海市队，更没有指望参加全国比赛；这如同他尽管学习成绩优秀，高考分数出挑，却无法踏进高等学府一样。在那讲阶级斗争的年代，原因就是一个：家庭出身不好。

更可悲的是，"文革"中，林峰苦心搜集来的一册册俄文版国际象棋书籍，和摘抄的一叠叠外国棋坛最新资料，统统都被没收。

在那个年代、那种氛围里，即使没有受冲击，我们许多业余棋手都已心如止水，无意去摆弄往昔爱得发狂的国际象棋了。我们也不知怎样抚慰心灵受到重创的林峰。然而相隔未几，林峰不仅熬过来了，而且出门串联棋友，用他的一片热忱感染了我们。他和一些业余好手一起编写和刻印国际象棋教材和资料，重新武装起来。像搞地下活动似的，他还牵头组织了一批棋手打循环比赛，今天在这家，明天在那家，在饭桌上、写字台上、缝纫机台板上捉对儿厮杀。

1974年，上海市第五届全运会上，国际象棋总算又见天日。其时，我已进入新闻界，没有时间、也没有激情投身于比赛，但我很高兴地看到，林峰再度夺魁。扫兴的是，全国比赛的大门依然对他关闭！

幸好，不久之后，他被调到静安区体委执教。做棋手的梦已难圆，但他要把自己15年来的积累，奉献给培训班的娃娃们。不过，这些小棋手并不能算他的开山弟子，他的开山门徒弟是他的三个弟弟——林鹤、林凯、林塔。

他们兄弟四人，全都献身于国际象棋事业，曾前后得过9次上海冠军。其中，年纪小于林峰20岁的林塔，比起三个当教练的哥哥来，要幸运得多，他生逢其时，成为上海市队队员，国家集训队队员。

林峰出任娃娃教练，棋坛还刚刚解冻，国际象棋书踏破铁鞋无觅处。不光是他培训的小棋手，更多的国际象棋爱好者也"嗷嗷待哺"。应出版社之约，林峰于1978年编写了文革后的第一本国际象棋教材。由此，他的著书立说便一发而不可收了。

虽然，我早已金盆洗手，跟国际象棋"拜拜"了，但我跟棋界的联系不断，搜集棋谱的热情不减。在我的组合式系列书橱里，至今还珍藏着数百册中外棋书，及几副大小不等、质地不低的国际象棋。这些国际象棋书籍中，有不少是林峰的著作。最使我赞叹不已的，是接到他馈赠的由上海辞书出版社出版的《国际象棋词典》那一次。那本700多页，70多万字的词典，共收有2000多条词目，关于开局、中局、残局，关于学派、风格、人物、重要比赛、竞赛制度……工程浩大，堪称鸿篇巨制，个中艰辛，不难想象！

对于林峰和我这些中年人来说，不禁有一种岁月匆匆，老之将至的紧迫感。我们这一代人一直在毫不吝惜地预支时间，预支生命，把可以拾掇的时间碎片串联起来，把维系生存的睡眠压缩得短了又短。林峰编写辞典，一直打熬到第二天凌晨。而他女儿小时候时常生病，夜里啼哭不眠，林峰只能一面抱着孩子在屋里转圈子，一面忙里偷闲，伸手到棋盘上调兵遣将。

命运真会捉弄人，林峰苦苦追求了多少年，想参加全国比赛，却总是无缘问津。而多少年之后，他不仅一次次出现在全国比赛赛场，甚至还出现在国际比赛赛场。不过，他并非作为棋手，而是作为国际裁判出场了。对于经受过太多失落太多坎坷的林峰，生活终究给他以公正，给他以弥补。他终于走进了国家集训队，而且绝无仅有地身兼领队、教练、裁判三职于一身。林峰已经40多次担任国际比赛和全国比赛的正副裁判长，并且是我国前后4批国家级裁判的技术主考。值得一提的是，他居然在20世纪80年代最后一个春末，完成了英语本科的毕业论文《论国际象棋规则的翻译》。掌握了一门工具，又多了一份兼职，出访时兼任翻译。

远离都市生活，安营扎寨于北京西郊的国家集训队，训练日程像列车时刻表一般严格。林峰总是那么紧张，那么忙碌。到集训队采访，住在林峰房间里，晚上，他跟我谈着谈着，突然打住，说："10点半快到了，我要去催队员熄灯了。"披了件衣服匆匆而出，随后便听到一个个房间响起的叩门声。第二天清晨，他又"挨家挨户"叩门，催队员起身。在这缺少都市现代化气息的地方，队员们享受到了比闹钟还准、自动化的叩门声。

未满50岁的林峰，太过劳累了，中年便已谢顶，早已脑门光光，但他很可自慰：10多年里，已在京、沪、川等地5家出版社出版了13本，400多万字的国际象棋著作，在全国近百家报刊发表过上千篇文章，不下150万字。最近，还将由上海远东出版社出版《林峰国际象棋丛书》，有《我戴凤冠以后——谢军卫冕前奏》、《棋坛怪杰60局》、《世界棋王妙局精萃》、《棋弈心理战》、《国际象棋知识手册》等5本新作，又是洋洋170多万字。他培训过的学生，有幼儿园的孩子，有高等学府的学生，直至国家集训队队员。他的得意之作，是有三名学生成为大师，而成为特级大师的秦侃莹，由他启蒙后进入上海市少体校，14岁便夺得全国国际象棋女子冠军，不久前又跻身于世界女子八强。

如今，国际象棋国家集训队已经结束了6年的"漂泊生涯"，从"荒凉山庄"搬进不失为华丽的中国棋院，记得陈祖德不无忧虑地对我说过：这未必是好事。我为身负重任的林峰高兴，他上海的家已乔迁新居，集训队也有了好环境；但我也为他担忧，这支队伍能不能顶住都市浪漫气息的诱惑和干扰，保持住昨天的虔诚和辉煌呢？棋后谢军能在集体的支持下，顶住挑战者约谢里阿妮的冲击而卫冕成功吗？我还担心，他回沪工作、跟家庭团聚已是遥遥无期，能取得妻子更多的理解和宽容吗？

前些日子，一个当年跟我们一起鏖战棋坛，后来一直担任少年教练的朋友，50刚过，突然因脑溢血而骤然逝去。我把这一噩耗告诉林峰，话筒那一头沉寂有顷，他才说："我很难过，不少50岁上下的人英年早逝，可惜！我也真想松弛一些，节奏放慢些，就是做不到。老朋友，你呢？""我也做不到！"我不假思索地答道。有什么办法？尽管有许多不尽如人意处，也有不少牢骚，但我们属于献身型，生就的劳碌命，就是看不破红尘，潇洒不起来。

1993年4月12日于上海九三书斋

第 三 辑

报告文学

八年之约

——走近舒婷

　　北岛说过："回想80年代，真可谓轰轰烈烈，就像灯火辉煌的列车在夜里一闪而过，给乘客留下的是若有所失的晕眩感。"难怪许多文化人都感慨不已："我们经历过80年代，已经不虚此生了！"我也特别怀念80年代——从1980到1990年上半年那十年，是我一生中最充实、最难忘的一段时光。那时，我在大名鼎鼎的主编梅朵手下，呕心沥血、若痴若狂地投身于《文汇月刊》的编辑工作。兼具文学性和综合性的《文汇月刊》品位很高，是当时全国最具影响、最有冲击力和号召力的杂志之一，在人们心头，似有"鼎之轻重，未可问也"的分量。一年多前，在几位高龄前辈及挚友的鼓励和催促下，我开始动手撰写《我在〈文汇月刊〉十年》的回忆录。访谈前辈，整理资料，同时重读我珍藏着的一两千封弥足珍贵的信件，我沉浸在80年代的氛围里，往事如汹涌潮水，翻滚在我的眼前心上。

　　我跟朦胧诗及其代表人物打上交道，有些偶然，这跟我在《文汇报》内部的一次"跳槽"有关。我是在1980年9月，离开在1970年代工作了十年的《笔会》，离开待我不薄的徐开垒，加盟梅朵团队的。这时，作为临时过渡的《文汇增刊》，只剩下最后一期——十一月间要出的第七期。梅朵在反复唠叨和操虑的,是明年一月正式推出的《文汇月刊》第一期。《文汇月刊》的纸张配给供应,终获解决。梅朵让我接手将要推出的报告文学专栏,并说:"你在《笔会》是诗歌编辑,这一摊人头比较熟,索性把《文汇月刊》的诗歌也接下来。"由此,我开始游走在报告文学和诗歌两个圈子里,如鱼得水。且在组稿初始阶段,我就自然而然地跟朦胧诗的两位代表人物北岛、舒婷打交道,而且很快走近,这让我自己也有些意外。

一

梅朵是评论家,对新生事物很敏感,对文艺界的一些有影响的争议事件非常关注。我告诉梅朵,现在对朦胧诗看法不一,争议很大。我离开《笔会》前,刚编发过福建评论家刘登翰的一篇为朦胧诗叫好的千字短文。而十月中旬,《福建文艺》要召开一个规模很大的讨论会,邀请了北京和上海的多家报刊,还有一批评论家和诗人。我对梅朵说:"我现在是代表《文汇月刊》去参加会议的。我想去感受一下气氛,约请舒婷给我们明年一月号写一组诗,还想配发一篇两三千字的'舒婷印象'。"虽然,我和朦胧诗作者鲜有直接交道,但我看到过他们不少作品,许多热心人给我们寄来收有北岛、舒婷、顾城等人诗选的《兰花圃》等油印件。"只发一组诗,一个人物印象?这不行,分量不够!"梅朵比我敏感,没等我说完,就火烫似的做出反应。他决断地说:"关键时刻,《文汇月刊》要表明态度,支持他们!要写篇关于舒婷和朦胧诗的报告文学,一万字以上。找不到合适的人,你就自己写!还要配一组照片,要是照片质量好,可以给舒婷做个封面!"

梅朵的眼光和气魄,非我所及!按照我们的办刊方针,能上封面的,都是文学界、艺术界的大名家和有代表性的某一方面顶尖人物!而舒婷这时才二十八岁,还是厦门灯泡厂的一名女工,并处在争议的漩涡中。尽管当时文学界对朦胧诗有不少非议和反对,但梅朵不以为然,他很赏识北岛、舒婷这样的拓荒者和争议人物，赏识他们诗作的新颖、独特、别具风格，给在"四人帮"时期压抑已久的中国诗坛，带来了一股清新的风。在梅朵看来，舒婷这样的年轻诗人，是正在升起的名家，真正的名家。

舒婷当时真是孤陋寡闻，没见过世面，她居然分不清上海的一众刊物、出版社哪是哪。我去福州前，怕贸贸然，曾托编辑部的肖关鸿向北岛打听一下舒婷鼓浪屿家的地址，先写封信打个招呼。十月初，舒婷回信说："信收到。振开没有提起约稿的事，大约他忘了。宁宇同志约过稿的，至今尚未写给他，不知你们是不是一家？此外，蔡其矫老师来信提到上海的姜金城和宫玺同志可能来厦门找我，是否和您说的是同一码事？您瞧，我确实糊涂了。"好个舒婷，把《萌芽》杂志、上海文艺出版社和《文汇月刊》的编辑，"糊涂"在一起。不过，关于她自己的行踪却说得很清楚："《福建文艺》在十月中旬办一个诗歌讨论会，为期十天左右，还有一个小说作者读书会，时间要两个月。他们要我国庆过后即到福州去，协助筹备讨论会，选编有关资料（因为将邀请北京几位客人，隆重些）。然后接着参加读书会，为的是照顾我，让我借这个名义写点东西。当然，还得交一篇小说稿。因此，座谈会结束时是月底，在这之前我肯定在福州。假如我交得出小说稿，那么元旦之前可能在福州。"已经欠下一身稿债的舒婷，还不忘先给我们打了"预防针"。"我不知道罗达成同志找我为了什么事？如果为了您'设想'的一组诗，我手头是什么也没有了，而且稿债如山，可以指望在读书会之间给贵刊一点东西，以示心意，质量不敢保证，尽力而为罢。"

1980年10月中旬，我去福州与会，有幸拜识了前辈散文家郭风。他后来跟我通过几十封信，给《文汇月刊》以及《文汇月刊》停刊后我所主编的《文汇报》《生活》副刊，热情赐稿，有数十篇散文和散文诗。我还结识了《福建文艺》操持这场讨论会的魏世英和诗歌编辑朱谷忠。那十天关于朦胧诗的讨论会，可以用"唇枪舌剑、惊涛骇浪"这八个字来概括。福建当地的坚定反对者、《厦门日报》文艺部主任王者诚——虽然也写过一点诗，籍籍无名，发言却有点声势。他嘲讽《福建文艺》："编辑部居然会为此拿出这样多的篇幅，我觉得有十二分的勇气。"随后，便开始历数舒婷和朦胧诗的危害性：像《四月的黄昏》、《珠贝——大海的眼泪》、《致大海》等等，作者在说些什么，抒发什么感情，读者简直是莫名其妙。而支持朦胧诗的主将、福建评论家孙绍振，口若悬河，话语刻薄，锋芒毕露。当时应邀与会，在宾馆与我同住一个房间的诗歌评论家——后来担任湖南省作协副主席、名誉主席的李元洛，一直记住孙绍振回敬王者诚时居高临下的一句名言："你说的那一套，我都知道。我说的这一套，你都不知道！"而性格温和的忠厚长者郭风老，话语和缓，态度诚恳、鲜明。会上会下，他对那些反对者喊话说："我对舒婷诗歌的看法一直在变。上午可以这么讲，下午可以那么讲。我是变的，你们不变也可以。"他还展开说："很怪。惠特曼的诗我不懂，但我从小喜欢。印象派的诗，我也从小喜欢。朦胧，有人说是雾里看花，那就让它存在，看到美就行了。诗歌问题，不要动不动往世界观上拉……"

会议的主角舒婷，却寓于一角。就如后来刘登翰文章中所写到的："现在，她就坐在会议室后排的一角。争论几度进入白热化的阶段。她默默地听着，深度眼镜后面的眸子，有时澄澈，有时渺茫。"在会议的空隙时间和晚上，我跟舒婷长谈过好几次，详尽地了解她的家庭和身世，她的三年知青生活，她的诗歌创作、成长和坎坷。舒婷忙得不可开交，压力也很大，但她感受到我们刊物的一片真诚，我们两个同属见了生人寡言少语，甚或有些冷漠，遇见朋友则滔滔不绝的人，那些日子谈得很投机，奠定了我们之间的友谊基石，我的采访本满载而归。我已经想好找人写她，但留了一手，万不得已时，我自己动笔。

我要找的人是刘登翰，他的老家也在鼓浪屿，对舒婷的人生和诗歌了解很深。他也在会上发言力挺舒婷，观点鲜明，但语调并不激烈。会议结束前，我跟登翰挑灯夜谈。登翰的人生并不顺畅，1961年从北京大学中文系毕业，因他家里海外关系复杂，便不允许回到厦门，将他发落在闽西北大山之中的三明，一待二十年。直至1980年3月，他才有幸搭"文革"结束后的头班车，被允调入福建省社会科学研究所从事文学研究。他后来当了福建省社科院文学研究所的所长。那天，我有点动情地对登翰说："对于舒婷的诗及这场探讨的意义，我们观点完全一致。我想请你帮忙，给《文汇月刊》写篇关于舒婷的报告文学，不少于一万字。现在对她的争议太多，对她的了解却太少了。我们有责任把她的身世和成长、喜悦和烦恼，原原本本地告诉关心她的读者和文学界。这是我到《文汇月刊》后出来组织的第一篇报告文学，你也义不容辞。希望我们能一起完成它！"

登翰对之后去鼓浪屿采访舒婷的情景记忆犹新："鼓浪屿本是我出生的地方，童年在那里度过，舒婷就住在离我早先的家十几间房子的同一条街上。此次专程而来，住在鼓浪屿宾馆，每天到舒婷的家或她来宾馆聊天。彼此本来就是朋友，没有什么忌讳，可以无所不谈、无所不问，采访还比较顺利。一周以后，我回福州写稿。彼时舒婷还处在争论的浪尖之上，用她的话说是把她的名字像皮球一样踢来踢去。初涉文坛的舒婷或许尚未见过，更别说适应这种阵势，有一次在讨论会上，在一个反对者极尽刻薄的挖苦中，竟忍不住掩面哭泣奔出会场。"

我们原本计划一月号用舒婷照片做封面，同时推出登翰的报告文学，但计划赶不上变化，先是封面做不成了。彩色封面照精度要求相当高，一般照片根本做不了，且制作周期要四十天之多。眼下，既找不到合适的专业人手拍摄，舒婷也不可能有那么多时间来配合应对这件事。而登翰的万字长文，虽然我写信催、电话催、电报催，但从十一月中旬拖到十二月初，他还迟迟没有动笔，已经大大脱期了。其实，登翰早落过笔，但他不断否决自己，因而丢失了时间和速度。看来，我初到《文汇月刊》，还没有得到梅朵真传，电报缺少"杀伤力"。于是，我的电报加大力度，用了三个"梅式"感叹号。要求他，"月底前务必将稿件及舒婷照片寄到！！！"稿子第一期没有到位，我在梅朵面前有点狼狈，再不穷追猛打，恐怕连第二期也赶不上了。

1980年12月的最后一天，我正读着登翰《通往心灵的歌——记诗坛新人舒婷》文章小样时，收到他三天前发出的信："十分抱歉，给你添了许多麻烦。接你的电报后，我给舒婷发了一个电报，让她把照片速寄给你，不知收到没有？原来说好的，她直接给你寄去。稿子没写好，很对不起。写到一半的时候，听到一些造谣家编派的流言，使我极其愤怒，当时很犹豫要不要把它写完。后来感到，那些造谣家们无非是想用流言来堵住对手的嘴巴，搁了一个多星期，才勉强把它写完，但已经没有一点情绪了。在潦草写完初稿后，我仅仅是出于曾经有过的一种允诺，连看都没看一遍就给你寄出。我把这种心情告诉过舒婷，让她决定是否要用（除了文章本身写得不好的原因之外），并请她直接给你写信，我一直未接到她的信，不知是否曾经给你写信了。此稿用或不用，都不要紧，请按你们和舒婷的意思办。"

我翘首以待的登翰的稿子，是由舒婷12月23日寄出的，并附了信："刘老师昨天才把文章寄来，时间怕来不及了。今天下午我只好旷工半天，匆匆过目一下，就拿出去寄。他要我提意见，我是很茫然了。你是检察官，你来下结论吧。"因为当时无甚"快递"，又怕稿件丢失，最佳选择只能是挂号加航空。但一挂号邮程就慢了，我先收到的竟是她隔天寄出的另一封信，退回了我发排后让她火速定稿的《抒情诗七首》："小样收到，不敢怠慢，赶紧奉还。"还写道："刘先生的文章昨日已寄出，和我的相片，请查收。"比收到稿子更高兴的，是舒婷信中那特有的真诚、友好的调侃："全国二十个期刊在鼓浪屿召开会议，我看见你们杂志的同志，就想起你。不知为什么，我们熟悉得很快，并且充满了争吵，而跟他们，我就没什么关联，人是很奇怪的。""我劝你肚量大些，不要那么耿耿于怀嘛。你在大都市嘀嘀咕咕，害我在这里耳热眼跳的。"另一封信中，她告诉我一个好消息："现在省文联正在办我的工作调动，还没有成，估计没有太大的问题。也就是说，下回罗编辑来厦，我就有时间陪你视察小岛，恭听你的酸言妙语了。"确实很奇怪，我和舒婷在很短时间里成为很好的朋友，在之后的许多年里，我们的每次通信中彼此都不乏"酸言妙语"。

舒婷真够朋友，她稿债如山，却一下给了我们七首诗，且后来都传诵一时：有《遗产——张志新烈士给女儿》、《在潮湿的小站上》、《车过园坂村》、《无题》、《墙》、《相会》。最值得一提的，是她写给顾城的那首《童话诗人》。我们整整发了两页，这在寸土如金的《文汇月刊》创刊以来的历史上绝无仅有，连艾青、公刘、程光锐、牛汉、鲁藜等，最多也只发过一整页的诗。流沙河、沙鸥、雷抒雁等人的诗，出现频率较高，隔一两期就会亮相，但每次发一至两首，只占三分之一页到二分之一页，少有占三分之二页的。更多的诗，是在版面上有空白时，见缝插针地作补白。叶文福曾不止一次地给我写信抗议，直言不讳："我不喜欢你们搞羊拉屎地一次一首地发。给我发就发一大组。读者们盼我的诗的心情是很切的。求求你！并请你代我求梅老。"时值他的《将军，不能这样做》发表之后，名气大，火气也大。我和梅朵也爱莫能助。自然，我们没有想到，不久后他开始为那首名满天下的诗歌付出沉重的代价，不能再发表作品了。与口没遮拦的叶文福不同，在《解放军文艺》主事的诗人李瑛，则一连给我两封信，对我们处理诗稿的方式委婉地提出批评和建议："寄去小诗二首，请审处。《文汇月刊》很丰富，也活泼，但似乎排得太紧了，诗也排得太密。刊物不同于报纸，版面清爽些更好。"确实，我们给诗歌的版面太少了。但铁将军把门，掌管版面调配的老资格责编——有"梅朵的影子"之称的徐凤吾，不太重视诗歌，不断有编辑跟他抗议，我也跟他争论过几次，他都说没有版面，而且坚定不移，不可通融！即便我后来当了副主编，有职有权，也对徐凤吾没奈何。他也确有难处，积稿太多，发排好的诗歌一直有上百首压在手里。而版面太少，无论抽哪个栏目的稿子责编都要"誓死捍卫"，我们怎么能再逼他给诗歌更多篇幅呢？

二

《文汇月刊》上报告文学专栏的正式推出，是在1981年2月号，比预期晚了一个月。这一期刊登的两篇报告文学——刘登翰的《通往心灵的歌——记诗坛新人舒婷》，以及肖复兴、张辛欣这两位新生代佼佼者的《带不和谐音的美妙旋律——记舞蹈家陈爱莲的舞蹈晚会》，是这期刊物的重头稿。报告文学专栏出手不凡，相当耀眼，梅朵和我都很得意。不过，也留下了遗憾，我未能如梅朵布置任务时所愿，给舒婷做封面照片。我更没想到，最终完成这个愿望，竟是八年之后。这个未完成的封面照片，成了我和舒婷，乃至梅朵和美编的共同心病。其间，舒婷也曾提供过照片，但美编觉得不满意。自然，我也有些懈怠和宽容，尤其是1982到1985年间，没有去紧逼舒婷：一是觉着舒婷初为人母，孩子还小，没有心力和精力去做这件事情；二是舒婷已经名满天下，著名到她的家——鼓浪屿的一座老式洋房，一度被标注在厦门导游图上成"著名景点"，拜访者纷至沓来，使她失去了安宁。对朦胧诗的争论也日趋平息，到1985年则完全风平浪静，这个封面对她远不如当年那么重要。而舒婷本人，则多次表示，愿意给稿子，不想做封面。后来她当面答应做封面，也是情非得已，冲着跟我、梅朵，及与《文汇月刊》的交情，她不忍拂逆我们这些年来的一片热忱。

舒婷家的电话到1988年5月才装上，这之前我催讨稿子只有给她写信、发电报。而她自1982年后几次到上海，到我们编辑部来，跟梅朵也很熟了。梅朵锲而不舍，一见到舒婷总要说起封面照片。我则要她交出最好的稿子，且每每威胁说："不给好稿子，就让你站着回厦门！"当时我们的编辑，跟一批作家——特别是像舒婷、肖复兴、祖慰、谢大光等已成老朋友的中生代作家，关系可谓心心相印、水乳交融。每次，在去火车站或是轮船码头接他们之前，已经给他们订好报社或是出版社的招待所——既要干净、安静，又要价格便宜，一个房间一天五六块钱，否则回去报销不了，还要提前十天左右，预订好回程的车船票。那时作家不轻易坐飞机，价格高，还要讲级别。因此，火车的坐票、硬卧票，及三等舱船票，非常紧俏。报社的后勤科经常说买不到票，我再去托铁路局和海运局的朋友"开后门"，或是自己去金陵东路排队，一次至少要排上两个小时，苦不堪言。

　　舒婷在上海时，斗嘴时总让我几分。可是，一回到美丽的鼓浪屿，她又故态复萌、嘴巴好"凶"了。1982年如此："罗达成兄，说真的，信封写好快二十天了，稿件还改不下去。给尊兄的稿件自然要特别用心，否则，一个背脸不理，将来真的只好从上海站到厦门了。好歹把稿件寄去，用不用都是小事，只希望你百忙中抽点时间给我退回来。你现在一定很紧张，春风得意呀，也许轻轻的稿件你是不屑一顾的，我也认命了。"1983年也如此，舒婷生孩子后，我去信问她："怎么没个音讯，在忙什么呢？"她反诘中多有调侃和"嘲讽"："听说你成了名记者，又是中国几位有数的报告文学作家之一，工作不胜繁忙，怎敢打扰您呢？我当然还在厦门，至少按规定独生子女的产假有四个半月嘛。我婆婆从海外回来管理家事，就这样，我和仲义还是被爱捣蛋的小儿子闹得分不清东南西北。"一打后面是一拉："我和顾城的合集样本已经寄来了。小城在上海，如果你认识他的话，他会送你。但如果你赏脸要我这边寄一本，我也不胜荣幸。"一拉后面又是一打："仲义说，罗达成会踢足球，他写的那篇报告文学是行家的眼光。我说，罗达成是个大滑头，他从足球运动员那儿偷了多少术语啊？谁对？"

　　还有一次舒婷来沪，问我怎么不给她回信？我这个能背出上千个联系电话的脑袋，不知怎的记忆竟出了差错，说是回过信或是电报。舒婷一回厦门，即来信声讨："你还是个大撒谎专家！你所编造的信和电报大概是发到阎罗殿吧？我还没到那儿报到嘛。""欠了你在上海极尽东道主的大人情，只好赶快写信向你道谢。以免小公鹅又到各个编辑部去'呷呷'地毁谤我。向你们的梅主编问好。还问问他是怎么管教的，居然有这么不诚实的部下？"而且说没有稿子给我，"现在我非常安全了，不必老听见'我让你站着回去'的威胁，心情分外松快。只是没有诗，诗是产生于朦胧之中。现在在我看来，这个世界太具体了。"后来，舒婷至少还有过一次赖掉稿约，信写得让人又好气又好笑："你好！能想像出你拆我的信时那一副愤恨的模样。离开上海后生活发生了好多事，使我不能完成自己的计划，而'大文汇月刊'腰肥气壮，稿源肥沃，是不会介意小舒婷的寒暖的，是吧？"随后，她花言巧语，夸我们第十期上几幅插页漂亮——尤其是《星树》，还表示自己对诗配画有些兴趣，而且给《诗刊》搞过，如果《文汇月刊》需要，她很想搞一组，"画由你们选和我选都可以。"为了表明诚意，她特意附上一幅《奔月》并配上诗，作为"样品"。好不容易，还写了一句和解的话："快来信，别和我斗气！我服输了，还不行吗？！"

在1982年舒婷做妈妈，创造了人生最美好的作品——孩子后，有三四年时间几乎完全搁笔。作为特例，她也只是1982年夏天给了我《读给妈妈听的诗（外一首）》，且写于一年之前，1984年深秋，给过我一首《怀念——奠外婆》。我能拿到的这点凤毛麟角，已属不易。直到1986年1月，她重回文坛，参加中国作家代表团出访后，才头一次给了我一篇散文《在开往巴黎的夜车上》，那大概是她最早的散文作品之一。1987年盛夏七月，梅朵当面给舒婷下了"最后通牒"，要她回去后尽快寄照片来，"封面一定要做！"还批评我："拖了七年多了，不能再拖！"舒婷答应了，几乎没有怎么跟"梅老板"顶嘴，比起跟我斗嘴时的那般骁勇善战，战斗性差远了。而梅朵组稿、提要求时的那种亲切和恳切，像是有着一种莫名魔力，让人无法拒绝，否则好像很对不起他。梅朵的理由很充分："《文汇月刊》怎么能不做舒婷的封面？说不过去！"聪敏机灵的舒婷，自然领悟了梅朵的潜台词：你怎么能不积极配合呢？说不过去！

这回我们动了真格，舒婷也不能不当回事儿了，她一回去就忙着找照片。七年前，她苦于无米之炊，没有多少照片可挑，而现在她走遍各地，又走向世界，可挑的照片太多了。十天后，她来信感叹："为履行诺言，翻箱倒柜找底片，要从数以千计的底片中找一张小底片真是令人绝望的事。现寄上一张较大的照片，看有无用处。如无用，再寄回，另行选择。"不过，我们不仅要她的封面照片，还要她配作品，而且是"鱼我所欲也，熊掌亦我所欲也"——除了一组诗以外，还要她一篇散文。梅朵素来得陇望蜀，很"贪婪"，也很识货，知道舒婷这几年散文上的成就与影响，并不亚于她的诗作。当时，舒婷很低调，且低产，诗歌已基本不写，散文也是一稿难求。她信上说，手中无粮，"今天同时给《星星》去信，将扣在那里的三首诗追回，再补三首，可成一组。"她更叫苦不迭的是那篇散文："只是文章难写。是想花你们几百块钱，找个避暑胜地。但婆婆年逾八十，儿子又小，丈夫高血压，只得每日汗流浃背，边炒菜，边给诸君回信，蝉声逼人，可见南方之夏多么火爆油煎。"

舒婷找来的照片不算少，但未如我们的主管美编张楚良所愿，因为精度问题、画面问题而被几次否决，来回折腾，弄得我心里也"火爆油煎"。我给气馁的舒婷鼓劲，她回复道："谢谢你的表扬。但是我已经无计可施了。你知道吗？我高度近视，在阳光下镜片反光，没有眼睛；如果没有阳光，用了闪光灯，眼睛绝对是闭的，这是人体的自然反应。这样可以吗？我九月份访意大利，好好拍一堆眼睛睁得大大的照片供你挑选。"我翘首以待了三个月，估摸她该带着"眼睛睁得大大的照片"出访回来几天了，开始连续发信发电报。十月底，我一天收到舒婷两封信。一封让我失望，说"在意大利拍的照片看来仍不适做封面。'革命尚未成功'，以后再努力。宽些时限吧！"另一封则让我燃起希望，她惯有的调侃和小嘲弄里，拌和着浓重友情和真挚，让人心暖，"罗副主编阁下：兹收到您的大函和电报，原有给你的信，一直迟疑，一起寄给你。因为意大利的照片均是眼镜有光点或闭着眼睛的，所以回鼓浪屿，特意去拍了几张，效果仍不好，再寄一张给你。""至于作品及自述文章过一星期后航空寄去。近年底，约稿信猛增，我仍是以不变应万变。只是欠'文汇'的债，欠你的友情，这件事总压在我的心头。我希望可以不当封面女郎，作品刊登即可。再见。"

舒婷这信上，最后一句还是"希望可以"不上封面，只用作品，让我内心深感动摇和不安。她确实已经"无计可施"，耐心也大概快到尽头，我们已经勉为其难地折腾她、委屈她太久，我不想再滥用友谊了。尽管照片画面依然有点糊，眼睛在阳光下还是眯成了一道缝，但我决心不再逼舒婷去拍照片、找照片了。我坚定得有点强势地对梅朵说："舒婷已经尽力了，不上封面就拉倒了。要上封面，就从手头这几张照片里挑。"我甚至有点强辩，"她是作家，又不是艺术家，眼睛眯不眯，有那么重要吗？"梅朵看着我，有点错愕，一个特别较真的人，怎么突然也学会了将就？没完成任务，还这么任性地宣泄情绪。但我们是心通的，他能理解我的心境，理解我对舒婷的歉意，而且答应去跟美编商量，算是我们俩——主编、副主编的共同意见。不过，我知道，又会引起一场不大不小的风暴。果不其然，这原定是1988年第一期的封面，第一期没上，上了白先勇；第二期也没上，上了刘再复；第三期才算把"眼开眼闭"的问题搞定。这就是《文汇月刊》的大牌责编，他们各守一方，个个都很牛很挑剔，不牛不挑剔怎么能办好刊物？

舒婷对自己的作品也非常挑剔，挑剔得甚至有点失去自信。她的组诗和散文，前后花了三四个月，写完却还搁着，像是"丑媳妇怕见公婆"。离1987年年底还有半个月，我才接到舒婷的稿子和信："罗达成兄，你好！现寄上散文（分上下）和《水仙》一组诗五首，不知道赶得及否？我自以为将最好的作品寄给你了，这个'自以为'是因为每个人都认为他最近的作品是最好的，但是等抄清搁在那里，便都厌恶得不敢再看它们，我希望你不要留情，如果认为不行就作罢。这些诗风格分两部分，有些人会不喜欢吧？我想……再见，收到请回一封短笺，我的副主编大人！"

　　时隔八年，我们又一次高规格地推出舒婷。在1988年3月号上，发了她的封面照，配发了组诗五首，这是她的诗作跟读者久违后的一次集中推出，以及有浓重"自我写照"味道的上下篇散文《笔下囚投诉》——这成了诠释舒婷最好最贴切的"封面故事"。舒婷说过："散文就是我的自传，可能琐碎些，但我保证绝对货真价实。"舒婷很够朋友，她确实把最好的稿子给我们了。尽管这一期上有四十多位名家，但"舒婷板块"无疑是最吸引读者眼球的。在这混搭的板块中，读者们看到两个全然不同的舒婷：在组诗里，看到的还是那个朦胧诗代表人物、年轻诗歌爱好者的偶像，而看散文，一转身，则是一个为人女、为人妻、为人母的舒婷，一个抒写家长里短的散文家。真不知道，舒婷这个有幸"沦为诗人"的"笔下囚"，被家人和亲情所宠爱，被朋友和友情所关爱，她究竟是在絮絮叨叨地"投诉"呢，还是在乐颠颠地倾吐幸福的烦恼？

　　对这回打出的关于舒婷的这套"组合拳"，梅朵很满意。5月间，接舒婷信，梅朵的满意又升级成得意。"发了《笔下囚投诉》，有张洁怀念共同出国的日子。有诗友寄特级稿纸救济。可见'文汇'在作家群中的影响。"梅朵最在意刊物在作家群中的影响，况且又是张洁的感受。

　　这还是舒婷告别诗歌，移情散文前，在《文汇月刊》上的一次亮相。她此后再也没有拿出组诗过，写诗也基本告一段落——虽然她几年后，还曾写过一首《最后的挽歌》。面对关心和质疑，舒婷在之后许多年的许多文章里，曾一次次剖析自己为什么会放弃诗歌。时过境迁，生活状态大变，舒婷自感丢失激情和灵感，缺少精力与时间，不得不做自我解脱。她开玩笑地说:"由于诗,我被当成一种专门分泌糖浆的植物。在那棵老橡树的阴影下,好多年来我都觉得呼吸困难。"舒婷比我们所有人都清醒,她还感叹道:"能在天国和尘世来回穿梭的是上帝的信使。我明白我是一个普通的女人,我还没有修炼到六根清净,一心向诗的境界,既然肉身的沉重超过了翅膀,我清醒地选择了尘世。于是我重新写起散文,重新一说,是因为散文的写作发表几乎和诗歌同时,只是别人和我自己都不曾看重过。几篇短文热身之后,我最大的享受是语言得到了松绑。它们立刻自谋生路,大有离经叛道,另立门户的意思。有一阵子,语言的畅荡流转令我心旷神怡,能够撇开旧方程式,感觉简直好极了。"

舒婷移情别恋于散文,如她所说"后来竟流连忘返"。五个月后,舒婷就在上海文艺出版社推出第一本散文集《心烟》。此后一发不可收,她的散文文集的数量远远超出过往的诗集数。但粥少僧多,我也很少拿到舒婷的散文,在《笔下囚投诉》之后近两年的1990年1月,才拿到她一篇《民食天地》,这离《文汇月刊》悲壮地"停刊"只有五个月。不过,1991年1月,我回归《文汇报》主编《生活》副刊,极力倡导千字左右的生活散文。创刊第一期,就逼舒婷写了篇头条《多情还数中年》。那文章一开头,就叫人不能忘怀:"女人一近中年,最怕人问起年纪。男人一到中年,怕人问及事业。"舒婷是写这类千字文的高手,难怪全国有那么多编辑要盯着她。后来,舒婷在上海一张发行百万份的晚报上,写了篇《千字功夫》,说有众多编辑在逼她的千字文,让她不得安宁,而我则成为她声讨的代表人物:"不知何时,邮箱里诗歌刊物的约稿渐渐稀少,杂志、报纸的随笔约稿跟发大水似的。最近几年都改用电话追命,个个急如星火且软硬兼施……老朋友索稿若不是路途遥远,逼着只差'立等可取'了。比如《文汇报》罗达成,十多年的老朋友了,劈头盖脑就是一顿夹棒,我嗫嚅着试图给自己留条退路,'若来不及或写不好呢?'电话里震耳欲聋,'你舒婷写不好一篇千字文,不如跳下你房前的那个什么海吧。'放下电话，一眼看到桌旁录影带《钢琴课》，已借三天尚无收看，朋友限时今夜索还。叹口气，赶紧捉笔。"

　　信如散文，散文如信，我已经习惯了舒婷这种鲜活、调侃、刁钻的文字。编辑们逼稿，也是无奈呀。当时千字文在全国的报刊上风起云涌，倘使没有本事逼到这个千字文，版面上没有名家压阵，那该轮到我辈编辑们跳海跳黄浦江了。舒婷，你能忍心吗？

2014年7月，写于鑫城苑

原载《上海文学》2015年1月号

　　注：文中提及的年代均为20世纪。

将来的日子还很长

——北岛与《文汇月刊》

一

初见北岛，在1981年4月间。那是《文汇月刊》破天荒地用两页篇幅发表了舒婷的七首诗，并刊出刘登翰《通往心灵的歌——记诗坛新人舒婷》两个月后。不过，我早在两年多前，朦胧诗"终于露出地表"时，就读过这位朦胧诗领军人物的不少代表作。我读过北岛的《回答》，也读过他回眸刚刚过去的十年浩劫的《一切》。

1978年，乍暖还寒，虽然有不少人喜欢北岛的诗，但我没有想过向他组稿，因为《文汇报》一时不可能发这样叛逆的、愤怒的反抗者的呐喊。尽管许多年后，北岛、舒婷都悔其少作，为他们的早期作品感到羞愧，觉得没有什么价值。北岛曾反思说："记得当时就有个朋友指出了这一点，这一直是我早期写作中要克服的问题。其实在《回答》中也还是有道德说教的影子，只不过在反抗的姿态中似乎被掩盖了。"但在读者看来，北岛他们早期诗歌所浸透的坚定信念和毫不妥协精神，其冲击力与震撼力远胜过他们之后的作品。他们的成名和轰动，印在万千读者，特别是年轻人心上的，恰恰是这些既像誓词，又像哲言，有说教色彩的诗句。对此，进入新世纪、新时期的北岛感慨系之，却无意从众："直到现在出门参加活动，中国听众还总是坚持要我朗诵《回答》。我觉得他们都被冷冻在那个时代了。如果诗人往前走的话，就只能不管不顾，越走越孤独。"

我跟舒婷相识不久就很谈得来，而且熟悉得很快，跟北岛亦然。北岛原先跟我们的小说责编，后来担任副主编的肖关鸿较熟，此后反倒是跟我这个既管诗歌，又管报告文学的对口编辑交往多了。之后，北岛曾将不善言辞的顾城引荐给我，又为他写崔美善及王立平报告文学的事来过几次，或是跟我通信。一来二去，也很快成了朋友。我和关鸿接待北岛，跟他聊天、小聚，不是去饭店，而是在洁净、味美、价廉，有全国影响的《文汇报》"小餐厅"。所谓有"全国影响"，一是因了"老文汇"硕果仅存的几位掌勺厨师厨艺高超，在国内新闻界历次评比中皆首屈一指；二是这小地方招待过的客人中，有太多的大名家，称得上是"谈笑有鸿儒，往来无白丁"。

北岛给我很深很好的初印象，就像他的友人及《今天》的同仁概括过的，"觉得他生活中挺实际的，特别不像诗人，甚至有一点古板"，"年轻的北岛却性格内向、稳重踏实，对人谦逊平和，做事往往深思熟虑，冷静而不事张扬"。确实，生活中的北岛不是写诗时的北岛，他的言谈不很先锋，不很叛逆，不很政治，也并不振聋发聩，敲击灵魂。虽然，北岛话语不多，也不像舒婷那样有时会调侃、开玩笑，但我们在饭桌上不乏话题，谈话的天地很广阔。北岛不仅是我们的作者，还是新闻同行，当时在外文局的《中国报道》当编辑。他这份工作不算称心，却得来不易，北岛曾说起其间周折："1979年，我通过冯亦代的介绍调到了《新观察》杂志做编辑，几个月试用期之后他们挺满意，就把我留下来。1980年中共中央九号文件彻底清理民刊的时候，我作为《今天》的总编辑成为重点清理对象。《新观察》隶属于作家协会，他们就找到了作协主席冯牧，施加了各种压力。于是我又被停职,领导老找去谈话,因为我拒绝写检查,闹得很不愉快。虽然没有被抓,但不能在那个单位待下去了,就调到了外文局的《中国报道》。"

我们的话头有点意识流。从新闻界说到文艺界,从北京扯到上海,比较两地的政治氛围和文学氛围,还说起一些"归来派"老诗人,以及朦胧诗人的近况。不过,"今天派"的北岛从来就不接受"朦胧诗"这个提法,说这是官方强加给他们的。自然,我们也还扯到一些不能在公开场合说的小道新闻。北岛是很好的对话者,我们年龄相差不大,敞开说话,彼此毫不设防。有意思的是,我们跟中生代的作家和朋友小聚,老主编梅朵都很高兴地作陪,我和关鸿也乐于叫上他。梅朵与北岛,以及之后与舒婷见面时,都很投机,毫无代沟,而且梅朵人前背后,非常推崇他们的作品。

二

这年深秋的一天,北岛来看我,肖关鸿、赵丽宏也在。丽宏是我的老朋友,我们的友谊始于1975年,他和徐刚等人在崇明县写作组时。崇明是丽宏的故乡,1968年高中毕业后他到那里插队落户,种过田,学过木匠,当过乡村邮递员。在插队期间,丽宏开始创作诗歌和散文。他甚至没有想到过,1977年能有机会到华东师范大学中文系读书,更没想到有一天会到《萌芽》杂志当编辑,会被聘为上海市作家协会的首批专业作家。当时大家都经济拮据,我去组稿,他们招待我的就是就地采购的新鲜农产品和鱼虾,用很大的铝质面盆烧肉烧鲫鱼汤,煮酱油蛋,喝那种崇明特有的米酒。味道之鲜美,气氛之欢快,交谈之酣畅,让我此生难忘。这是后来在宾馆和大饭店的餐桌上,所无法重新感受和寻觅到的。

当年,丽宏的家就在北京东路、河南中路路口,离圆明园路《文汇报》老大楼不过五百米。我们相识后,他常到《笔会》送稿,继而又开始了和徐开垒长达三十多年的漫长而真挚的友谊。70年代末、80年代初那几年里，我差不多每天午休的个把小时都去他家，他父亲、母亲、姐姐、姐夫、外甥，我都熟极。中午，他姐姐、姐夫都不在，我们常常到他们的大房间聊天，那里宽敞多了。由于每天去，"身教言传"，他外甥甚至从我身上学到一个终身难改的坏习惯——不是坐沙发，而是半个身子斜靠在沙发上，两条腿舒适、懒散地搁在地板上。丽宏写作的那个"暗无天日"，没窗户不通风的小黑屋，我也绝对是光顾最多的客人。肖复兴等许多作家想造访丽宏，都是我领去的。而有我们的共同朋友到《文汇月刊》时，我也经常打电话请丽宏过来作陪。

那天，北岛给我和关鸿、丽宏，每人送了一本A4纸大小的油印诗集《陌生的海滩》。淡蓝封面，大方而精心，印数只有一百本。这是北岛最初的诗集，收有三十二首诗。封面上那幅手绘画，以及里面的钢笔插图，风格如出一辙，在那个时代相当少见。线条简洁而有力，构图洒脱而大胆，充溢着青春的欢乐与自由。大概，这正显现出搞《今天》杂志和《星星》画展那群年轻拓荒者精神上的向往和象征。我至今还珍藏着北岛的这本油印诗集，只是当时张冠李戴地拿错了，我这本上写着"丽宏指正，北岛，1981.11.18"。

《陌生的海滩》的封面，由北岛的好友艾未未设计，让人印象深刻。遗憾的是，艾未未的父亲、大名鼎鼎的艾青对朦胧诗和北岛的态度，却有些波动变化和不确定。艾青跟北岛曾有过一段友好交往，但后来开始争论，直至争吵而分道扬镳。北岛一生交往最多的老诗人有两个：蔡其矫和艾青。1975年，艾青刚刚颠沛流离地回归，还住在王府仓4号一间家徒四壁的陋房里，北岛是这里常客。一个冬日，北岛在这里结识了一头鬈发、口音南腔北调的蔡其矫。这年，北岛二十六岁，蔡其矫五十七岁。蔡其矫一见面就夸北岛诗写得好，让北岛手足无措。而且，蔡其矫第二天就去北岛家串门，家徒四壁，两人只好坐在床上神聊。在日后痛悼蔡其矫的《远行》中，北岛深情怀念这位老友——虽然他爱乱说话，爱乱追有姿色女人，甚至因为"破坏军婚"曾有过牢狱之灾，诗歌成就也比较有限，但绝对是个中国当代"异数文人"。"我和蔡其矫成了忘年之交。相比之下，和艾青认识要早些，但关系很淡。他有点儿公子落难的意味，自视高，身份感强，让人敬而远之。这恐怕是他翻身当家做主人后我们决裂的原因之一。蔡其矫命途多舛，却毫不世故，嬉笑怒骂，如赤子般坦荡。"

北岛和舒婷，以至一批朦胧诗人，都对蔡其矫感情很深，他们之间的相识，后来的成功与成名，都跟这位热心而放浪不羁的老诗人息息相关。北岛追忆道："他与舒婷1975年结识。《致橡树》这首诗就是他转抄给艾青，艾青大为赞赏，又推荐给我。在蔡其矫引荐下，我和舒婷自1977年8月开始通信，她的《这也是一切》随意抄在信中，是对我的《一切》的答和。""舒婷加入《今天》文学团体，始作俑者蔡其矫。在他催促下，1979年秋舒婷第一次来到北京，与《今天》同仁聚首。某日，天高气爽，蔡其矫、艾未未和我陪舒婷游长城。那天蔡老兴致格外好，端着照相机冲锋陷阵；舒婷胆大艺高，爬到城垛上徘徊远眺；我晕高，看不得这壮举，把头转开；艾未未还是个大男孩儿，一开口脸就红……"

我们当时听说，北岛与艾青一度过从甚密，后来已经彻底闹翻，但只知其然，不知其所以然。北岛在这篇痛悼文章中，对此亦有一段回忆："我和艾青是他1976年从新疆到北京治眼病时认识的。那时他住在白塔寺的一个小院里，单间，上下铺，他们夫妇和两个儿子挤在一间小屋。我跟艾未未很要好，我第一本诗集《陌生的海滩》的封面是他手绘制作的，总共一百本。其中《太阳城札记》中的最后一节是《生活·网》，艾青到处公开引用批评。我给他写了一封信，强调这是一首组诗中的一小节，你要批评，也应说明原委。我接着说，你也是从年轻时代过来的，挨了那么多年整，对我们的写作应持有宽容公正的态度。收到此信，艾青给我打电话，我们几乎就在电话里吵起来。其实我和不少前辈都成了忘年之交。1970年代是两代人互动交错的特殊时期，有很多动人的故事。很遗憾，我和艾青的关系走到了另一个极端。"

不知情的人不会知道,为什么《陌生的海滩》里,扉页上写着"献给珊珊 献给你自由的灵魂"。而诗集里的第一首诗,又是写于1973年的《小木房的歌——献给珊珊二十岁生日》。珊珊是北岛的妹妹,她的不幸去世,是北岛一生中最痛苦的事:"我妹妹在1976年因游泳救人淹死了,那孩子得救了。我和妹妹感情非常深,她那时才二十三岁,我二十七岁。我痛不欲生。我甚至觉得,后来写诗办刊物都和这事有关。两年后我和朋友创办了《今天》。"收进北岛诗集的这首诗,五个月前已刊发在六月号的《文汇月刊》上。北岛还加了个小注:"1976年7月27日,即完成这首诗的三年之后,我妹妹在湖北蛮河游泳时为抢救一名溺水的儿童而英勇牺牲,仅以此诗作为纪念。"那大概是五月间,北岛一下子给了我八首诗,有《是的,昨天》、《和弦》、《你好,百花山》、《候鸟之歌》、《日子》、《回忆》、《住所》、《港口的梦》。因为发组诗要排长队,而且当时第六期发稿期已过,我特事特办,赶紧抢排了对北岛有特殊意义的这首《小木房的歌——给我的妹妹二十岁生日》,以及顾城的《赠别》和《小巷》两首诗。我跟版面编辑打招呼,这一期一定要把北岛和顾城的诗挤上去。

记不清楚,怯生生的顾城是哪一次跟着北岛一起来的,但我记得初见时顾城那种腼腆和木讷,手足无措,话语少得不能再少。顾城这次带来很多诗歌,后来又寄来很多诗歌。顾城的内心炽热,感情丰富,灵感澎湃,但他不会交际,不善言辞,他在诗歌世界里如鱼得水,但在尘世中活得很累很累。这跟被他视为兄长、对他倍加爱护的北岛,以及他的"干姐姐"舒婷,差得实在太远。我跟顾城的爸爸顾工也比较熟悉,这位生于1928年,有些名气的资深军旅诗人,一直寄诗稿给我。他的字体很特别——苍劲中带着阴柔和松弛,信总写得很热情,我们在北京和上海都见面交谈过。但不知为什么,无论在信件或面谈中,我们从未说及时在上海的顾城。除了同是一张方方的脸庞,顾工的热情和健谈,一点没有遗传给顾城。连写诗的风格,父子俩也相去万里,迥然不同。发过顾城这两首诗后,在1982年2月号《文汇月刊》刊登北岛的报告文学同时,我又发了他的《生日》,恰好和丽宏的诗放在一起。顾城自1981年到1983年,在上海生活了三年,我们联系不多,交流甚少,只知道他的大致情况,却始终没有走近。这有顾城自身性格原因,也有我的原因——缺少主动和热情,不了解他在上海生存状态的窘迫。而且,还犯了编辑的通病,不太习惯、不太喜欢他那种一稿多投的大容量投稿方式。更该反思的是,我对他的作品和成就缺少应有认识,没有将他跟北岛、舒婷一视同仁。虽说往事已矣,但我不能不感到遗憾和后悔。

很多年之后,在新西兰激流岛的顾城和谢烨已经悲惨离世,我才看到北岛、顾城的共同好友——上海诗人张毅伟追忆那段日子的文字:1980年,顾城在火车上与同样喜欢诗歌创作的谢烨邂逅相遇,便一见钟情,疯狂地爱上了这个上海姑娘。随后,顾城为了谢烨,追随到上海,选择了靠近谢烨家的武夷路,用四千元钱购置了一所很简易的民居居住下来——实际上是一座违章建筑。"如今想来,顾城的这个举动,当然是一个爱的举动,但又何尝不是一个沧桑的开始。"在与谢烨恋爱和追求结婚的过程中,顾城因没有固定工作而始终受到质疑,这给了顾城很大的压力。顾城所受到的另一个质疑,是有人认为顾城有精神不正常的状态,因此需要去医院做检查。顾城很不高兴,他坚信自己没有病,他认为他与那些人生活在两个世界。但是,他又很冷静地说,为了与谢烨的结合,他愿意去医院检查。顾城没有工作,他的收入来源只有稿费,一份诗稿往往要投五六家杂志。他的诀窍是把省级文学刊物和地市一级的文学刊物错开,以避免撞车。在舒婷的记忆中,连福建最偏僻的县文化馆刊物都可以收到顾城的投稿。顾城面向全国文学刊物,一稿多投、广种薄收。稿费都不高,他拿过的最低稿费是一首诗四元。张毅伟还回忆道,顾城在社交场合很少说话,有时让他陪着去报社。为了更多地发表诗歌，顾城少不了与编辑客套、寒暄。回到家里，顾城对张毅伟说："我刚才说的话，都是脚丫子里拿出来的，你不要在意。"但他那次到《文汇月刊》来，"脚丫子"并未出声，大概因为北岛在，他不敢作假，也无此必要。

北岛后来在香港接受采访时，也曾深情地说起顾城的写作和他的死："顾城是个很有灵性的诗人。我还记得，他姐姐把他头一次带到《今天》编辑部的细节，他几乎还是个孩子。关于顾城之死，众说纷纭，我不愿意凑这个热闹。我只想说，作为诗人有两点遗憾。第一，他的生命结束得太早了，写作还没有真正展开就结束了；第二，他的生存压力太大了，只能靠写作为生。短暂的一生竟写了两万多首诗，难免有粗制滥造之嫌。""有些人根本不应该出国，顾城就是一个。据说是来自他父亲的压力，希望他离开中国独自谋生……对他来说，国外的环境实在太险恶了，首先外语这关就过不去。他神经本来就很脆弱，又躲到新西兰的孤岛上，没有生活来源，最后走向绝路。"

三

就在北岛给我送《陌生的海滩》那次，他很有兴致地说，想给我们写一篇关于朝鲜族舞蹈家崔美善的报告文学，而且已经采访好了。"好啊，求之不得，我们手头这类题材的稿子一直告急呢！"我很高兴，也有点意外，因为北岛之前从来不沾报告文学的边，我也从没想到过抓他写报告文学。我捉摸他大概诗写久了，想尝试一下新文体。自然，眼界甚高的北岛，也很关注《文汇月刊》上写这类题材的报告文学。从1981年1月起，我们相继约请了一批报告文学作家，以及小说家和散文家动笔，在《报告文学》和《音乐之声》这两个专栏上推出了一连串关于音乐家、歌唱家、舞蹈家的报告文学，几乎每一篇都在读者中产生了反响，很受欢迎。这不奇怪，在那个特殊年代，人们有着强烈的文化饥渴和艺术饥渴，为了一盘好听的音乐磁带，或是一本好书，可以众里寻它千百度，找遍整个城市。而《文汇月刊》找了一批文学名家，来写艺术名家，写他们的人生坎坷、艺术追求以及家庭生活和爱情生活，自然大有可读性，并形成一个趋之若鹜的读者群。不过，我后来知道，北岛所以想写长文章，经济拮据也是重要动因。许多年后，北岛在接受访谈中说及，"反精神污染运动"开始以后，由于艾青的批评，还有雷抒雁化名"芦丁"写了篇批判文章，把我的一首爱情诗《彗星》进行政治解读。我成了文化部的整顿重点，再次被停职反省。有一年多的时间禁止发表作品。那时候我家朋友来往多开销大，我只好化名搞翻译，写散文、传记，赚点外快，以贴补家用。虽说，北岛写崔美善时，"反精神污染运动"还未拉开，但那时都是低工资，他一个月才四十多元，入不敷出，他必须挣钱贴补家用，以招待五湖四海来的朋友。他承认："有时，我和妻子招架不住，不得不避出去休整一天。"

对北岛送上门的这个选题，我很期待，而且鞭打快牛，要他在半个月内交稿。这不仅是因为这类稿子我手头甚缺，往往只此一篇，连个备稿都没有，还因为这种题材，不是高手写不了，不是行家写不好。让一般人写，很容易弄成一般化、雷同化的东西。北岛是风头正劲、有思想火花的新派诗人，爱人又是画家，由他来写崔美善，我自然满是期待。北岛做事很痛快，也很认真，不到半个月，他写的崔美善已经给我了。我认真地看了，觉得北岛初试身手，颇费苦心。他用的是小说架构，散文式叙述，人物关系简单，故事清楚，文字干净。通篇在有关崔美善成长的历史回忆，与她一天里的紧张排练生活及母女深情间，交错递进。对于崔美善经历的"文革"创伤和噩梦，十年练功空白，只是简单带过；对她的爱情和婚姻，则完全回避。而对东方歌舞团正式恢复后，崔美善为追回失去的时间和舞艺所作的努力，尤其在去年十一月，王昆团长问崔美善有没有把握搞独舞晚会，她郑重地点头后，在团里、家里抓紧苦练的情景，却是浓墨展开——崔美善在挥汗如雨中，等待着帷幕拉开的时刻。

这是一篇中规中矩的报告文学，在发表线以上，但不够跳，更算不上出类拔萃。我稍稍高抬贵手发出去，毫无问题。但我不想这么宽容，我觉得稿子没有写出北岛水准，没有达到我"朦胧"中所设想的高度——而《文汇月刊》所追求的，不是中不溜秋，而是拍案叫好，我们苦心追逐的是名家名作。我提的意见很直率，没有客套，对朋友更应坦诚以告："我觉得不够理想。叙述身世和练功的过程较多，但缺少有块面感的场面和故事，因此整个文章缺少激动人心的东西。另外，有些段落历史与现实交叉转换间，过渡不太自然。"有不少朋友曾批评过我，太过认真，六亲不认。不知道这算是优点，还是缺点？我总在想，友谊不是迁就，标准不能通融。朋友是两个人的事，而稿子除了作者和编者外，还要面对《文汇月刊》的二十万订户，和几十万乃至上百万读者。北岛很有大家气度，也很信任我，他没有感到不快，而是爽快地接受了我的意见，认真改了一稿。但北岛的信心，显然因为我所提的致命的、苛刻的意见而受重创，他觉得无力改出我所要求的"激动人心的东西"来。我还留着北岛的信，留着他当时的创伤和心情——"达成：我已把段落衔接处作了一些改动，若还有什么毛病的话，由你帮我处理一下，我实在无能为力了……我发誓，再也不沾报告文学的边了……"

稿子改了，我还是不太满意。北岛来上海时，我又提了意见，让他再改一稿。半个月后，他将改稿寄来，"达成：回京后，我抓紧时间改了第二稿，增加了近两千字，还是不怎么理想。你看着办吧，用不了就算了，我实在无能为力了。崔美善自己的两张照片务必保存好，这是她再三嘱咐的……你还得劳逸结合，这不是开玩笑的事。看你一天天消瘦，真为你担心……我回来后总觉得北京的气氛不如上海。这里的人们都有点心灰意冷了。我反倒觉得自己比较有信心，也许这更可怕，因为生活中除了信心，似乎什么也没有了……问候关鸿好。在沪承蒙你们的热情款待，在此谨致谢意。唉，这种废话只好放在信尾，请多原谅。"

我知道北岛很实在,很敬业,在他说了"实在无能为力"后,我也就此打住。他已经尽力了,我不想再苛求他。何况,这个稿子原本就在水平线以上,改了两稿也大有改观,我只是觉得未如所愿,不够出挑而已。这时,我才心感不安,觉得对不起朋友。这一个多月,我将北岛逼得好苦,甚至让他丢失了信心。好在对于报告文学的取舍和安排上,我有较大的拍板权。我把这篇《在帷幕后面》安排在1982年2月号上,还给以适度补偿,算是我的歉意和心意。我们给北岛这篇报告文学处女作以足够礼遇:一万两千字的文章,未再删改。还破例配发了五张崔美善的照片,有少女时代,也有近影,还有她与女儿海玉合影及在家中练功的照片。版式处理得很舒展,而且标题也是请大名鼎鼎的书法家周慧珺题写的。这种规格,超出同期发表报告文学的陈祖芬,以及写体育报告文学的张挺、吴晓民。不知北岛出于什么考虑,他用的是"李平"这个笔名。此外,还有一笔比较可观的稿酬,可以给北岛经济上以聊补,按当时千字十元至二十元的标准,北岛大概拿到了两百多元,这相当于他五个月的工资。

在我的印象中,我经手编发的这篇文章,大概是北岛写作生涯中,在大牌刊物上发表过的唯一一篇报告文学。不过,在我将刊有北岛文章的2月号《文汇月刊》寄给他,并告知"我可能3月上旬要赴京组稿"后,不知怎的,一个月前曾发誓"再也不沾报告文学的边了"的北岛,又凡心大动,想做新的尝试。在3月2日发出的信上,北岛说了两件事,一件是:"听吴晓民讲,你近日来京,我想托你帮我带一包东西(诗集),麻烦你了。张毅伟是我的朋友,诗写得很不错,曾在《青春》等刊发表过一些作品,特介绍他和你认识。你若东西多的话,拍个电报,我去车站接你。"另一件事是,他又想"沾一次边"了:"我在写一篇关于王立平的报告文学,争取能在你到达前完稿。"

到《文汇月刊》后,我到北京去组稿,一年总有十次八次,但这次因为捎带这包沉甸甸的诗集,且第一次拜访北岛与画家妻子新婚的小家,留下了很深印象。而在这次出差后，报社党委领导意外找我谈话，更强化了印象。我喜欢到北京组稿，这里朋友多，作者多，但我很不习惯北京的天气，外面冷得要命，屋子里的暖气又热得要命，也很不习惯这里的公交车，售票员服务态度不好屡见不鲜，且又挤又慢，连带倒车的话，出门单程一个半到两个小时是常态。我更不习惯，下午五六点以后，几乎所有的饭店、小吃店统统关门大吉，没有地方吃东西——这在上海是不可想像的事。

那天上午，到车站接我的是雷抒雁和另一位朋友。他们是部队系统的，有时能弄到车。那天东西特别多，北京的三月很冷，我大包小包地带三四个。而最麻烦的，是北岛的那包"诗集"，开本约莫跟他的《陌生的海滩》差不多，至少有二三十斤重，拎着走路，越走越沉。我在上海进站时，东西多，走走停停，还是显得踉踉跄跄。接站时，雷抒雁问我："什么东西，这么沉？""给朋友带的。"我知道他和北岛不怎么的，搪塞了一句，怕他啰唆。他们将我送到体育馆路的体育宾馆。这里有鲁光、刘进元的关系，条件较好，房价又能打点折，而且离《文汇报》北京办事处不太远。我既不方便，也不好意思提出，让我用他们的车把这包东西送到北岛家。而是过后，我自己乘讨厌的北京公交，还倒过车，艰难地把这包"诗集"送到北岛家。虽然，北岛曾说过，东西多的话，拍个电报，他到车站接我。但让他去车站跑一次，或是到我宾馆来拿，也麻烦。何况，我还想见见北岛的画家夫人和他们的家。

那篇关于王立平的报告文学，我到北京时，北岛已经如期完成了。我回上海后看了，将稿子退给他改，改后仍觉不太理想。是继续请他改，还是让他"另行处理"？我少有地犹豫了一个多月，左右为难，难下决断：退掉，我怕伤害朋友。而继续改，倘使不能用，更难处理。北岛很体谅朋友，善解人意，见惯常做事痛快的我，竟如此优柔寡断，定然是感到为难了，且又从吴晓民处听说我肺部照出阴影，他很不放心。4月25日他来信："达成，信收到。不知你生什么病了，十分惦念。关于王立平的报告文学若通不过的话，不必为难，寄还我就是了。若是因为某个段落的缘故，可以删去。我写报告文学，还是不行，真打算洗手不干了。"

我从北京回来不久，报社党委领导找我谈话，说我为北岛带东西，引起有关方面注意，还严肃批评我，"带东西怎么不打开看看呢……"我没有告诉北岛，但他听说了。北岛在五月底的信上说："达成，一直没有给你写信，真不知说些什么好，给你惹了那么大的麻烦，是我万万没有想到的。不过事情已经发生，道歉也无济于事。将来的日子还很长……关于王立平的稿子不必勉强，通不过就寄给我好了，我还可以再投到别处。"

最终，我还是将"王立平"还给北岛。我不知道，北岛把稿子转投何处了。但我知道，这一回稿件的处置，大概摧毁了北岛对报告文学的写作信心，完全不抱指望了。

岁月漫漫，每当我想到北岛因我而对报告文学"洗手不干"，内心总觉不安。世事多变，人生多难，北岛后来漂泊在外，颠沛流离，我们也失去联系，且很少能看到他的作品。直到2008年北岛接受香港中文大学的邀请，定居于离故土最近的"大陆以外"后，我才相继读到了他在内地出版的、写于早先漂泊年头的一大批散文：《青灯》、《蓝房子》、《午夜之门》，以及港版的《过冬》。当年的北岛，因压抑而写诗，愤怒出诗人。流亡的北岛，因漂泊和动荡而散文。北岛的诗歌由祖国而走向海外，而他的散文则由海外回到故土。有记者采访北岛时说："我读了你的散文集《蓝房子》和《午夜之门》，很喜欢，风格和你的诗完全不同，你传递信息的方式非常幽默。是用随笔的方式讲故事。我更愿意叫它们随笔，散文听起来有点抒情，而你的文章不抒情，像一些针尖，干净利落地划过皮肤。"

北岛的散文朴实、冷峻、淡定，不抒情却有情，我从中读到一种难言的感人力量。北岛说他写散文，"最初是偶然的。当时和老板关系不好，把在大学教书的饭碗给丢了，只好靠写专栏养家糊口。慢慢体会到其中的好处，写散文对我是一种放松，写诗久了，和语言的关系紧张，像琴弦越拧越紧。另外，诗歌所能表达的毕竟有限，比如对日常生活以及对人与事的记录是无能为力的。"而所以形成如此风格，是因为生活漂泊。北岛在散文集《失败之书》自序中写道："散文与漂泊之间，按时髦说法，有一种互文关系，散文是在文字中的漂泊，而漂泊是地理与社会意义上的书写。自1989年到1993年四年内，我住过七个国家，搬了十五次家。这就是一种散文语境。这些日子你都去哪儿了？干了什么？这是诗歌交代不清的。""我得感谢这些年的漂泊，使我远离中心，脱离浮躁，让生命真正沉潜下来。"

我还注意到，北岛在一次访谈中被问及中篇小说《波动》，"初稿是1974年，改了三稿，1979年定稿，1981年在《长江文艺》上发的。"记者追问："为什么没继续写小说？"北岛的回答很实在："后来写过一些短篇。停止写小说有几个原因，一是那时没怎么看过小说，胆大，敢写。到了1970年代末开始，大量翻译作品出来，我一下子被震住了，觉得差距太大，干脆放弃。""以后还会写小说吗？"北岛直截了当回答说："不会。诗人和小说家是两种动物，其思路体力节奏以及猎物都不一样。也许写散文是我在诗歌与小说之间的一种妥协。"这使我心中感到释然，北岛先前属于诗歌，后来属于散文，他用有着自己独特风格的作品征服了无数读者，让人折服。但他不属于小说，也不属于报告文学。

我跟北岛许多年不见了，但一直牵记着他，关注并搜集他的每一本新著——这不是为了看，而是一种久远的怀念。我始终留着温暖的记忆，和北岛那句温暖的话：将来的日子还很长！

2014年8月，写于鑫城苑

原载《上海文学》2015年2月号

注：文中提及的年代均为20世纪。

三十三年后，与北岛叙旧

——《将来的日子还很长》补记

二十世纪八十年代后期，因为北岛去海外漂泊，开始漫长的动荡生活，更是天各一方，我偶尔听到他的音讯和踪迹，也是碎片式的。然而怎么也不可能想到，和北岛再聚首，竟是三十三年后，这至少是我三分之一的生命岁月。曾经年轻的我和更年轻的北岛都已年岁老去，一个七十二，一个六十六。

2015 年 4 月 15 日早上，我正在与小区毗连的番禺绿地散步。突然接到赵丽宏手机，开口第一句话就问："北岛找到你了吗？"丽宏兄仅仅七个字的问话，给我带来意想不到的惊喜和激动。原来，北岛今天一早就给王安忆打电话，说要找我；王安忆没有我的电话号码，转而向赵丽宏打听。

过了一会儿，便接读北岛发来的短信："达成，我在上海，后天去杭州。我想今晚请你吃晚饭，叙叙旧。我住在兴国宾馆。北岛。"我简短回复后，他又补发了一条信息："我已订好丁香花园，两位，7 点钟，用赵振开的名字。北岛。"

我和北岛的重逢来得突然，却并非偶然——只是比我预料中的时间要早很多。2014 年秋，我手头在赶写回忆八十年代在《文汇月刊》所亲历的那些不可忘怀的人与事的书稿，花了近三年时间才完成一多半。我四十多年的老友、《上海文学》社长赵丽宏兄，有些急不可待，拍板先选用两期——之后，因为文章有些反响，顺势而动，破例扩展为连载十期。

因一种难言的冲动，我首先给《上海文学》的两篇，是追记当年参加朦胧诗讨论会，跟朦胧诗代表人物结下深厚友谊的篇目：2015年1月号刊出《八年之约——走近舒婷》，2月号又刊出《将来的日子还很长——北岛与〈文汇月刊〉》。我没想到，文章触碰了许多朋友和读者心弦——经历过那个年代的文化人，心头都有一座火山，即便沉寂多年，一经触发，也会岩浆喷薄。"老文汇"中最具名望的大记者、八十高龄的郑重，于我而言亦师亦友，他也是《文汇月刊》那段历史的见证人。郑重看完文章，很是兴奋——2月18日，他来电话鼓励说："舒婷这篇看了，非常精彩。这样的文章我写不出来，这本回忆录你一定要放开写。"

第二天，他又来电："读了北岛这篇，非常激动，写得太好了，好像又回到二十世纪八十年代。写这段历史非你莫属。"还信誓旦旦地强调说："这个连载，以后我每看一篇，都会给你打一个电话。"

3月11日，郑重突然来电，说已经将我写北岛的这篇文章扫描件传给北岛夫人甘琦。"甘琦说，他们还没有看到这篇文章。"老郑和甘琦很熟悉，他先前告诉过我，北岛现在这位夫人年轻、漂亮、能干，是香港中文大学出版社社长。郑重是彻底的电脑盲，几十万字书稿都靠手写，再让年轻助手帮忙输入电脑。扫描《上海文学》上这篇文章，再传给甘琦，一定也靠别人帮忙。

郑重知道我跟北岛的友谊，也知道我们失去联系已久，曾热情地要我记下甘琦的手机号，"你找到她，就能找到北岛！""不必了！"我告诉郑重，北岛留在我心头的印象很深，友谊也很深。他漂泊归来定居香港，不再遥不可及，我很想见到他，却又不想贸贸然找他——顺其自然吧！

感谢郑重，他的心意和努力得到了回报：北岛是个重感情的人，看了我那篇文章,往事历历在目,他也急切希望见到分别已久的老朋友。我和北岛的重逢,可谓水到渠成。

约定晚上7点,丁香花园申粤轩。我提前到了,但订位还没空出来。一会儿北岛也到了,我们三十多年之后的握手是在大堂门口开始的。"你早到了吧?""早到了!"在一个问号一个感叹号后,我们一时什么也不想说,似乎被"公瑾遥想当年"的那种感慨,和分别太久终于重聚的喜悦所裹挟,彼此打量着——两个不喜欢说客套话的人,觉得语言很苍白,而感情在掌心里、目光里嗖嗖传递。

分别了三分之一个世纪,从中青年变成老年,我们两个瘦长条子,都没从对方身上发现"新大陆"。我说:"振开,你没变,还那么瘦。"北岛接口道:"你也是呵,没变。"

落座点菜,北岛问要什么酒?我知道他喜欢喝红酒,却还是说以茶代酒吧。心想可以省下点时间说话——三十多年的往事呼拥而来,有多少事情想说,又有多少问题要问。"读到你这篇文章很感慨,像是回到了从前。"北岛说他有《上海文学》,之前没看——因为收到的杂志太多了。"收到文章的复印件才看了,里面许多细节,我都忘记了,你记忆力真好。"北岛的语速有些缓慢,但让人感到很实在。无论在说话,还是在倾听,他的目光从不游移,总是认认真真、实实在在地注视着你,跟你目光对接和碰撞。我们两个骨子里也脾性依旧:我直来直去,藏不住话,北岛则一如既往的沉稳、内敛。

"振开,你知道吗,我们原本可以再早些联系上,但我不想贸贸然。"我实话实说,坦诚地告诉北岛,"郑重跟你夫人很熟,很热心地要把甘琦的手机号给我,我说不必。如果北岛想到找我,我会非常高兴,但我不想用这种方式。所以,如果你不找我,我绝对不会找你,宁肯只保留对往事的美好回忆——因为有些曾经的好朋友名气大了,已经忘了自己是谁,你又是谁?"

　　"有些人是变了。"北岛理解我的心气和傲气,又一次感叹道,"你没变,还那样!"我说"也没变呵。"——正因为我们两个都没变,才会有这次见面。

　　刚入座时,见在大堂不怎么安静,菜单价位又高得离谱,我口没遮拦地问北岛:"怎么会订在这里?"北岛说他不熟悉,让朋友代订的,叮嘱过"要选个好一点的地方"。但随着时间推移,我们谈兴愈浓,因了谈话的投入和深入,几近物我两忘,全然忘记周围客人的存在。恍惚中像是重回1981年至1982年,我和北岛——有时还有肖关鸿和梅朵,在《文汇报》那个简陋却又让许多名家留恋,由国宝级厨师掌厨的"文汇小餐厅"里,信马由缰无所不谈。

　　我对北岛感叹,幸亏你当年写给我的信,有一多半被我保存下来了,否则很难写下这篇回忆文字。读你那封"告别信"——"将来的日子还很长",我就想起收信时内心的震惊、烦乱和遗憾。正如北岛在《城门开》序言中所说,"记忆往往具有模糊性、选择性及排他性。"即便这样一件印象深刻,不能忘怀的事,我留下的记忆也并不完整,许多细节还是被模糊被淡忘了——以至叙述快要结束时,我带着失忆的苦恼向北岛发问:"有的记忆,我已经枯竭了——只记得那天雷抒雁来北京火车站接站,问我踉踉跄跄地提着的那包东西是什么?知道你们关系不怎么的,我没告诉他。也没乘便让他们的车送一送。后来,倒了几路公交车才到你家。但你们那个家到底在北京哪个方位,哪条街上?房间怎么布置的?见到你和新婚夫人邵飞时,又说了些什么?我现在一点也想不起来,头脑里一片空白。"

　　北岛不由自主地被我带入回忆,很认真地回答道:"你那次来,我住在西打磨厂街64号,靠近前门,在一个深院里,第五进院。有一间半,一间十四平方,还有一个小间做书房。这在当时,算是很不错了。"

　　北岛顺延着这个时间段,沉思着,跟我简要说起后来的境遇……

我问及邵飞和他女儿的情况。北岛说："1987年到1988年，我在英国做访问学者，她们也在那里。1988年末回到北京，女儿跟邵飞过。1995年，我们曾尝试重新一起生活，但已经隔阂了，最后还是分手。女儿现在三十岁了，在北京工作。邵飞情况也不错。"我对北岛感叹，之前他漂泊海外二十年，且归国无门，让我觉得老朋友远隔万里，遥不可及。而知道他"漂泊者归来"，定居于离故土咫尺间的香港后，连带我都感到"近乡情怯"，也许我们今生还相逢有期。北岛说他2007年底受聘于香港中文大学，每年开授诗歌创作课程，还创办香港国际诗歌节，在香港推动诗歌活动。他现在已经退休，只是香港中文大学荣誉教授。但一年一度的"香港国际诗歌节"工作还在做，他还是"香港国际诗歌之夜筹委会"总监，希望能因此影响香港更多的年轻人读诗，感受与诗歌有关的精神生活。

"我2012年突然中风，现在算是基本恢复了。"问起北岛的身体状况，他的回答让我殊出意外。我印象中的北岛坚韧不拔、坚不可摧，怎么会被猝然击倒呢——而且那年他才六十三岁，生活也很安定。北岛说他初时也无法接受这沉重打击，行动不便，言语困难……后来还是到北京等地积极治疗。他很感谢铁凝，"铁凝帮忙找最好医生。我最初参加内地活动，也是由她担保的。"

北岛没有展开说这件事，我后来还是在一篇关于北岛参加北京单向空间"文学之夜"的文章中，才尽知其详。文章开篇即说"自从2012年4月8日中风以后，北岛已很少在公众场合露面和开口。这一夜，北岛却仿佛打开了话匣子……"还说他是在写作一首长诗，写到五百行时被中风所打断。"2009年，北岛六十岁，决定写作长诗《歧路行》。北岛这样解释诗名：歧路行，我永远在迷路。我个人的命运和当代史，有一种类似对话的关系。我经历过这些年，见过的诗人们，朋友们，还包括一些小人物……我觉得对于这么一段历史，我一定要有个交代。"

北岛希望这首长诗能在七十岁之前写出来，算是给自己的一个生日礼物。"2012年4月8日，北岛陪家人划船，他感觉船晃得厉害。上岸后，他的步子甚至不能成一条直线。在去往医院的途中，人就已经昏迷了……"北岛"在步入生命的老年时，骤然失去对文字和语言的控制能力。一段时期内他很少和人交谈，也无法写作。'我说话磕磕绊绊，朗诵一首诗，需要反复很多遍。'"病情最严重的时候，北岛需要由女儿陪着看图识字，每天看一个小时的电视节目，进行语言认知训练。北岛下决心一定要把病治好，把长诗写完，为了尽快恢复，他跑了五个城市，找了六七个大夫，努力尝试西医、中医各种治疗方法：针灸、电击……2015年开始，"北岛的语言能力起色明显，他开始重新写作。演讲的时候，北岛几度为自己语言的迟缓向读者道歉……"

终于重聚，尽管没有喝酒，我却因老友重逢的兴奋、感慨，因伴随谈话而来的情感跌宕，时有一种沉浸其中的难言醉意。而北岛，亦非一位朋友所勾勒过的那样的常态："北岛不是那种狂放、喜形于色的诗人，即使喝酒以后，轻易也不会忘乎所以。""很多时候，他的脸上总有似乎掩饰不住的那种持重或严肃，他用沉而慢的语速，表达似乎总慢于思索的速度，眉间似乎总留有永不释怀的印记，似乎只在自嘲的时候，才会有较开放的笑。"那是指通常情况下吧？在这久别重逢、敞怀叙旧的难得时刻，从北岛的脸上和目光里，可以看到、感受到感情色彩和喜怒哀乐——有时很明晰，有时则稍纵即逝。他的生活经历堪称曲折、坎坷、丰富，尤其二十世纪八十年代后长达二十年颠沛、漂泊于欧洲、美国——在《蓝房子》的《搬家记》中，北岛就概括过："1989年至1995年的六年工夫，我搬了七国十五家。"

我既倾听又发问，甚或像是在做一次补充采访。多半时间，是北岛在叙述、细说这些年在异乡他国谋生的漂泊不定，饱经沧桑，生存艰难，内心孤寂。虽则他的表达有些滞后于思维，语速缓慢，却也算得上"滔滔不绝"了。这似乎也是我们交往中，北岛说话最多的一次。

话题转到《文汇月刊》。北岛对梅朵和《文汇月刊》很有感情,他问起我们"后来的情形"。我告诉北岛,我的心中刀刻般留着关于梅朵的沉重画面——

1990年6月,《文汇月刊》奉命停刊,我们这个团队回归报纸去办《文汇报》扩大版。而梅朵已经七十岁,早已超过离休年龄,不得不接受彻底离开工作、回家养老的现实。但他总觉得没工作够,实际工作时间太短暂了——1957年反右,他被送去劳教二十一年。在最后的散伙会上,梅朵流着眼泪说:"这是我一生中最伤心的时刻,比我以前送去劳教二十年时还难受,因为那时我是麻木的。现在办了十年《文汇月刊》,就像一个孩子养了十年,突然夭折了,我把所有的感情都寄托在她身上……希望诸位到新的岗位上,能继续发挥作用。"我们不忍去看望梅朵,离开了挚爱的视之为生命的编辑岗位,他身子愈益显得佝偻,眼中完全失去之前的激情和光泽。

不久,梅朵因病被送往中山医院。躺在病床上,他心如死灰,激情丢失,思想停滞,语言功能也几近消失;得了忧郁症之后,连跟至亲好友都不对话、不交流。记得梅朵九十岁那年,有一天我和旅居海外很久终于归来的报告文学作家祖慰去看望他。梅朵认出我,还能简短对话。但从前跟他那么熟悉的祖慰,他竟摇头说不认识。当护理工要给我和祖慰每人送一本《梅朵评论集》时,他只同意给我,却失态而又暴躁地阻拦给祖慰。出了病房,我和祖慰沉默无语,痛心不已,梅朵此生大概已经不可能走出这个病房了。这跟当年那个风风火火、让京城名家惊呼"梅朵梅朵没法躲"的梅大主编,相去太遥远了。梅朵在这家医院住了八年,直至他生命的最后一刻……

2011年1月17日,文汇报社有人打电话告诉我梅朵去世。虽然我早有思想准备,还是感到很震惊很伤心。尽管丧事一切从简,闻讯后的第二天上午，我和肖关鸿还是坚持前往寓所悼唁、作最后告别，我们当年是跟梅朵摸爬滚打操办《文汇月刊》的左右手啊！当我在梅朵那和善而令人敬畏的遗像前鞠躬致哀时，抑制不住的泪水夺眶而出。尘封的记忆也从我胸中喷涌而出，我在《笔会》上写了一篇悼念文章《敬畏梅朵》。八十五岁高龄的梅朵夫人姚芳藻告诉我，北京有五六十位同辈名家读完文章后，相继给她写信或是打电话，痛悼和怀念梅朵，并要她节哀。（2014年4月20日，姚芳藻也离开了人世。）

　　一些杂志和出版社，以及一批朋友，觉得这篇四五千字的文章太过短促、言犹未尽，鼓励我放开手脚，为《文汇月刊》写一本书：写梅朵，写他手下那支能写会编、清一色由作家组成的编辑团队，写那些与刊物共命运、有好作品首先想到给《文汇月刊》的文学名家们——展现了这些，也就同时再现了二十世纪八十年代那个伟大的文艺复兴时代。他们的劝说和剖析，让我没有退路：《文汇月刊》的创刊三老中，谢蔚明先于梅朵去世，仅存的版面把关编辑徐凤吾也已九十多岁（2017年9月，徐凤吾也告别人世，终年九十五岁）。"最了解情况且相对年轻的，只有当年的副主编你和肖关鸿，而肖眼下忙于跟人一起经营一家文化发展公司，无暇顾及；这件事非你莫属，千万不能放弃。"

　　最坚决最耐心劝说我写这本书的，是赵丽宏——北岛跟他也熟，二十世纪八十年代他们因我介绍而相识。赵丽宏知道我在《文汇月刊》停刊后，早已失去写作欲望，渴望能重新唤起我的激情和使命感。他给我打过许多电话，还几次邀我去上海作协楼下那座咖啡厅长谈，说这本书一定要写，你一定能写成。到时《上海文学》也会提前选载，以扩大影响。但我忧心，这么大的题材自己还有没有能力驾驭，有没有精力完成？而且一旦上手，原先平静的退休生活，一定会陷入动荡不安。我犹豫了整整一年，觉得不写比写更痛苦，长思短叹，寝食难安，担心终有一天会为愧对梅朵、愧对刊物、愧对历史而悔恨。2012年春节前后，我电告丽宏：很后悔白白耽搁了一年，我已经决意写这本回忆录，这将是我一生中最后的文字、最后的拼搏，我准备孤注一掷。

北岛的目光和我对接，满是理解和感慨。"没有梅朵，就没有我！"我很动感情，语速极快，喷薄而出：我感恩梅朵，感恩《文汇月刊》，感恩八十年代——正是梅朵引领我献身编辑事业，走过那轰轰烈烈、激动人心的十年。这是我年已七十却甘愿放手一搏，耗费五六年乃至更长时间以完成人生最后一战的原动力。为了不让那段历史被遗忘，即使要以余生作为代价，我也无怨无悔。

我感叹写得艰难，每每有"苦海无边"之感："工程"很大，光是整理当年留下的近两千封信，制作一个必不可少的《文汇月刊》"要目"，并将刊物从头到尾细细看一遍，就花掉近两年时间。现在，三年过去了，书稿才写了一半；彻底完工，恐怕至少还要两三年……

北岛比我小六岁，之前在长诗写作期间中风，现在刚大病初愈，感同身受，他很清楚这本书的工作量对于我这个年龄的人，意味着什么。但也了解我的性格，一旦定下目标，就只许成功，不容失败——当年我逼稿时，常说的一句话就是"不拿稿子来，就拿脑袋来！"北岛实打实地热忱鼓励说："《上海文学》转发的文章，不光我看了，我圈子里朋友都看了。'三联'的董秀玉也看了，说文章写得真实、可信。你一定要放开写，出版问题不要去考虑。我夫人是做出版的，到时可以给你提供帮助。"

北岛还直截了当地问道："有什么事情要我帮助做的，你只管说。"我还真有两件事要请他帮忙，一是早已失去联系的那位女作家，我很想找到她。"我现在就可以问到！我夫人跟她很熟。"北岛打断我的话，当即给甘琦发短信。几分钟以后，那位女作家的手机和电话号码就传来了。继而，又说了第二件请他帮忙的事：我很想找到一本赵越胜的《燃灯记》（2010年牛津版）。这本回忆录，是我这三十年来见到过的最具笔力，有着不可企及高度与深度的人物传记，惜乎现在已经遍寻无着；还想请北岛送我一本他自己的牛津版散文集。北岛一口答应，痛快地说：他跟赵越胜是好朋友，跟"牛津"也很熟，他回去就帮我找书。

这很有难度的事，一个月后有了结果——5月13日晚上，北岛发来短信："我找到了两本书。有位朋友从广州快递给你，告诉我确切的地址和手机号。尽快。"5月16日下午，收到快递来的牛津版《燃灯记》，及北岛自己的散文集《青灯》，我发了信息致谢。没想到，北岛随后又给我打来电话，说他正在欧洲，如果还要找什么书，他可以让夫人甘琦帮忙解决。这就是北岛，还是那个北岛——做人低调、做事可靠，对朋友实实在在的北岛。那一刻，我好感动，觉得有这样的朋友真温暖、真难得……

这个晚上很畅快很美好，北岛和我了却心愿，紧赶慢赶，用三个小时叙完三十三年的旧，而且说定后会有期。起身握别时，大堂里已一片空落，我抓紧找来一位服务员帮我们合影留念——两个瘦老头还挺神气。我想，该给这照片配上北岛说过的那行字："将来的日子还很长。"

2017年5月30日—6月23日，写于鑫城苑

注：文中提及的年代均为20世纪。

中国足球队，我为你写诗！

"傍晚之后，整个广州好像面临大战前夕一样，静悄悄的，大家都往电视机前跑。公共车辆里人也空前疏落，急急地在赶路，一片压抑的情绪笼罩着，真叫人纳闷……"

——引自羊城一位球迷给李富胜的信

秋夜。1981年10月18日的夜。中国仿佛是着魔了。

骤然间，在这块喧腾而富有生气的土地上，似乎一切都悄然隐去，一切都黯然失色，唯有当晚要进行的一场中国对科威特足球赛，才是一切的一切！

球，一只黑白相间、充满魔力的球，在北京工人体育场中场的绿茵草皮上，静静地躺着，枕着古都北京的芬芳秋色，在享受激战之前的片刻安宁。人们的心却难以平静，数以千万乃至万万计的"荧光屏"观众、"半导体"听众，跟有幸置身于赛场看台的八万名球迷们，似乎打破了空间概念，全都融为一体了：球，扑腾腾跳跃在胸膛里，骨碌碌转动在眼睛里……

在当今世界的每一方国土上，都将足球誉为"国球"。也许，确实没有一种体育竞技项目，能像足球那样振奋国威、恢宏民气的了。它那猛烈的白热化的对抗性和竞争性，清丽的脚法，华美的步韵，使人着迷，使人倾倒，甚至使人发狂。它的胜负给人带来的喜悦与奋发，创痛与消沉，在感情天平的两方，具有同样深重的分量，就像正数与负数，作用力与反作用力那样。半个月前，中国队对新西兰队在奥克兰一战失利的阴影和创伤，还留在人们心上。今儿与亚洲冠军科威特角逐，会留下一个什么结果呢？中国队从来没有赢过他们啊！观众的情绪，如同一个即将分娩的母亲，焦躁而又激情，忧虑而又期待，不知将诞生一个怎样的生命，不过，谁也不愿扫兴地说出不吉利的话来。

哦，生活中是不乏乐观者的。看台上有些个自信豪气的观众，似乎是太想入非非了，他们脚下叠着的竟是一道横幅："中国队，向西班牙进军！"不远处的人丛里，有几个小伙子挨在一块儿，更逗了。他们悄悄藏掖着一方好大好大的五星红旗，一俟出现他们期待的胜利曙光，四个角儿一抖，国旗就迎风招展了。

年轻的朋友啊，愿你们成功！

容志行说："只要国家需要，我不会首先挂起球鞋的。"

七时三十分。"国脚"容志行跟着他的伙伴们，带伤出阵了。——中国队的灵魂啊，场内外的观众，眼睛为之一亮。

在场上，他又听到了热烈的掌声，又听到了雄壮的国歌——祖国和人民发自心灵的声音。久经沙场、饱见世面的容志行，也禁不住情如潮涌。似乎有很久很久没有听到这些了，他贪婪地用整个身心聆听着。其实，他只不过才漏了一场：世界杯亚大区复赛首战，下半场十三分钟上，容志行已经把球回传给上来助攻的后卫迟尚斌了，冷不防却被上来争抢的新西兰队队长大脚踢伤，倒在地上，迅即被抬上担架，送往医院……

在许许多多外国劲旅看来，容志行是中国队组织进攻的核心人物，足球王国里的一个危险对手，"要钳制容志行这样的对手是十分困难的。他的全面技术使我们无法将他冻结，他每一秒钟都在制造危机"。兴许，正因为他有着精湛不已的"世界波"脚法，在用金钱兑换一切的花花世界里，有人曾估价"他的一条腿就值四十万港币"，他才每每得到对方的特别"青睐"和"器重"，严加看护，紧密盯逼，受到合理或不合理的冲撞，付出流血或不流血的代价。十七年的绿茵场生涯，在他那双"国脚"上，留下了无数的英勇印记——青一块、紫一块、黑一块，大大小小、密密麻麻、深深浅浅的伤疤。而这些，对他来说，是痛苦，也是骄傲。

又得留下一回印记了！脚踝上缝了八针，容志行没有能去奥克兰，他回到广州家里养伤了。但，为了这一场，他会遗憾终生的。太窝囊了！绿茵草地，灿烂阳光，历历在目，却又相距千万里，可望不可即，他不是作为一个场上健儿，而是作为一名电视观众，收看了这场球。对方全场紧逼盯人，脚法凶猛，有时却流于粗野，进入"超技术状态"，这使崇尚于"宁失一球，不伤一人"体育道德的中国队员，几乎无所适从。上半场比赛还剩下最后的一分钟时，新西兰队获得角球，哎哟，经验最丰富的队员格兰特·特纳跃起头传了，把球送到中国队门前；三号中卫里基·赫伯特飞身插上，用头一顶，糟糕！负责盯住三号的伙伴，少了一个跃起动作，球漏了，擦着横梁飞入网内……他坐不住了，"砰"地站了起来，似乎面对着脸色严峻的教练，请求上场，去拼抢争夺。然而，他面对的不是中国足球队教练，而是他的妻子、广东体操队教练麦贯英，以及即将迎来第三次生日的女儿。

今晚，容志行这个中国最出色的前卫，竟出现在中锋线上。这太出乎观众的意料了！然而，这恰恰是中国队一年来悉心准备的战术之一。1981年岁首，在香港世界杯外围赛最后一战，中国队与亚洲劲旅朝鲜队狭路相逢，就曾初试锋芒。那一仗，既是争夺冠亚军，又是争夺出线权，非同小可！胆识过人的苏永舜教练，找容志行说："今天让你打中锋，去拼了，怎样？"苏教练对他太了解了，相信他那控制中场，组织进攻的非凡才能。就像一个乐团指挥，了解他的首席小提琴手的娴熟弓法一样。

九十分钟的中朝之战，高潮迭起，胜负未分。"2：2"，只得延长赛程，再决雌雄。容志行的表现太出色了。他提纲挈领，力主中场，他运粮送草，供"波"到家……加时赛下半节，开赛五分钟上，他得球后右路传中，对方一个跃顶，球落在门前三十米处，黄向东飞步赶来，一个远程劲射，足球呼啸着，直飞大门左上角，朝鲜门将望球兴叹。才过了两分钟，朝鲜队惊魂未定，容志行又赶到右侧，截过球来，旋即又回传给像"泥鳅"一样钻来的古广明，小古在前后夹击中果断地拔腿怒射，又立一功。终于，中国队以4比2完成大业，战胜了在二十年来重大比赛中从未战胜过的朝鲜队。当裁判员哨音甫落，看台上掌声四起，新闻记者急于去发"紧张！激烈！精彩！"充满惊叹号的消息时，容志行已是力尽抽筋，几乎瘫倒在草地上，高度兴奋的中枢神经一下子松弛了，要不是让人扶着，他连一步也挪不动了。不，不止是他，整个中国队的体力都耗费殆尽了！

真的，容志行算不得粗犷、悍，称不上"重量级"。他文静而内向，高高的颧骨，厚厚的嘴唇，近乎四方的脸庞，略显瘦削。如果他不是作为"国脚"，而是跟他的弟弟——围棋国手容坚行一样，在棋坛上"纹枰对坐，从容谈兵"的话，倒是更适合他的气质的。

作为一个绿茵好汉，他似乎有些"先天不足"。也许，是因为他1948年秋，呱呱降生在一艘从中国开往印度的外轮，挤满了穷人的统舱里，饥饿的母亲，无法让她心爱的儿子吮吸甘甜温馨的奶浆；也许，是因为他开始发育，在宝岗业余体校练球时，正好碰上国家三年自然灾害，尽管父亲在工余带领全家搞副业，挖野菜，摸鱼虾，还是不能保证供给志行踢球所要耗费的巨大能量。难怪1964年仲夏广州市组建工人足球队时，报名应考的容志行会成了争议人物，他十六岁了，才身高一米六二，体重四十一公斤，百米跑十五秒二，三十米跑五秒，立定跳远一米九。这样的身体素质是太差了。要不是主教练、五十年代广州足坛著名门将李文俊慧眼识宝，力排众议，说他个子虽矮，脚法娴熟，将来一定非同寻常，他早给"多数派"否决了，无法去探索个中奥秘，造就为一代国脚了！

哦！中科之战开始了，中国队教练向报界披露的上场阵容，以及他的一番话，可以不再保密了。他们要让容志行打中锋！苏教练在追述中国队与新西兰队北京一仗时，说："那一仗不让容志行打中锋，主要是感到这样太冒险了。今天形势逼着我去冒这个风险。对科威特这样一个对手，想守也守不住。他攻他的，我攻我的。今日不攻，更待何时？！"

是呀，今日不攻，更待何时？现在，十八号中锋容志行脚上的伤口，用胶布粘着，走起路来还有点瘸，但他又在场上"制造危机"了。开赛才四分钟，容志行右翼底线传中，左边锋沈祥福插到球门左柱前，把球一垫，那球疾如闪电，直扑大门，科威特门将艾哈迈德·塔里布斯眼快手快，飞身把球托出，才渡过险情。几分钟后，容志行又从右路带球，赶过两名防守人员，落底回拨恰到好处，沈祥福流星般赶到，举脚叩门，势在必得，谁知球撞在对方后卫身上，又让塔里布斯接住。但这一左一右的两次进攻，够险了。观众们心头希望的火把，又点亮了，压抑的气氛给驱散了。

中国队背水一战，拼劲十足，两翼古广明和沈祥福打得既快又活，创造了好多沉底传中攻门的好机会，频频吹响进军号角。后卫线上蔡锦标、臧蔡灵分别盯死科队的两把刀子——九号加西姆·亚古布和七号法塔赫·卡米勒；右后卫林乐丰经常站在卫线的前面，死死缠住科威特队的灵魂、神出鬼没的十六号费萨尔·达黑勒。科威特队门前险象环生，短短时间内，被五次射门，守门员大有应接不暇之势。而中国队门前却是冷冷清清，无人问津。

二十五分钟上，机遇降临了，一个直传球猛地一下传中，球成半弧形穿越禁区半空，左边锋沈祥福像尖刀一样插入，把对方后卫吸引收缩，前卫黄向东则故意让球飞向左侧无人地带，替补上阵的十四号左前卫刘利福飞步赶上，带球向前，对方后卫见状，慌忙迎来防范，刘利福见自己难于叩射，而中锋容志行已由右路杀入，急中生智，立即虚晃一枪，在科威特队员的紧逼之下，恰到好处地让球传中。此时，正在"点球"附近位置上的容志行快步冲刺，奔到离球门六米处，但见他从人丛中跃起争顶，头一甩，对方门将虽然做出了扑救动作，怎奈来球力量大、方向刁，球儿"唰"的一下从门角入网。

真是出奇！观众们瞬息之间似乎还没有来得及反应过来，还在怀疑球是不是真进了？直到记分牌上出现"1：0"，场上几个中国队队员高兴得紧紧抱住这位足坛老将，祝贺他为中国队射入世界杯亚大区决赛以来第一个球。观众们似乎这才确信进球了，高兴得忘形地纷纷起立欢呼雀跃，整个看台被欢呼声、掌声，以及感情的洪流所淹没了。啊，提醒一下那几个青年人吧，你们怎么乐得忘记了使命了？胜利的曙光出现了，请快打开你们准备好的红旗！

当下半场三十三分钟上，容志行由陈金刚替下出场时，先是体育场东南角运动员出入口处看台上的观众们全都站了起来，跟着有几万人也站了起来，向他致意，向他祝贺，"祖国感谢你！""人民感谢你！"有人甚至忘情地高呼："容志行万岁！"

啊，朋友，请不要这么呼喊吧！这不仅仅因为这个口号不妥当、不科学：古往今来，有什么人过上了一万岁，抑或是一千岁呢？更重要的是因为，容志行这样的国脚企求的，是体力充沛，青春常在，永葆"运动生命"！但愿他永远20岁！

要是容志行永远驰骋在绿茵沙场，那有多好！他的名字，是尽人皆知的；他的球艺，是令人倾倒的！连世界公认的球王贝利，在随美国宇宙队上场跟中国队对垒之后，也赞叹不已，说："容志行的控球、射门和组织才能，使我深感敬佩，比赛前我还确认中国尚未出现超级明星。"对于全世界的球迷来说，贝利无疑是最可崇拜的，倘使能扯到他球衣上的一片一角,便是最可珍贵的了。而贝利在上海的一场比赛结束后,未及离场,就特地找容志行交换球衣,互为留念。

然而,谁也留不住20岁,容志行33岁了。33岁,对一个普通的人来说,这是生命中最为绚丽、最可宝贵的岁月了,正当年华啊!可是,它对于一个足球明星来说,却如同对于舞蹈演员一般,宣告着最佳年华正在消逝,"运动生命"的衰老,缓缓而不容情地来临。容志行每作大运动量训练或大赛后,都会出现生理反应,疲劳却又迟迟难以入睡,唯有靠安眠药来降服亢奋的神经。也许,四年之后的下一届世界杯进行时,他已经退役了,不能再生龙活虎地驰骋于斯了。正缘于此,他才在这一届世界杯外围赛上,每球必争,拼命地开拓胜利之路;正缘于此,他才在中锋线上,奋起一跃,"空袭"成功,在他的足球生涯上,留下一个美好的记忆。

哦!放心看球吧,不必担心容志行会骤然离去,他不会像世界著名球星、阿根廷主将马拉多纳那样,晴天霹雳般地突然宣布退休——虽然,马拉多纳不过才21岁!他会像贝利那样,踢到三十七八岁,他那中国第一国脚的位置,如今还无人接班,他在千百万球迷心里的地位,一时也难以替代……他自己说了:"只要祖国需要,我不会首先挂起球鞋的!"

"李富胜,你守住了祖国的大门!"

真是乐极生悲!厄运竟会在这一片欢呼声中突然降临,毫不容情地威胁着中国门将李富胜。二十八分钟上,裁判认定中国队十二号臧蔡灵在禁区内犯规,点球!随着一声哨音,李富胜的脑子"轰"地炸响了:难道才让观众高兴了几分钟,跟着就来个一场空?领队年维泗、杨秀武,比赛前叮嘱了又叮嘱,"全国人民都在看电视,要让他们看得痛快!"

裁判员频频晃动手势,示意中国队员退出禁区。这无情的一双手啊,如同《西游记》里铁扇公主那一柄魔扇,有着无边法力,把观众们的情绪,从沸点一下子扇凉到冰点。人们张大的眼睛,仿佛也给冻结了,死死地盯在那只球上！球，在科威特一个队员手中轻松地转了转，便落在十二码罚球点上。操刀主罚的十六号费萨尔往前走来……

28岁的门将，身穿墨绿球衣的中国一号李富胜，面临石乱山崩，风狂浪涌，却不失大将风度。他居然有闲情在球门线上来来回回，往返踱了几步：像是情意深沉的诗人，在构思谋篇；像是博大精深的学者，在推敲量度；像是镇守边城的哨兵，在丈量国门……喔，既然门将从容若此，那让我们也暂且喘一口气，先去回首他的绿茵春秋，丈量他的生活历程吧……

也许，李富胜的感慨是对的，家境困难的孩子，才能跟足球有缘分，才能经得起磨难。富胜九岁的时候，父亲便去世了。母亲领着九个孩子，重担系于一身。哥哥姐姐们很懂事，年纪不大，就早早工作，减轻妈妈肩上的担子。只有最小的富胜，无忧无虑，他像小鸟一样喧闹，像水银一样活跃，不是到海边捡贝壳，就是到街上踢皮球。他踢得可迷了！平时，放学一做完功课，就跟小伙伴们一起踢球，碰到暑假，他更是心不离球，球不离脚了。唉！妈妈真没说的，从来不去约束他，不能给他吃好的，穿好的，怎么还能剥夺他的爱好和乐趣呢！妈妈常常责备他的，只有一点：那就是小富胜一踢球，就把鞋子甩在一边，光着脚丫上场，他知道家里穷，没有多余的钱为他买鞋子，他不忍心再加重妈妈的负担。哎呀！脚划开了，碰破了，出血了，他还是一个劲儿踢呀踢呀，从来没流一滴泪花。妈妈可落泪了，心疼地劝他："以后别再这样光脚踢啦，穿上鞋吧。"小富胜温情地用小手给妈妈擦去泪水，天真地安慰妈妈，说："不要紧的，不疼的，我的皮可老了！"小富胜呀，你真行，你把妈妈逗笑啦。

李富胜16岁了，懂事了，为了分挑家庭的担子，帮助白发苍苍的母亲：他作了一次牺牲，没等初中毕业，就进了大连石油七厂当铆工。拜一个姓陈的老师傅为师。然而，恰恰是这个牺牲，看似重大的牺牲，改变了他一生的命运，使他得以幸运地步入足球王国。当时，正赶上厂里要选拔足球队，准备参加省化工系统的联赛。谁知，挑来挑去怎么也挑不出一个理想的守门员来，而赛期却是迫在眉睫，把人急坏了！作为厂队队员的陈师傅，急切中忽然想起了自己的徒弟来，他也是个足球迷啊！

好个陈师傅，找到李富胜，一手抱着足球，一手扯着徒弟，嚷道："走，让你当守门员去！"于是，"疯疯癫癫"的这一对师徒，一个攻，一个守，在海滩上练得大汗淋漓。好在李富胜平素喜欢观摩，凡是在大连举行的省市级球赛，每场必看。现在，他竭力回忆着、想象着、再现着那些门将的动作……

金色的沙滩上，铺展着金色的希望。谁能想到，这个依样画葫芦在守门的小伙子，那门竟然越守越"阔"，越守越"大"，一发而不可收拾！由大连化工局代表队而大连青年队；随之，又精神焕发地穿上军装，由成都部队足球队而八一足球队；最后，又一跃晋升为中国足球队的一号门将！

从海滨沙滩，到"中国一号"：一路的汗水，一路的心血，一路的磨炼，一路的惊险！1974年他随新组建的成都部队足球队，去重庆参加全国联赛分组赛。队里有两个守门员，一个是原四川队的老将，另一个便是他。他上了几场，就病倒了，低热缠绵，住进医院。但联赛太紧张了！在与辽宁队进行的一场激战中，老门将头撞门柱，缝了十一针，不得已又将李富胜接出医院，镇守城门。

然而，仿佛是有鬼使神差似的，成都部队足球队的运气坏透了！在与广东青年队对攻时，对方一名锋将带球向门前撞来，起脚欲射，李富胜飞身扑去，眼眉顿时开裂……而这时，离上半场结束还有一分钟，他还不能下去包扎，漫长的一分钟啊！

"0：0"上半场结束了。但，这又何济于事呢？十五分钟之后，执法无情的银笛又要吹响，宣告下半场的来临！场地救护车风驰电掣，把李富胜送往重庆人民医院，连麻醉针也没打，缝了四针就送回来，那真是痛得刺骨锥心！两个门将，双双挂彩，教练正在急得如坐针毡，让谁把门呢？

总不能换个踢球的上去吧，守门员有他的专项技术，代替不了啊！李富胜走向教练，迎着那询问、期待的目光，坦然请战说："我能行，还是我上吧。"他方才不打麻药，强忍剧痛，就是怕伤口立时水肿，眼睑随即挂下，怕看不见东西，接不了球……

这场球，握手言和了。李富胜用他那伤口渗出的殷红的血，写成了场上"1：1"的鲜艳比分！

汗和血，在禁区里洒落；冬与夏，在"鱼跃"中逝去……李富胜身后所镇守的城门，有时已经不是在祖国本土上，而在他国异乡。他沿着那绿茵茵草地，向世界足坛走去。芳香的鲜花，缤纷的镜头，开始向这个二十出头，才华横溢的英俊门将涌来。

1976年，他身随八一队首次出访叙利亚。在阿勒颇市与叙利亚军队足球队的一场比赛中，对方四顾城门，烽烟滚滚，但李富胜气势若虹，将球一一奋力扑出，化险为夷。随后，临场采访的机灵的摄影记者们，又抢拍到一个稍纵即逝的宝贵镜头：叙利亚队又发动了一次猛攻，再度把球送到门前：一名射手刚要起脚叩关，在这千钧一发之际，李富胜大吼一声，如同下山觅食的饿虎，猛地一把把球抱住。叙利亚的报纸惊愕了，他们在妙笔生花的文章前面，以大号字体制作了一个醒目的标题：李富胜——一块强大的磁石！

两年之后。风光明媚的春天。鲜花盛开的维也纳。出访奥地利的中国足球队，在同维也纳俱乐部足球队的交锋中，被判罚点球。挤满球台的奥地利球迷们，狂热地为主队呐喊助威。球，在一片噪声中又急又刁地射来了，屈腰弓身，虎视眈眈的李富胜，飞身鱼跃，疾如电闪，接住了这个点球……中国队获胜了。他被奥地利盛情的观众们团团围定，有的递送纪念品，有的递上小本儿要求签名。朝鲜驻奥地利大使也高兴了，他赠给李富胜的，是一束鲜花，连同他的一片敬意。

鲜花谢了。雪花开了。"中国一号"——李富胜的守门技艺，似乎已经进入他一生中的巅峰状态。1981年岁首，他在亚大区第四组预选赛的前四场中，竟是一球未失，雄关若铁。他跟战功卓著的容志行，分别被赛会评选为"最佳守门员"和"最佳攻球员"。他们手中高擎的奖杯啊，像鲜花一般动人，像雪花一般闪亮……

哦！科威特队十六号助跑上前了，就罚"点球"了……让我们收回思绪，注目于禁区里的李富胜，看他如何动作吧！

李富胜在门前踱了几步，又将双手搓了一下，随即严阵以待，摆出一副蹲踞欲扑的架势。观众们屏住呼吸，心也似乎停止了跳动；不，简直是跳到嗓门眼上去了！只有专程赶来助威的四十名科威特拉队，在这静寂的看台上放声呐喊，使场上沉闷的气氛加重了！十六号射手费萨尔是个可怕的人物，他参加过一百场国际比赛，宝刀磨砺，脚法刁钻。九天之前，科威特队同新西兰队比赛的第二个点球，就是他罚进的！据此，才迫使新西兰队不得不草签城下之盟。难道，中国队今天要重蹈新西兰队的覆辙吗？

哎唷！人们好像直到这最最紧张的一刹那，才发现这球门如此空阔，好似一直通向浩漫的星空，无边无际；而李富胜却恁地瘦矮，真无法相信他能以手遮天？其实，李富胜身高一米七八，不算太矮；体重七十六公斤，也不算太轻。只是这球门确实大，高有二米四四，阔达七米三二。天地之小啊，天地之大！

更严重的：从主罚点到球门，仅仅才十一米远，可谓近在咫尺！从球离脚到入网，只需零点一秒，脚法也变化莫幻：或左或右，或上或下；而守门员作出判断却要零点三秒！在这"1∶3"的瞬间里，门将唯有孤注一掷，果断地放弃一面，猛扑另一面，这就有了一半成功的希望。啊！这就是说，中国队辛辛苦苦、容志行拼死拼活夺来的宝贵一球，有百分之五十的可能会被无端葬送！

费萨尔吸了一口气，他多少也有些紧张！罚点球的射手，肩头压着沉甸甸的分量，可不能让自己的队友们失望。他起脚，先向中国门将李富胜右边一晃，李富胜的身子跟着向右倒去。而费萨尔却乘机向李富胜左侧射去了……完了！完了！中国队这一分将无可挽回地失去了……

好个"中国一号"！谁知他是以假对假，早有准备！毫厘之间，他向大门左下角倒地一扑，死死地将球压在身下，为中国队保住了一分，无比珍贵的一分！他扑下去了，八万观众却都站了起来；人们忘情地高举双手，踩动两脚，声震星空："李富胜！""呵！李富胜！"热情奔放的电视播音员，也从座位上跳将起来，以激动得颤抖的声音，发出由衷赞叹："李富胜扑住了这只点球，稳住了1∶0局势，将在他的足球史上，留下了美好的记录。"而科威特的拉拉队，却失望得鸦雀无声。

哦！请不要说，李富胜是幸运者，是碰上了。他和他的伙伴们，反反复复观看了科威特与新西兰一战的录像技术片。李富胜对科威特队九号亚古布以及十六号费萨尔先后主罚的两只点球的脚法、角度，看得可细了！连他们的表情、眼神，也没漏过。况且，队里的资料本里，也积累着科威特队点射的记录……刚才，一见是十六号费萨尔点射，李富胜就回想起他的脚法来，他习惯于打球门右侧。但李富胜却有预感：十六号今天可能会点射球门左边，他一定知道，中国队肯定研究过他了，不变不行！

李富胜定下方案了！万一费萨尔上场主罚，主要防左；当然，还得临场察言观色！果然，十六号助跑上来，眼睛就先往球门右边一瞟，似乎决意向右起脚。李富胜识透了，装着上了当，身子往右倾斜；实际上，他全身重心没动，等十六号球一出脚，他就反身扑去，正中下怀！

中国一号啊，中国一号，真个是"气吞万里如虎！"他又迎着来球大吼一声，冲将上去，把球没收了……嗬！他又振臂一挥，从门前把球甩给他的伙伴了……

这时候，羊城的那个球迷，心里不再被"一片压抑的情绪笼罩着"了，他"出门放烟火了！"而他们家的一个小女孩，却天真地拍着荧光屏，说是"我跟富胜叔叔握手呢！"

这时候，在大连的李富胜的母亲，也欣慰而幸福地笑了：这孩子可真行。不过，她又想要责备富胜这个最小的宝贝儿子了：光是守门守门，妈妈都71岁了，还不见个媳妇进门……

亲爱的老妈妈呀，富胜属于你，也属于我们大家。这样有出息的年轻人，还愁找不到爱人？这"任务"，就请放心交给我们吧！

看似冷峻的苏永舜主教练，心头翻腾着汹涌的热浪……

球！电视镜头慌忙地捕捉着球，观众眼睛紧张地追逐着球——边锋古广明脚下盘带的球，门神李富胜鱼跃扑接的球，后卫蔡锦标奋起争顶的球……

这场惊心动魄、风涛迭起的球赛，使观众们大饱眼福。它，似乎可以称得上三十年来最好看的一场球了。哟！播放人员大概自己也看得入了迷，走神了，竟然让镜头跟球脱开，落在场边的几个"内场观众"身上了。真是开玩笑，观众们心里着急，着急得近乎愤怒了。

哦，观众同志们，请不必动气，还是让镜头稍事逗留吧！只要你细看一下，他们是谁？什么身份？就会恍然大悟，这位播放人员并非失职，而是内外衬托，错落有致，颇具匠心地运用"意识流"手法。看清了吗？他们分别是：我国五十年代叱咤风云的著名前锋张宏根、主力前卫苏永舜，以及六十年代名扬天下的门将胡之刚。他们都是中国足球队的现任教练，运筹帷幄，指点沙场。行家们都很清楚：每一场球的胜败，很大程度取决于他们的战前部署与临场处置，特别是取决于首席教练苏永舜！

主教练给人的初印象是深刻的、强烈的，他属于那种让人见过一眼，就难以忘怀的人！他身穿蓝上衣，红球裤；古铜色的脸上，带着端秀的沉思；下巴刮得铁青，给人以冷峻、刚强之感。但他举止文静，很有风度。倘使他当年不去投笔从戎，步入足坛，而在中山大学生物系继续攻读，他大概可以成为一个渊博学者的。他的经历不算复杂：五十年代，在国家二队充任主力前卫，以"头脑清楚，善于组织进攻"闻名；六十年代，回广东改执教鞭，挂印广东队主教练，又以"知人善任，足智多谋"著称……他的成就，可谓辉煌，1973年从干校复出之后，重整旗鼓，迅将处于全国二十名之后、乙级下游水平的广东队引向高峰：1975年夺得全运会冠军，1979年又获全国甲级联赛冠军。他功成誉满，又瞩目未来。1980年岁首，率部从香港班师归来，主动请缨，要求退居二线，组训少年球队——但，他终究未能如愿！

生活充满了意外，如同绿茵场上，时常有突如其来的叩门。1980年6月，广州国际足球邀请赛期间，中国足球队主教练年维泗来"叩门"了；参加同期召开的全国教练员会议的同行们，也来"叩门"了。命运之门啊！

6月22日中午。广州东方宾馆三七房间。中国足球协会的两位副主席，两位国家级足球教练，正在促膝谈心，亲密无间。哦，那个身材魁梧的，是中国队主教练年维泗；另一个面色黝黑的，则是广东队主教练苏永舜。几个月来，他们一南一北，书信频频，信中讨论的跟他们此刻谈话的中心完全相同：如何重振中国足球队，冲出亚洲去？今年春天，国家队去新加坡参加奥运会预选赛时，在接连逼和伊朗队、朝鲜队蓬勃向上的形势下，以一球之差意外地败给东道主，失掉了决赛权。队里，军心动摇；国内，议论纷纭。有人呼吁教练不能终身制，主张挥泪斩马谡，而以苏永舜为代表的一派，并不赞同此说，希望体谅实际困难，总结经验教训，恢复胜利信心。但，豁达豪放的年维泗，对苏永舜以诚相见，说："今后国家队训练的担子，我希望你能挑起来，你最合适；我将全力配合你。""不，你不能'引退'，我愿意给你当助手，重整国家队。""我现在'引退'，是想说明国家队上不去，责任在教练。好让队员放下思维包袱，鼓励士气。"苏永舜竭力劝阻，希望他收回成命，年维泗却从大局出发，不计较个人名誉得失，决意让贤。老朋友的胸襟与气魄，使苏永舜这个感情很少外露的人，也感奋不已。但他一向慎重，深恐有负众望，觉得自己"过去的运动成绩"和"当教练的经验",都跟年维泗无法相比……他只是答应"想一想";就是去,也只是去"试一试"……

7月1日上午,广东省体委负责同志通知苏永舜,已经决定调他去出任中国足球队主教练了,并且语重心长地勉励他:"当年容国团从广东调任国家乒乓球队当教练时,立下了'搏'的誓言。他说,'人生能有几回搏,现在是搏的时候了!'请你记住这句话!"……

是的,是搏的时候了!今晚跟科威特这场球,此刻就在拼,在搏!不,对他这个主教练来说,这场决战、这场拼搏,不是从现在开始的,而是从昨日、从前天,从更早更早之前。

47岁的苏永舜不摇鹅毛扇,却拥有"智多星"之称。为了跟科威特队搏斗,他摆下一副进攻性的"冒风险"的阵容。

——起用容志行当中锋。不错!容志行腿还有点瘸,但精神倒挺好,从广州一回队,就来请战:"让我去拼吧!"哦,这个"老部下"会去拼命的!还记得容志行跟自己、跟冼迪雄教练,在广东三水那个"干校"犁牛耕地时,就这个劲儿!每个星期天,天刚亮他就骑车"溜"回广州,偷偷踢一场"自发比赛",早出晚归,来回一百六十四里。自己跟冼教练,还得帮他打掩护:上午收起蚊帐,叠好被子,中午放下弄乱,下午再收起叠好……行!这回让他去拼!

——即刻抽调北京队主力刘利福,让他从曼谷"王后杯赛"里"飞"回来。快,马上打电报!这个人控球、传球能力比较强,脚头功夫也不赖,左树声吃过两块"黄牌"要停一场,容志行万一再不能上,让他跑中场。

——对了!录像片还要再放。注意那个"金头"——中锋九号,还有十六号!记住二号负责盯九号,四号盯七号,十二号盯十六号……但是,最要紧的是把球往前送,只要球到你脚下,就跟球跑,这是最大的目标!盯人的事,你这时候就别管了。记牢!

中国对科威特这场球,算是豁出命来干了:要么拿两分,要么就拉倒，一分也不要。三个教练一致了。二位领队点头了。全体队员接受了。足球队仿佛成了兵工厂，每个人嘴里都有火药味，开口就是一个"拼"！对嘛，有这样的主教练，就有这样的兵。

哦，敢拼敢抢的中国队，为上半场留下了辉煌的记录：2：0！但是，易地再战之后，似乎连攻势带场地，一股脑儿全移给了科威特队。亚洲冠军形同苏醒的雄狮，抖擞威风，扑将过来！科威特队员全线压上，甚至连后卫也赶到了锋线上。中场抢截，更是勇猛异常。这架势，似乎是表明：阿拉伯数字的发明，是他们这个古老民族的骄傲。他们有足够的能耐，把比分牌上那个"0"字当球踢开，换上一个又一个新的阿拉伯数字来。

短短的十分钟之内，科威特队竟有五六次射门，一次角球，倾城而出，士气高涨；而中国队非但没有射过对方大门，自身王城犹在受困之中。十一分钟时，埋伏在禁区内的九号中锋加西姆·亚古布到门前一个金钩倒挂，煞是好看，球险险乎擦门弹出。人们还没透出一口气，险情又起，十号阿卜杜勒·阿齐兹在门前二十二米处，主罚任意球，球飞过人墙，"砰"地打在中国队球门柱上，全场为之心惊。

八万名观众心急急，情切切，一个个晃动着两只手臂，有节奏地高喊助威："中国队——进攻！""中国队——进攻！"好在中国队处变不惊，防守严密。队长迟尚斌尤是出色，如同一名"清道夫"，扫去险情，没收来球；蔡锦标利用自己的身高，奋力跟"金头"跃身争顶，使其失去了"空中优势"，无伎可使；其他队员也按照分工，紧紧盯住各自对手，终于抵挡住攻势，保住了胜利果实。

电视镜头忙里偷闲，闹中取静，似乎又在搞"意识流"了。镜头又一次对准了苏永舜，甚至还又停留了几秒钟之久。主教练神态自若，依然如常，只是偶尔转过脸来，跟他的助手交换意见——确实，这一切尽在意料之中。方才，他在中国队休息室里，面对大汗淋漓、靠在座椅上大口喘气的队员们，他就曾热情鼓励、冷静叮嘱：第一，下半场科威特队可能会改变打法，全线压出，要加强防守。第二，要摆脱对方，抓住机会反击，但不要急躁……紧接着，国家体委主任李梦华也勉励大家说：要扩大战果，不要保守，要把2：0当0：0来踢。

战况变化，虽然不佳，但他不会像观众们那样感情外露，波动跌宕。——虽然，他只要起身到边线招呼一下，或是打个手势，他的命令就会即刻传播全场的。不！才十分钟嘛，不必这样紧张。他只是有些不满足，有两个球垫底，怎么还打得这么慌张？哟！接传球几个人相继都有失误，连容志行也有。队伍还缺少经验啊！也许，一切都会好起来的，肯定的。

突然，苏永舜的目光闪亮了：中国队捕捉到一次反击良机了！古广明从右路推进，在对方阻击中将球回传给陈熙荣；陈熙荣迅即与容志行打了个二过一配合，低传给在前面接应的黄向东；黄向东中路得球，佯作强突；转过身来，又将球传给从第二空当插入的沈祥福。沈祥福，匹马单枪，扑向禁区；这时，虽然对方后卫追踪到位，沈祥福却倚住对方，用左脚斜射，球儿急飞入网……

苏永舜目光一转，离开无可奈何地从网里捡出球来的科队门将塔里布斯，落向赛场那醒目的记分牌上，一个新的阿拉伯数字跳了跳，出现了……他充满欣慰，也充满希望。

是呀！希望在脚下。希望在眼前。希望在心上。——虽然关于随后几仗，关于冲出亚洲，还是密密浓云呵，微微晨光！但，只要我打得洒脱而不紧张，漂亮而不窝囊；让你胜了也出冷汗，心发慌。那就再等四年又何妨？"留得青山在，不愁没柴烧。"这也是希望！

代尾声：在汹涌的热流里，中国队冷静——再冷静……

足球，恢宏民气的"国球"啊！

着魔的夜晚，——忧心的夜晚，变成了喜庆的夜晚，——疯狂的夜晚。

然而，被庆祝的，却无意配合。当赛场出来的观众，自发组成了自行车长龙，节奏分明地高呼："中国！——中国！……""进军西班牙！——进军西班牙！"的时候，当天安门广场值勤的战士，被群情激荡，声音激动得打颤地请示：要不要升上国旗的时候……中国足球队没有班师回营，而是悄然隐去，从赛场直接转移到郊外一个寂静所在，休息去了。他们似乎能够忍受失败和痛苦，埋怨和嘘声，却怯于面对狂热的欢呼，震耳的爆竹。

——他们说：现在还不是祝捷的时候。

感情充沛的人民呵，却一任情堤冲破，倾吐心意！几天之后，当我来到龙潭路"国脚"营地，这儿已经被滚滚滔滔的洪流淹没了。领队杨秀武、教练胡之刚激奋地发着感叹：五六百件贺电、三四千封贺信，还有数也数不清的锦旗、书画和礼品……真叫我们担当不起！

国脚容志行，热情而谦逊。提及震动全国的那个头球，他连连摇手，说："这功劳不能算我的，是他送球送得好——"他指指坐在对面的沈祥福，随后又指着我，诙谐地说："角度这么好，你要在，也能顶进去。"

我跟门将李富胜，是从"点球"谈起的。我一问，他笑了。用手在嘴边做了个"吹哨子"，说："观众来信讲，'哨子一响，心脏病都犯了'。我也有点慌，好在录像帮了忙。"瞧！生死相关的一个球，这么两句话，就算接住了！"噢！我有两次冲出去，都没处理好：头一次时间太早了；第二次火候是到了，拳击球又击轻了。总是太毛糙！"这个"中国一号"呀，立了大功不陶醉，反倒像是做"检讨"。

哦！掌管军机的主教练不好见，"免战牌"不肯摘！早就听说了。我让领队求个情，他转身回来手一摊，就剩三个字"很抱歉"……没法子，我也只好来个"很抱歉！"我在苏永舜用餐时，突然闯去了。"现在不便谈，等把仗打完。不管是输是赢，是好是坏，我会找你们一吐为快，把我这一年来的工作，作个交代。"他摇摇头，并不反感，记者会缠，他见惯了！

沉默。期待。沉默的期待。"是呀，我有好多想法，不好谈哪！"

　　也许，是见我来自千里以外，恳请之情切切，并且许诺文章一定等到年底，——三战齐毕之后出来。他才松动了，感慨起来。

　　"我觉得现在的国家队，并不是全国最好的。有些好运动员还没有全上来，人家不给你——"他放下手中筷子，做出一个"拉住不放"的动作，说，"你要也要不到，抽也抽不动！闹'本位'呢……"苏永舜略一停顿，又说道："我常说，他们很努力。但是——"随着又一个停顿，他对他的队员们，提出了新的期望："我觉得，他们还有潜力，训练时还可以更努力！"他仿佛意犹未尽，还要强调一下似的，用筷子在桌上画了个圈，——画出了一个圆满而深刻的比方："就像干四化，是不是全国每个人都尽了最大力量？"好一个生动形象、震人心弦的比方！

　　亲爱的球迷呵，亲爱的读者！苏永舜主教练给他的麾下，也给我们送来一个千钧劲射，一个斗大的问号，请你接住它，请你回答它！

1981年10月21—25日于北京
11月5—10日于上海

"十连霸"的悔恨

乐山。大佛失去了永恒的微笑

没有轻快的笑声、没有好强的自信、没有往昔的雄风。

他步履沉重地走出乐山大佛寺的东坡楼比赛场地。失去霸业的后悔和懊丧，像影子一样缠住他，折磨他。乐山，乐山，名落孙山！他不会忘记这个使他英名扫地的"滑铁卢"，如同不会忘记那筷子一碰，就辣得叫人倒抽一口凉气的川菜。

半个月之前，他还是棋坛上有着传奇色彩的"十连霸"——接连十届全国冠军的获得者。"河界三分宽，计谋万丈深"。他那呼风唤雨的法力、出神入化的韬略，使得千千万万的棋迷如痴如迷，倾倒不已。在他们的心目中，他的地位并不亚于那尊伟岸的乐山大佛。但现在，他成了失败者，一落千丈了。即便是人们不以成败论英雄，仍然把他看成大佛，他也失去了永恒的微笑！在这次1980年全国象棋联赛上，他仅仅是第十名。更惨的是，按照规定，明年他就要降到乙级组，就像一个又高又大的留级生，得没奈何地挤进小同学中间，被人在背后指指戳戳。

不好！已经有人指点着，议论他了，"是他，是他，胡荣华！"他想起了一句熟悉的上海谚语："恨不得买块豆腐撞撞煞！"要是这个世界上真有后悔药，能让他挽回跟杨官璘对弈时信手摸错的那步棋，即便要他掏出珍藏的十枚叮当作响的金牌，——独霸棋坛二十年的印符作为代价，他大概也甘愿忍痛交换！

他真的上了一只象。让喜好揣度的棋艺评论家们猜中了。他们早有预言："胡荣华将以镇山宝飞象局揭开战幕。""胡荣华是不肯与杨下和的，唯一的策略是采用变幻莫测的飞象局。"其实，他们也没法猜透，就像猜中标题，却猜不透文章一样。坐在他对面的，是他的第一号"敌人"、曾经四次获得全国冠军的杨官璘。这位55岁的老前辈，英名在海内外流传："中国象棋艺术的贝多芬"、"弈林第一残棋"……

也许是老杨跟乒乓高手姜永宁学过横板削球，他的棋风稳健，很有些像"折不断的杨柳"。评论家还说了："棋坛将重现六十年代杨胡争霸的局面"，"统治棋国天下的，不是胡荣华便是杨官璘"，记者们也都跟着这么写了：本届冠军"非胡即杨"……

杨官璘以过宫炮应对。这跟1966年全国比赛他们对阵时的招法一样。不过，那一次起手飞象，竟使大惑不解的观众们"瞠目结舌"，连杨官璘和棋家也"大出意外"。谁知，这布局看似春和景明、波涛不惊，进入中局，小将一个扣人心弦的"炮献花心"，顿时河界上阴风怒号，浊浪排空。小胡仅仅用了四十二分四十四秒，三十九个回合，便让对手在昏天黑地中落得个樯倾楫摧。

今天，他一手擒着风，一手揣着浪，又想让老杨尝尝苦头。但是，"折不断的杨柳"却在风中轻摇慢曳。任尔风浪起，稳坐钓鱼台。一个多小时了，双方都没有一兵一卒越过雷池，胡荣华是想过河过不去，杨官璘是压根儿就不想过，他无意冲进对方变幻莫测的阵地。下盘和棋吧！小胡无奈，弃了一个七路兵，过了一个九路兵，也只是得失相当。他见没有指望，似乎也不想赢棋了，心平气和地兑了一个车。接着，又邀兑第二个车。戴着老花眼镜的杨官璘，左看右看，对面的这个人阴谋太多了，他不能不小心翼翼。算了又算，还是没问题，杨官璘高高兴兴地满足了对方的要求。他想，这下子总该和平解决了。

高明的"阴谋"总是不露声色的。第二十七回合上，胡荣华"叭"地走了一步绝妙好棋，八路炮长驱直入，伸到下二路，既打马，又困炮。老杨这才如梦方醒，刚刚的车兑坏了，又上当了！他额头沁汗，思考再三，还是无法可想，只好逃马，顾不上右边被困的炮了。小胡方才暗度陈仓的九路卒，尔今抖擞精神，挺将下来，杨官璘硬着头皮退了一步炮，缩进死角，他暗自嘟哝：完了，一只死炮。这个刁钻的小胡，逼人太甚了。

胡荣华的脸上，流溢着浅浅的、生动的笑，这是他得手的兆示。"炮活捉了，我赢了。"他松了一口气。老杨刚走完，他就飞快地推进了一个子。哎呀，他下意识地摸错子了。怎么搞的，应该先进炮，怎么先进兵啦？瓮中之鳖逃了，煮熟的鸭子飞了。

他叹息连连，不能原谅自己，不能接受棋盘上的既成事实：局势虽然还是略微好些，但和局已定。"不行，该我赢的棋怎么能和？"以不可为而强为之，一时间，他遇事勿怒的大将风度荡然无存，气呼呼地挺起丈八长矛，策马冲向老杨。不管怎样，他也要制服这个"折不断的杨柳"。老谋深算的杨官璘不是好惹的，他乘小胡急躁之机，暗中设下陷阱，绊倒了一匹咆哮黑马。一向落子如飞的胡荣华破天荒地苦思冥想了五十四分钟，仍是无力搭救。局势开始逆转，杨官璘已经不想握手言和了。

事到如今，棋处下风，逼得元气大伤的胡荣华回过头来痛切地正视现实：能下和就不错了。持续了六个多小时，血战了三百来个回合，尽管小胡腾挪扑救，竭尽全力却也回天乏术，不得不签下城头之盟。

真太窝囊了，首战失利，前所未有！在该赢不赢，该和不和的情况下，稀里糊涂地输给杨官璘，前所未有！这一届冠军恐怕自己没指望了，给老杨拾走了。不是说"非胡即杨"吗？

他恨自己,气自己,情绪波动,包袱沉重,下棋时的感觉、思路和判断,全给扰乱了。接下去的三盘棋,他清一色的和和和,一连四盘不开荤,又是前所未有! 在他的频频失误、惨淡经营中,比赛结束了。他得了一个不可想象的名次:"小十子"。于是,被列为1980年我国体育界的"十大新闻"之一。

这些天,爱抢新闻的体育记者蜂拥而至了。他却忧郁、惆然地把自己关在房间里。他是在自言自语、闭门思过? 还是在跟朋友私下袒露胸襟:"下了二十年棋,撑了一路顺风船,现在尝到淘汰的滋味,心里不好受……"别敲门吧,别打扰他。他需要的是思索和回顾,而不是采访和安慰。

让这位"新闻人物"暂时间离群独居吧。你们要采访,何妨也来他个迂回战术。你们拉起笔来写文章,老说"失败是成功的前奏"。其实,有时恰恰相反,人太顺了,要栽跟斗:失败就悄悄地、耐着性子等在成功身后,要让成功做它的"前奏"。胡荣华是一个幸运的成功者。他还戴着红领巾时,就登上冠军宝座。他把他的老一辈、同代人,一个个打进失败者的队伍,一回回蒙受耻辱和痛苦。他那突如其来的成功,跟山崩地裂的受挫一样,叫人难以置信,不可思议!

哦,象棋界的前辈屠景明先生在这儿,他是眼看着这个"娃娃"步入青云的;二十年来跟小胡朝夕相处,一块儿南北征战的队友、象棋国手徐天利和朱永康也在这儿。请去刨根挖底地采访一下。旁观者清,他们有的是素材,会给你形象化地勾勒出一个顺风顺水的棋坛天才的……

回忆:十五岁,他就意外地戴上了王冠

别笑话他,都八岁了,后脑勺上还留了下晃晃悠悠的辫子,像个小姑娘。他有什么办法? 家里人把他当成宝贝疙瘩。他是先认识了车马炮,再认识一二三的。一放学,书包一甩,他就钻到附近棋摊,挤在大人堆里看,他着迷了。但他太小了,没人肯跟他交锋,他只好半是哀求,半是纠

缠。下了就输，输了再下，要不是妈妈又找来了，轻轻儿扯住他长命富贵的小辫儿，他还不打算放人家回家。妈妈给的零钱，他一分一分藏着不用，凑齐一毛钱买了本《象棋》月刊回来。吃饭了，也不放下。上头那个《残局征答》，比加减乘除复杂多了。他扒拉两口饭，便停下了，有滋有味地用筷子在桌上划来划去，他还在调兵遣将，寻找残棋的突破方案哪！不过下棋归下棋，功课却从未耽误，四分五分不离他。即便是晚上下棋来不及背书，也不在话下，第二天早上他读上两遍，就能过目不忘了。

他有天分，又有一股缠劲儿，两三年这么"拳不离手，曲不离口"地滚打下来，那棋力却也增长得快。他在附近一带的孩子们中间，"占山为王"啦！人家几个人围着棋盘联合作战，他却一心两用，一边开着弹子玩儿，一边笃悠悠地对付他们……这种"众不敌寡"的下法，孩子们新鲜，他却腻了。他渴望能有机会见到名家，学点绝招儿。一天，他跟一位热心人去上门求教著名棋手、誉为"扬州三剑客"之一的窦国柱。适逢窦老午睡正酣，他们两个不敢惊动，眼巴巴地守候在门外。"老剑客"醒来，见他小小年纪，这等心诚，大为感动，兴致勃勃地拍着他的肩膀，"小把戏，坐哇！"他愿意破格跟这个孩子下一盘。小胡摆下"中炮盘头马"的阵式，窦老随手以"屏风马"抵挡。说实话，他并不把这个黄口小儿放在心上，"我只消花五分力气。"孰料叮叮当当十几个回合下来，这娃娃强渡中兵，频燃烽火，似乎决意要冲开一条血路。窦老也不由得为之胆战，不敢小觑对手了。他凝神敛气，着实费了点功力，才化险为夷，下了盘和局。老人又惊又喜，见到人就一个劲儿地摇晃着大拇指，赞叹说："胡荣华这个小把戏，将来了不得！"

喜欢小胡这个"小把戏"的人真多。住在离小胡家不远的一个人，在区文化馆工作，大家都叫他傅先生。他认定小胡跟棋有缘分，不光跟小胡横车跃马，还带着到外面去转悠。1957年，上海市少年宫里举办小学生象棋比赛，傅叔叔又一次次陪他去出征。天知道，他初出茅庐，居然顺顺当当地打败了所有的小对手，拿了冠军。当他领到那个三角形锦旗时，心里有说不出的高兴和兴奋。

这个"娃娃赛"的场面够大了。可是，想不到还有一个更大的场面在前头等着他。1957年全国象棋锦标赛在上海比赛，闭幕发奖仪式以后，要搞个"余兴表演"：找两个"神童"来赛一场。一些热心人又叽哒叽哒鞋底响，忙不迭地替他活动，跟负责张罗此事的屠景明打招呼："这个小朋友有希望，这趟最好让他亮亮相。"屠先生含笑同意了。届时，小家伙像模像样地上了场，一点不慌张。这是一次公开对外的"高规格"表演赛，连报纸上都发消息了。哦？吉安路小学的小学生，棋路泼辣的胡荣华？以前没听说过呀！

多亏热情过人的傅先生又作了一回"月老"，把他领到淮海公园棋室，引荐给另一位上海著名棋手徐大庆。胡荣华顺顺当当拜到了一位启蒙恩师。这个小不点儿真是三生有幸。从此，他的棋才算真正踏上了阳关大道。

一老一小，形影相随。徐先生不论什么时候，都想着他；不论到哪儿，都带着他。要让他经经风雨，见见世面嘛。他毕竟太嫩了。"大世界"的游乐场里天天有"大象棋"比赛，由名家表演，轮番出阵。一局下完，再设擂台，迎战跃跃欲试登台打擂的棋类爱好者，算是余兴表演。徐大庆为学生"说情"，给他创造了实战机会：以后上半场仍由名家表演，下半场安排小胡出阵。小胡当然乐坏了。不过，有时他又气坏了：只要老师叫他自己一个人来，他怎么也进不了这个"大世界"。任是他磨破嘴皮作解释，说是里头"大象棋"等着他当台主摆擂上阵，门口的人根本不相信，不客气地手一挥：去去去！小朋友，你不要来搅……"当台主？"他们还以为这个小家伙在吹牛，神经不正常呢！值得安慰的是，他把那些个比他高出一大截子的大人，一个又一个地打下擂台。那个神气劲儿，真能算得是"一夫当关，万夫莫开"！

1959年1月。他戴着一顶耷拉着护耳的棉帽子，腼腆地走进了上海市体育宫。他是五爱中学的中学生了，再不怕别人摘他的帽子了。经过他的"斗争"，妈的恩准，小辫子早就"咔嚓"一声，"斩草除根"了。今天，他大喜过望，感到异常的新鲜和兴奋。他简直不敢相信有这等美事，领导上正儿八经地送他到上海市棋队学棋来了。当他拜见名噪棋坛的一代国手何顺安、朱剑秋、徐天利时，他竟激动得只会笑，不会说话！他跟在徐大庆身后，曾经见过他们。他觉得这些人太神了，就像老城隍庙里的大菩萨，丈八金身，脚踩祥云……

　　他们不是菩萨，却有菩萨心肠。他们都爱逗这个新来的小弟弟。棋队里，索性让小胡拜坐上全国第二把交椅的何顺安为师。何顺安青少年时学棋，含辛茹苦，中药铺里送过药，大海轮上当苦力……他给小胡讲棋时却一无保留，把自己花了十几年心血苦苦研究出来的看家套路"中炮进三兵"全部亮了底。对局了，小胡有些举棋不定，发现一步棋走错了，想拿起来重走。不行！何顺安一脸严肃，敲打说："小胡，每一步棋，应该考虑成熟了才动子，不要冒冒失失。比赛的时候是不允许悔棋的。"他要求小胡养成好习惯：下每一盘棋，都当成是在赛场上、众目睽睽之下进行的。一盘棋下完，何顺安又考他了："小胡，你把刚才这盘棋复出来看看，输在哪里？"胡荣华竭力回忆着，把刚才对着的一个个回合，在棋盘上重新展现出来。复到十几个回合，"督阵"的老师摇头说："错了，你把刚才的步子颠倒了。这说明你还不够专心。如果每一步都认认真真动过脑筋，你就不会弄错。复不出盘，就没法分析研究，就永远也不知道自己错在哪里！"小胡窘得脸红了。哎呀，老师到底是国手，棋厉害，话也厉害！

　　棋高一着，缚手缚脚，他的对手太强了。自己的漏着太多了。一连三四个月，小胡他手托下巴，睁亮眼睛，跟棋队里的人着了不下二百局棋。不管他怎样泼辣、凶猛，结果只有一个字：输。输得落花流水，一次也没能翻过身来。老师们好像还觉得他输得不够，每逢有全国第一流棋坛高手到上海交流，总是邀请他们跟小胡下指导棋。何顺安感叹地说了：你几个月里遇到的名将，比我几年里遇到的还多。

他越来越沉得住气了，面对棋盘上一个个扑朔迷离的局面，能够一个小时又一个小时地不挪位子。老师们思考靠抽烟，一支一支地吞云吐雾。他靠喝开水，一大搪瓷杯完了，又来一杯，仿佛这里面融化着计谋和智慧。终于有一天，他抵挡住了老师的进攻，第一次下了盘和棋。"和了，和了！"他欣喜地拍着巴掌嚷嚷。棋队里的老将们也快活地拍着他的脑瓜惊呼："小家伙有苗头了。"又过了几个月时间，他们感到小胡的棋子紧了，分量重了，胜他不大容易，要是一有疏忽，反给他得手了。

小胡的苗头真大了！1960年5月，在上海市棋类比赛中获得亚军；他用"当头炮"出人意外地攻破了何顺安的"单提马"，轰动了上海棋坛。六月在杭州，他又战胜第一届全运会象棋亚军、号称"东北虎"的王嘉良和擅长"仙人指路"开局的杭州名将刘忆慈，以七胜三和的不败纪录，夺得了五省市象棋友谊赛冠军。

4个月后。北京。全国棋类锦标赛象棋个人赛的第三轮。这个稚嫩的、眉清目秀的十五岁少年，又跟获得三次全国冠军的杨官璘纹枰对坐了。偌大的赛场里，他形同路人，没有几个认识他。可老杨跟他却算得是老相识了。去年杨官璘到上海，公开比赛之余，跟他下了两盘"让先"棋，结果秋色平分。今年上半年，上海市队访问广东，在一次表演赛中，他有幸跟杨交锋，仍是处于下风。这一次呢？他也说不清。反正他心里的目标有两条：一是不管是输、是赢，要"冲击"一下杨官璘；二是要确保前六名，争取前三名。他记住了，队里集体讨论他跟杨官璘一战的方案时，大家替他鼓的劲：要创新，要出奇兵，不打熟门熟路的正规战，不硬拼……

"炮二平五，马八进七，"老杨架起中炮，拉开了战幕。"马二进三，马九进八；马一进二，兵七进一；卒七进一，炮八进四。"仅仅才四个回合，小胡就搅乱了"第一国手"的如意算盘。他率先挺起七兵制约对方，不让老杨走成自己最拿手的"中炮巡河炮"。紧接着，左炮封车，一支奇兵出动了！这不正规的"邪门歪道"，完全出乎对方的预料。熟读兵书、久经沙场的杨官璘，从未见到过有这一招。他不知道，这正是上海队集体为他煎制的苦药，但他预感到这局棋小胡会跟他"闹"，他的日子好过不了。

八个回合了。小胡的右炮也非同寻常地过了河，"双炮封车"，形成复杂多变、富有对抗性的局面了。老杨不甘心被卡住咽喉要道，开始反击：第九步，七路卒强渡界河，骑河马要咬小胡的一门炮。谁也没想到，生死拼搏的决战这么早就来临了。是退让，还是对搏？胡荣华端起茶杯，一饮而尽，仿佛要在心中进一步推波助澜。他骨碌碌的眼睛在转，长长的睫毛在动，盯着棋盘上这命运攸关的一角。"车二进五"！二十分钟之后，他竟然进车赶马，听任炮落虎口！

这实在太出人意外了！霎时间，静悄悄的赛场上，掠起了风暴！他把人们吓坏了，尽管在展现双方对阵的大棋盘上，胡方二路底线上的那只红车，已被丈把长的叉竿所挑起，往上送了五步。但是，观战者还是不敢相信自己的眼睛："这小鬼，是走错棋了吧！"

错吗？这问题，只要看看杨官璘陷于窘境的神色就清楚了。大胆弃炮，这是锋芒毕露、构思精巧的一步绝招！它使第一国手左右为难，欲求平静而不得。不吃它，星移斗转，先行之利消失殆尽；吃了它，则左翼各子受牵，半壁江山瘫痪。无可奈何的老杨，终究还是把这门炮吃了，把这局棋丢了……

观察家们做梦也没想到，一个孩子竟会是这届王座的竞争者！最终，胡荣华、杨官璘、何顺安三国鼎立，积分相等。但由于他战胜杨官璘、战和何顺安，而杨何之间又是和棋，按比赛规则的规定，他成了冠军。当他摇摇晃晃地登上1960年的王座时，他自己跟所有的人一样意外，一样惊讶：我才十五岁，才奋斗了四五年呀！他是在甜水里长大的。他确确实实是太顺利、太幸运了。

他一发而不可收,又奇迹般地接连九次夺冠,成了独执牛耳的"十连霸"。他成了棋坛上众矢之的。所有的失败者,都是他的竞争者,他们期待他的失败。

二十年顺利过去了,他很痛快。但他终于成了不顺利的失败者,他很痛苦。是偶然,是必然?先别问了,别打扰他,让他品尝一下失败的滋味吧。哦,这报纸嘛,等会儿再送去给他看,上面尽是刺激神经的话——"棋坛大换班,弈林新秀湖北柳大华、河北李来群,杀得老将纷纷落马","十届冠军胡荣华一败再败,杨官璘也未能进入前六名,列为第七……"那些评论家哪去了,怎么不提"非胡即杨,两雄争霸"啦?

成都。一杯茶,竟把船泼翻了

还差五六分钟,比赛就要开始了。他微笑着,带着些许掩饰不住的倦意,带着一只浅色的上海保暖杯,向椭圆形比赛大厅里的比赛桌走去。

虽说是倦,但他倦得春风得意。前年马失前蹄,饮恨乐山;去岁降级,温州赛场坐了"针毡"……跨进1982年,气顺了,平静了,前前后后参加了"五羊杯"、"三楚杯"、"上海杯"、全国优秀棋手集训赛、"北方杯"、第二届亚洲象棋锦标赛……大小数十战,战绩辉煌。全年下了差不多一百盘棋,只输过两盘。失败比率之低,是他从未有过的。不过,说句心里话,一年里大小王冠戴过十几顶,他并不过瘾。这一回到成都嘛,善者不来,来者不善……

这是全国比赛男子组的第三轮。1982年12月7日,在新近落成的风景如画的成都棋苑里。记者们围上来了,他冲他们点头致意,但爱莫能助,——记者们今天倒运了,他们想看一场最紧张、最关键的大博斗的热望,被全国棋赛的组织委员会的"断然措施",扑灭成一枕黄粱了。大会布置场地时,估计到采访的人不胜其多,一围观,这场"白刃之战"要受影响,便下了个天大决心,调兵遣将,于比赛当天上午运来了二三十块乒乓球比赛的挡板，严严实实地拦在比赛桌子外面。这一来好是好，却把这些采访记者一个个急成了热锅上的蚂蚁。这几天，正是成都一年中最冷的日子，他们却烦躁得鼻尖冒汗。看到老朋友胡荣华，他们讨救兵了。真抱歉，小胡的威风在棋盘上，棋盘以外的事他一点也帮不上忙。你要托他寄封信，准完！他往口袋里一装，就算进了邮政信箱。没奈何，你们今个儿只能踮了脚跟，引颈眺望，来一次远距离采访吧。

　　不过，挡板的作用毕竟有限，它阻挡不住得天独厚的领队、教练和工作人员。男子组第三台周围，已经被观战者形成一个里外三层、水泄不通的包围圈。气氛所以这么紧张，点火就着，是因为交战的双方太厉害了，一个是竞技心理和棋力，已经恢复到七十年代巅峰状态的象棋特级大师胡荣华；另一个是近两年来"杀得老将纷纷落马"的河北新秀、全国最年轻的象棋大师李来群。小李的棋艺比运气好得多：1980年、1981年两届全国比赛中，他的积分都跟冠军柳大华相等，只因为对手分不如对方，才一次退居第二，一次退居第三。而如今，这在劫难逃的一战，偏偏又因"同分相遇"的抽签结果，违背双方意愿过早地来到了。

　　这紧张的空气，从昨晚上抽签揭晓，就弥漫开来，一直持续到今天赛前。河北队今天一早，便召开"紧急会议"，商议如何对付胡荣华。教练刘殿中及领队、参谋们济济一堂。刘殿中是教练，又是上场冲锋陷阵的一员。但他却宁肯把自己置之度外，把一门心思放到为李来群拆棋、备战中去。任何人要采访小李，他都是客气而决断地两手一挡，一概高挂"免战牌"。在他连战连败、心思沉沉、默默无言地走出赛场时，谁要是上去打招呼，婉言劝慰，大错矣！他会告诉你，他是在潜心考虑叫李来群下一轮应该注意什么，如何动作。今天，他们又在献计"讨伐"胡荣华了："这次他夺标呼声高，可能背包袱。他顺风顺水时，可能有漏着……你执红棋先走，要争取主动、保持优势。万一不行，就早点收兵，争取求和。"小李点头答允了。他自然也渴望胜利，但这次太艰巨了，他自知缺少小胡那种奋力一击、置对手于死地的魄力。抢"三楚杯",他以一分之差,屈居胡荣华之下。在归途的列车上,他说了:"胡荣华真不愧是一位全才。我既佩服又崇敬。自从我步入棋坛,大小棋赛中,我们先后交手过十六局,我输给他九局,只赢过三局,下和了四局。这次我真想赢他,但没有如愿。"

23岁的小将军,你太谦逊了。你可知道?胡荣华对你的估价可高了。1981年,他对人说:"小李有冠军之才!"不,该说你十六七岁刚露头角时,他就盯住你了!1977年太原全国比赛,比赛办法"怪",分六个组搞"走钢丝"式的淘汰:只有在小组的十二个人里头抢到第一名,才有资格进入前六名决赛。被徐天利称为"以不变应万变"的胡荣华,看到跟你分一个组,他警惕了,跟队里人讲:"要当心这个人。"居然破例地找来你的对局资料。你在邀请赛中杀败广东名将、"小霸王"蔡福如的几局棋,胡荣华赞不绝口:"棋子紧、功力深,真叫人不相信才是十六七岁的人。"

此夕何夕?河北队在那里紧急集合、运筹帷幄时,胡荣华却怎的在成都棋苑的小道上悠然散步?别误解,他不会这么糊涂。他在"过电影",在装弹药。他嘴里在轻轻儿嘟囔:"还顺炮,还顺炮……"下午这一战,他准备布局上出疑兵,中残时斗功底。主意拿定,便打道回府,他要美美一睡,养精蓄锐。这就是人所不及的大将风度了,任是比赛再紧张、激烈,他也能倒头便睡。1977年,他在太原跟李来群火拼的那局棋,两个人积分接近,为了争夺出线权,从头到底在搏命。棋至中盘,胡以马二兵对李的相双士。是胜是和,难以辨明,而双方都已精疲力尽。"封局"后,李来群大不放心,彻夜拆棋。而胡荣华"棋高一着",心想,"既然拆不清,何必费这个劲?"三十六计睡为上。果然,第二天"启封"续弈,小李精神恍惚,渐渐不支,被小胡赚了去。赔了一夜又折兵,悔之莫及。

休道是"往事如云烟,此恨绵绵"。先来了一会儿的李来群,正跟他的崇拜者两人相视一笑,招呼对方入座呢!不过,紧张的气氛仅仅松动了这一刹那。当裁判员启动了计时钟,秒针匆匆开始了它庄重的第一步,空气又冻结了，围观者的嘈杂声也一起冻结了。一片静寂中，炮声连连轰响了："炮八平五，炮二平五"，斗顺炮！胡荣华在"散步"时就嘟囔过了，他早有预谋！李来群虽在意料之中，心中还是不免一震。他知道大凡小胡亮出这手绝少使用的"顺炮"，就是准备跟对方生死肉搏，开"胜负手"了！而他对自己似乎特别"抬举"，1977年斗顺炮，"三楚杯"斗顺炮，现在又是斗顺炮！

交手未及几个回合，就成了恶战。两员虎将，怒目圆睁，都在争夺四路要道的控制权：四车相对，端的好看。胡荣华升起了双横车，并肩挽立，威镇四路，准备兑车。李来群以牙还牙，两条车一前一后，气势汹汹地移在四路，来了个反兑车。真叫人眼花缭乱，却又呼吁气短：下一步，怎么办？人们料定，不论小胡是以车易车抑或是移师相让，这条通道眼睁睁都要落入李氏之手掌！

好个胡荣华，恁地了得！急切间，他的大炮里飞出了新式炸弹——"帅五进一！"在棋盘上一子未失的情况下，竟然挺起老帅，护车邀兑！

这有胆有识的一步"御驾亲临"，看似突兀，其实妙味无穷。它既合乎棋理，与国际象棋那种"出王助攻，控制中心"的理论异曲同工，保证四路咽喉要地不致失守；又包含祸心，它要使对手堕入五里云雾之中，疑神疑鬼，不知当何去何从？

小胡是深知李来群脾性的。此人谨小慎微，临阵多疑，非经深思熟虑，不去触摸棋子，一碰到素昧平生的"怪招"，他就疑神疑鬼，唯恐中了埋伏，左看右看，不知不觉地耗费时限，到了紧要关头，便再无暇推敲了。两个月之前的"上海杯"中，胡荣华就曾跟他交锋，抖出王牌，动用疑兵，使他脑筋用足、苦头吃足。那天，李来群先手飞象之后，胡荣华报以金钩炮"炮八平三"。但是，待李来群车一进一，继而再平六之后，胡荣华刚才从左首平到三路的炮，又突乎其然地回到左首，"炮三平六！"只走了三步棋，却动了两步炮，实为罕见。在场观战的棋坛大师名宿，尽皆诧异，大家一起回顾金钩炮一百多年来的阵式，也不曾想起有此一招。这叫本来就多疑的李来群，急得不知如何是好，个中答案，何处寻觅，何以答对？李来群为了解决这一个巨大的问号，苦苦思考了三十多分钟，才算应付过去。随后，胡荣华又走了一步步似乎违背棋理的着法，单提马一边的象以及一兵一马两支炮，在边陲之地，形成个令人不解的一字长蛇阵……又甩给李来群一长串大大小小的问号！等到局面进入复杂多变、白刃相交的中局，真正需要细细推敲之际，李来群叫苦不迭：他还有十四步棋要走，计时钟上却仅仅只剩下两分钟时间。匆忙之中，败着送出，甚至将"炮"白白送入胡荣华囊中。他这一局棋，着实输得"冤枉"，输得莫名其妙。

眼下，胡荣华"御驾"启程，"帅"行鬼道，又想故伎重演，甩出一个怪招，一个问号，从中捞到好处了。谁知，这一回，小胡摆的迷魂阵不灵了！李来群从容以对，竟然不假思考，很干脆地动手兑车。胡荣华觉得蹊跷，他何曾想到，是李的教练、象棋大师刘殿中在背后捣鬼，早早逼着小李喝了解药！自从李来群在"上海杯"大师赛挨了胡荣华古怪的"金钩炮"，刘殿中又是心思沉沉的了，虽说他得担心自己跌出六名之外，但小李的"慢动作"更叫他焦急。他终于想出一个绝妙"良药"：按正式比赛规定，每个棋手要在一个半小时内，走完四十步棋。刘殿中故意来了个"缩短时间"的"土政策"，规定李来群在平时的训练赛中，不得超过一个小时，迫使他加快落子速度。两个月下来，果然大见起色。胡荣华一时愕然，看了看这个"士别三日，刮目相看"的对手，不由得赞许地点了点头。

四条虎视眈眈的大车，乒乒乓乓地一阵兑，尽皆从棋盘上离去，成了一局"无车棋"。此时，李来群见对方三路马，声声嘶啼，行将出击，严重威胁自家中路。为了抢时间，不得不忍痛弃兵，加快边马出击，这匹骏马连动四步，风尘仆仆地从右路迁回到九路，并将对方小卒掠为草料。胡荣华却也老到，以炮兑马，扫去中兵……

　　鏖战至此，胡荣华用去三十分钟，李来群则用去四十五分钟，不能说是"慢动作"。但里外三层的观战者在悄悄议论，有先行之利的李来群，已经耗尽了先手优势。胡荣华以双马单炮士象全对李的双炮单马士象全，兵种上要灵活得多；更有利的是小胡五路和七路两个"通头卒"，随时可以渡河。一旁观战的上海队后起之秀、象棋大师林宏敏，为小胡高兴，他带着笑容，用上海话跟人"咬耳朵"："伊后手走到格楞样子，可以讲交关理想。"

　　胡荣华是何等之人？自然更是心如明镜，纤毫毕现。他呷了一口茶，判断了形势：这个局面发展下去，自己胜与和的可能各占五成；输的可能嘛，已不复存在。他脸上又露出了那种生动的、淡淡的笑意。不过，小胡知道李来群如封似闭的缠劲儿，得耐着性子来：先把自己棋子的位置调整好，再去动手"折磨"他……

　　胡荣华见茶味已淡，不足以"支撑"一场持久战，准备去重泡一杯浓茶。裁判点头答允了。

　　淡的泼了，浓的来了。过了几分钟，他手捧香茗回到赛场。一看对方退了一步边马，无关宏旨，人还未及坐下，就不假思索地随手走"象七退五"。棋刚脱手，只听得李来群"哦？"了一声。刚刚落座的胡荣华情知有异，细细一看不好了，把原先算定放在后面走的棋，稀里糊涂地"超前"了！他顺手落下的这只象，正好奉送给李的七路炮当"炮架子"：伸炮捉双，不是丢马，便是失炮！

　　哎呀！冲了一杯水，坏了一盘棋。胡荣华禁不住心底透凉，失声惊叹："'翻船'了！'翻船'了！"他苦苦挣扎了一番，见大势已去，只得"弃船上岸"，签字认输。场上惋惜之声，啧啧不绝。他在乐山跟杨官璘交战时发生的悲剧，此刻又原封不动地重演了！

　　李来群胜来意外，事后一再声明说，"侥幸、侥幸！"哦，不必客气，更不必过意不去。赛场上风云变幻，谁都会遇到"侥幸"或是"不幸"，就像谁都会尝到得意或是失意。胡荣华不是也给你制造过太多的不幸和失意？这一届比赛，你算是时来运转，逢凶化吉了。小胡的积分盯着你追，还是没赶上。当你最终拿到第一名，而让他屈居第二时，还是有点不安吧？你对小胡说什么来着？"我虽然没有拜你做老师，但我一直打你的谱，学你的棋。我觉得，你六十年代已经在走七十年代的棋……"你说的确是心里话，可你怎么不捅出关键的"潜台词"？——"我学你，就是为了打败你！"

小胡呀，你掂着一枚银牌，翻来覆去的，是沉思那番话？是跟人家的奖牌比分量？哦，你左边23岁的河北大师李来群，是金牌。你右边二十四岁的广东大师吕钦，是铜牌！他们是你的崇拜者，又是抗衡者，接过你的"武器"，来攻你的城堡！你别老轻敌，过后又找"后悔药"，明年把金牌夺过来！别想了，副总裁判长被围在那儿答记者问，你快去听听。刚才头一个"为什么"就问到你："夺魁呼声最高，为什么未能东山再起？"

昆明。大彻大悟之后的"深山剑客"

恐怕是"曾经沧海难为水"的缘故，他不大喜欢银牌。可在家里，在8岁的女儿胡艳鹭手下，他却不得不甘拜下风。小艳鹭刚学会走子、吃子，还不大会构成杀局。但她一到关键时刻，便撒赖地从棋盘上拎走爸爸的"老帅"，便算又一次彻底打败了特级大师，"冠军"在握了。有时，爸爸进行大象棋公开比赛，她跟妈妈坐在观众席上助威。爸爸沉思有顷，突然弃子抢攻。小艳鹭着急了，亮着嗓门忙不迭地发表否定性的"评论"："这步棋弗灵！"观众们忍俊不禁，一片善意的笑声。有人逗问，下棋怕不怕爸爸？"我不怕！"掌上明珠嘛，说着玩儿。

有人却是认真的。棋坛上就在流传一句话：全国有两个棋手不怕胡荣华。哦，少年气盛的广东小将吕钦自己也声称：我就不怕任何人。朋友们"传报"给胡荣华，没能激怒他。真像是又成佛了，"大度能容天下难容之人"。他竟一笑了之。

"铁腕人物"胡荣华，1983年下半年成了"神秘人物"。自六月间全国团体赛归来，他便深居简出，一个又一个夺杯赛前来请他出阵，都被婉言谢绝：暂时无意投入纷争。他的英雄豪气，似乎荡然无存了。怪哉！记得他失意之时，曾对来访的新加坡女棋手张心欢说过："输棋不能输气。我丢掉拿了二十年的冠军，但决不承认输了气。"东山再起之意，溢于言表。1982年他夺标未成，但全年身手不凡；这次团体赛又以不败纪录，列第一台之最。怎么反倒会来个刀枪入库、闭门不出？

对了，莫非是让房子、孩子诸多烦人的家务缠住？不，他早已幸运地乔迁新居，不再有寄住在体育馆健身房中的苦恼：隔着一层纤维板"墙壁"，不时听任举重杠铃落地的音响冲击耳膜。至于家务，小胡向来就仰仗"贤内助"，他自己只"分工"两大任务：不是享受天伦之乐，便是径自"运筹帷幄"……

想到棋队打探虚实？不过得派个行家去，否则会一无所获，徒费工夫。胡荣华在呢，而他的队友们都应邀出征了。在这空荡荡的棋室里，他双目微闭地坐着。你看他似睡非睡，似醒非醒，还真像是在修身养性。你轻轻招呼他，他只"嗯、嗯"地哼了两声，便又依然故我。你再喊，大声些喊他，他才抬起眼皮，痴痴愣愣地看你，似乎认不出来者是谁？简直像日本影片《追捕》中那个身陷囹圄、"疯疯癫癫"的杜丘。好在来者是弈林行家，本来就知道小胡这"睡"中之妙，再一翻桌上那叠散乱开来的"资料"，全是有关"竞争者"的"情报"，更是心有灵犀一点通，知道小胡是在打谱，是在想棋，他的整个身心已经沉浸在千变万化的棋局中，神游于象棋王国的土地上。悠悠往事，喧嚣尘世，一切的一切都消失殆尽，不复存在了！

不放棋盘，不动棋子，打瞌睡似的，算是在训练？在探索弈林玄机？实在叫人难以想象！不过，要想证实这"不可捉摸"，却也不算难事。只消去领略一回胡荣华那技惊四座的"蒙目棋"表演。你就会疑窦大开，代之以愕然与惊叹！记得他最初尝试跟人家下蒙目棋，只能下一盘。而现在，他面对上千观众、背对一排棋局，竟然同时应战十二个，甚至十四个对手。几个小时下来，那些看着棋子的人，有的沉思，有的苦笑，大有力不胜任之势。而小胡却悠然自得，游刃有余。一俟裁判把对手走的步法报出来，他就茶杯一放，对着"麦克风"立即对应。显然，十多盘棋上的四五百只子，纵横进退，万千变化，全都栩栩如生地展现在他的脑海里……

虽说是眼见为实，不少人见了，还是不敢相信这是真的。难怪每次表演后，总有好多棋迷围住他，惊诧地问："你有特异功能吧？"在中国象棋队访问菲律宾达沃市时，小胡曾应当地象棋协会之邀，作了两场蒙目表演。每次还仅仅是以一对四。达沃市民为之轰动。一些香港、马来西亚及新加坡的棋迷们也赶来观战，一睹为快。他们意想不到，不看棋盘，竟然速战速决，取得七胜一和的战绩。当地的报纸、电台连连惊呼："奇迹，奇迹，了不起的奇迹！"忍不住夸赞说，"胡的脑子是电脑"，"他的脑袋超过了电子计算机！"

如果你还有兴趣考核他"不可捉摸"的绝技，不妨再赶到那烽火遍布的比赛大厅里，观察一下他是怎样浏览别人对局的。那种快速记忆法，真像一架开动了的电子计算机。连国手们也自叹弗如、望"胡"兴叹。人家看棋子，两只眼睛盯着棋盘，他却是两只眼睛盯着对局记录：一边看，一边想。一个圈子"扫瞄"下来，大厅里一台一台的战况他便了如指掌。而这"扫瞄"的信息，全被他源源不断地送进"电脑"里储存了。深知小胡的象棋大师徐天利，曾向人透露过一个不知通过什么途径查实的数字："小胡的'电脑'里，至少藏了一千几百局棋。需要什么资料，荧光屏上立刻就能映现出来。"多么奇妙的一部无字天书，一个无形的"档案库"！看似虚幻得"不可捉摸"，却又真实得伸手可触！

哦，真相大白了。道是闭门不出，不入纷争的特级大师，却原来是悄悄地、早早地进入养精蓄锐的战备状态。他去年失策了：平素里参战太多，待到大赛临头，已是兴致渐入"倦"境；而且弄得无暇顾及扩充自己的情报库和弹药库。今年，他得吸取教训，及早地扩军备战！他需要精力，更需要警惕：在胜利前夕飘飘然，继而昏昏然地随手动子。事不过三，他已经后悔了两次，这回昆明的全国比赛中，他不希望再后悔一次了。

昆明。1983年度的全国比赛，还有一天才举行。不知是出于谁人之匠心，此番血战的赛场，竟然列在恬静的五华山西麓的翠湖畔。它的四周，是饮誉世界的"天下第一奇观"石林仙境，以及"茫茫五百里，不辨云与水"的五百里滇池。湖光山色，妙不可言。然而，下榻在半山腰上的棋手们却一个个闭门不出，蘸着翠湖的水抓紧着霍霍磨刀呢。记者们却来往穿梭，赶忙缠着大师们及恪守中立的裁判长、棋界老前辈，帮他们进行预测和展望。就像是筹划赤壁大战的周瑜、孔明，各自在手心中写上个"火"字。一位老前辈正在这边给记者在纸上写下有能耐拦住胡荣华东山再起、李来群蝉联冠军的几个小老虎：广东吕钦、黑龙江赵国荣……；新闻人物胡荣华在那边对记者"发表谈话"："劲敌不止一个李来群，还有吕钦！"两拨儿英雄所见略同，头一个都报出了广东吕钦！胡荣华早就盯住这个拿铜牌的敌手：典型的"广东型"的脸上，顽强地闪现出精明、敏捷、泼辣。难怪他敢说不怕胡荣华：1980年在乐山他胜了小胡；1982年相遇，经过长时间的激战，握手言和。算起来，特级大师还欠他一笔账哪，这回第八轮上相遇，鹿死谁手，尚难逆料！

首场，"深居简出、闭门练剑"的胡荣华，扬剑出鞘了。在使一千多棋迷被深深吸引的露天体育场大棋盘下，跟1980、1981年两届全国冠军柳大华较量剑法。他有先行之利，却引而不发，诱使对方攻打。四个多小时下来，等到柳大华乱了步法，他才后发制人，将对方挑落马下。第三场小胡遇上去年霸主李来群。李颇出意外地布下"仙人指路"，胡还以他苦心经营、推陈翻新的过宫炮。开战两个小时，双方都是一兵一卒未失，没有一个子儿逾越国界。李见相持不下，曾试探性地伸车骑河，进行小小的挑逗和攻击。但素来棋风富于挑衅性，咄咄逼人的胡荣华，却声色不动。见对方阵内刀光剑影，旌旗滚翻，他无意轻进。又过了十七分钟，他才头一次送了个边兵渡河。李来群见对方江海凝光的阵势，也不敢用强。总共走了三十二回合，小胡的棋子，只在对方境内走过四步，双方便鸣金收兵。

几轮下来，着实叫人不解。对前科状元是后发制人，以柔克刚。对去岁状元，则按兵不动，用的是以柔对柔的太极之道。第三、第四轮被逼和了，他不冒火；对王嘉良一局，他后走反先，又被对方眼睁睁逃脱了，还是不急躁。修炼下山的胡荣华，怎么灭了火性，不像以前那么锋芒毕露了？众人哪里知道特级大师的心计：你们把我看成"众矢之的"，我赤膊上阵，便遭暗算。这回，我就少点儿险，多点儿细，来个"顺乎自然"，该搏则搏，该稳则稳。只要我得分率能达到百分之七十，王冠不由得你们不还我！

第十一轮。胡荣华跟不怕他的那个吕钦厮杀得难解难分，经过两个半小时的刀来枪往，双方形成车炮四兵对车马三兵的局面。小胡虽然多个中兵，但缺少一象，成了对峙局面了。人们仿佛有第六感觉在预报，这就是本届冠亚军决战决胜的一局棋。大厅里，此刻又是挤得个里外三层，水泄不通！

人们对盘面上的局势，谁优谁劣，悄声争论着。有人认为可以下和，有人认为小胡被动。胡荣华心里是有底的："这副棋和棋的成分的确很浓。我输是输不了的，只要他肯跟我搅，我还有机会赢。"吕钦脑子里现在在想什么呢？守和还是取胜？小胡略一仰脸，不露声色地用目光向对方扫了扫。吕钦的眼底和心上分明还燃烧着企求胜利的希望和火光。"他见我少个象，中卒又被牵死，还想赢！不能让他断了这个指望。"小胡小心翼翼，跟雄心犹存的对手巧妙地周旋起来。他将局面处理成一种似和非和，让对方想赢又一时赢不到的胶着状况。他等待着机遇，等待着对方急于跳一跳去摘果子，双脚离地的那一瞬间的到来。

　　这时，他的上海队友林宏敏战胜了北京"怪棋手"臧如意，赶来一旁观战，并给他递了个热情的、鼓励的目光。小胡精神为之一振。第五十九回合，机遇来了，急于求成的吕钦，在士象分家，老帅无人保驾的情况下，竟拍马出动。小胡大喜过望，出妙手了！他凝神静心，又细细算计了一番，只消伸车两番叫将，两番捉马……闪展腾挪，步步带响，八个回合之后，就能过卒掠相。果然，八步之后，形势急转直下，吕钦损兵折将，一刻钟之内士象防线全被摧毁……锋芒太露的吕钦失败了，轮到他后悔了。胡荣华如释重负地站起身来，好容易才擒住了这只"不怕任何人"的拦路虎。不过，这力气花得值得，他对这局富有想象力的棋偏爱得近乎陶醉：开、中、残上双方俱见真功夫，施尽了全身解数。兴许，只有1960年全国比赛上他跟杨官璘下的那局棋，才堪与之相比。

　　特级大师似乎成了景阳冈上的武都头了。刚制服了一头猛虎，又有一头老虎——黑龙江的赵国荣向他扑来。然而，这一回他却不全靠棍棒，打出个新花样。当赵国荣的一支炮虎视眈眈，发出长啸，左扑右奔，要冲将下来叫将，吃掉胡的士象。胡荣华灵机一动，机警地祭起一条绞索——赛前刚刚颁布的《中国象棋新规则》中的一个"不变作败"的条例，活活地套住了这门恶炮。胡荣华得手了。

　　第十一轮上，他又运用了另一条新规则——"同样局面重复三次，不变作和"。仅仅花了九分钟，他就跟河北小将黄勇握手言和。他无需搏斗了，只要下和了，他就东山再起了！

　　虽然比赛还没结束，还剩下明天一轮。但是赛场门口，人们已经纷纷簇拥上来，向胡荣华热情祝贺！他经过三年沉浮，终于重又登上了冠军宝座。第十一枚金牌在笑着向他招手了。胡荣华也带着那生动的笑，欣慰的笑，挥动着手，是在向金牌致意？还是在向人们答谢呢？

　　不是说，成功与失败如影随形吗？成功终于闪开失败，再度向他走来，他又成了一个幸运的成功者。他将永远难忘一生中最有意义的两次夺标：1960年夺得的第一次，和现在夺得的这一次。15岁，他是全国最年轻的象棋冠军，前六名中也数他最小。39岁，他是全国最年长的象棋冠军，前六名中竟数他最老。

他终于夺回了王座，不再悔恨了。这也许是深山修炼的结果吧。他也终于豁然领悟，冠军是没有终身制的。不惑之年在向他步步走近，最佳"运动年龄"正无情地悄然消逝……他以发自肺腑的感叹，对包围他的记者说："过去是我的一统天下，现在是春秋战国，诸侯争霸。我拿到冠军是正常的，丢掉冠军也是正常的。有人超过我了，打败我了，正说明棋坛有希望。"

特级大师弹拨的弦外之音，听明白了吗？这是在说：他无意退出血火纷争，他还要冲锋陷阵。但被后来人"正常地"抢去王冠——而不是失手丢落时，他将感到欣慰，他不会悔恨！

1984年3月于上海

少男少女的隐秘世界

　　——记"早恋"和"青春期骚乱"中的中学生们

一

　　二十世纪八十年代的中学生早熟了。

　　随着"青春期"的孤独与骚动结伴而来，他们寻求温暖和理解，情窦初开的少男少女们，处境和心境各不相同。有人曾对"早恋"作过评价，说它是"美好的感情，荒唐的行为"，不知这话能否为少年朋友所接受。

二

　　苏联教育家苏霍姆林斯基的观点很精辟："我们的任务就在于，要在性本能刚刚觉醒之节，就使他们的理智做好充分的准备。"

　　他是一位严肃的学者，又是一个了不起的父亲。他蘸着慈爱和责任，就"爱情是什么"这个题目，写下了给十四岁女儿的六封信。这里不妨摘录几句：

　　"我亲爱的女儿，这就是爱情。千万种生灵生活着、繁衍着、延续着自己的种族。可是，只有人才能够爱。如果一个人不会爱，他就不能达到人类之美的这个顶峰，那就是说，他只不过是一个生物，虽是一个人，却不会爱。"

"亲爱的女儿：现在我和你谈话就像两个大人说话一样了，这有多好啊！你已在深入思考人类智慧的最难理解的一页，这又是多么叫我这个做父亲的人高兴呀。假如所有的年轻人——男人和女人——都毫不例外地彻底理解这一页，我们的社会就会和谐得多，幸福就会成为每个人相依为命的东西和终生财富。"

一代一代的年轻人在多大程度上具备这一伟大的智慧——学会爱，不仅个人的幸福取决于这一点，我们整个社会的美、道德纯洁和安定也取决于它……

读着苏霍姆林斯基的这些信，作为一个父亲，我脸红、羞愧，感到无地自容。

——写在正文之前的感慨

引言

心理学家们率先发现，在这个气温升高的地球上，青年出现了世界性的"早熟前倾化"——"青春期"提早了：

据统计，欧洲各国女孩的初潮从十九世纪到二十世纪提前了三四岁。美国在五十年中提前了三岁，现在是十二至十三岁。苏联也是十二至十三岁。男孩子则提前二岁。

上海市曾对市区初中女学生初潮作过统计，1964年到1985年，在这二十年间，女学生初潮提前了13.35个月，男孩子的生长发育也提前了12.5个月。

明察秋毫的心理学家还"明察"到：步入青春期的青年人，由于经受到"自身内在的性本能发动"，失却了儿童期的那种"平静的内心平衡"，经过一番内在的混乱，发现了自己的内在世界。"这个新被发现的世界，是一个对自己充满着谜和无法解答的问题的世界。"春情萌动的十四五岁，被称之为"危险的年龄"。而在"青春期"的前面，则冠以一个很有力度的修饰词——"疾风和暴雨的"青春期。

多么严峻的比拟，犹如高压线区醒目矗立着触目惊心的红色标记！

骚乱的青春

我贸贸然、惶惶然地开始了难乎其难的采访。中学生的"早恋"问题本来就相当敏感，他们的"感情世界"又相当隐秘，我不敢正面"攻打"，第一次靠的是上海《青年报》的朋友帮忙，请来十个跟他们有友谊的同学，开了一个专题恳谈会。

十个人，清一色地来自五所重点中学：有"全国重点"、有"市重点"、也有"区重点"。我这个二十来年前的中学生，如今早做了中学生家长的人，像千千万万"糊涂爹娘"一样，对二十世纪八十年代中学生的了解，实在太过浅薄。天知道，我的开场白就"触犯众怒"：把"中学生"跟"孩子们"划了等号。一位精灵、瘦长的女同学，旋即更正说：不，我们已经不是孩子了！我们有属于自己的感情世界。这位给我一个下马威的女孩子，叫小丽。

小丽说话很快，中间几乎没有休止符号。"冲击波"过去之后，她转而简要地披露了属于他们自己的那个感情世界：

"我们一个年级二百个人。毛估估，大概有一半以上的人，不是进入双双对对的朋友关系，就是相互间认了阿哥、阿妹、阿姐、阿弟。剩下的'单干户'，反倒有一种压力，'不受赏识'！

"我们的活动日程，天天差不多。上午上课，吃中饭后马上做作业。平心而论，听课做作业，还蛮认真，不然进程跟不上。下午三点零五分下课，算是松了一口气。男同学爱活动，有的上球场打球了。女同学喜欢逛附近的一条小街。这条街只有一百米长，却永远逛不厌：卖小吃的摊头特别多，可以让你舒舒服服地走一路，吃一路。有人逛得更加快活——有个'骑士'陪着。

"最有味道的，是一对一对的，或者是几对几对的，到咖啡馆去轻松轻松。一人一杯咖啡，一袋多味瓜子，男同学还吃啤酒。吵吵闹闹，说说笑笑，说不完的话题，就像那嗑不完的瓜子。譬如说，嘲讽那个教导主任看到我们'欢聚'，就眼乌子'弹出'，废话比老太婆还多。有人还惟妙惟肖地学他在会上宣布纪律的腔调：我们学校，嗯，不许'那个'……或者议论论，今天测验，老师出的题目真恶毒，良心大大的坏。有时对感兴趣的小说评头论足。探讨得最多的是琼瑶和三毛的小说。虽说琼瑶的故事一个个都'可怜兮兮'的，换汤不换药，但它有大量的'激情'，大量的'冲突'，大量的'痛苦'，大量的'眼泪'，我们还是要看。三毛比琼瑶实在，男同学酸溜溜地说：'三毛是伟大的女性，你们可以从她身上学到许多东西。'

"某师大地方真大，湖旁边景色又好，也是一对一对的，在那里散散步、散散心，充满了诗情画意。第二节自修课老师不点名，可以到图书馆，也可以悄悄溜出学校。一对一对的，约好到阅览室看书。虽然不大好说话，但两个人坐在一起就够了，很开心。夜自修结束，该回寝室了，还是有人'意'犹未尽，再到学校的葡萄架下坐一坐，或是跑出去到苏州河边转一转……"

"怎么？老师不干预你们吗？"我大为惊愕。某师大附中是重点里的重点，高考升学率达百分之九十九。想不到这些少男少女们竟有这么一张又紧张又逍遥，又枯燥又活跃的日程表。

"只要老师知道了，就不能不介入。但好多老师很'开明'，只要不招摇，学习成绩不往下掉，就眼开眼闭，不大管你。"跟小丽同校的一个"洋囡囡脸"小蓉，连同一个高个儿男同学小吉，似乎忍受不住小丽这位"宣传部长"独霸讲坛，开始补充发言，有时则干脆取而代之。

于是，三个人交叉着，又分又合地说了一串有关"感情纠葛"的不同类型的故事……

不必琐细地说这些故事的具体内容了，简单地概括，这种根须盘络的缠绵纠葛，大体有以下几种类型：

义务型

你看奇怪吗？有些人建立感情不是从校园里开始，而是在春游，或在外面搞其他活动的时候。好像表明心迹，一定得有个特定的"小气候"。开始的时候互相有着磁力，感情与日俱增，可后来裂痕却自行出现了。随着时间的推移，男同学发现对方跟自己没有共同追求，脆弱、浅薄，而女同学不让别的女同学找他，甚至不让他跟女同学说话，弄得很尴尬。

吵架。道歉。她怕失去他。他想离开她，又不忍心。

关系就这样维持着，履行着一种义务。也许他会被对方拖垮。可他有什么办法？人家是在他"最孤独痛苦"的时候找他的。既然走了第一步，就要走下去……

三角型

对于这，似乎不必做过多的解释了，"三角形"是个贴切的比喻。只不过，这三角形绝对不会是等边三角形，两条边贴得越近，呈锐角状态，与另一条边所夹的钝角自然疏远。当然，当呈锐角的两条边合在一起的时候，会消失，但在有些时候，三条线的互相交错，三角形便如神经互相牵扯，永远是一种痛苦的纠缠。有时三角形就是三角形，不会成为圆规，一个总围绕着另一个转。

行乐型

"初恋最珍贵。"一对一对的爱得很真挚，很严肃。可也有一种典型人物，交朋友像是"走马灯"，闹着玩儿。被高年级的女孩子称为"色眯眯"的那种，初一的女同学刚进校，就会去找最漂亮的，一个一个搭讪。上课不想听，就炮制情书。熟能生巧，情书写得很动人。

有一次到绍兴去玩，一位"色眯眯"在"咸亨"酒店不慌不忙地喝酒、抽烟，还有功夫搭上一个挺老实的女同学。后来，这个女同学要考验他，来信问："那天，我梳什么发式，穿什么衣裳？坐在你哪一边？"他早忘记了，连忙去请教了当时在场的其他女同学，再写回信。

这样的"色眯眯"追女同学胆子瞎大。刚认识就要求建立"狭义的"朋友关系。把一些女同学搞得一会儿"眼泪汪汪"，一会儿"情绪高涨"，还不知道人家是"闹着玩儿"的！

促进型

有这样一对，特别有意思。一位男同学是全班的骄傲，成绩最好。但他竟跟班上成绩不好的一个女生好上了。这个女同学长得很漂亮，是年级里有名的"一枝花"。

两个人相当热乎，出双入对，看到同学就笑笑，点点头，一点不忌讳。

眼看着"尖子"成绩往下掉，老师急坏了：但劝告基本无效。他们还是那么好。考试之前，这个男生一直帮女朋友复习功课，那真叫全力以赴，就像《情爱论》里说过的："爱情足以使任何沉重的劳动变得不仅轻松，而且愉快。"

奇迹出现了。从上学期到现在，这个女同学的成绩节节高，已经昂首阔步跨进全班前十名，还成了"三好"。这位男主角的功课也恢复到原来的最佳状态。大家都是又吃惊又羡慕，说这个男同学是"催化剂"，爱情的力量不可思议。

（气氛十分活跃，谈笑风生，无拘无束，"发言权"还得你争我夺）

出于职业的习惯，我看着上海某师大附中的三个代表人物，心里琢磨着，产生一种不满足的焦灼：有关他们自己的故事怎么讳莫如深，一点也不说？

小丽的表现不错，后来她给我来了信，而且写得细腻、真实、坦率，告诉了我她的隐秘。

没过多少日子，我请小丽"大驾光临"，到编辑部来聊聊。她已经跟我"知无不言，言无不尽"，把她的好朋友小蓉——那个"洋囡囡脸"的事儿也对我说了。

小蓉跟她"朋友"一个班级。一天，他们班上有个男生来"做媒"，当"红娘"的心里有底，知道小蓉已经把前面一个男朋友"蹬掉"了，那个男的还伤心着呢。

他们俩真"在一起"了。好得卿卿我我，亲亲热热，却又喜欢瞎闹。这个人"调皮"得像个小孩子，小蓉却疼他让他保护他。小蓉喜欢"白相相"，并不要求对方有多大才能，只要人潇洒，陪她玩，就满足了。两个人都喜欢琼瑶，看了《船》，男孩子扮出个愁眉苦脸，"叹息"道，自己像那个嘉文，"可怜兮兮"的，不晓得哪天要被你这个"可欣"一脚踢开？

真的，那个《船》里有一段对话。也许有那么一天，"洋囡囡"会引用它："嘉文是个孩子，他需要的不是爱人，他需要的是母亲。但是一个女人不能永远做别人的母亲，她要保护，要安全感，要接受宠爱。这些，都是女性的本能，对吗？"

开朗的小丽，忽然消沉下来，联系到自己的感情问题，喟然感叹："我太浪漫了，他太实际了；我喜欢戏剧性，他直笔笔的，难得有几天不闹别扭。我有时想后退，退到'一般性'的友谊。我跟其他同学不触及感情，交流交流，谈得很自由。我跟小蓉悄悄议论过，她跟我'同病相怜'，'我们也是，两个人碰在一起老吵，实在太伤精神了。''伤精神'这个苦滋味，我真受够了！！"

我惊讶万分。"受够了"这三个字后头竟有着双倍的感叹号！这情绪跟她那封信的调子相去太远了。不过，我想起那信上最后一句话——"如果我们不增添些新的内容，如果我们本身不成长，我们会厌倦的。"这是不妙的预兆……

　　写到这里，我着实无法分辨小丽和小蓉的爱情应该纳入哪一类：思辨型？浪漫型？我只觉得这些中学生需要爱、渴望爱。他们——异性之间的爱来得很快，迅即山盟海誓，但大多数经受不住时间考验，容易冷却，容易转移，分手的速度都相当快——从头到尾也不过一年半载。

　　中学生的爱啊，一个多么扑朔迷离，变幻莫测的少男少女的感情世界！

　　座谈会热闹着呢。

　　小丽还在继续发挥——"只要功课还可以，我就基本不管你"，她对几位"开明"老师赞赏不已：

　　"语文老师是个老头子，他劝归劝，并不把观点强加给我们：有道是'昔人已乘黄鹤去，此处空留黄鹤楼。'

　　"我们的班主任更有意思。她也是个小姑娘，二十四岁，大学刚毕业。她自己也在谈朋友，男朋友是谁，她保密。这个老师有人情味，说：你们现在这么急干什么，还早呢！我晓得你们的感情都是真的，我讲你们也没用。

　　"她不搞'一本正经'的那一套，她给我们现身说法：'你们这么小就流出这么多感情，将来就流不出来了，用光了。我自己以前藏得牢，现在感情大爆发。我劝你们到大学里再谈也不晚。到时候，我来帮你们当参谋。'我们一听都笑了，她的话谁也忘不掉，让我们回味和思考……"

　　这位年轻的班主任，一席话说得相当有味道。这一下把话题全引到老师身上了——

　　我们学校有位老师，认为这种事没什么大不了，就像那皮球不碰也罢，一碰它倒来劲了。

　　我们班主任年近五十，他不愿意"眼开眼闭"，但是他管得很有艺术。他自己没孩子，待我们就像亲骨肉。他处理这类事情绝对保密，从不在班级里声张，大家非常信任他。我们班里一些男同学想不开了，晚上就住到他家里去。

说来也真奇怪，班主任人那么好，却又那么厉害。他"棒打鸳鸯"，曾经亲手拆散了好几对。我们女生称他为"第三家长"。男同学给他更高规格，干脆叫他"第一家长"。

我们每个人怎么看待"早恋"？老师大概很想知道。问不到，来了一个绝招：语文考试的作文，让大家写一篇关于"早恋"问题的读后感。不写也得写，你总不能交白卷。出这个尖端题目，也是事出有因的：有个女同学写了一封信，讲她没有要好的女同学，只有一个男同学跟她很要好，人家就说她怎么怎么了。老师叫我们就此写一篇要打分的"读后感"。

有人创造奇迹了。一个女同学妙笔生花，居然破天荒地拿了个满分。这个女生的文章，观点跟别人不一样。她认为："早恋"这个问题，用不着大张旗鼓宣扬，用不着过多干涉。到底说它对不对，这种讨论是毫无意义的。

作文里有这样的话——

"不反对早恋，是因为大多数早恋毕竟是健康的。它只是那些处在青春期的少男少女们对异性由衷的好感和倾慕，何必要禁止呢？何况有些根本就不是早恋。我认为青少年的早恋同友谊之间的界线是很模糊的，如果一味去禁止，或是用'长舌'压制他们，其结果会适得其反。

"不赞成早恋，则是因为一些所谓爱情是'太空虚、太无聊'而产生的，试想这种因空虚而产生的爱情会真挚吗？我觉得应该禁止的正是这种早恋。然而在禁止的同时，也要明白这种空虚是如何产生的。只有真正解决了这种无聊、空虚，才能使中学生有正确的生活道路，而不能一味地批评，因为无聊的人常常是得不到理解的，得不到理解的人是会走死路的。

"不管是赞成抑或是反对早恋，我认为只有真正理解了我们这一代人，相信我们，才会对该不该早恋下一个公正的判断。我想说：不管是师长还是同龄人，请不要对早恋的人多加指责，他们需要的是真正的理解和默契，他们也是苦恼的……"

感谢他们的信任，他们敞开心灵，让我粗略而又强烈地感受到了他们心中新被发现的"那个世界"：

一个"充满着谜和无法解答的问题的世界"。

一个"呈现出丰富内容、美妙的、充满魅力的世界"。

一个"为了避免成年人前来扰乱，把一切都弄得很秘密的世界"。

《失踪的女中学生》和"不受欢迎的人"

我进入了角色。开始全方位地探索少男少女的心灵世界。

听说那位《失踪的女中学生》的编导史蜀君，搜集了好多好多素材，成了中学生感情问题方面的专家。那些少男少女们心里有什么想法和疙瘩，就写信向她咨询。我得去找她。

找她之前，我先在一次"中学生专场"中看了她的影片。

影剧院里很出气氛，不断响起笑声，议论声。孩子们注意那个出走的中学生王佳。而我印象特深的，是那个四出寻找女儿、度不了假的海员爸爸：精神焦灼，脚步沉重，汗水如注……

作为一个父亲，我十分理解他的痛苦，希望他快点找到女儿。但，在他"踏破铁鞋无觅处，得来全不费功夫"之后，我又特觉意外：可怜巴巴的中国影片，为什么总要装上一个光明而不谐调的尾巴？

不过，这倒怨不得史蜀君。她本来无意让王佳自觉回家，留下一个悬念让人们去思考，效果会更好。但最终还是让步了，因为领导说："中国人喜欢大团圆，还是让她回家吧。"

史蜀君高抬了一下"贵手"，王佳的悲剧得以幸免。但她自己的悲剧却在劫难逃，影片还是受到某些人公开的或是不公开的抵制：

在《中国电影时报》上，就刊登了上海市杨浦区电影院宣传组的一则"来信呼吁"，标题就叫《为什么不能看》："最近，全市各影院都上映了《失踪的女中学生》。根据影片的特点，我们把组织对象放在学校里，但得到的结果几乎是零。唯有一个中学订了七百张票，临时还改映了《男性公民》。造成了中学生题材的影片，中学生不可以看的难堪局面。"

而在《大众电影》编辑部举行的一次座谈会上，一位跟史蜀君不乏私交的女同行，也"反戈一击"，作了痛心疾首的发言。

在上海文艺会堂，史蜀君应约而来了。

"咱们怎么谈？谈观点还是抛材料？"刚一坐定，讲究高效率、快节奏的史蜀君就微笑着"先发制人"。

这位导演兼母亲，看上去比实际年龄要年轻。一件合身的黑底素花连衣裙，一双黑亮有神的眼睛，一股自然流露的青春气息。以致我很难相信她已经是一个高中三年级女学生的母亲。

话题明确得很，"就从你拍摄这部片子的前前后后说起吧。"

笑容消失了。从开始跑素材起，史蜀君就碰上了一连串的不愉快。对学校来说，这个来访者是个"不受欢迎的人"——来者不善，不就是想了解"阴暗面"吗！

她跑到延安饭店附近的一所中学，找教导主任了解情况。"你要了解升学率，我们马上可以告诉你。至于这方面的事情，对不起，在我们这一档学校找不到。你到对面那个学校去看看吧。"

尽管教导主任回绝得干干净净，"脸不变色心不跳"，谎言还是给戳穿了。事后，史蜀君才知道，半年前报纸上登过一则有关这所学校的报道：一个女中学生，抱着她自己的孩子，跳楼自杀了。这类材料太敏感了，史蜀君跑这跑那，硬钉子、软钉子碰了不知多少。总而言之——"无可奉告"。

她听说某中学有个初二的十四岁的女孩子，怀孕九个多月了。妈妈跟她睡在一张床上竟毫无知觉。一天，体操课"垫上运动"，她连个跟头也翻不过去。体育老师是女的,发觉"情况异常",就去问班主任。班主任也是女同胞,心急火燎地把女孩找去了。"我大肚皮了",女孩子说得很平静,无所顾忌……

史蜀君又在和另一位教导主任对话了。她想打听这个无知的女孩叫什么?事后转学到哪儿了?家长在哪儿工作?她很想和他们谈谈。

"你怎么打听这个?不行!我们要保护这个女孩子的名声。"

"请放心,我也是家长,也是母亲,我的心情跟你们一样,是要教育他们。"

"不,我们有责任不告诉你。"

教导主任死活不说,忙别的了。史蜀君自知无望,只好告退。

来采访的人可以被拒之门外。而门里头的少男少女身上,青春的骚乱却没法堵住。不管你老师或校长欢迎与否,它都不请自到,要流露,要倾吐。

毕竟是神通广大的导演,又有无孔不入的钻劲儿,史蜀君也是堵不住的。她跑中学,跑工读学校,跑少教所,跑青少年心理研究所,还是挖掘到了好多好多原始材料:关于他们心灵上的孤独和苦闷;关于他们势不可挡的早熟和早恋;关于他们难以遏止的正常的或不正常的感情宣泄……

中学生比为他们而苦恼的老师和家长更苦恼。随着青春期的来临,身体中出现了一种性心理的冲击力,处于"感情空白"、"感情饥饿"之中。中学生"控诉"说:"有人管吃,有人管穿,有人管功课,就是没人管我们的感情。"于是,他们只能自己解放自己:寻求"外界温暖",跟异性"对话"。

上海市闵行区的一个中学里,同学之间自发地开展了"找知心朋友"活动。说白了,该叫"找异性朋友"活动。他们中间有一个普遍规律:女同学最保密的事儿只告诉那个"他",却不肯告诉嘴上没堤坝的女同胞。相反,男同学觉得"忠诚"于他的那个"她"最最可靠,连父母兄弟也比不了。总之,异性朋友交谈,什么话都可以往外倒,而且双方都能领略到那种滋味——轻松愉快，激情澎湃！

有意思的是：现在的中学生不仅仅是"异性相吸"，对于"相吸"的那个异性，质量要求还相当之高。

史蜀君一个朋友的儿子，是复兴路上一所重点中学的男排队长。长得很高、很帅，球打得挺棒。不知怎么搞的，这个小男子汉魅力相当大，一下子有三个女同学围着他转，男孩子应付不了，眉头都皱了，说：你们都是"三好"，不要总是跟我一道。不然，人家要讲我把你们带坏了。

这个男孩子还没"开窍"。但这几个小姑娘都"开窍"了。帮他复习功课，还你争我夺的，像球场上争那个发球权。

这还不算，还悄悄地给这个"汪嘉伟"写信，缠缠绵绵的。家长都奇怪了："咦，同班同学还用写信，你们不是天天见面吗！"

这话问得好傻呀！

像这么流露感情，还是自然的、正常的。然而，有些青少年的宣泄是病态的、荒唐的。

黄浦区某"市重点"的一个学生偷东西给抓住了。一查赃物，莫名其妙！半箱子全是女孩子的衣衫和胸罩——这是青春期变态的嗜好。

很遗憾，他也是一个三好学生。不过，还有比他更荒唐的好学生。

一天，上海一所中学五位相貌端秀的女生，每个人都呆呆地捏着一封信，同一笔迹，同一内容，同一落款，每个人都给吓得魂飞胆丧。

信来得太突然了。信里限令她们于某月某日某时某分，到某公园的某角落，直言不讳地说，"要跟你发生性关系"，而且用极其下流的语言，把有关细节描绘得详尽无遗。信的落款像是个恐怖组织："上海市强奸大队"。

与之同时，外校也有五个漂亮的女孩子，收到这样的信。姑娘家长，以及老师全都惶惶不安，如坐针毡。比起措辞含混、时间概念模糊的"地震预报"来，这信更可怕。

案情重大。公安部门出动了。一支人马整整忙了两个星期。根据分析、推测，公安人员挑出那些表现不好的学生填过的表格，核对笔迹，结果一无所获。后来想想，这个作案人文笔通顺，错字绝少，也到好孩子里头查查吧。一查傻眼了，居然是一个非常循规蹈矩的男孩子干的！

没有一个人会想到他身上。他十五岁，读初二，成绩又好又听话，是邻里们有口皆碑的好孩子。他白天跟老师打交道，晚上还是躲不掉——妈妈也是个教师，对宝贝儿子倾心管教。他整个儿给"封闭"起来了。

他从卢湾区图书馆的借书卡上看到这些女孩子很好看，就偷偷把她们的名字、地址记下来。随后，一个人关在家里想呀想，写了那么多想入非非的信。这才获得了一种心理平衡和满足。

代价是沉重的：他犯了扰乱治安罪，被判处两年徒刑，监外执行。一位心理学工作者分析说：他进入动乱的青春期，精力过剩，却又碰上了"全封闭"，一种逆反心理促使他寻求性刺激。而他碰巧偷看到的，那个当工人的哥哥藏在柜顶上的"手抄本"，给了他胡编乱造的蓝本和启示。

在骚动的青春期出了乱子的，远远不止这两个孩子。也还有些男孩子和女孩子过早地、好奇地开始两性关系，甚至是相互玩弄。史蜀君曾在黄浦区工读学校碰到过一个女孩子，白白的，胖胖的，相当漂亮。她很不幸，十一二岁时，被体育老师强奸了；家长把她转到外婆家，又让一个请来辅导她功课的医生奸污了。从此，这个女孩子不可收拾，一共跟六十七个异性发生关系。先是别人害了她，后来是她去害别人——她进入了"黑社会"。

据《社会·家庭》杂志最近的一篇文章——《青少年性罪错》披露：

"在某市的一所工读学校，笔者看到这样一个数据，一百零七名学生中，百分之五十左右有两性方面的罪错。而1980年这个比例仅为百分之九点六。女青年中的情况更为惊人，该校二十九名女生中，竟有二十八名有性罪错。校长不无焦虑地告诉我，这几年青少年性罪错比例逐年上升，而初犯的年龄却有下降趋势，大多只有十三四岁（约占百分之七十）个别甚至是十二三岁。

"在性罪错低龄化的同时，促使性行为发生的动机也有了变化。调查表明，近几年来动机单纯、出于好奇心的所谓'游戏型'性罪错有明显增加。从1982年的百分之二十五左右，上升到了近百分之五十。它说明，有些青少年把性行为视作游戏，而这种'游戏'显然是十分危险的。"

怎么能视性关系如儿戏呢？这些早熟而又无知、可怕而又可怜的孩子！我和史蜀君苦笑以对，不约而同地发出长长的叹息。

说来真是咄咄怪事，我们常常引用马卡连柯那段至理名言，却又仅仅是画饼充饥、纸上谈兵！"现代社会造成了这样一大批孩子，他们在生理发育上也接近成人，但他们还不会用正确的道德观念约束自己。因此，道德教育（包括两性教育）应该走在生理成熟前面，至少应该保持同步。"

天可怜见！我们的青春期教育，休道是"走在前面"，连那个"至少应该"也远未做到。以致在全国数一数二的大城市里，想接受一点"性知识"教育，比抢购彩电、电冰箱难度更高，机会更少，供求关系大大失调。

谓予不信，请看触角敏锐、信息反馈神速的广州《现代人》报，1986年10月28日登载的那条"上海专电"——《上海"青年性知识性心理讲座"大受欢迎》——

"上海《生活周刊》和第二医科大学团委合办的'青年性知识性心理讲座'，在青年中受到极大的欢迎。数百人的讲座会场，被拥挤得水泄不通。不少远道而来的外地青年，尽管只能听到一两讲，但也愿意付上全部讲座的入场费。

"据讲座的主持人告诉记者，听讲者中大多数是正在谈恋爱的妙龄青年，也有一些新婚夫妇，但也有少数年岁较大的教师。一位五十五岁的毛巾厂技校教师说，纺织行业技校百分之九十是女生，她们在读初中的时候，没有上过生理卫生课，现在再不给她们补课怎么行呢？教育部门对此不闻不问，而当学校老师准备将此作为补充教材时，据说也因为不属于教学大纲范围，而不能纳入正规课程。更加发人深思的是，尽管担任讲课的老师是医学方面的教授、专家，但是把这看作是本分的并不多。一位专家在讲课前就再三申明自己是不愿讲的，实在推辞不了才来的。并一再强调自己是在讲科学。而几位参与组织性知识讲座的团委学生干部，也受到了舆论包围：你们怎么办这样的讲座？传出去以后恐怕朋友也找不到了！"

撰写此文的特约记者，忍不住对漠视青少年性教育一事，发出如是感慨：

"一些发达国家的经验告诉我们，性教育是否普及，是衡量一个社会是否文明和文明水平高低的标志，一个青年是否在成年前接受过良好的性教育，也是他能够达到较高文明水平和成为现代人的重要条件。中国是个封建意识较浓厚的国家，用性教育代替封建伦理道德的贞操教育之类，需要一批有志于此的人们的勇敢尝试和实践……"

是的，这个报道是青春期教育尖锐矛盾的又一写照：盛况之空前，举办之艰难，出人意料，让人忧心！

是为青少年遇到的"禁区"而忧心忡忡吧？一杯冰镇橘子水放在面前，史蜀君却无意触动。

我们的中学生——情窦初开的少男少女们，是很可悲哀的。因为不仅仅是学校对性知识绝少给以辅导，几乎家家户户的父母也无不严加封锁。学校和家庭在这一领域，自然而然地达到了精神合作。而父母的父母以前对性问题也是秘而不宣的：只可意会，不可言传！为什么家长们千方百计地向子女倾销数理化，却不能网开一面，给孩子来点"性教育"呢？

阿瑟·黑利的夫人希拉·黑利写的回忆录《我嫁给了畅销书作家》里，有一大段她和孩子们关于性问题的精彩对话。可以断言，她那回答问题时的直露和坦率，足以让我们这些做家长的窘迫惊讶得手足失措、目瞪口呆——

"……我们回答孩子们的问题一向开诚布公，毫不掩饰。在性知识方面尤其如此。如果孩子们能同父母谈论性方面的问题，那他们之间就会无话不谈了。

"太简单了？是的，但它很灵验。具体做法是，不管孩子多小，父母要毫不窘迫地回答孩子提出的第一个问题。否则，一旦孩子意识到有的话会使父母不自在，他或她就不会再提起它了。而实际上，性知识会从其他源头滚滚而来：游戏的伙伴、书本、杂志或电影。

"有一天珍妮（八岁）、史蒂文（六岁）、黛安（四岁）围坐在厨房里餐桌旁吃麦片粥。我在给他们炒鸡蛋，珍妮冷不防地问：'我知道婴儿是在妈妈肚子里长大的，可它是怎么进去的呢？'

"我心里想，如果我说以后再解释，那只会使这个问题蒙上神秘的色彩，赋予其原本不该有的重要意义。我急切地思索着……最后还是决定讲。

"'这样'，我说，'当爸爸和妈妈互相亲热的时候，他们喜欢靠得很近，接吻拥抱。于是他们做爱，爸爸把阴茎放到妈妈的阴道里。妈妈肚子里有许许多多微小的卵子，爸爸有一种特殊的液体叫精液，精液能使其中一个卵子长成婴儿。就这么些。''我明白了，'珍妮说。没有人再发问了。

"黛安生性直率，处事泰然，她十一岁时问我，'妈妈，你吃避孕药吗？'我听了大吃一惊，'不吃，'我答道，'我吃了十五个月，但我不喜欢，吃药会使我发胖。'

"'那么，你用什么呢？'她问。'子宫帽……来，到洗澡间来，我给你看。'我从人体生物学的角度作了不少补充，然后又说：'你向我提这些问题很好，还想知道些什么吗？'

"'想，'她实实在在地说。'你和爸爸有多少次……这样的？'

"我愕然了……'十八年来？小宝贝，谁去数呐……但次数不少。'当我把这段话讲给阿瑟听时，他笑着说，我猜她在想：三个孩子……三次嘛！"

不过，希拉·黑利笔下刻画的她的母亲，倒是颇有些中国母亲的神韵：

"黛安直截了当的态度使我联想起自己的孩提时代。我有幸常与姐姐多丽丝谈心。我十岁上她结了婚,多丽丝总是面不改色心不跳地回答我的每个问题。在学校里,我成了性知识的活词典。

"可是,我从来不跟我母亲谈论这些事。很小我就意识到,她谈论性问题会感到不自在,她们一代许多人都这样……

"妈,办公室里的女孩子在闲聊时说起,不知妇女更年期后是否还有性生活的乐趣,有吗?可怜的妈妈!她被这突如其来的问题弄得茫然失措,眼睛都不知道往哪儿看才好,脸一直红到耳根,妈妈最后迸发出了三个字:'当然有!'"

究竟是合乎情理的性知识教育,还是海淫海盗的教唆?听了希拉·黑利——一位加拿大妈妈跟子女的谈话,不知我们正襟危坐、"黑头发黑眼睛黄皮肤"的爸爸、妈妈们,爷爷、奶奶们,会作何评价?

不过,希拉·黑利对孩子进行的性教育,在今天的瑞典不一定通得过。据瑞典朋友说,他们那儿对爸爸、妈妈们要求很严格,有关部门要先给他们上课进行青春期教育,还要考试,不能让他们把片面的知识传授给孩子们——用心可谓良苦!

"你这个妈妈,不会僵化吧?家里的书柜,对孩子开放吗?"我问史蜀君这位"导演妈妈"——中国的导演妈妈。

这是一个有共同性的话题:我们各自都有几柜书,有着同样年龄的女儿——她们又同样兴奋地刚刚接到重点大学的"录取通知"。

"书,基本开放。偶尔也藏。"史蜀君动笔写《失踪的女中学生》这个剧本之前,找来了弗洛伊德的《爱情心理学》。这本书写得很"露",夫妻生活的事都写了。她还刚看,她女儿早就看了。还有一本日本人写的《青年心理学》,也涉及到性欲、性心理问题。史蜀君把书藏掉了。后来她发觉,女儿初三时就看过了,而且里头杠杠道道划了不少——因为传阅的人次多,书都看旧了。

女儿的口气不小，提醒说："妈妈，你们不要总把我们当小孩。我们谈恋爱，跟大人谈恋爱是一样的。"她女儿"骄傲"是有些资本的，看了很多书，很有文学气息，又写散文又写诗，《萌芽》上都发表过。连妈妈这个剧本里，有一段也出自这个女中学生的手笔——王佳的父亲在火车上，碰到几位刚刚经过沉闷的高考、出门呼吸新鲜空气的中学生，这些充满活力、魄力和魅力的男女青年弹着吉他、唱着：不要问我们去何方……城市的空间太小太小，连天空也只有一半……对于这个层次的中学生，女儿远比妈妈熟悉得多。

"这种事防不胜防，我白白藏了！"史蜀君朗声笑着，不知是感叹，还是赞叹，"作为一个爱看书的孩子，你无法对她看过的每一本书都进行检验。作为家长，要帮助他们消除好奇心和神秘感，达到性机能和性道德之间的平衡。要是你想阻挠，孩子们还是会偷偷地潜越你设置的障碍，从书本上探索情爱和性爱这两个领域。"

是呀，他们口袋里有的是零花钱，而书摊上有的是书，想买什么都有：《情爱论》、《性医学》、《性的知识》、《新婚须知》……怎么搞得了"禁区"呢？大概不至于会有哪位神经紧张的家长，想在周围架设铁丝网吧！

"中国母亲"感叹着，把我的目光引向北京、引向世界。

世界上，所有的发达国家都很注重青春期教育。我们尽管掉队了，却偏偏还是拖不动腿——在我们这块从封建社会脱胎而来、有着五千年与世隔绝大悲剧的国土上，观念是陈旧的、沉重的、可怕的。而我们的父辈，连同我们这一辈，遵循的恰恰就是这种以不变应万变的文化传统。

北京。一所全国知名的重点中学里。正在参观该校的日本教育代表团，向校长提了一个问题。翻译一转达，校长的脸色顿时发生剧变，起先是疑惑，以为自己听错了："他们问什么？"

"有没有开展青春期教育？"翻译重复了一遍。

"怎么会问出这么下流的问题来？"校长大为不快地说：不要理他！

这回答，可笑而又可悲。

但他是理直气壮的——陈腐而又强大。因为他的观念——停滞的思想、灰暗的目光并不仅仅属于自己，还代表着千千万万个校长和家长，千千万万个学校和家庭。生活日新月异，中国人终于脱去了，告别了习以为常、千篇一律的灰色的衣装。但却没能真正地告别灰色的眼光、灰色的课堂、灰色的教育思想。

然而，整个世界的步伐并不因为有人"不予理睬"而停顿下来。美国、法国、日本以及许多国家，一年又一年地推出了一部又一部反映青春期问题的"青春片"。苏联影片《中学生圆舞曲》、《童年一百天》，拍摄得很含蓄，又很有味道。

在银幕上，那些个声名显赫的"高鼻子"导演们，实在是煞费苦心：将少男少女朦胧的爱，体现得淋漓尽致，那么纯真，那么美好，那么迷人——

……一个漂亮的女孩子在讲述这些事，连同心头的柔情蜜意。伙伴们围着她，那种眼光和神色，像听宇航员飞越太空的故事那样着迷。问她"是什么感觉？"她讲得神乎其神，像在说天空，说月球。一个男孩子也很动感情，讲他跟女教师拥抱时所体味到的欢悦、幸福和奇妙。

而在美国，像他们的电影专家说的，"对于美国电影来讲，表现这种'小狗式的爱情'，是早已过去的课题，现在已经进入了更深层的揭示"。《金童玉女》那个片子，写了一个单身爸爸带着十来岁的男孩子，另一个单身妈妈带着个女孩子，到一个乡村别墅去玩儿。

"爸爸"和"妈妈"相互有了感情，看中了。这两个小孩子也相互看上了，沉醉在大自然当中，在河里划船，在树林里捉迷藏，光着身子在草地上打滚、拥抱……

一对大人看着一对孩子尽情尽兴地闹着玩儿，感叹地说：太好了，终于回到了夏娃、亚当时代。

幸好，这样的影片都没引进，不会惹得"不要理他"的人勃然变色了。没想到，在国内居然也有人要拍摄"青春片"——三十多年来，这还是一个死气沉沉的"雷区"。

一个史蜀君"豁出去"、搞剧本了。新闻记者跑素材的本领远比史蜀君厉害。唰唰地跑，唰唰地写，把她那个《失踪的女中学生》的设想和构思，在报纸上捅了出来，一个"冲击性"的消息！

上海一位重点中学的初中生，给"史蜀君阿姨"写信了："真希望有一部反映中学生的真实、可信的影片。二十世纪八十年代的中学生对于人生思考很多，这包括对事业与爱情的追求，人生意义和价值的探讨。可是周围的老师和家长对我们的理解太少了。"

"感情型"的史蜀君为之动容，在"导演笔记"里奋笔写道：停滞、凝固、死水一潭，超常稳定的局面，现在要撞一撞了。

回忆往事，她很激动，抓起一杯橘子水来，一下灌了半杯，似乎仍然不足以平息心头的热浪。她说："我准备碰得头破血流，但能作为一个石子儿投到社会上去，引起一点波澜，我也心甘情愿了。这个问题是回避不了的，吵上一通以后，总可以清楚一些。"

史蜀君真给"讨伐"得伤痕累累了。

一封隐姓埋名的来信写道："知道你准备拍摄《失踪的女中学生》，心中很气愤，希望你作为一个母亲——不要让我们的后代受毒害了！"

一封署名"有女儿的父母"的信中指控她，"实际上是有意无意地把少女引入歧途的教唆鬼。"

首都一家报刊，则发表了一篇檄文《这个禁区有必要去闯吗？》，文章喝问说："难道青春片这样的空白还需要填补吗？"

告状的，也破门而出了。有人写信给中国电影家协会主席夏衍，控告史蜀君在拍"黄色影片"。于是乎，北京来的两位代表风尘仆仆地找到她，"请你跟我们说实话，片子是不是健康的？"

影片终于拍完了。终于公映了。还是争论不休，有赞誉，也有抨击。史蜀君是自信的，她曾提笔在一封匿名信上写下一行百感交集的文字：

"我的悲哀的同胞！"

虽说经受了冲击，但毕竟是大可自慰的。美国电影代表团一行，在座谈这个影片得失时，各抒己见，兴致十足，既发表评论，又自相争论——

"我完全理解，对中国观众来说，目前能出现、触及这样的题材，是多么重要的事。"

"这是个人和她的欲念的发现。""这种迷恋在英文中本来就有种说法，叫'小狗的爱情'。小时候会突然对某个异性发生感情，把那个人设想得什么都好，完美无缺，这恐怕是每个人都经历过的事。"

"第一部分是个人，第二部分转移到家庭问题。而家庭问题是一个社会问题，这样影片就不是简单地谈个人问题，而是反映了整个社会所面临的状况。"

"与其说，这是一部关于一个女孩子的影片，不如说是对整个社会进入现代化所面临的一切问题的影片。它向社会提出的问题，是目前中国社会迫切需要重视的问题。"

"影片似乎提出一种暗示，生活改变了，人们富足了，感情上有了变化。但我觉得不一定是这样，而是中国的改革和各种变化发掘了（就像发掘秦始皇的墓一样）过去一直是掩藏起来的这样一种感情……"

这些碧眼金发的过来人对影片理解得好深！

橘子汁还没喝完，嵌有一枚樱桃的诱人的冰激凌又送来了。我们的话题也从美国教授的一席谈生发开来。

我问这位女导演："早恋并不是二十世纪八十年代新产品，为什么现在突然严重起来，严重成一个社会问题？"

"朦胧的爱，或者说'小狗的爱'，我们这代人里头也有过。我们那儿的编剧秦培春的爱人说：我小时候，希望自己是个仙女，最好能碰到'白马王子'。《沙鸥》的女导演张暖昕更逗。说小时候在夏令营里，她特别喜欢一个男孩子。就去问他有一个字怎么写？这个男孩子在张暖昕手心里写了这个字。她激动得一整天也没肯洗手，心里对小男孩崇拜极了。

"十四五岁开始的那种'小狗的爱'，虽然一晃而过，但它是真挚的、美好的、合理的。不能算是什么缺点或是错误。这次日本一位心理学家就对我说：不要使他们产生压抑感，'我是否跟别人不一样？我们要告诉她，这感情是很正常的，每个人都会遇到，问题是怎么对待。'不过，说实在的，他们是'今朝有酒今朝醉？'对未来毫无精神准备。

"我敢断定，十四五岁的'爱情'，百分之九十九，甚至百分之百是要破灭的。因为对对方的判断，对自己的判断，绝对是错误的。起先把对方描绘得神乎其神。慢慢就失望了，随着时间推移，必然要另行选择。不过对高中学生，特别是重点中学的高中生，恐怕又另当别论——不能一概而论。

"前些日子，我在一个学校做报告。有人递条子，问了个'尖端'：'高二、高三的学生谈恋爱，算不算早恋？'我能怎么说？人家有明文规定，中学生不准谈恋爱。其实，十七八岁不能算早恋了吧。罗丹说过：'十六七岁的女孩子最美妙，过了这个年龄就老了。'我们的父母一代，包括革命老前辈不都是这个时候开始'谈'了？伟人的妻子燕妮、杨开慧谈恋爱时，也不过这个岁数。我们这一代人里头，也有的是。

"但是，过去习以为常，并不感到大惊小怪。而现在，生活节奏大大加快了，进入了竞争时代。你如果不拼搏，就要被淘汰。

"而家长望子成龙，学校又狠抓升学率。他们都千方百计地要求或者是强求早熟的孩子们排除感情色彩。于是，矛盾公开了，激化了……

"总而言之，我的观点很鲜明：作为一个自然的人，在他们这个年龄恋爱了，完全可以理解。早恋是健康的、纯真的，也可以说是一种人性的美好表现。我理解早恋，但还是不赞成早恋，因为人又是属于社会的。你小小年纪肩负不了社会重任。现代社会必须花很大精力，关闭你很多感情，开放你知识的闸门。让你进入高等学府，让你担负一定职务。所以，作为社会是要求你合理地压抑、疏导这种感情，而作为你本身是需要自我克制。

"我这话有点自相矛盾，是不？但它不是我的矛盾。而是人和自然的矛盾，人和社会的矛盾——人类无法解决的矛盾！"

思路敏捷的史蜀君，说起话来滔滔不绝。"哒哒哒"地简直像是机枪扫射，直到一吐为快，才又端起杯子来"冷却"。

她的大段独白很精彩，也很有感染力。有一份关于上海十一所中学早恋情况的"调查材料"，可以作为这番高谈阔论的佐证和补充：

"在调查中，我曾找了一些初二、初三的早恋者交谈，你们究竟喜欢对方什么？得到的回答几乎都是：漂亮、活泼、强健、待我好等等。但在对高三同学的调查中，得到的回答就不那么单一了，已涉及到性格、意志、人品的问题。

"我曾抽查过一个学校初三和高三年级的两个班，结果发现：对未来家庭有所考虑的，初三学生只有百分之一点五，高三学生是百分之五点六；至于对自己今后要承担的社会责任和家庭义务，则基本上没人考虑到。因此，中学生早恋的成功率极低，造成的后果往往是消极和不幸的。调查的九十九例中，八十二例是完全失败的，前景不妙的有九例，只有八例是最终结合的，但已有四例发生感情危机，准备分道扬镳了。当然，在早恋的中学生中也有互相帮助、共同提高的特例，但这实在是凤毛麟角。"

"冷饮"已是空空如也。但已近尾声的谈话，却又形成一个高潮。史蜀君再一次对我强调传统观念的可怕：

"要动观念，光靠一部或者几部影片不行，这远远不够。还得靠你们搞小说、报告文学的，各路人马一起攻打。"

"蹭"地，她站将起来，似乎真要端起"机关枪"，毫不留情地瞄准它。

"观念这个东西，可以窒息你，给你带来罪名，使你无脸见人，甚至沉沦下去。老师对有这种事的学生，绝对是出于爱护，出于关心，绝对是想进行教育，进行帮助。可是，效果往往适得其反。

"你早恋了，给你调班级，给你公开'情书'，给你广播里点名，给你操场上'示众'……有个女孩子跟我哭诉过：先是责难，然后开始'调班'。她进行反抗，从此不和学校里任何人说话，下课铃一响，推着自行车就跑。她那个当派出所所长的父亲，见还是'拆不散'，竟把女儿'关押'在派出所，不许回家。四邻五舍骂她是下贱货，后来考大学也没有考取——整个儿来说，是观念把她毁了！"

临别时，这位导演兼母亲很有力度地握着我的手。是鼓劲又是提示，说："我这个片子算通过了，但有些很尖锐的东西没去碰，不敢碰！照理说，上海某重点中学那个女学生的自杀事件，应该引起社会极大震动。但很遗憾，它却像一阵风过去了。我看了《青年报》那篇文章，感到很悲哀，很沉重……"

为什么都不能容我们？

史蜀君笔下的那个失踪的女中学生，最终还是回家了——虽说她本来不一定准备回家的。

而历史悠久、声誉卓著的上海某重点中学初三（4）班那个女中学生施邮，却从普陀区一幢新工房的七楼上跳下来，永远地"失踪"了。

她留下了一份令人不忍卒读的遗书。还留下一本日记，那里头，真实记录了她心灵的轨迹。

我见到了青年报女记者钟雪燕，这位富有同情心和正义感的年轻同行，跟我长谈时，结束语是十分沉重的：那天，我和《儿童时代》的一位女编辑，采访回来的路上都说，不要说是她，要让我们走到那一步，大概也会走这条绝路的。

她采访了不下数十人次，素材那么多，文章却写得相当克制，连"遗书"也没引用，——是因为怕过于刺痛某些人坚韧而又脆弱的神经。

她怎么会这么恨这个学校，这么恨"那几个老师"呢？原先她可不是这样的。

在施郦的"案卷"里，收有一张1983年9月发的学生证，还贴有这个初一（4）班学生的照片：齐耳短发，秀美且有学生味儿的圆脸，眼睛和嘴角都噙着笑意。

看得出，她对自己能如愿以偿地考取这所中学很高兴，很满意。1985年8月，她在黄山写的日记里还在为自己庆幸：

> 八月十七日。星期六。晴。
>
> 虽然我有许多烦恼和难言的苦衷，但作为一个生灵，我能得到人的大脑和肢体，是无上的自豪。其次我幸运地考上了名牌中学，享受着一流的教育和设备……这些得天独厚的优越感不都是命运的安排吗？我指的命运并不是万能的上帝，是一种介乎于神灵和思想的某种物质，究竟是什么，我也概括不出。

施郦从小跟着妈妈在江西一个"三线"工厂生活。母亲很宝贝她，不愿让女儿再像自己这样在穷乡僻壤生活，施郦才四岁半，她就下狠心把女儿送到上海外婆家。

外婆家生活清贫，但穷日子过得十分和谐，有外婆和舅舅疼爱她，比以前多两个人啦。妈妈离不开女儿，不久也从江西"借"到上海来"自找出路"。

然而，好景不长，随着舅母进门，外婆去世，好端端的一个家失去了平衡。

舅妈把她们看作眼中钉，母女俩在上海没有户口，却长年累月地寄居着，占掉了那间6平方的后厢房。舅妈越来越厉害，对施郦又骂又打，甚至大冷天把施郦从被子里拖到外面挨冻。舅舅实在看不下去，他不能容忍舅妈这样折磨她们，又跟舅妈吵。

最叫施郦伤心的，是一次舅妈要她滚蛋时骂的："野种，私生子，没人要的东西，滚到你父亲处，不要想在这里！"像是万箭穿心，她拉着母亲失声痛哭，喊着："走，我们走，我们回自己的家。"母亲也哭了，家在哪儿？她们没有家！

她才十一二岁，原先性格活泼，兴趣广泛，而自从背上了沉重、耻辱的"十字架"后，她变得忧郁、敏感、孤傲了。小学毕业时，她最大的愿望是报考那所可以住读的市重点中学。定要离开这个不属于自己的家，不能寄人篱下。在她铅笔盒里写着一句"座右铭"："当一个人感到有股力量在推动他翱翔的时候，他是绝不应该爬行的！"

她庆幸考进了这所中学，庆幸遇上一个给了她无限温暖的班主任章老师。日记中她不止一次地写到章老师。

"人生在世几十年，如果说它是一场风，那就要是一股龙卷风，有强盛的风力，能拨起高楼，能掀起海啸，能用风力发电，能卷起沙石……呵，好风！"

施郦生活的风帆又给鼓满了。

枯燥的课余生活又变得丰富多彩了。她神游于古今中外文学大师的名著里，向往将来当一个作家。她也爱画画。她画的素描、水彩，分别获得全校绘画比赛的第一、第二名。她还会弹吉他。尤其是那一曲《老黄牛》发挥得淋漓尽致，把人的心都弹碎了。

她自我感觉也相当好："我很惋惜自己，不管别人怎么说，我认为自己是块可雕的好材料，只要加以雕琢，定是完美无缺，我想起《简·爱》中简对罗切斯特说的话，'我想我肩膀上那个东西样样具备'。我很欣赏简·爱，因为她身上有一种力量，就是自信和自尊。"

章老师似乎决意要使她淡化和忘却家庭不幸的阴影：由于家里经济拮据，她常拖欠伙食费，章老师不声不响地先帮她垫上，周末中午，拉她到自己家里吃上一顿热菜热汤。知道施郦小学里当过少先队中队长，还培养她当了中队委员。

她在日记里悄悄表露自己感激之情和知遇之恩："我觉得如果将来我过着那种闲云野鹤般的悠闲生活，虽然我会很自由、很快活，但心里永远会有这种对不起别人的感觉，会让我像霍夫米勒那样惴着一颗永不安宁的心直到死。我知道自己最承受不了的就是别人的过分爱护，我将用什么来报答呀！我苦苦思索着，我每天晚上都为她向上帝祈祷，祝她万事如意……"

对于她，快活的感情总是短暂的。章老师因为产假回乡养息去了，临时顶了一位老师。到初三，又换了个男老师当班主任。

不愉快的事接连发生了：家里，那个舅妈找老师诬告，说她的手表不见了，可能是施郦偷的。还说施郦妈妈"搓麻将，吃老酒，作风不好，七搞八搞"。她又把"私生子"的事做了"广告"。

学校里，施郦也倒了楣：中队委员给"改选"掉了。改选掉和犯错误是同义词。她心里乱糟糟，冰冰凉，"我似乎从周围同学的眼光中看到轻视的神情，仿佛我犯了什么弥天大罪，仿佛我成了全班最坏的学生……"

她变得阴沉沉的，不再有笑脸。好矛盾的心境啊！一方面深陷于孤独之中，渴望着被人接近与理解，另一方面却又冷冷地拒人于千里之外。

我不愿意暴露我自己……难道真像同学们说的是个怪僻的人？不，我也喜欢玩，我也喜欢说话，只是没有这样一个与我志趣相投的人罢了，其实我的思想很活跃，有时，我会独自坐着想上半个钟头，有时会想得失声而笑。但那是在没人的时候。我是个狂放不羁的人，至少思想上是这样，我时常对着镜子看我自己，是那么萎靡不振，毫无生气，和我野马无缰的思想沾不上边，我想这大概就是假面……对我来说，生命的价值，就在于什么时候能打开自己，永远扔掉假面，做个我行我素，剑胆琴心的人。

今天，我觉得说不出的孤独，下课后一个人坐在椅子上，无所事事，独自玩着跷跷板游戏。我觉得心里有一种力量，被抑制的力量在那里挣扎，我真想大喊大叫，真想去绕着操场跑上十圈，但一没体力，二是抑止它的力量努力把我按在椅子上，而且不让我与他人讲话，旁人看来那似乎是一种懒懒的倦怠，但岂知我心里的抗争是何等痛苦……

新班主任对她印象不佳，找她谈话，都是"敲警钟"性质的。施郦对他的教导并不服气。她和班主任关系日益恶化了。

十月二十五日。星期五。雨。昨晚，我不顾班主任上星期六那次谈话的压力，去看了《雾都孤儿》，这是对他的示威。我做好准备被他教训一顿，想不到他竟然为了我们几个人息影喊叫，在众目睽睽之下，我们这些初三（4）班学生逃亡似的冲出剧场，这是对我们的侮辱。看着他那气得走了样的脸，发疯似的大叫大嚷，任意呵斥……我觉得这是一只受了伤的狐狸。

我真希望生病，住一个月医院，哪怕死了，也不愿见到他那张脸。好难过的日子啊！我不想回家，但又不高兴留校，还是回家吧，不愿回家就到图书馆去。

还是回家吧，施郦！有什么苦闷去跟妈妈对话，妈妈是深深爱你的呀！

平时施郦不在家，妈妈也避难似的不敢住在家，那个太强大的弟媳实在让人害怕。但是，每个星期六下午女儿要回家，她都早早等着。跟女儿在一起，她什么都不怕。一见面，就问女儿，"东东，你想吃什么？"尽管她口袋里的钱总是结结巴巴，花在女儿身上，一点也不心疼。

不光管吃，妈妈还管玩，想方设法使女儿高兴。陪着女儿看电影、听评弹。四十多岁的人了，还带她到俱乐部玩电子游戏，到溜冰场学溜冰。

女儿理解母亲的一片苦心。懂事的施郦总是装得很高兴。"我不愿意让她知道我苦闷、彷徨的心情。我希望她永远用看孩子的眼光看着我，为我感到快乐。现在我才明白，我只希望把母亲当作亲爱的长辈，而不是知心的朋友，因为她太不了解我。"

母亲没有多少文化，情绪反差很大。对女儿那么溺爱，有时却又无缘无故地破口大骂，劈头盖脸地朝女儿身上发泄。施郦虽然难受，但理解妈妈的孤独和烦乱；但她并不知道妈妈可怜的身世，妈妈从不跟她说这些——

她妈妈初中毕业以后，二十岁那年心血来潮地离开上海，到云南参加"三线"建设。当时是这么号召的，"骑着毛驴也要进去。"

幸好，物质生活贫瘠，爱情生活却并不寂寞。她跟中学时的一个同学从相爱到热恋，越演越热，眼看他们就可以结合。谁想到，在最后一刻，男方的父母斩钉截铁地行使了否决权，活生生地把一对痴情男女拆散了。

这个挫折太大了！她也是个情种，对爱情有自己的追求。不能和相爱的人成家，留在这里有什么滋味，还不如远走高飞，独身过上一辈子。

她真的调往江西一个"三线"工厂，而且真的一个人独守寒窗、苦度岁月。但扫向她的那种诧异、惊讶，以至鄙夷不屑的目光，使她的独身主义动摇了。

解铃竟是系铃人。最后促使她下决心的，是她原先热恋的恋人。他给她写信说，他有个男同学也在江西，希望她能和这个人相识、接触。他很希望玉成这件事，以此来冲淡心中的负疚感。

她终于结婚了。在和这个男人相识很短时间之后，草率结婚了。然而，她和用来抵挡流言的"挡箭牌丈夫"，离异的速度也不慢。不到两个月她就和他分居，随后便提出离婚。过了一年多时间，把手续办完了。

一次恋爱受挫，一次婚姻不合，她真个是心死如灰、矢志不移了。她只和小姐妹们来往，很少跟男人接触。虽说心里孤单、寂寞、空虚，但她忍受着，默默地忍受着……

"母亲爱我，但不理解我。"孤独的母亲很可怜，并不了解孤独的女儿，她更想不到，女儿的欢笑和孩子的天真，不过是用以应付她的"弄虚作假"。

施娜心里有那么多痛苦，有那么多创伤，多希望能跟亲人讲，流着眼泪痛痛快快地讲。要是有个理解她、抚慰她、保护她的父亲多好啊！她不敢去触痛妈妈，单刀直入地问："我的爸爸在哪儿？他还活着吗？"她只能在日记中，在睡梦中，在想象中寻找父亲。

我闭起眼睛想象着甜蜜的感情，想象中的我是那么真实，而父亲却像一缕淡淡的青烟，飘忽不定。我说，爸爸，你说个故事让我听，我真想听啊，我想听听你的声音，你就说一个字，这个世界就会属于我了！可你，用看不见的目光向我微笑了一下，就去了，这眼神是那么渺茫，爸爸，你别走，你别走，别扔下我！

我一整天徘徊在自己的影子上，我真想，真想在夕阳下，一脚踏着你的影子，一脚踏着妈妈的影子，就像在两座大山中间，有一座小山，那是我，被你们环抱着，你们都用慈祥含笑的目光望着我，于是我陶醉了。可又一行泪流在未干的枕巾上，山影消失了，夜幕降临了，一条细长的投影，一颗孤独的心在黑暗中沉默，一行无声的泪水，一腔难忍的情绪在孤寂中沉沦，难忍的寂静，真担心一切生命将在一闪的寂静中死去，我放大声音喊："回来呀，欢乐！回来呀，父亲！"田野也在呼喊同样的话，传到很远很远，但总也传不到你那个角落。于是我绝望了，绝望的心在黑暗中抽泣，却再也没有泪水。虽然身旁还有一座山，而且那是加倍的爱，但这爱怎能抵消我的烦恼……

施郦不知道她所深情呼唤的父亲就在上海，究竟住在哪儿，只有母亲一个人知道，而母亲永远永远不会告诉女儿——

她离婚后，独守空房，寂寞得慌。好在当时工厂老是停工，她常有机会回上海老家去。有个跟她最要好的小姐妹家也在上海，两个人回到上海后还是难分难离。小姐妹怕她一个人冷冷清清、空空荡荡，经常把她留在自己家里住。这个小姐妹的丈夫，也自然而然地跟她频繁接触了，对她很同情。

虽说是默默地忍受着，忍受得了孤独、寂寞，却不能忍受人家有而她却没有的天伦之乐——做母亲便是幸福，而子女就是快乐。她可以不要家，不要丈夫，却一定要有个孩子。那样，她就有了精神寄托，有了相依为命的亲骨肉。

她的念头看来是不可思议的，无法实施的。但靠着愚昧、善良的"默契"和"理解"，一个小生命得以呱呱落地了。

做母亲的知道，清醒地知道，没有父亲的孩子命运是可怜的。她给女儿小名取作东东，大名叫做施郦，——在上海话里，郦和怜的发音难以分辨；而在"丽"字边上加个耳朵，则是为了悄悄地体现和纪念那个不能出场的"默契者"的姓氏。

一个小生命，使她获得了人世间最大的满足。她从一个弱女子，变成一个勇气倍增的母亲，一座坚不可摧的城堡。她生了"私生子"，但她不能讲出那个名字，伤害那个好人。

一笑解千愁。女儿吮吸着香甜的奶汁，她让苦命的妈妈得到了温暖，觉得活在这个世界上有了滋味，有了盼头。而施郦无忧无愁，悠然自在，除了母亲的乳峰，她还不知道生活里会有什么坎坷。

而现在，常有同学向她发问了："你的父亲呢？""死了！"她冷冷地，不假思索地答复。

　　人为什么要长大呢？不长大不就没有痛苦了吗！……唉，年龄是与烦恼成正比的，年龄越大，烦恼越多，真希望永远停留在如梦的年华里，用童稚的言语跟燕子对话，用无瑕的心灵去爱每一个人，用清澈的眼睛去抚慰不幸者，用粉色的手去拥抱大自然，把我的心浸在水流中，融化在白云里，奔驰在日影上……

妈妈真好，真的要让她拥抱大自然了。

1985年7月，在黄山工作的表姐来信邀请她们母女俩去玩玩。两个人，开销太大，妈妈借了一百块钱，让女儿独自去游览。

这笔钱，对两袖清风的妈妈来说，简直是个天文数字。但是为了忏悔，为了弥补，为了能换得女儿的快活，她不惜债台高筑。——虽说施郦"强颜欢笑"，但感情这个东西怎么也掩饰不住。母亲终究还是看到了女儿内心的忧郁，而女儿与生俱来的不幸，正是自己的过错铸成的。

施郦从来也没有这么快活。

黄山的秀丽和壮美，使施郦痴迷了陶醉了，她简直都有点疯疯癫癫，她在这山水之间找到了自己，一个活泼、快乐的少女，一个"狂放不羁，无拘无束的灵魂"。

她曾渴望过"随飞马狂跑，随狂风呼啸，随海浪翻腾，随瀑布喷泄"，现在她和表姐来到云谷寺和苦竹溪之间，尽兴观赏巍峨壮丽的九龙瀑。那瀑布气势雄伟，姿态美妙，让施郦惊叹不已。

她们一路走，一路拍照。到苦竹溪时，照相机突然出故障。幸好，碰上一位年轻的摄影个体户，他很热情地帮助修好了照相机，使之"化险为夷"。真不可理解，这么个美妙所在，竟叫个这么苦命的名字——"苦竹溪"！

短短的时间里，施郦对这个中学刚毕业不久的小伙子印象不坏：他为人不错，长得也秀气。他们很随便地交谈起来，分别时还彼此交换了通讯地址。

从黄山回来以后，他们开始书信往来。起初的信写得不长也不深，淡淡的，却很真诚。两个异性朋友互致问候和祝愿。不知道为什么，她把这个小伙子叫做"小哥哥"，而他则称她"丹丹"。

虽然没有太多的感情色彩，"丹丹"已是很感安慰了，有一个可以信赖和对话、给施郦友谊和温暖的朋友了。许是因为孤独？或是因为青春的骚乱？她对十八岁的"小哥哥"慢慢地升腾起一种朦朦胧胧的、难以言述的依恋之情。

春心萌动的少女日记里，不止一次地出现"小哥哥"，而且她开始多侧面地、大容量地涉及感情问题——

一九八五年九月九日。星期一。晴

昨晚看了陀斯妥耶夫斯基的《白痴》拍成的电影，当影片放到梅斯金看到娜丝塔谢的自暴自弃而痛苦时，像孩子似的哭了起来，我也暗暗地流泪了，我也不知道究竟为了什么，也许是为梅斯金一片痴情所感动，也许伴着他的心破碎而悲伤，说不清。

反正，我流泪了，而且想起了小哥哥，如果他对我能像梅斯金那样痴情，那么不顾一切，那我就是为之而死又有何遗憾呢？

为了得到人间最纯洁美好的感情，哪怕只是昙花一现，我也满足了，然后随着这花蕾的凋谢而含笑离去。也许我太狂热，但没有狂热是不会得到真正的爱的……

九月二十四日。星期二。晴。

……我最受不了感情上的打击，这对我来说是致命的。我从小就失去了父爱，母爱也是那么微薄。我的心渴求着爱，这对一个十五岁的女学生来说，实在太不可思议、太大胆了。但我确实需要爱，强烈的爱，来弥补我的心头的痛苦，我知道，我这个人对爱将是痴情的……

十月十五日。星期二。阴。

……人们都说：小人的心灵是一张白纸，他们仅认为白色是单纯的，岂知，白色才是最复杂的色光！

施郦内心的色光的确很复杂，虽然她充满对爱情和幸福的希冀，但眼前的现实却使她感到压抑和消沉，情绪忽高忽低，心境忽好忽坏。甚至在同一天的日记里，也叫人捉摸不定。

十月二十一日。星期日。阴。

毕竟是秋天了，望着窗外那棵日渐萧条的树，一种莫名的忧伤潜上了心头。又一片树叶飘摇着坠落下来，仿佛有说不出的悲哀，仿佛有吐不尽的绝望，这是对生命的热爱么？

生命对我来说是无所谓的，它也是父母给我的身外之物，除了我的灵魂是自己造就的，其他都不属于我。不属于我的东西丝毫不珍惜，倘若有一天，我发现生命束缚了我的灵魂，那我会毫不犹豫地把它吞掉。我深信灵魂完全自由的时候便是生命消失的时刻。活着对我来说，简直是在服苦役，仿佛是在那个世界里我犯了什么罪，因此判处我这几十年苦役，我急切地盼望刑满的一天……

我羡慕出生在解放前的人，甚至"文革"时的青年人，唉，可惜我所出生的年代太平静，太平静了，我突然觉得自己的心胸非常开阔，觉得个人的痛苦是那样渺小，不值一提……

经历过一个平静的"前奏"之后，她和"小哥哥"的"哀歌"开始了不平静的主曲。就在她处于失望的低潮时，希望的高潮出现了。

一九八五年十一月。"小哥哥"到上海来了，他告诉家里说是"到上海修理照相机"，其实，主要的原因不言自明：是为了跟他日夜思念的"丹丹"再度会面。

两个人的感情升华了。两座火山爆发了。施郦本来总写长长的日记，连上课都在写，现在把日记远远地扔在一边了。她跟小哥哥两个人每每相约去荡马路，逛公园，看电影，下馆子……丹丹从来没有体味到这种相亲相爱的滋味，从来没有一个人这么喜欢她，陪伴她。她感到：虽然上海依然没有她向往的名山大川，但有了"小哥哥"，大上海的一切都充满了诱人的魅力。

然而，相见也难。虽说"小哥哥"有的是时间，"丹丹"却身不由己，只能望眼欲穿盼着姗姗来迟的周末。电话约会不方便，只好用信三言两语地约个会面的时间和地点。

传达室的人也注意到了，施郦"表现反常"，一是老来转悠查点有没有她的信，二是像在张望等人。

小哥哥就要回黄山了。星期天晚上，九点多钟从店里钱行出来，小哥哥送她回学校。天够冷的，而"丹丹"又穿得单薄，——说来可怜，从小长到十五岁，她还穿不起一件御寒的新棉衣。正好一辆火车呼啸而来，她不禁打了一个寒战。小哥哥喝了点酒，有点失态，忍不住动了感情，爱怜地抱住她吻了一下。这么突然地平生第一回，真有说不出的奇妙感觉。施郦又羞又气，猛地一把推开小哥哥，就"蹬蹬蹬"地径自走了。

第二天，本来施郦跟他约好，下午四点半到外面见最后一面，给他送行的。这下变卦了，但她陷入极度矛盾的心理：一方面不能容忍他竟敢动手动脚，轻率地冒犯自己；另一方面又极其渴望看到他，她实在喜欢这个"亲爱的小哥哥"。

施郦违心地强忍着，在校园里失魂落魄地徘徊。有个同学来叫她："门房间有人在找你！""我不去！"等到小哥哥走掉了，她又后悔了，赶到门口去张望，真希望他能突然出现在面前。

小哥哥酒早吓醒了，他给施郦写了一封"悔过信"，"……星期天晚上，我酒喝多了，做了件对不起你的事，使你生气……。"他又约她"星期六见最后一面"，但到时候这一面还是没见到。那个晚上，他焦急地、痴情地在路上来来回回地走着、等着……

动身回黄山前，他又给丹丹写了一封信："说句心里话，在我所认识的女性中，我觉得只有你才值得我爱。不过，我也知道我们之间的差别，另外过早恋爱也可能耽误你的学习，会引起家里和老师的猜疑，这样对你不利。反正我们都不应该考虑这个问题，将来如果你家里许可的话，那我这个普通人将会爱上你这个特别人，并且会追求你的。现在考虑，可能是早了点，我希望你能静下心来，争取实现你上大学的愿望。"

小哥哥做梦也没想到，这两封信——1985年11月29日中午同时到达学校后，竟被老师"扣押"了。而且，当天下午三点四十五分，施郦就被叫到教导处谈话。谈话的规格相当高，出动了一位班主任，一位教导处老师，一位副教导主任。

老师说谈话时，"态度非常和蔼、亲切"，"像对待自己的女儿"。"我们没有拆她的信……"被谈话者却对之深恶痛绝，说他们私拆信件，还"审讯了一顿"，"给我施加压力……"

然而，有关这场谈话的详情却无法得知，死无对证。究竟是死者诬陷了生者，以怨报德？还是生者昧着良心说了假话？真相只有上帝才知道！

事关重大，却又无法对证，还是摘引区公安分局的有关"陈述笔录"吧：

（校副教导主任，女）在"笔录"里说："最近期间，施郦反常，据反映，近日她常到门房间去查看来信，或在校门口东张西望，好像在等什么人。上星期五，学校里收到两封给施郦的来信，信给了班主任老师，班主任又交到教导处，因为班主任是男老师，想叫教导处女老师一起帮助找施郦谈话，做做工作……施谈了真实情况后，我们对她进行了教育，施本人表示，不想再与××来往，并断绝关系。最后施提出要两封信，我们将信给了她。施看完后，表示愿意将信留给教导处，由教导处再将信寄回给××。"

（班主任，男）在"陈述"中说："上个星期开始，我发现（包括科任老师反映），施郦上课思想不集中，下午上好两节课就到校门口想出去，到汽车站那里等人，有时到门房间询问是否有她的信。上星期五我们发现她有两封信，都是从大统路60号一个私人旅社里发出的。于是下午，我校两位教导处老师和我一起找施郦谈话，了解情况……通过谈话，施郦表示不与对方谈朋友，信件由老师转交家长退回……"

中午扣信，下午谈话，端的是"快刀斩乱麻"。老师放心了，以为问题基本解决了。

斩不断，理还乱。老师一定要她跟小哥哥断绝来往，要不就告诉她妈妈……施郦一下子精神崩溃了，心死如灰了。没有他，离开他，活在这世上还有什么指望呢？她曾对人说过：我们学校是"灰色堡垒"，又封闭又保守。一个月前她曾在日记上愤愤不平地写道：

十月三十一日。星期四。晴转阴。

……学校实在太封建，太不讲理，他们不懂少男少女的感情。我看到告示后吓了一跳，仅谈话时间过长，交往过密便要处分？我实在想不通。难道非要整天愁眉苦脸才让他们放心吗？难道书呆子才是他们所需要的么？难道带给人欢乐的感情竟是犯罪么？

谈完话，她就回寝室，躺在床上哭了。同学们夜自修回来，看到她和衣睡着了。脸上留着眼泪，手里抱着小哥哥送给她的一尊雕像———一个正在专注地看书的美丽少女的半身石膏像……

谁也没有想到，在这个黑色的星期五，情绪急骤变化的她，偷偷写下了一篇日记。这是施郦一生中最后的日记，也是一封没有发出的给小哥哥的信。

星期六起来，施郦已经相当镇静了。她一早，就去找一个姓许的女同学还钱，并问道："假设一个人死掉，人家会记牢伊多长辰光？大概很快就会忘记光了？"小许也没在意，"这不大会吧。"中午，又郑重其事地把一个跟她比较要好的男同学叫开来问他："我假使死了，你还会记得吗？"下午，收拾好一只装着她喜爱的小玩意儿的木箱，她早早离校了，却没有直接回家。

她在外面慢慢兜，进行着生与死的思考。

她妈妈急坏了，一次又一次到马路上等。六七点钟了，妈妈又一次去等，才见她低着头，腋下夹着箱子，拖着脚步走过来。妈妈嗔怪说："唷，你怎么回来这么晚？""妈妈，我下次再也不会这么晚了。""东东，明天想吃点啥？""吃全素！"

星期天下午，她没和妈妈一起去听评弹，要钱去买了一根项链。还买了六张圣诞节贺年片，分别寄给曾经给予她关心和友谊的老师和同学。

晚上，她该回学校了。妈妈也该要"避难"了。妈妈把她送到十五路车站。她一下子抱住妈妈，抱得紧紧的，叮嘱说，"现在你条件好些了，买点好的吃吃。"妈妈很奇怪，她平时跟我不是这样亲热的呀！

施郦半路上下了车，又悄悄回家了。夜里，她狠下心肠，用剃须刀割断动脉自杀。哪想到割了十二刀，动脉没有割断，却割断了肌腱。血流了不少，她自己用纱布作了包扎。隔天，妈妈回来了。"怎么没去学校？""我发寒热，跟老师请假了。"妈妈见她手上裹着纱布，被子上也血迹斑斑，又问她。"不当心皮碰破了，妈妈，不要紧的。"

妈妈看了看菜刀，见上面没有血迹，就放心了。

舅舅也给瞒过了。他只知道，星期天晚上施郦想去寄封挂号信，不晓得邮局关门了没有。后来，她又把写好黄山地址的信封交给他，"要是邮局打烊了，请你明天帮我寄。"舅舅却不知道，那是一封生离死别的信——

　　小哥哥，我们要永别了，那个算命的人说得一点都不错，我不可能活到十七岁的。看来，连十六岁也活不到了。

　　小哥哥，知道我有多爱你吗？我一直责怪你不写信给我，我不知道你写来的两封信已给学校扣了。他们这些正人君子，私拆别人的信件，还把我叫去，审讯了一顿，并要我从此和你断绝关系。他们把你说成流氓，坏蛋，说你只是在欺骗我。他们要把你的信原封不动地退还给你，还要告诉我妈妈，他们到处都给我施加压力，我给他们逼得没法了，小哥哥。他们这些大人，为什么都不能容我们，难道这茫茫人海竟容不得我们俩吗？我们并没做什么坏事啊！为什么人们到处把我们当作十恶不赦的流氓！我不明白。

　　我无法再活下去了，学校、家庭、社会舆论，将会像大山一样，把我压在下面，使我永远不得翻身。我不想让他们压着我，我不要他们管！但我没力量挣脱他们！那么最妙的办法就是毁灭自己。小哥哥，我是多么希望能和你在一起，我希望能再见你一面，哪怕一面也够了，可是小哥哥，你为什么就走了啊！如果再晚几天，哪怕两天也能再见你一面了。命运啊，你太不公平了！连这点小小的要求都不能满足我。

　　小哥哥，永别了，今生今世我们不可能在一起了，倘若有来世，我真希望能和你在一起。不要难过小哥哥，你不是常看到黄山的云雾吗？那么缥缈，瞬息即逝。就把我当黄山的云雾吧，人生中像这样的一场匆匆离别是很多的。不管它给你带来什么，都不要把它放在心上。找个美丽、善良的朋友，成家立业，望你能生活幸福。

　　小哥哥，如果你真的在骗我，从没把我放在心上，我也不怪你。我只知道，我爱过你，一心一意爱过你，这就够了。我不一定要你也爱我，爱不是自私的。

　　我感到我现在就死是幸福的，因为我想，你是爱我的，也许我活着，会听到你说不爱我，那将是多么痛苦。我常在自己的幻觉中看到你是多么爱我，我是多快活，这个幻觉一直陪伴我到生命终止，我死时将是幸福的。

　　小哥哥，如果你是真的爱我，也不要为我哭泣，不要为我伤心，只当从没遇见过我，我很坏的，不值得你留恋。犹如一切都没发生过一样，你继续你的工作，你不是想成名吗？为它而努力吧！最好能以高超的技术，进全国摄影家协会，如我泉下有知，一定会高兴的。小哥哥，也许我死了以后，学校会有人找你麻烦，你也许因我而受连累，如果那样，你会怪我吗？小哥哥，把我第一次给你的书签保管好，它或许能证明你是无罪的。

　　那天晚上，你亲了我，现在，我真想再让你亲我一次，上一次你吻我，是为了分别，这一次是为了永别。可是，不行了，小哥哥，我再也见不到你了，我难过极了。

　　也许你收到我的信时，我已睡着了，你再唤也唤不醒我了，不要为我难过小哥。那儿一定很美，那儿一定不会再有人管着我，那儿

日记戛然而止了。最后的一篇日记，却没有说完最后一句话，是被痛

苦、抽泣打断的吗？

十二月三日，下午。施郦对妈妈说，要到静安区图书馆去。到弄堂口，她把眼镜戴起来，细细地、动情地端详妈妈。"妈妈，再会了！"妈妈又一次感到诧异。女儿怎么啦？

这一去，好晚好晚她还没回来。妈妈越等越急，四处寻找她。她痛苦不堪地回忆说："去图书馆找，没有，我急忙赶到中学。老师告诉我，上星期五找我女儿谈话，这个男的住在大统路旅社。于是，我急忙赶到大统路，可旅社里的人说这个人早走了。我再赶到北站、长途汽车站，等到开车，也没见到我女儿。回到家中，还是没见到女儿，天已经亮了，我再赶到学校，公安局的人已经在等我了。"

施郦，你在哪儿？失声痛哭的妈妈在呼唤你。

——她出了家门，漫无目的地朝前走去，却又是死心塌地地"走向深渊"……

像是鬼使神差似的，她登上了普陀区一幢暗红色的七层楼。这楼上还没人住，地上满是尘灰，墙倒是洁白的。虽说是铁下心来死，她还是对人生依依难舍。"我不留恋这个世界，但我留恋这个世界里所产生的感情，特别是对艺术和他的爱。"她的脚印来来回回，重重叠叠留在地上。

从傍晚走进午夜，从午夜走向凌晨。她坐在窗台上，还在作生与死的抉择。她在白墙上留下了一行文字："一时的痛苦，换来永恒的安乐。"

这是1985年12月4日凌晨3点多。她没能战胜自己，她身上有着可悲的缺陷和弱点。在世俗偏见面前成了失败者。她终于纵身跳了下去……

"十五年来，家里是那么苦，施郦也没想到过死。如今怎么会突然不明不白地死了？"施郦的母亲在公安分局里痛不欲生，一次次昏厥过去，她不敢相信这个事实。她一定要公安人员找出施郦自杀的原因，她要去撞死在逼死女儿的人面前。

她怎么会不明不白地死了呢？

读一读施郦留给舅舅的遗书和日记吧，——妈妈很可悲，女儿这些最宝贵的东西，都不是留给她——一个含辛茹苦的不幸母亲的。

舅舅，无论发生什么事，都不要怪我，我对不起你，本来我想等我长大了，一定要使您下半生幸福，快乐，看来不行了，我只能来世报答您了。

我从小就一直生活在您和外婆身边，外婆去世后，您就是我最亲的亲人了，我一直非常尊敬您。从没因任何事情怨过您，但我的脾气或许太像您了，表面看来，我似乎对您很冷淡。

我相信您，舅舅。因此，那天晚上我把他的地址告诉了您，我很无用。本来打算那天晚上就走的，想不到没成功，流了一点血。舅舅您相信我吗？我什么事也没有做错，可那些老师却把我当杀人犯一样看待，我恨透了他们，如果说我的死是为什么，那就是他们逼的。舅舅，千万别去找他的麻烦，他是无罪的，可能的话尽量别让母亲知道有他这个人。若她知道了，无论如何别让她去找他的麻烦，我求你了。无论谁，都不要去找他，我已死了，要追究责任都是我的，他们已经把我逼死了，该心满意足了，不准他们再去嫁祸于他人！千万千万！这是我最后一个要求了！求您一定答应我，否则我死也不会瞑目的。

舅舅，舅母待你还是很好的，以前你们吵架都是因为我，如果没有我，母亲不会在上海，那你们就不会那样了。不要离婚，她虽然气量小些，但还是个好妻子，作为一个妻子，只要能待你好就行了，何必有其他所求呢？我死后母亲一定会回江西的，这样就什么矛盾也不存在了，否则像你这样连衣服也没人洗补，我真难过。我死对谁都没有坏处，他们可以心满意足，你可以得到家庭的幸福，唯一对不起的就是我的母亲，我现在这样死也许是没有道理的，她含辛茹苦养育了我，我却不能报答她。若论旧理，那我就是大逆不道了。不过我若活着，她还得再苦七年，她一人的工资若一人用，那就够宽裕的了，没有了我，她也许会比现在舒服些，我尽惹她生气。

舅舅，这世上除了那几个老师，还有一个人我不能原谅，就是我那个"父亲"，若他真的离开了人间，那我不恨他，但若他还活着，那我绝不宽容他，直到我死前最后一刻，我也要诅咒他！不许他来看我，更不许他叫我"女儿"，他没资格做我父亲！在我心里，他早被打入了十八层地狱！

永别了，舅舅，我真想弹一曲玛丽歌给您听，您教会我弹吉他，还没弹给您听过呢，不过我弹得很糟糕，特别是节奏掌握不好，真笨！

不要为我难过，只当我从没到过这个世界，我想那个世界一定很美，要不死去的人怎么没一个人肯回来呢？我死的时候是快乐的，马上就能够离开这个世界，我很高兴。唯一难过的是要离开您，永远也见不到他，我很喜欢他的，舅舅，不要说我荒唐，我觉得他很好，所以再次恳求您，千万别让任何人去找他的麻烦，否则我会很伤心的，因为他没有错，如果为了我而受害，我怎安心呢？我们的感情是纯洁的，不信等我死后可以体检，最越轨的举动是他醉后吻了我一下，而且那也是为了分别，无论别人怎么说，您都能相信我是没错的吗？我相信我没做错什么，我们都没错，是他们容不下我，我没罪啊。

永别了舅舅，祝您全家终身幸福！

舅舅，母亲在校收集东西时，让她把我枕边那尊石膏像小心地捧回来，其他东西可以不拿，这尊像无论如何要没有任何破损地取回来，把我脖子上的项链取下来，套在石膏像上，让它永远伴着我。

不要为我开什么追悼会，不准那些老师假惺惺地来看我（除了陈虹、章风正和美术老师），若是同学，还可以。骨灰能撒，尽量不要留着。

噢，还有一张欠单：

任老师24元，大军24元，三舅妈2元，饭费24元，姐姐2元。或许还有遗忘，尽量想想。

再见！碗橱里有我的一本日记本，我把它交给您了，谁也不要给看，就连母亲也不要给。

一个太过年轻的生命远去了。

一个意想不到的惨案酿成了。

大理石骨灰盒上，挂着施郦遗像，只有那把吉他，那座石膏像，陪伴着她孤独的灵魂。

我和陪我一起来的《青年报》记者小钟神情一样沉重，一样压抑。我想起她那篇关于施郦文章的结尾，她写下了一段令人振聋发聩的文字：

——是啊，人们想不到的事实在太多了。但是，现在该好好想一想了：我们现在怎样做父亲，做母亲？我们现在怎样做教师，做校长？假如缺乏尊重、理解，教育意味着什么？假如只是为了防范，不出事情，爱的雨露又怎能滴入孩子的心田？

——天底下最宽阔的是海洋，比大海更宽阔的是人的心灵，当一个少女被纯真、热烈、复杂的感情所缠绕，剪不断，理还乱时，单靠出示"红牌"警告，就能解决问题吗？

——施郦不是完美的学生。她的性格、心理有明显的缺陷，但她毕竟只有十五岁，这样一个处于豆蔻年华的女孩子如此匆匆地结束了自己的生命，我们不应该深思再深思吗？

此时此境，我深深地、严峻地陷入了思索。

说来令人震惊，在血淋淋的施郦悲剧之后，不到一个月，上海又发生了一起十五岁的女中学生自杀事件。而且，很难想象，悲剧是否就此绝迹。

这血淋淋的事实，都意味着什么？！

1986年盛夏至初冬

写于上海及千岛湖两地

一个成功者和他的影子

　　真的，我分析过你们这些个男性公民，每一个成功者身后都有一个影子——一个女人。你看那个"人"字多简单，实际上它的组合妙不可言，寓意深远：左边的那一撇，是男人在跨出成功的一步；而右边那一捺，是他形影不离的心上人——在给他爱情、温暖和鼓舞，成为他献身事业的精神支柱。

　　生活中，如果光有男人或者光有女人，生命是残缺不全的。唯有这一半寻找到了另一半，才组成一个完整的世界，一座坚不可摧的人型金字塔。

——一位女作家这样对我说

　　序幕：关于电报、电话和电视录像……

　　这好像是报应。自食其果的报应。没想到，我这个惯于用电报催稿——让电信局的送报员，半夜三更，骑着摩托，去咚咚敲你的门，敲你的神经，被作家们"控诉"为用现代化进行"精神轰炸"的人，竟被《北方文学》的编辑如法炮制，"以其人之道，还治其人之身"。又是电报，又是长途电话。我在"精神轰炸"下屈服了，赶到哈尔滨了。

　　真是小巫见大巫了。这位编辑似乎比我更"残酷"，更懂得"现代化"的妙用，又马上带我到目的地——哈尔滨工业大学去感受气氛，看电视录像……

喔，我看见他了! 我要采访的这位主人公，正在学校的体育场上主持哈尔滨工业大学的校庆典礼。

深藏青的西服。绛红色的领带。瘦长的身材。瘦长的脸。质朴得没有一点拖泥带水的手势。掺和着些许上海风味，却又相当北方化的普通话，将这位登上校长宝座不久的少壮派身上所兼有的南方人的机灵、洒脱，北方人的凝重、豪迈，给恰到好处地体现出来了。

新校长似乎有些嫩，面对这太大的场面，挤满操场的上万名师生员工和四百多位中外来宾，还不能驾驭自如。然而，他却具有一种不平常的魅力，记者手中的摄像机紧紧地盯着他，发出贪婪的沙沙声响。

他才四十六岁，就出任大学校长，而且是全国十四所重点院校之一的名牌大学校长。他比原先的"全国最年轻"——名噪一时的武汉大学校长刘道玉还要年轻。据说，这个年龄优势具有世界水平，不要说在我们这个习惯了论资排辈的文明古国，一个人不等到六十、七十，秃顶白发，他就绝少有指望熬出头来，独当一面。即使在"发达"国家，三四十岁的人成为教授、学者，乃至部长、总统，并不鲜见。但不到五六十岁，却很难当上大学校长，——坐镇高等学府的人要德高望重。

这位"全国最年轻"，成了人们注目的中心，——让人欣慰，让人羡慕;让人惊讶、让人赞叹。但也让人遗憾，他至今还不是教授，也不是副教授，他跟许许多多早该晋升却没有机会晋升的讲师一样，职称被"冻结"了四年。

哦，日本首相点到他的大名了。此刻，专程从日本赶来参加校庆活动的日本国会议员、自民党副干事长佐藤文生，正在宣读日本首相中曾根康弘给他的贺信——

哈尔滨工业大学杨士勤校长：

我热烈祝贺在中国作为科学技术的重点大学、同时有悠久历史的哈尔滨工业大学，举行盛大的六十五周年校庆！

向着二十一世纪，日本与中国的师生互相学习，互相前进，是我所希望的事情。

我衷心地祝愿贵大学的昌盛发展。

日中友好和睦万岁！

哈尔滨工业大学万岁！

日本内阁总理大臣

自民党总裁中曾根康弘

1985年6月5日

贺电……贺信……贺词——给在世界上享有盛誉，历史悠久的哈工大；也给年资不深、经历鲜为人知的杨校长。采访记者坐不住了，不知是急于写"花絮"还是"印象记"，他们带着个猴子屁股，在会场上东窜西钻，四处打听杨士勤的过去。

故乡法华镇的"摇篮"—"工程师的摇篮"

他的过去？那太容易归纳了，生命的三分之二的年月，属于哈工大。这儿有他的同学，有他的老师，以及老师的老师。另外的三分之一，属于他的故乡——地处上海边缘地带的法华镇。

1956年，才十六岁。这位上海南洋模范中学品学兼优的毕业生，第一志愿就是哈工大焊接专业。五十年代的青少年，似乎特别天真、单纯，真有股"哪里需要哪安家，打起背包就出发"的劲儿。不像今天有些青年这样攥着电子计算机，老为自己算计。哪怕是气鼓鼓地扫大街，也决不愿意离开大上海。五十年代的哈工大，也特别具有召唤力，报纸上的介绍文章光看大标题就叫年轻人青春激荡:"哈工大——工程师的摇篮!"最使人向往和动心的,是那儿聘请了一批很有名气、很有学问的苏联专家,直接用俄语讲课。进了哈工大,就等于到苏联留学啦。

到哈尔滨去的上千名江南一带的新生,在上海集中了,出发了。火车真个载着他们大口大口喘着气,向北国的"摇篮"奔驰而去。毕竟都是头一回离开父母怀抱的孩子,没吃过苦,没遭过罪,没受过旅途的颠簸。虽说专程来接他们的老师给编了组,还是乱嗡嗡的,挤不过来。好多人就在座位底下、行李架上、过道里躺下睡了。有的人睡不着,越来越想家了,也有的被相互之间传说的北方的寒冷和艰苦吓坏了,似乎已经真的感受到"那儿冷得鼻子、耳朵一摸就会掉下来"的危险性。也难怪,他们对于松花江畔的哈尔滨城的了解,几乎等于零。他们了解的全部就是那支歌——"我的家在东北松花江上,那里有森林和煤矿,还有那满山遍野的大豆和高粱……"不知哪一位女同学用"女低音"开了个头,——不是唱歌,而是嘤嘤地哭了。哭声很快传染开了,从"女低音独唱"演变为"女高音大合唱"。

杨士勤理解她们,女孩子高兴哭,不高兴也哭。不哭长不大。但他才不相信哈尔滨有那么可怕。冷?他大哥在那儿当工程师,二哥在哈军工读书,鼻子、耳朵全好好的。他们还说,北方冬天屋子里全有暖气,比在上海舒服多了。苦?他是在穷日子里长大的。父亲是在保险公司工作的小职员,收入微薄,维持不了九口之家,但他很爱面子,家教很严。大热天,他不让几个儿子光膀子;走路,不许他们跟别的同学勾肩膀。有一次,杨士勤把书包放在屁股底下当座位,挨骂了。母亲很贤德,在屋后园子里种上菜,春天又去挑荠菜、马兰头。为了节省柴火钱,她用耙子扒草根、树叶,晒了烧。为了怕孩子爸看到不高兴,她就白天摊开晒,晚上赶在丈夫下班前收掉。家里困难,在父亲的旨意下,两个功课很好的姐姐成了几个兄弟的牺牲品。四五年级就退学做童工,那么冷的天,姐姐还在啤酒厂的芦席棚里做工，手脚浸在寒冷刺骨的水里，冻疮龇牙咧嘴的，结了疤又裂开。杨士勤心疼姐姐。看到姐姐在家里糊火柴盒时，他总放下功课，先帮着贴。不幸的是，1950年二姐瘫痪了。

家里穷，大哥到外地上大学时，父亲只能送给长子一纸亲笔题写的古训："将相本无种，男儿当自强。"望子成龙的老人，对儿子寄予无限希望。而现在，家里的经济状况稍稍有了些好转，父亲却已长眠于地下，没法给第三个要上大学的儿子准备什么了。姐姐给弟弟一块表，一个皮箱，一个装被子的旅行兜。她已经竭尽全力了，尽管知道在哈尔滨工作的大哥负担很重，嫂嫂有十个妹妹。弟弟的生活费还是得指望他们了。

隆隆的车轮声，淹没了哭声。再怎么苦，再怎么冷，杨士勤也不在乎，能跟姐姐遭的罪比吗？他只是想，去了好好读书，报答含辛茹苦的父母，报答为他们兄弟几个作出牺牲的姐姐，报答培养他的国家。

谁也没有想到，在这个乱哄哄的车厢里，一个不显眼的十六岁的男同学，会是哈尔滨工大未来的校长。

谁也没有想到，在他们中间有一个上海口音的杭州女同学，有一天会和他结下不解之缘……

敲门——命运：重复出现的"命运叩门之声"

1956年那辆呼啸的列车，早已远远地逝去了。像是游击队员那样作战，一打就走的记者们，也早就不知道又转移到哪儿去采撷"花絮"了。而我和亲临督阵的编辑大人，却在顽强地打阵地战。整整一个星期，我们像搞"预约登记"似的，约请了好多好多"对象"，上午—下午—晚上，一天三个回合地连续采访。

哈工大专家招待所这间失去了幽静和安宁的房间，不时响起笃笃的叩门声。哦，谁敲门了？是哈工大上一届班子里的"三驾马车"。上届党委书记李东光，显出一派"北国风光"，人高马大，笑声朗朗："杨士勤是个人物,年轻,有希望。不过,他现在刚刚登上舞台,精彩的表演还在后头呢!"胖笃笃的黄文虎和瘦乎乎的李家宝教授,这上届的正副两位校长,也是哈工大的二位元老。他们在新中国"胜利的旗帜哗啦啦地飘"的时候,就到哈工大来了。他们说:让小杨出任校长,上下满意。我们当然全力支持他,——是自己学生的学生,我们还会嫉妒他吗?

又有人敲门了!这回,是跟杨士勤年龄相近的两位讲师、副教授,还是上海老乡。几句一说,气氛挺活跃。"杨士勤是解放以来哈工大第八任校长。他是我们这一代人的代表。有个外国电影叫《第八个是铜像》,咱们'第八个'是小杨!"

敲门,敲门!从四十几岁到六十几岁不等的两代人跟我们倾心交谈。谈他们的经历和命运,谈第八任校长的成长和命运……

敲门,——命运!怪不得耳朵聋聋的音乐大师贝多芬,在他著名的《命运交响曲》中,一开始就重复出现着"命运叩门之声"……

百事不管,他要是一辈子当"单身汉"多好
——妻子谈杨士勤之一

她叫蔡七雄,杨校长的爱人。

她,是那个丰采翩翩的十七岁的姑娘吗?

大概是"身兼三职",她有些倦容,有些憔悴。真说不清楚,她首先是一位讲师呢,还是一位母亲,一位妻子?也许,打个譬喻倒是很适合的,她像是一支两头一起点燃的蜡烛,太多太快地付出自己的心血。

她很健谈,说话的速度相当快。刚开始,她跟我们用家乡话交谈,但是不知不觉间,就转换成了"哈尔滨语言"。毕竟,已经在这儿生活了三十年。一位哲学家不知为什么这样说过:三十年,对一个女人来说,几乎等于整整一生。

　　我这个人一坐火车，就想到老了：坐火车来的辰光，还是个小姑娘，现在变成老太婆了。真格，眼睛一霎，儿子已经读大学，女小囡今年也要考大学。

　　我比杨士勤大一岁——四十七。阿拉是1964年结婚格。人家祝愿阿拉像居里夫妇一样。啥个居里夫妇？我现在是家庭主妇！你们勿要笑，介多年我对伊有个评价，绝对准确！我讲杨士勤，侬是个好同志，不是好丈夫。侬这一辈子最大错误就是结婚，油盐酱醋不管，小人生病也不管，侬要是当单身汉多好！

　　背煤气罐，别人家屋里都是男人的事体，阿拉恰恰相反。我每一趟都背得跌跌冲冲、火冒三丈。拎不动，只好拖牢跑，越拖越重，越走越慌，我咬牢牙关心里跟自己数数，"一二三四五"，走上几步；再咬着牙，数数"一二三四五"再走上几步。格辰光，我心里恨得像有一座炸药库把伊格只"碉堡"炸脱……我光火，伊倒有"领导修养"，不跟我对撞。"不是我一个人这样，大家都这样。侬到吴林屋里看看，人家比我还晚呢。"吴林也是我们系里的，跟杨士勤一样，没治的一对。（上海方言开始消失了。）

　　他老是叫忙不过来。别说现在了，当学生指导员就这样，当系主任也这样。但抛开学校的事不算，人家的事他积极性也很高涨，一叫就到，不叫也到。时间也有了，精力也有了。连体力活也去帮忙。"你这么关心别人，挺好！"我忍不住要开导他这位"领导"了："家庭是社会的一个组成部分，你总懂吧。你把我们家当成普通家庭，把我当个普通人，行不行？你怎么关心别人家庭，就怎么关心自己家庭，你怎么关心别人，就怎么关心我和孩子。"这个要求不算高吧！"不行呀，我没时间。我知道你挺能干，家里啥事你都能做主，没问题。"他用这么两句好话对付我。他有时还倒过头来，显得挺委屈："我又不是在玩儿，我是在工作。"

我生第一个孩子，就出了危险，那时杨士勤是年级指导员。我们住在五宿舍，我要他拿点煤饼回来，他今天忘了，明天忘了。山穷水尽了，没办法，我只好自己去，大肚子上摞着五块煤饼，那段路不算太远，我却觉得远隔万水千山。回到家门口，我就"破水"了，有危险。这么着，杨士勤才算"百忙之中"抽空陪我到医大一院。一院不肯收，又坐有轨电车到二院。他心神不定，愁闷着脸，那可不是为我着急，而是惦记着高铁校长找他有急事。我知道我这么"吊"着，他有多难受。进了医院人家一答应接收，我就高姿态地放他走，入院手续由我自己办。

他像得了大赦令，急匆匆走了。一走就是两天，去尽他自己指导员的光荣职责。好像他不在，天就要坍下来，全年级四个专业一百八十六个学生就会出乱子。第三天，他才两手空空地想到来看我，正好护士送小孩来吃奶。他吃惊得不得了，"怎么，你已经生啦？"他再赶回去拿鸡蛋，谁知道他傻子似的拿了没几个，还不够我还病房里借的债……我又好气又好笑，哈工大就有这么一批书呆子！没治！

他不是个好丈夫，也不是好爸爸。他当九系副主任时，更忙。孩子半大不小了，天天要做功课。家里十五平方一个屋，就一张小桌子，我们吃了晚饭，还要等他，收不了摊，只好把菜碗拢一拢。那么点儿桌子，孩子还只占半壁河山。我就更可怜了，只能占个缝纫机台板。他有时还领着一帮子人来我们家开会。一开开到十一点，家里一个大床上坐着人。我和孩子陪着"开会"。小孩像是鸡啄米，打瞌睡。人不走，他那个活动小床也搭不了。不要说我们受连累，看门的老头也有意见，大门口夜里要上锁，他也"陪"着等！

日长天久这么着，我受不了，我也不能让儿子和女儿给耽误了！我去找校长，这么大一个系，为什么你们只光秃秃地放一个副主任？这个找，那个找，忙得杨士勤晕头转向。我知道，说也是白说，我也不能给谁发委任状。

我转而要房子，一次一次又一次。再有间屋，我和孩子有个窝，你们哪怕天天跟杨士勤开会，我们也不用全家受折腾。好容易答应给了，几时几时谁搬走，就分给你。其实是糊弄我，一连几个"谁"搬了，还是没给我。我起先是求，后来是吵。对付"打哈哈"的人，不能不这么着。我是全力以赴，杨士勤不但不出力，反而阻拦我，"要注意影响！"

你做好人？那好，我走，带着两个孩子回杭州！我妈妈八十多岁，身边没人照顾，不知跟我说过多少回。我这个理由挺充足。1978年，杭州的调令就来了，给压着。我不要房子了，吵着闹着一定要走。我说不让走，不就是为了杨士勤？既然你们看中了他，我答应两地分居，要不要立个"军令状"？

我嘴巴死硬，其实心里头也软。有些老师把我看穿了，他们是看着我们长大的，说：别看你坚决，真让你走，看你不哭？你会留恋这个学校，这个集体，咱们对它感情太深了。她说得我心里颤，嘴里也颤。不过，她还没说全，我还放心不下他杨士勤。这么个书呆子，一个人日子根本没法过！我心里那个矛盾劲儿没法说，实在没法说。

直到1980年，领导上派杨士勤到美国进修去，我也没有后顾之忧了。有这么个机会，他很高兴，我也很高兴。那天，他考完外语回来，我正在厨房里炒菜。他告诉我有哪些哪些题目，我一听马上跟上说，你哪儿答错了。那时外语我也不比他差。现在当然差远了！我也有些心酸，人家这个有成绩，那个出国去，我也能搞论文，但人家能跑印刷厂，我没这份时间，只能自己零零碎碎抽空复写。整完了，也挺可怜，我就连拿到焊接年会上去宣读都没工夫。我算什么？不过是个渐渐掉队的"家庭主妇"！

他上美国，我去给他送别了。我自己带着儿子、女儿，也依依不舍地回杭州了。离开的那天，我真哭了，哭得还挺伤心。我把半辈子都交给了哈工大，难舍难分的哈工大……

爱神之箭，射倒了一个免战牌
——吴林副教授谈杨士勤

面色黝黑的吴林，是焊接教研室副主任。他四方形的脸上，有一对笑眯眯的眼睛。他似乎跟"弥陀佛"笑得一样热情、一样善良。不过，他是上海出生的"弥陀佛"。

吴林挺有才，而且是个文武全才。他带头搞出来的我国第一台有五个"自由度"的机器人，使参观者为之叫绝。但他头脑里不光有科学细胞，还有点儿文学细胞。

"我跟那位写报告文学的黄宗英，1953年还打过交道呢！"刚一攀谈，他就乐呵呵地告诉我们，"高中毕业前，我曾经代表上海中学团委上门请黄宗英作形势报告。学堂里没有小车，我们又雇不起三轮，就用自行车驮她去，要踩一个多小时，完了我还这么送她回家……"

你们跟小杨爱人碰过头了？小杨就是杨校长。我喊惯了。我女儿都跟我提抗议，"人家杨叔叔当上大官了，以后不能这么叫！"不这么叫？改口叫校长？多别扭。（他们叫杨校长爱人蔡七雄也叫得挺简化，挺别致：小雄。）

我比小杨早三年到哈工大。所以我是看着小杨、小雄这两个人进来，看着他们留校的。但说来好笑，当时我们只知道有那么多人追小杨，又有那么多人追小雄。各有各的崇拜者。就是没想到，这两个对所有追求者躲躲闪闪、高挂免战牌的人，竟会恋爱了！他们的结合有点儿小曲折，跟好几个人有点儿"感情纠葛"。

　　小杨进来就是团支书，是班级里的佼佼者：为人正派，学习拔尖，他能跟任何人谈得来，而且一接触就能让你觉得他可以信赖。难怪有些女同学爱慕他。但他这个书呆子，不考虑谈恋爱、却又不懂怎么个"婉言谢绝"，只好悄悄地去求教在哈尔滨的哥哥嫂嫂。

　　离毕业还有两年，把小杨从班里抽调出来了。他的脑细胞里没别的，就是集中精力去攻一个有关洲际导弹的国防尖端。噢，这个问题有点"专"，我说得简单些反倒好——当时咱们国家刚开始搞导弹，导弹返回大地时，导弹头要在大气中摩擦、燃烧，你得想办法在导弹头上喷涂非金属的耐高温材料。而要融化这种耐高温材料，进行模拟试验，你首先要产生"等离子电弧"，它的火焰温度可以高达几万度。

　　小杨没说的了，他在导师指点下，毕业前来了个"石破天惊"：既出色地参加了我国第一台"等离子电弧发生器"的研制，又拿出了引起很大反响的毕业论文《等离子电弧的研究》。

　　小杨留校了。我们四个助教，四条汉子，在一个宿舍里泡了三年。这下好，有个已经分配在外单位工作的女同学，原先还把她对小杨的感情深深地埋在心里。现在一毕业，任凭心底的"火山"爆发了。她三天两头往我们宿舍里跑。那时也怪，闹"自然灾害"，每天夜里肚子饿得咕咕叫，还坚持看书看到十一点多。白菜叶子掺和的二两一个苞米饼，早在肚子里消耗了也不在乎，求知欲比食欲更旺盛。谁知道有一天晚上灯泡突然坏了，这东西那时候根本买不到。小杨跟我们急得兵分几路去找。"外面的"那个女同学来了又走了，第二天雪中送炭，送来一个灯泡。我们三个看出"苗头"了，这个女同学对杨士勤的爱，尽在不言中。我们有点感动了，就劝小杨："她蛮好，你就表明态度吧。"他却说，我心里没有这个想法，不能骗人家。

　　剃头挑子一头热，没辙！这个杨士勤不跟女同学纠缠，却与他的指导老师如影相随，搞他的专业。小杨那篇毕业论文里，就有这位指导老师的心血。指导老师也是上海人,他们焊接专业的实验室主任,一位学术上很有造诣的留苏博士生。这个老师不光把小杨当学生,还当小弟弟。两个人亲亲热热的,就连暑假里回到上海,还相互串门儿。然而一到做学问的时候,老师像是变了个人,又严格,又挑剔。他带试验,带实习,然后让你试讲。每堂课都让小杨先讲给他一个人听。他一面听,一面做笔记,哪句话不合适,哪个图不严密,全给他逮住。譬如那个"电力线",理论上说方向是从上而下的,分布是均匀的。但它本身就是假想的,看不见、摸不着。正因为无所谓,小杨画得随便了些。老师在纸上记着:"你在黑板上画得不均匀,容易给学生以错觉。"有时又在纸上记道:"你这段引出很自然。这个地方讲得好。"进实验室里做实验准备工作,本来只要让实验员动手就行了。老师却不,从头至尾都亲自动手搞。他开导小杨说,这样你才能知道,学生有哪个地方没掌握好。碰上这么个导师,杨士勤真是太幸运了。

爱情这个东西,有时真是不可理喻,不可捉摸。蔡七雄呢,起初跟杨士勤分在一个班。那时候她天真、单纯,人也长得不错。但她一再表示不想谈恋爱。谁来跟她提这个,她就把人家当"坏蛋"。她不谈,只是"一厢情愿"。人家要跟她"谈",男孩子才不怕当"坏蛋"!没办法,她只好一天转移一个地方,躲起来看书。可她一出围墙,就有人跟上,就像首长甩不掉警卫员。她心里实在恨这种"警卫员",坏蛋!

小雄对小杨印象不错,觉得小杨这个人不是那种花花俏俏的,忠厚、牢靠,各方面以身作则。他经济条件并不好,班里订报的钱却都自己掏腰包。但她跟小杨不来往,也根本没想到,有朝一日要选择这么个对象。杨士勤这个人平时从不跟人开玩笑,但他有一回跟成了爱人的小蔡逗笑说:"记得吗?1960年我入党时,你碰到我,还挺严肃，一本正经地跟我握手，连连说祝贺，祝贺！"

　　小雄没毕业，小杨已经留校了。她又是参加全运会射箭比赛，又是报考研究生，拉下一年了。人家见小蔡还这么躲，这么跑，还这么受干扰，来帮她出主意解围了。有人说：你有个"人"一亮相，人家就死心了。你也可以不受干扰了。奇怪的是，那些老师，老大姐，那些小姐妹，连同中学里就跟杨士勤在一起的一个男同学，全都不谋而合地向她介绍小杨，说他怎么怎么好。还暗示说，也跟小杨提过她……小蔡有点动心，但她还真有事业心，有股倔劲儿，推托说：我还没有毕业呢，等等再说吧。

　　她等，追求她的人，追小杨的人，这两拨子人可都不等！恐怕是想到她转眼就毕业了，还不知分配到哪儿去，前头说到的那个跟小杨挺好的老师，也在抓紧给她写信，约她看电影。说来事情真巧：那位老往杨士勤宿舍跑的女同学，一天"跑"晚了，没回家，就住到女宿舍里，而且跟小雄挤在一个被窝里。她们也是老同学，睡在一块儿，什么都聊。那位女同学忍不住把自己热恋着小杨的事，和盘托出了。小蔡没表态，她，怎么好表态呢。而对方做梦也没想到，自己竟无意之中成了催化剂，倒促使"对手"蔡七雄下决心，一箭中的，立即选择杨士勤！小蔡知道，要不这样着，将来会后悔一辈子！

　　小雄也憋不住了，把自己的决心悄悄告诉了一位好朋友。女孩子"咬耳朵"的事，从来都是瞒不住，拐了几个弯儿，又"悄悄"传到我耳朵里。我一观察，还真像有这回事！最明显的是，小雄像是要表明自己的坚定性，也开始往我们这儿跑了。我们这三个助教很惊讶，在宿舍里开"紧急会议"，商讨对策了：这个"罗曼蒂克"的事挺复杂，要弄不好，几方面关系全都要弄僵。我们找小杨，这回他倒挺干脆，说他倾向蔡。我们明白，这个家伙又"鬼"又沉得住气，"冰冻三尺，非一日之寒"，他准是早就看上蔡七雄，两个人心有灵犀一点通！不过，小杨也有些顾虑跟老师的关系。他傻乎乎地说，想豁出来，找老师开诚布公谈一次，要是他实在坚决，我就让出来……

真是胡扯！我们给他一顿狠批。这种事怎么能谦让？我们不让他出面，还想出几条好主意来，一是等那位老师来串门时，给他通报小雄已经看中小杨，两个人恋爱上了。二是齐心协力，积极为老师找一个对象……

至于那个女同学，我就不说了。她的命运后来很曲折，很坎坷，你们有位同行就采访过她，而且写过一篇报告文学……

好了，这段爱情故事讲完了。小雄不愧是射箭的，有眼光，射了个九环、十环——咱们小杨，在男子汉里算是有质量的。

这些年，有些摩擦，全是"合理冲撞"，并不奇怪。小雄希望丈夫有一部分精力关心孩子关心她，关心他们这个家，她也只要求得到这"一部分"，这"一点儿"。但小杨连这"一点儿"时间也没给她。小雄有时发火了，就嚷嚷：跟你倒霉了，遭殃了。过后还是像影子似的照顾他。

她心疼他，他们的感情太深了。要不，她这次也不会再回来。我敢肯定，跟我们家一样，今后还会有摩擦，而这摩擦又会冰消雪化。暂时失去的平衡，会在新的层次上求得新的平衡。我挺喜欢文学的，可惜不是书法家，要不我要抄录两段名人的话送给小雄，恐怕会对她大有触动——

"一个人到处分心，就一处也得不到美满的结果。"这是英国诗人乔叟的话。

"当我像嗡嗡作响的陀螺一样高速旋转时，就自然排除了外界各种因素的干扰。"这是她崇拜的居里夫人的丈夫比埃尔的话。

没办法，只好为他作出牺牲啦
——妻子谈杨士勤之二

　　唉，一个电影演员说过，做女人难。我说要补一句，做爱人更难！上回说到回杭州吧。一走五年，这不还是回来了。最近"借调"回来的。

　　我燕子衔泥，好不容易在杭州折腾出一个"窝"。真指望有一天，一家人高高兴兴团聚在一块儿过。杨士勤1982年秋天一回国，我就盯着叫他回杭州。那儿有所大学也欢迎他去工作。不不不！他一口拒绝，头摇得像个"拨浪鼓"。说那不合适，怎么能"背叛"哈工大？太不像话了！他回来就做系主任，过一年又成了副校长，今年春节前竟然当上了校长。我知道这下完了，彻底完了，他绝对的绝对，不可能回杭州这个"天堂"。咱们这个家没法团圆了。

　　他难得回杭州这个家。偶尔回家都显得有些"突然"了，像是从天而降。一天，我和儿子在吃晚饭，他"笃笃笃"地来敲门了。儿子很惊讶，头一句话就说得挺生分："咦，你怎么上这儿来啦？"乍一听，像是在跟一个陌生人说话！一个假期里，他到温州开会，要从杭州换汽车。当天到，当天就走了，汽车票都是让我事先买好的。回来时也只住了一夜，连跟两个孩子说话也没工夫。就像不知道有个天伦之乐。

　　我每回到哈尔滨看他，他从早到晚也没时间跟我说话。有时，我刚开口，他就一摆手，像个交通警似的让我刹车，说：这会儿你别跟我讲话，我在想问题呢。我恨得没办法，只好说气话：你忙吧，不管你当什么官，一天只有二十四小时，不会变成"四十八"！

　　相隔几千里，家里人都牵挂他。难得见面，写点信也好呀！我喜欢写长信，也喜欢看长信，又生动又亲切。这是我爸爸遗传给我的。

他要求"信要写得让我看得见，碰得着，就像你在身边一样。"我给杨士勤的信写得那么长，谈我跟孩子的情况。我也希望他能在信里说说自己，说说对孩子的教育的意见。他才不，他让我大失所望。他既没时间写信，也没时间看信，——还怪我的信写得太长太长。

我只好另想办法迁就他，每次都给他买好一叠明信片。不用贴邮票，不用搞信纸信封，又简单又方便。不知是谁发明了这玩意儿，忙人和懒人都能接受它。杨士勤在美国那两年，也是经常用这种明信片。天知道，一当校长，连明信片都不来了。大年三十，他才回杭州过春节，三天一过就忙着走。这回我倒谅解他，刚刚上任当校长事情多，想走就让他早点走。

他倒好，一走就是五六十天没消息，连个平安都不报！我写了信去问，也没回音。我们家里人为他担心了，会不会生毛病，会不会出意外？

"请告杨士勤行踪"。我急得不行，顾不上大惊小怪了，赶忙给哈工大校办打电报。谢天谢地，校办的办事效率挺高，回电来了："4月31日至5月3日在京开中日校长会。5月12日去日本。校办。"一块石头落地，这下放心了。我估计他这中间不会回哈尔滨了，想利用这段空隙带他去首都医院看看病，那个医院里我有熟人。

我是急性子，上了火车还怕我到了他会走开。见鬼，那车轮子像是老在叫着"不在，不在——他不在"。五月四日急急慌慌赶到航天部招待所，还真没找到。我又不知道杨士勤住在个几零几房间？查查花名册也没有。我在收发室里对付了一夜，第二天再一层楼一层楼地找，又找又叫，还算好，找到了！唉，找到也白找，他参加的那个中日校长会议刚结束，又接着开了一星期外事会议，而且天天开到晚上十一点。别说看病，连理个发也来不及。出国前的最后一天傍晚，我耐着性子给他去理发室里排了个队，等到六点钟我打电话让他快来。

他下来，一看见这个事，满脸不高兴，转身又上去。我说不剃拉倒，这下你倒可以"浑水摸鱼"了，日本人还以为你要漂亮，留长发。

最后这天晚上的会，像是要开出本钱来，开到午夜十二点。他回房间整理要带走的资料，弄到凌晨一点钟。一查点行装，总共才三件衬衫，还只有一件是干净的。我是天天催他一起到商店去买衬衫，出国总不能弄得那么寒酸，他也没时间。他说算了，清晨五点就出发，让我带到日本去洗吧。我没听他的，到了那儿，肯定又是没时间。我赶紧洗，赶紧晾，干不了！直到面包车开往机场的路上，衬衫还晾在车窗边上……

会工作的人，怎么都不会生活？哈工大到杭州去的人都跟我讲他忙，忙得怎么窝窝囊囊，没工夫烧饭洗衣裳。每天中午端个锅子吃面条，等找的人走了，他也上班了。晚上回来还是这锅面。吃上一餐大米饭，炒点咸菜，算是"享受"了，只有他嫂嫂有时抽空跑来帮他洗衣服，带上一饭盒小菜。等到饭盒里菜都长白毛了，他还稀里糊涂在吃……他们一个个都劝我，还是快回哈工大。他要你照顾，他要有个家！

叫我怎么办！按我的性格，当初下了那么大决心走，"好马不吃回头草"，我不能回哈工大！但我是个女人，不是铁石心肠。他倒是有点"铁石心肠"，"原则性"还特别强。他在美国，有两次机会可以名正言顺地让我去。他当时还瞒着我，就像没有这码事。我在杭州的"家庭会议"上，跟孩子们说，这个家还有八十岁的外婆托付给你们了，我要回哈工大！你爸爸再怎么不顾我们这个家，这个家却不能不顾他，眼看他身体这么瘦下去，垮下去！这次虽然我只答应是"借调"，但我心里有准备，恐怕是要一借到底，变成"无期徒刑"了。

我们现在还只有一间房子。这个房子两间一套。另一个房间住着一位姓魏的副教授，人挺和善的老太太。唷，又说到房子了，不过这次不是我急着催，而是校党委委托分管后勤的一位副校长在办理。拖下去，这对工作太不方便了。找他的人一拨又一拨，特多！有些谈话我还可以"陪听"，有些谈话他们还不想让别人听。我只好反主为客，跑到外面去回避。

房子还是紧，很挠头。副校长清点家当，想到专家大院里还"控制"着八九十个平方的四间一套，条件非常好。副校长"引经据典"地对杨士勤说，按照规定校长可以搬进去住。那儿比较安静，对你工作有好处。我们也算完成任务了，不用再动足脑筋了。杨士勤一听就否决，"不行，不能特殊化。"

人家拨拉拨拉，又在教师楼里想办法，让几家人家这么搬，那么套，套出三间来行不行？杨士勤又是不赞成："用不着惊动这么多人家，我有两间就够了。"两间比三间好办得多。后勤处长说：这样吧，我们催一下魏老师赶紧让出来，给她另外安排个地方。杨士勤不让催，说不用急。只要魏老师出门时别上锁就行了。他还安慰我："这下好，有人来谈话，你有地方落脚了。"你们瞧，他那个让人可恨的劲儿又来了。不到"专家院"，这对！但要三间房，一点不出格。现在给咱们两间房，也只等于是一间：他晚上不知谈到什么时候，不能看书，不能睡觉。早上五点多，就有人来敲门，我说太早了，你十二点钟才睡下，再睡会儿，别开门。他说不行，人家没有急事不会这时候来，快开门。我也只好"噌"地起身了。人家不知道，这时候他最难受了。他的腰在"五七"干校里压伤过，到美国又给车撞了，这两年犯得更严重。每天清早每隔十几分钟要翻一次身，而每翻一次都痛得咬牙皱眉头。一上班，他又像个没事人，挺精神，他也没时间想到疼。他就是这么个人！

哎哟，我怎么说了他这么多"坏处"！换一个角度说，他也有许多好处。要不，怎么有那么多人信赖他？依我说，要是投票推选好丈夫，他不够条件。要是推选好干部，我也划个圈。他让人信得过，他这个人为别人想得挺周到，比如评职称，报副教授，对我们这些老讲师，算是头等大事了吧。他从美国回来，有些"晚点"了，——出国的人没往上报。可他照样为自己系里四个专业要评的人尽心尽力。除了焊接专业，另外三个专业都不是自己专业，学术上不熟悉。他一个个地找论文作者谈话，问题提得很具体，谁谁的论文哪些方面有了突破，在国内领先到什么程度？他都弄得清清楚楚，他等于要给这些人到学位评定会上去做答辩。所以学校评定他们系里报上去的那些人，顺顺当当就通过了。

说真格，大家都还没少夸奖他：心地无私，待人真诚，工作踏实，治学勤奋，目光远大……算啦，这些个表扬又太空洞了吧？"工大这些书呆子是宝贝，你就为小杨作点牺牲吧！"有位老大姐又劝我，又逗我，给我扣了个"大帽子"，说：小杨现在是一校之长，你要是对小杨不好，那是对哈工大大好形势的"破坏"和"干扰"。他们是想开导我正确对待杨士勤，看到他的价值？其实，我也不傻，说句良心话，替他设身处地想一想，我应该恨他，却又不应该恨他。他也是没办法，就像射箭手箭在弦上，不得不发。一个"事业型"的人，顾不了那么多。

咳，我没能改造他，反倒让他改造了我。我答应那位大姐说，我认啦，既然我"倒霉"找上这么个人，只好为他作牺牲啦。不过，我还得抽时间搞自己的，我不能把事业全丢掉！

我使她失望，从国内——到国外
——杨士勤自述之一

近镜头看，他更见年轻。洁白的衬衫领子翻在深咖啡色的便装外，显得很洒脱，很有活力。

"抱歉,抱歉!"这个大忙人一边握手,一边用上海话跟我打招呼,"跑勿开,拖到今朝才来。""阿拉在校庆的录像里已经看到侬了。"他笑了,"要格能讲,我也看见你们格几天在忙,过了半夜,此地窗子里厢还亮着灯,看来不会熬夜,恐怕就不会写作。"我们笑了,他是常写论文的人,体会尤深。

是的,大概老托尔斯泰熬够了夜,熬白了头,才那么感叹:"人生不是一种享受,而是一桩十分沉重的工作。"

从哪儿说起呢?(一进入正式谈话,他就很自然地使用"哈尔滨语言"了。)

我的经历平淡如水,实在没有什么曲折、动人的东西。

要说我是成功者,谈不上。说我是幸运者,那倒像。在哈工大,我从前是最年轻的系主任,现在又是最年轻的校长。恐怕就像你们笔下描写的那样,"一片树叶飘下来,正好落在头上。"不光是到哈工大,我自小儿就这么平平常常,顺顺当当:小学里,校长在全校面前当众宣布,"杨士勤同学品学兼优,全免学费。"初中时,我是少先队大队长,学生会主席。上高中,又是少先队辅导员,团支部书记。

每个人都最了解他自己。我热爱工作,我不怕默默无闻,就怕碌碌无为。我没有什么可以陶醉的,更没有什么可以炫耀的。吴林跟我是老乡,是同事,又是朋友。听说他曾对我作过一个评价:小杨没有超群的智力,没有惊人的魄力,没有特别的能力,但是有很强的事业心,没有私心。他说得比较公道。我爱人对我的评价就低多了,说我跟吴林两个"都很糟糕",不知道有家有小,就知道忙个没完没了。甚至说,像是"住旅馆的单身汉!"

这个性格内向、脸上带着平静微笑的中年人一时间有些不平静。他的手在心口划了道弧线,像是在强调,他心里始终"有家有小"。

我们跟他探讨起事业型的丈夫跟爱人、跟家庭之间奇妙关系,或是平衡，或是不平衡，更多的是有着不平衡的平衡。

　　他不是不懂感情，不是一块冰。他是搞等离子电弧的，内心的温度还挺高。在意大利踢球的那个法国球星，叫普拉蒂尼的说得挺好，那恐怕是无数个献身事业的男人的内心写照："我最想念的是自己温暖的家，但更重要的是出现在球场上……"说真的，杨士勤也想家，想妻子，想儿子，想女儿。他也想像许多人那样一家人和和美美，一起看看电视，听听音乐。要不，跟妻子商讨论文，给孩子辅导功课。这些欲望很普通，很平常，也可以说很温暖，很幸福，但他却不得不把它当作"诱惑"，而加以克制——甚至是抵制。以至使家里人觉得不近人情、不可理解。但他实在没时间，普拉蒂尼要踢球，他要忙工作。

　　　不知道你们同意不？干事业，让自己作出牺牲很容易，很自然，心安理得，连累爱人作出牺牲，哪怕是有些"嘀咕"、有些"牢骚"的牺牲，我却总觉得很歉疚，很难受，于心不忍。说良心话，我爱人为了我，为了操持这个家，失去了以前的健康和青春，皱纹甚至比我还多……扪心自问，有些话，她也没有完全说错，我不能算是好丈夫，也不能算是好爸爸。她生孩子，我没有给她做过一顿好吃的，没有给孩子洗过一块尿布；还是一些女同学瞒着我，天天来帮忙……可以说，我为她什么也没做，她为我却做了许多。没有她作出牺牲，这些年我不能全心全意去工作。我能做出一点成绩来，里面也有她的心血。

　　　噢，我爱人也跟你们发我牢骚了？说我什么事也不考虑她，能办到的事也不办？这些我知道，我知道她指的是什么。我爱人说话很爽快，是不是？

　　　有些事我不能满足她。譬如她想让我一起回杭州，说那儿比起哈尔滨来怎么怎么个好。哈尔滨咱们这个家又小又糟，杭州她搞的个"窝"比这儿好多了。哈尔滨的物价贵得不得了，一斤辣椒、黄瓜、西红柿，要卖块儿八毛，杭州的蔬菜品种多，还比这儿便宜多了。那儿离上海近得多，那儿气候条件好……杭州确实是有一百个好，要不怎么叫"上有天堂，下有苏杭"？要不怎么会"雁南飞"，"文化大革命"后期，全校竟有百分之四十二的南方人打"请调报告"！我们计算过，哈工大教师中的南方人，全盛时期要占三分之二，现在还占一半。以前，那么困难都熬过来了，现在还不能熬？！尽管我知道，我只要妥协这一次，她会满意一辈子。但我不能走，我的事业在这里！

还有些事，我要办完全能替她办到。而且是名正言顺的，不用搞邪门歪道。譬如我到美国进修时，有送上门的机会可以提供给她，我都放弃了，写信的时候，我也没提。因为我内心的"法官"通不过，我觉得一个人不能有私心。一有私心，就失去了正直，失去了价值。

我就先说说到美国去进修的这一段。

我是1980年7月到威斯康星州——密尔沃基工学院的，我有两个导师：一个是道地的美国人、焊接博士；另一个是美籍华人曹教授，是研究金属学的。他们很讲究效率，去了就要求我早些拿出成果来。

大概是那儿的研究条件太好了。整个一个焊接试验室，常常空荡荡的就我一个人在做试验。有些新的设备仪器国内从来没见过。不到半年，我就在试验中总结出来一个公式：只要知道焊接的电流大小，就可以一下子换算出溶池的温度，用不着每次去做试验测量了。这么快，就拿出一篇论文来，导师很高兴，很满意，说：这一下，你可站住脚了。现在，我可以告诉你了，大家都在看着你，大陆来的学者有没有水平？

曹教授非常兴奋，也非常有"创造性"，他开了一辆轿车，带着一片心意，亲自送我上俄亥俄州，到在那儿召开的美国金属学年会上宣读论文。他说："你完全可以坐飞机，但那样你什么也看不到。我带你进行一次愉快的旅行。"路太远了，要开十三个小时。从早上出发，一直开到天黑。"你得跟我说话，不然我会睡着的。"看着曹教授挺累的，在那种高速公路上行驶，还得全神贯注地盯着前面的车。但我又不会开车，只好听他的，动嘴巴。而我也由此了解了他的身世：他1974年还在台湾念书，后来到美国上大学，获得博士学位。他的家境不怎么好，到美国来读书不容易，经过一番奋斗，他擦过皮鞋，卖过报纸。当然啦，现在生活相当好了。

这次旅行是愉快的，会议也是愉快的。论文宣读之后，美国学者提了很多问题，让我回答。他们觉得"很有兴趣，很有意义"。我已经相当满意了，倒是曹教授还有些遗憾，说：如果我是焊接界的就好了，可以把你的论文推荐到那里去发表。

另一位导师也很热情。他是搞焊接专业的。我把那篇论文搞出来之后，他开始改变称呼叫我"杨教授"。并带我去参观一家制造工厂。有一天，他请我到他家里去吃饭。问我有没有兴趣搞"铜的堆焊"？我说有兴趣。他显得更热情了，说很好、很好，——他知道我能焊得很牢靠，很平滑。有人愿意提供经费，这个选题就由你来搞。他好像替我考虑得很周到，又手舞足蹈地为我描绘接受这个选题的优越性，"教授！你太太不是搞焊接的吗？你可以把她叫来。路费、生活费，不用你操心，统统由我安排。我每月给你六百美金。这下你就可以富起来了。你先买辆摩托车，太太来了，你再买辆小轿车。"

他比我急，一连催了我三次。"教授，你给你太太的信写了没有？"我没有写。

稍稍有些"灵活性"，这信就写了，但他却不肯拿起笔，尽管他想她，他想家。有分别，就有想念。而且越是遥远，越是依恋。

他思念的感情还很细腻，很缠绵。在超级市场买完东西，回来再自己烧的时候，他老想在家里我可是甩手不管，饭来张口的呀。连那早已淡漠，当时并未留意的一些小事，也变成亲切、温暖的回忆：出国前那次考好英语回家，妻子问完考题，就说你有个地方错啦，她手里还拿着勺子，不也正在炒菜……

真的，他真希望她会意想不到地突然出现在面前。但在他只要写封信就能达到这个愿望时，他又一点也不想写，一点也不犹豫。

我有什么好选择的呢？我不能写这个信，我要瞒住她。她回杭州，主要理由就是因为母亲年老，没人照顾。我知道，要是告诉她，她真会不顾一切地赶来的，那样影响多不好。

我没想到，美国博士一面急着要我催我"太太"来。一面又忙着把曹教授当"包袱"甩开。曹教授很气愤地跑来对我说："原先我们三个人是一个组，现在他利用你把钱拿到手了，就把我蹬掉了。怎么办，请你自己决定。"我意识到，这个"决定"要慎之又慎。我不能仅仅考虑自己利益，而要考虑民族情绪。曹教授虽然已经加入美国籍，毕竟还是黑头发、黑眼睛、黄皮肤的中国人。况且，就冲着那次十三个小时、千里送行的一片真情，我又怎么能作出使他寒心的决定？我决定去找那位美国导师，建议他还是邀请曹教授一起搞。

美国导师拒绝了我。我也立即拒绝了他，"对不起，我不能参加你的课题了，我想转个学校。"我一说，他的嘴唇直哆嗦，因为这意味着到手的钱要飞了。他要求我再考虑考虑。

紧接着，又是一个没想到，工学院院长和系主任来亲自挽回局势了。起先我还不知道他们有个规定，教授弄来的拨款，学院可以从中提取一半。系主任也是台湾出身的。他"开导"我说："我知道中国人是最珍惜人情的。但你已经在美国生活了半年，这里的生活准则是'怎么对自己有利就怎么做'。希望你不要用你国内的标准来衡量是非，不要放弃这个课题。"

我找了个借口，婉言谢绝了他们的挽留。并且去跟那位失望的美国导师告辞。内心"法官"通不过的事，我不能做。我放弃了条件优越的选题，换了一个学校。我并不后悔，——因为从此我跟曹教授结下了更深一层的友谊，我们后来还一起合作发表了几篇论文。不仅是他，台湾来的学者也对我的为人表示赞许。一位台湾学者跟我前后房间相处了半年，相处得很好。他说：我信仰佛教，你信仰共产主义。但我觉得你这个人很有人情味。

瞧，连台湾这个学者都说我有人情味，我爱人却总不这么认为。我从美国回来，她还有两件事老嘀咕，一是我曾给撞过一次车，撞伤了腰，动弹不了。按规定可以让爱人去照顾。我又瞒住她，又一次把她去美国的机会敲掉了。

能出国，却没能让她出，这笔账已经难以勾销了。我一回国，她一看只有三个纸箱子，又火了："让你买的微波灶呢？你忘了！"她的要求不算高，不要别的，就想要点厨房用品，可以减轻一点家务操劳。她的叮嘱我记得，但是我还是让她失望了。老实说，我在那儿一个月虽然只有将近四百美金，要是吃得更省些，要是不一个人住一间房，跟别人合着租一间，我还是能攒下一笔钱，了却她的心愿。但我不能弄得这么穷酸相，不能让"台湾邻居"看低了我。还是那句话：我内心的法官通不过。因为我觉得，我不仅仅意味着我，还意味着哈工大，意味着中国学者的民族气概！

由杨士勤的不甘寒酸，我们想起哈工大另一位"甘于"寒酸的进修学者——光电子技术专业马祖光教授。他因为在联邦德国考察期间，令人信服地发现了新的激光光谱，最近被美国光学杂志列入《世界光学工程名人录》。而他在联邦德国这两年里，一共吃了一百五十斤方便面，却用节省的二万一千马克，为试验室捎回一套先进的激光测试设备。他也让家里人失望了，没有给女儿买架期盼已久的照相机。

五十六七岁的马教授，感奋不已地跟我们说起联邦德国那个研究所，起初曾很不客气地劝他放弃这个选题："你们是第三世界，你们的实验室水平和研究水平我们清楚……""但是最后,我让他们'清楚'地、惊讶地看到我获得的成果。"他抑制不住感情的冲动,摘下眼镜拭了拭泪水。他的结束语跟杨校长异曲同工,撞击人心:如果我们老跟人家比照相机、录像机型号,那我们永远无法跟国外强手比美。我们不能这么去羡慕人家,而要让人家羡慕我们的民族精神!

我们深深懂得了,什么是哈工大人? 什么是哈工大精神?

历史责任把"接力棒"传到我手上了
——杨士勤自述之二

好几位"叩门者",都兴致勃勃地用"不落俗套"这几个字,来形容新校长在大礼堂的第一次亮相。

"历史责任把这根接力棒传到我手上了——"他的就职演说,第一句话就很有力度,很有分量。

没有套话。没有废话。没有以前那种数不清的"哼啊哈呀"的"延长符号"。他总共只讲了八分钟,中间还不断地被掌声所打断。

好,接着谈。我那个"演说"是即兴式的,没有讲稿。

我说:当前哈工大教师关心什么? 有人讲是职称问题,有有人讲是工资问题,有人讲是房子问题。众说纷纭。这些确实是为大家所关心的,但并不是最关心的。最关心的,应该说是新班子上来做什么? 怎么去做? 能不能把咱们哈工大搞上去? 目前机构臃肿,办事效率不高,严重阻碍哈工大的发展。有些棘手问题长期存在,没有解决。现在新班子下决心要解决,看准了就动手。这样做可能要得罪一些人,但我们不怕得罪人……

有人算过,只讲了八分钟? 我倒不知道。但我知道,掌声哗哗地拍得这么响,是我触到了哈工大的"兴奋点"上。也是希望我,别停留在嘴巴上。

　　说实话，有时候决心真不好下，我怕得罪人。得罪我爱人，得罪家里人，心里有些不安，但不怕。我爱人那个脾气我摸熟了。她嘀咕，她发火，只要我不吭声，不应战，一阵子过去了，就雨过天晴了。但在学校里，对人家，就不那么好得罪。有些事得罪人的程度不太高，我能下决心，不含糊。还有些事得罪人的程度太高了，我就情面难却，挺犹豫。我给你们说说，我在九系当主任所发生的两件事。

　　不知你们听说了吧，博士生导师都是各个学科的顶儿尖儿人物，要报请国务院学位评议委员会批准的。像我们这样的一个系四个专业，教研室全都是博士点，有权授予博士学位的，全国只有为数不多的几家。不过，我们差一点儿，锻压这个博士点就吹了，吹在他们教研室自己报来的名单上。

　　他们只报了一个人，是全教研室资格最老的教授。还是全国压力加工协会常务理事。但是这位很有名望的老教授，年事已高，而近年来在学术文章和科研成果上，显然不如他的学生——我们这个系的副主任李硕本。教研室知道我们肯定要问"为什么不报李硕本？"四个室主任，再加上党支部书记一共五个人联名给系里打报告，说明为什么只报了一个，理由是他声望高，资格老，报两个不慎重……

　　那时我刚出差回来，看完这个报告，我就说"不行！"很清楚，不是什么"不慎重"，而是人事关系在起作用。教研室主任跟李硕本平起平坐，都是1955年毕业的。推老的上去，对他面子上没什么。而让同辈上去，他的面子不好看。我很坚决地把报告否决了，"你们必须推荐李硕本！"他们有些迟疑，说，"教研室主任出差了，""马上打电话告诉他，一定要加上李硕本！"

　　不出所料，批下来只批了一个李硕本。国务院学术评议委员会当然是六亲不认。教研室这才觉得系里坚持得对了，要是不报上李硕本，锻压就设不成"博士点"，成为全系独一无二的空白点，那才是真正的难堪!

但我可不是总这么"无私无畏",在解决我那个老家——焊接教研室班子换代问题上,我刚开始实在没有勇气,没有决心敢"得罪"两位老前辈,他们是给我传授知识的老师,看我成长起来的……

踏进哈工大,"九系"如雷贯耳。有人开玩笑说,九系是哈工大的"第一世界","超级大国"。不光出博士,还出校长,出党委书记。

系里实力最雄厚的,又数焊接教研室。杨校长和他爱人,都是出自这个专业,又留在这个专业的。校党委书记姜以宏副教授,是1955年从这个专业毕业,到苏联留学后又到这个专业任教的。有意思的是,党委书记还是校长的老师。他说,"我从莫斯科回来,还真给杨士勤他们上过课。"

有两个统计数字,可以充分显示哈工大焊接专业的特殊地位。在全国仅有的五个焊接博士研究生导师中,哈工大焊接专业就占了三个。在全国八十多名焊接教授中,竟有百分之七十五的人是哈工大的本科生、研究生或进修教师。无怪乎,一位来访的美国代表团的团长会以那样幽默而热烈的言词表达他的赞叹:"到中国来,不到哈工大看'焊接',就像去了敦煌没进莫高窟一样。"

焊接教研室的名气很响。墙上尽是奖状,学校的、黑龙江省的、国防工办的、全国科技大会的,全有!局外人没法想象,前几年竟有人把那块年年都到手的"先进集体"奖匾,倒过头来挂。人家惊讶,教研室内部却不然,谁的心里都明白这层意思:咱们不够这个资格,看了惭愧!我也知道,"焊接"确实有点消沉、有点闷气。兵强马壮的一个教研室,又像有领导又像没领导。主持工作的两位焊接界元老:一个不擅长抓工作,领导不了;另一个身体不好,不能领导。乍一看,要扭转局面并不难,只要请这两位精力已经不济的老教授退到二线,换上富有开拓精神和牺牲精神的王其隆教授,他才五十岁出头。

　　我是九系的头，我早想这么换。教研室的人态度也很明朗，连奖状都倒挂了，当然也希望这么办。但是我心里犹豫来犹豫去，他们都是我的老师，看着他们斑白的头，我怎么也开不了口。他们对我一直那么好，那么厚道。我出任系领导时，心里有顾虑：系里教授、副教授有几十个，我才是讲师，而且我是他们学生，上去合适不合适？老师都鼓励我，没问题。他们主动帮助我、支持我，看见我还是叫小杨，师生之间很亲切。而我这个学生，怎么反倒要劝老师引退？我老是问自己：杨士勤，你是不是太不近人情呢？

　　我这么犹豫又犹豫，两年就这么过去了。我也到美国进修了。

　　转眼又是两年，我已经从美国回来了。焊接班子还是像"冬眠"一样原封不动。但我出了一次"洋"，倒是有些变了样，心里总有一种焦灼感、急迫感。我并不是对人家的现代化着迷了，倾倒了。那个现代化再怎么的，也是人家的，没法带回来。我欣赏的是人家的生活节奏那么快，不像我们这么拖拖拉拉。人家的工作效率那么高，不像我们这样疲疲沓沓。我们说起来有那么多目标，那么多追求。但真正干起来，碰到一点磕磕碰碰，就在原地踏步走。像是指望有一天，能有一条像北京机场上那样的传送带，会把所有的目标和追求送过来，把所有的问题和困难装着走……

　　我终于下了出国前下不了的决心。去劝老师"引退"。

　　一"摊牌"，他们倒还理解我，虽说不太愿意离开一线岗位，但也知道自己精力不行了，工作搞不好。我说：我们都对这个教研室感情很深。老这么拖下去，会把集体拖垮了。要到那个地步反而被动了。下来以后，倒可以集中精力带带博士研究生。他们默认了。但有些担心：他上来会不会不尊重我？会不会……我对老师也充分理解，有什么顾虑和要求请尽管说，尽管提。

　　我又去找王其隆。我给他指出：你能力强，业务也强，在教研室里相当有威信。但是，好几位老师有顾虑，怕你上来，不能处理好关系。王其隆回答得很诚恳："你放心，我一定会处理好关系的，我对他们会比以前更尊重。"这下我心里有底了，我了解他这个人，说一不二，脾气痛快，他的保证是算数的。

王其隆的确是好样的。上去一年不到，就把"焊接"的面貌彻底改变了。

王其隆的一位副手，眉飞色舞地给我们介绍过近况：现在是叫得动、打得响。我们给大庆油田搞了个项目，挣了几十万元。要是按提成分奖金，一个人能有好几千。"试验室太挤了，用这笔钱加个'二层阁'，怎么样？"王其隆出头一商量，大家都赞成。好多事办得很舒畅：你想出国进修，学校又没经费，那我们教研室可以用自己的钱送你去进修。原来有些人不相信我们能干好，这回心服了。

我当校长之后，还记着"焊接"这个教训。不能搞照顾，照顾一个人，影响一大片。窝窝囊囊的，事业受损失。我在抓整个学校的机构改选、干部配备时，指导思想也一样。我一接手，就让组织部、人事处拿出精简机构方案来，我看国外一个系就设一个秘书，我们一个系工作人员有十几个，要这么多人干什么？他们已经搞出两套方案了，打算合并、撤销七八个处一级部门。干部配备不能拖泥带水，该上的坚决上，该下的坚决下。你有情绪，暂时想不通，甚至骂我也可以。有这个准备，我才敢在大会上那样说：我们不怕得罪人。

我想起用一些有事业心、有开创性、能在其位谋其政的人，尤其是那些到过国外思想和眼界都很开阔的人。我试了一下，大有成效。比如那个师资提高处，以前只是个办事机构，先搞表格，送人到哪些国家，有哪些题目？完了请你校长去拍板。这次我们提了个处长，业务能力很强，也是从美国进修回来的。他给你一竿子包到底，谁谁到日本，谁谁到联邦德国，谁谁到美国，都安排得恰到好处。他不用你校长操心了。我们新提的总务长，是从联邦德国进修回来的，也是能干得不得了。咱们一个摊子那么大，事情那么杂，他却指挥得有棱有角。像这样的干部，我们提了有一批。

你们想都想不到，这些人都像是"抢来"的。他们几乎个个摆脱不出来，他们原先所在的教研室说"他走不开、放不了"。不放也得放！我跟他们把话说穿了：哈工大的问题，是各部门缺乏得力的领导。而不是哪个教研室缺少哪个教师。他在更好，不在你那个教研室垮不了。

其实，不光教研室舍不得放，连他们自己也舍不得上，怕荒废了业务，这个官不愿意当。不当也得当！我也跟他们现身说法，我自己当了这么多年官：指导员、系主任、副校长，从来也没有当过脱产干部，以后也不想当。我不照样上课，照样做实验，照样写论文？党委书记姜以宏老师不也照样带研究生。我也不要你们脱离业务，或者说是不许脱离业务。我叫总务长不要跟我再缠：一言为定，三年为限。到时候，你不想干，我让你"打道回府"。

两个"窗口"：温暖的"进餐者之家"和校长的"寒舍"

人长得个头小小，办事情井井有条的校刊记者老常，是我们的"联络官"，我们这些天里的采访日程安排，全靠他的调遣。

他又来招呼我们了："走吧，还有一点时间，咱们去参观一下哈工大的两个'窗口'。先到食堂里转一转，回头来再到杨校长家里去看一看。"行，客随主便！

哦，这就是食堂。我们也天天吃食堂，吃出了经验。看它办得有没有水平，有没有质量？不用急于品尝，只消用眼睛打量进餐者的神情，以及炊事人员的态度。看来，情况良好。窗口里送出来的是热菜热饭热面孔，餐桌上传出来的是啧啧称赞声。

"怎么样？要尝尝味道吗？"校刊的老常得意得像伙食科长。一转身，却撞上了党委副书记卢振环。听杨校长介绍过，他是新班子里最年轻的一个，很会做思想工作。很显然，食堂也在他全方位思想工作的范围之内了。要不，怎么会跟我们在这儿狭路相逢呢！

果然，他从食堂工作的重要性生发开来，说道：你们大概也看到了，我们的学生思想很稳定，学习很专心。社会上乱，我们也不乱。北京有些学校打电话来"串联"，要他们参加游行"反饥饿"。"我们的食堂办得非常好，我们很满意，谈不上什么'反饥饿'。"他们不光拒绝参加"闹"，还劝阻对方别这么搞。我们很高兴，也很自豪，这说明我们的工作有成效。要我说，学生闹事当然不对，但你当领导的也该打板子，为什么不把食堂抓抓好？所以，我们跟杨校长都常常到伙房来转一转。

卢振环顿了顿，又说：现在的学生思想相当活跃，我们做领导的，要关心他们。学生有意见有问题，平时没机会向领导提，杨校长说要创造条件听意见，他常常利用周末跟同学开"见面会"，让大家畅所欲言……

卢振环不说我们也能猜到，这个食堂得的奖状不会少。果然没错！它连续三年被评为黑龙江省的先进食堂。伙食科连续五年被评为先进党支部，去年还被航天部授予"先进集体"的光荣称号。他们这个先进，的确是先进得叮当响！光是说他们搞那个生日饭，就太难能可贵了。打从去年年初起，伙食科费了好大劲儿查户口，给全校八千名学生一一做了"生日卡片"。刚开始学生怎么也没想到，你过生日前一天，就会收到食堂发来的"祝您生日愉快"的贺信。还告诉你，食堂已经专门为你准备好了生日饭，——以前是一碗"长寿面"，现在又发展成一块"生日蛋糕"。"我们的食堂，报纸上、电视里老介绍。昨天又上了《光明日报》的头版头条。哦，你们没看到？"

老常真有意思，怪不得带我们到食堂跑。他从衣兜里掏出一张《光明日报》。那标题做得挺大挺跳："哈工大食堂被誉为'进餐者之家'，——主副食花样总是各有十四五种之多，而且高、中、低档俱全，还增设课间餐、夜餐、病号餐、生日饭、风俗饭等。"哈工大食堂啊，真没说的！

我们又到第二个"窗口"——校长的家里了。这个房间，显得又拥挤，又空旷。说它拥挤，一张床、一张桌子、一架电话、一个书架、两张凳子，还有我们这五个大活人，就把这十来个平方占满了。说它空旷，是指它跟二十世纪八十年代的人所崇尚的"吃得营养，穿得漂亮，用得高档"的现代化标准，相去太远了。彩电？电冰箱？洗衣机？录音机？没有现代化的装备，没有现代化的气派。真使人怀疑，它的主人是一位西装经常穿、外国经常跑的大学校长。要不是书架上摞着那一本本厚厚的外文书刊，以及桌上搁着的论文资料和手稿，甚至看不出这是两个讲师的家。

刚才，"进餐者之家"给我们的印象是温暖和丰富。而现在校长之家则使我们感到"寒碜"和简陋。难怪学校要急，校长这么着，实在太有失哈工大身份了。也难怪小蔡要叫，有人来她没地方好跑。

我们随机应变，感受着气氛，想就地采访了。他们两口子都在，正好一箭双雕！

谈了不到二十分钟，有人咚咚地敲门了。我们成了旁听者。

这个刚走，门还没关上，哈工大所属的研究生院的两位"头头"又"乘虚而入"，来请示工作了。谢天谢地，见我们干等着，这两位只坐了十七分五十秒，就告辞了。

五分钟之后，电话铃又急促地响起来了……

哎呀，这么多"干扰"！我们望"杨"兴叹，吃不消了。"没办法，还是让他到你们那儿去谈吧。"一时间，我们跟蔡七雄有了"共同语言"，变成"统一战线"了，脸上都带着无可奈何的苦笑。她天天这么着，也真够受了。

"东京来的电话。"杨士勤边下楼梯，边告诉我们，"我们的一位顾问教授转告说，佐藤文生请你八月十九日至二十七日来日本商量一次。"还没说商量什么，倒又有人在楼梯口"截"住他商量问题了……

黄金时代的畅想曲：
不仅仅要把"中国第一流"的"流"字丢掉
——杨士勤自述之三

真巧，仿佛有超越空间的感应电流似的，知道杨校长要跟我们进入新一轮的交谈，刚才那个东京长途电话，又把现成的"国际题材"送来了——

你们在录像里也见到佐藤文生了吧？对，就是他在校庆典礼上读日本首相贺信的。

佐藤是在国会开会期间赶来的，挺匆忙。中曾根特批他五天假。他很看重哈工大，主动表示回国以后要实实在在帮我们做几件事。他打算回去就着手向日本一些企业筹集资金，给哈工大搞个比较现代化的图书馆，给计划设在山东威海的哈工大分校投资。他和一些日本朋友，提议哈工大跟别府大学建立姐妹校关系。他们说甲午海战的日本军舰，就是从别府市出发的。有这么一段缘故，所以他们强烈希望由哈工大搭桥，让别府市跟威海市建成姐妹城。威海市倒很乐意结交这个姐妹市，而且还答应无偿给我们提供一千八百亩地，这等于目前哈工大面积的两倍。这太理想了。哈尔滨现在寸土如金，我们实在是买不起啊！

人家这个办事速度，我们国内是望尘莫及。你想办件事，尽扯皮。佐藤临上飞机时对我说："八月份我希望在日本见到你。"现在才过了十来天，就把具体商谈的时间敲定了。

佐藤要我八月份去。筑波大学的"长途"催得更紧，要我七月中旬去。夫田校长要跟我讨论"高等教育怎么跟科研生产相结合"？我不赞成大学搞纯理论，空对空。上次在北京香山饭店的中日校长会议上，我们就干过仗。对这个问题争论得太热烈了，连举手发言也来不及。是呀，上个月我刚带了一个代表团，到东京大学去开过学术交流会。对，就是我爱人赶来连夜给我洗衬衫的那一次。

那个会开得很成功。就像日本文部省科学官、东京大学堂山昌南教授在一次招待会上说的："为中日两国大学之间的学术交流开创了一种新的形式，是一个范例。"有意思的是，会后出现了一个"争风吃醋"的小插曲。

东京大学是日本高等院校里的"名角儿"，架子相当大，对国内级别较低的一般大学根本看不上。但对我们却是以礼相待，校长为了尽地主之谊，特批了一笔活动费，把我们代表团的住房、会议厅、汽车费等开支，全都包掉了。像是要体现出这个会议水平相当高，主人安排作会址的汤岛会馆也相当高级。这座十一层楼的建筑，外表显得庄重典雅，里面的设施却很现代化。报告厅里的灯光照明能无极变光，跟幻灯机、投影仪配合得相当好。

我们这个报告会还真有吸引力。本来是个双边的材料科学学术报告会。等到正式开会时，却变成了"二国四方"会议——千叶工业大学和东京工业大学的教授，听到消息就一个劲儿要求参加，他们也带着论文来了。宣读的三十篇论文都挺精彩，具有国际水平。我们为主的两家各有十二篇。学术空气也挺活跃，你能挑出我的刺，我也能指出你的问题，有争论，有的反驳，双方可以说是平分秋色。

会议的语种是英语。我也宣读了论文，这是在美国发表的那一篇的续篇。日本朋友对我们代表团的外语表达能力感到惊奇，怎么一个个都说得这样棒？我心想，你们还不知道哈工大的外语实力！

这几年，我们的英语水平涨得非常快。在全国高等院校学生抽样测试中，1983年得了个第一，1984年得了个第二。至于俄语那就更不用说了。哈工大的前身就叫哈尔滨中俄工业学校，是1920年由中国人跟俄国人联合创办的。

一位老教授曾告诉我们一个笑话。他1951年刚到哈工大时还不懂俄语。但墙上的布告是俄文，厕所门上也是俄文，哪儿是男？哪儿是女？他干瞪眼了，不敢往里跑。

没想到，我们跟非姐妹校的东京大学开这个报告会，会使姐妹校的东京工业大学受到很大刺激。他们只有少数几位教授出席。

尤其是在他们对哈工大了解得越来越多，知道我们金属材料系的四个专业，清一色都有权授予博士学位，还有两名教授是地位很高的国务院学位委员会学科评论组成员，而这次代表团八个人中，除了我和秘书之外，有四个教授，两个副教授，大多数都是中国有关学会理事会的领导成员之后，东京工大的几位教授，既感到惊讶和钦佩，又感到不满和吃醋。

他们回去跟校长"发作"了：我们是日本唯一可以授予工科学位的学校，又是跟哈工大对口的姐妹校，怎么反倒让东京大学当了东道主？我们当时蒙在鼓里，给人家"火上加油"了。双边会议结束以后，我们访问的日程表上，第一家就是访问千叶工业大学。千叶工业大学是跟我们关系很亲热的姐妹校。我们很重感情，虽然我们跟学术地位比"千叶"高出许多的东京大学举行双边会议，但我们并不怠慢老朋友。

跟东京工业大学嘛，我们心里有点小疙瘩。他们也是日本的王牌大学，身价很高。他们虽然很早就跟我们是姐妹校，但由于长期不来往，不了解哈工大的实力和地位，对我们前几年派来的代表团有些冷淡，校长根本不露面。加上在香山饭店中日校长会议上，我也见过他，觉得不大好接近。所以，这次有意把访问排在最后，作为我们回国前最后一项日程。

我们估计错了。那天早上，一进东京工业大学，就轮到我们惊讶了。不光松田武彦校长亲自出动，还带着副校长，以及国际交流部长等六七个人，在大楼门口迎候我们。

中午，东京工业大学为我们设了一个很丰盛的鸡尾酒午宴。松田武彦校长又来了，并且致了欢迎词。我也答词致谢。

一边喝酒，一边交谈，真像是久别重逢的亲姐妹。不过，参加过"双边"会议的教授悄悄透露说，他们回来对学校领导提过批评意见了。噢！怪不得"气温"一下子升高了那么多。

像是要加倍补偿以前的冷落，松田武彦校长这次大大破了例，第三次出场了。晚上他搞得更隆重。驱车一个半小时，一直开到东京市古代建筑保留地浅草区。在一座纯粹日本式的大酒店里，以传统的日本式宴会又招待我们一次，还有歌伎唱歌、跳舞。松田校长又一次致了热情洋溢的欢迎词……

遗憾的是，我们让热情的主人失望了。当他们提议明年举行一次"双边"学术报告会时，我们不得不很为难地回绝说，"1986年不行了"。东京大学已经把明年约掉了。汤岛会馆那个会刚结束，会议主席、到哈工大讲过学的国际知名教授井形直弘，就打电话请我到他房间里去。跟我碰杯祝贺说，这个会议开得非常成功，非常满意，希望能继续下去，明年由哈工大作东道主。

东京工业大学倒很通情达理，说：那就请1987年来，到我们这儿开吧。他们还挺友好地对哈工大敞开大门，准备再多接受一些我们派去进修的学者……

刚说到"敞开大门"，就有人轻轻拧开门，伸进半个脑袋来。是招待所值班的老伯伯。"要锁门啦？"杨校长条件反射地起身看看表，十一点四十分。规定的晚上"会客时间"早超过了！

"不要紧，不要紧！你们谈，你们谈！"老同志见我们误以为他来下"逐客令"，连连摆手，解释说，"杨校长，你爱人不放心，刚才来问过，我说你们还没谈完呢。"我们都会心地笑了，毕竟是"影子"啊!

误会消除了。杨校长又坐下了。关于日本之行，关于对外交往，也就此打住了。我们都想到，招待所的那位老同志等候着锁门呢!话题变得跳跃不定，谈话也迅速推向高潮。我们开始"喧宾夺主"地发问，而他似乎成了答记者问的"发言人"。当我们请他展开说明"哈工大现在进入了黄金时代。教师队伍现在是最佳年龄"时，他一面引用哈工大最负盛名的老校长李昌的话，一面伸出右手食指上下比划着，像是在摁动一架电子计算机，摁出一连串数字来——

老校长不止一次地分析过哈工大的优势和劣势。他说，有人讲哈工大的黄金时代是我在那儿的五十年代，六十年代。不，真正的黄金时代是现在。办学校最重要的是抓教师队伍，别的都是第二位的。没有设备可以买，没有房子可以造。但要建立一支有好传统的师资队伍，不是一年、二年、三年、五年的事，没有几十年培养不起来。我在哈工大依靠的八百壮士，他们五十年代还年轻，有的刚毕业，有的是助教，连个讲师都没有，什么都不会，苏联专家一来就全会了。现在这批人老的55岁—60岁，中间的50岁—55岁，年轻的才45岁—50岁。他们成熟了，更能胜任工作了。哈工大这个年龄优势，至少还能保持十年……

现在发展到一千六百壮士了。我们老拿师资队伍的平均年龄统计数字鼓励自己。博士生导师，本来就凤毛麟角。别的名牌大学的导师，基本上都是人到古稀、老态龙钟，没有多少精力了。而我们14个博士生导师，只有两个超过60岁。教授平均年龄是54岁。副教授平均年龄是51岁。讲师平均年龄是47岁半。全校1600个教师，60岁以上的还不到十个。这在全国重点大学里，大概是绝无仅有的!是的，我们有这个"最佳年龄"，才有这个"黄金时代"!

我们趁热打铁，请他谈谈哈工大的"畅想曲"。杨士勤的眼中闪射出兴奋的、憧憬的神采。仅仅借助于一个手指，显然不足以表达和倾吐感情，他索性挥动起整个手臂来，像是一个大气磅礴的音乐指挥，把自己和听众一起陶醉了。

我们很有体会，很有感慨。一个人的价值在于自己的贡献和创造。一个学校的地位和声誉也同样在于自己的贡献和创造。人家是对你刮目相看，还是敷衍冷淡，就看你论文写了多少？人才出了多少？牌子创得多响？

我们对哈工大目前的知名度不太甘心，不够胃口！五十年代的哈工大在全国举足轻重，声誉比现在响得多，吸引力比现在大得多。是毛主席亲自点的将，李昌同志来当校长。刘少奇同志还具体入微地作了"关于哈尔滨工业大学改进计划"的批示：毛、朱、陈、李富春阅。办好这样一个大学，很有必要，拟批准此计划。请陈云同志注意所需经费。实验室及苏联教授住室按近代一般标准建筑，学生宿舍及校舍，以不冷、合卫生、能住人为原则，在十年后再建近代校舍。"

哈尔滨工大桃李芬芳，五十年代校友中，有现在的国家科委主任宋健，中国科学院学部委员、中国科技大学校长管维炎，中国科学院学部委员蔡其巩这样的人才。六十年代校友中，有中共中央办公厅主任王兆国，沈阳市长李长春这样的人才。我们还统计过，在五十年代和六十年代初的毕业生中，有四五十人在全国各地担任了大学校长。他们至今对母校还怀有依恋和感激之情。

离开母校三十一年的老校友、长春汽车厂厂长耿照杰这次为母校同学作报告，说五十年代哈工大是我国首屈一指的重点大学。我就是慕它的名气，奔它是"新型的学校"、"工程师的摇篮"来哈工大的。母校给了我一把最宝贵的钥匙，一把能在人生道路上解开很多困难的钥匙，这就是追求、奋斗和创造……

哈工大历届领导班子的工作是卓有成绩的。而我们新班子是承前启后，工作刚刚开始，担子很重。有人说是"知足常乐"。我们新班子不知足。不能满足于当个"全国第一流"。一位领导同志说得好极了，"你们要把'流'字甩掉，变成全国第一，才能体现出你们的志气。"我们再奋斗个五年到十年，一定要使哈工大成为全国高等院校里的国家队，跻身到世界知名大学的行列里。

门又拧开了。这回我们不约而同地看了看表。不得了，已经是凌晨一点二十分。太拖累招待所这位老同志了。

我们又误解了。他不是来催促的，而是转告说，"杨校长，你爱人刚才又来过一次了。见你们还没散，再回去拿来了麦乳精和饼干……"。

但误解归误解，这热烈的、又有些"残酷"的采访该结束了。老同志不锁门，没法休息。蔡七雄不放心杨校长的身体，可能还在家等着。况且，杨校长天亮还得上班。

我们坚决地"送客"了。

尾声：平静的夏夜。不平静的感慨

这是一个平静的深夜，哈工大睡熟了。

这又是一个醒人的凌晨，我们毫无睡意。

一次几个小时的漫长采访，已经闪电式地结束了。但这个带有感叹号的休止符号，却激起我们情感上更多的感慨。我和《北方文学》的那位编辑俯身在窗台上，目送杨校长踏着夜色归去。他也许正欣慰地沉浸在一种温暖和幸福之中；也许什么也没有想，对自己家中产生的新的平衡，已经习惯成自然了。

然而，我们很动感情地谈论起蔡七雄。无意之中，我们采撷到了难以直接采访到的细节：关于她的如影相随，她的体贴入微。今晚这位没有一起来接受采访，却三次非正式"亮相"的校长夫人，给人的印象太深了。她是他尽心尽力的贤内助，是他如火如荼的生命的组成部分。

　　她失去的太多了，得到的太少了。唉，咎由自取，谁叫她做了成功者的妻子？！这些"生活而不为生活所俘虏，役使一切而不为一切役使"的成功者啊！不是说，蔡七雄有时也会嘀嘀咕咕，发发牢骚？何必要求有着七情六欲，诸多需求的人，一个个都终年累月地任劳任怨？有正常的摩擦，正常的烦恼，就需要有正常的倾吐，或者叫作"嘀咕"。

　　其实，需要倾吐和呼吁的，岂止是她，岂止是一个家庭！哈工大的教师乃至最高长官们，不也时常在呼吁，或者是叫"嘀咕"！上届副校长、李家宝教授呼吁说：有人说杨士勤才是讲师，连个副教授也不是。不能当这个，不能当那个。其实，这一茬人早该提了。你不给他名儿，一"冻结"就是四年不评，等会儿又说他没有职称，不能带研究生，这不是自己整自己吗？

　　还有不少人也呼吁说：现在下面流传"照顾老年，牺牲中年，培养青年"。中年人在第一线打头阵，负担确实重。全校有一百个老讲师，还有部分副教授，工资才七十八块半。物价涨了，子女大了，不添这，不添那，日常生活也过得紧紧巴巴。这些人身体都不大好。前几天死了一个五十岁的，昨天又死了一个五十一岁的。我们真于心不忍。尽管报纸上在呼吁，却没有实际行动。上面不给解决，我们想自己搞些补贴，又给算成"不正之风"。我们想不通！

　　也不止是他们，连杨士勤本人也都大发感慨：知识分子不是贪得无厌，好了又想好。给他一间房、二间房，基本生活条件具备了，他就安心了。我们不算原来遗留的困难户，就说刚得学位的六百名博士生、硕士生，都成了无房户。外单位许愿给他们二间房、三间房，来吸引他们。人家也知道，留在哈工大好，只要你想工作，哈工大不会埋没你。可以说是"天高任鸟飞"。但要是不给他们个立锥之地，怎么留得住人？

　　哦，不是说艰苦使人奋发，困难催人进取吗？让我们赞美奋发进取的成功者，连同赞美成功者的影子！没有她，会有他的成功吗？一撇一捺组成的"人",是如此简单、明了,却又是如此复杂、深奥！没有这一撇,那一捺就无所依;没有那一捺,这一撇又无所靠。是的,几乎有一个成功的男子汉,就有一个为之献身的女同胞。正缘于此,有杨士勤这样一个成功者——"全国最年轻"的重点大学校长,就有蔡七雄这样一个出色的影子。哈工大的今天和未来,属于他,也属于她……

啊,我忘了给上海的应届毕业生们转告了,转告杨士勤校长的一片热望:这些年,南方来的同学太少太少了。勿要舍不得往外跑。上海生活条件虽然好,但是城市太挤太闹,空间太小……我交关欢迎伊拉来报考……

对了,他的影子也讲过:哈尔滨格个城市蛮漂亮,名气也蛮响。外国人喊伊"东方的巴黎","东方的莫斯科"……格个地方冷天交关有味道,里相有火烤,外头有冰雕。夏天还可以去白相太阳岛……

1985年6月15日—25日采访于哈工大、哈工大镜泊湖招待所

1985年12月1日—20日写于上海爱国二村斗室

闯荡在太阳旗的国度

他已经相当日本化了。

来也匆匆，去也匆匆，明天他又要飞回东京了。最后一天的日程安排是超负荷的，白天继续谈生意，签合同，而整个晚上全交给我了，连睡眠时间也未留下——我们已在长途电话里约定，作一次彻夜谈。

他汗淋淋地赶回来了。乌黑的长发，清秀的脸庞，颏下有一颗痣。

"对不起，对不起！"知道我等候已久，进门之后，他就一弯身来了个道地的东洋礼节，深深地鞠躬致歉。动作之标准之娴熟，决不亚于日本电视剧《血疑》里头那位有魅力的大岛茂先生。

等我重新落座，让录音机严阵以待时，他递上名片，又欠身招呼说："对不起，请再等一会儿。"

一张雅致的桐木纹名片。我多少有些惊讶，在黄一勤名下，印着一长串头衔：

黄楼书院株式会社社长

黄楼广告艺术株式会社社长

黄楼商事株式会社社长

黄楼レストラングループ（餐饮集团）会长

在日留学生基金会理事长

在日留学生协会会长

酒喝多了，得清醒一下。他到盥洗室里哗里哗啦地冲洗了一阵。待他再一次说"对不起"，在我对面坐下时，已经不是西装笔挺，领带摘了，连衬衫也都剥了，只穿着件黑尼龙衫。这有点接近于上海小青年了，简洁之中带有几分野性。

"我不上格的，出身也低微，"他并不打算装点自己的形象，用手指了指助手，说，"伊拉讲，'阴暗面'不要乱讲，我不想瞒侬罗先生，要瞒就不惬意了。我从小就是小捣蛋，恶作剧事做过不少，现在想想蛮懊恼。"

他说话痛快得惊人，透明度相当高。"但我坏也坏不到啥地方去，不偷不抢，公安局、派出所统统呒进去过。小学、中学都读得不错，不是吹牛皮，除了唱歌，其他功课都在90分以上。"接着，他又一连用了3个"绝对"来概括、评析自己："我人缘绝对好，问到人家绝对会讲，黄一勤做人绝对漂亮。"

门铃叮叮咚咚响了。助手去开门。刚才还自嘲酒喝多了的黄一勤，又开始端起酒杯。谈话出现小小的停顿。我用眼光剖析着他，真不知道在"小流氓"——穷留学生——日本黄楼集团老板，这远开八只脚的三者之间，如何演变而来？

罗先生，侬多少年纪？噢，40多，跟我大阿哥差不多。罗兄，不要见笑，我真不晓得怎么跟侬谈。平常夜里老酒一吃，牛皮乱吹，讲到酸甜苦辣，自己会眼泪汪汪。现在这么一本正经，录音机边上一放，真慌。

人家都说我是幸运儿、成功者，其实我只是求得跟别人一样，有同一条起跑线。在东洋吃过的苦只有自己晓得，我洗过死人、卖过血，再苦的生活也做过，这个苦不讲有东海深，至少也有一面盆……

一

在国门大开的今天，中国出现了空前的出国热。成千上万的人自费留学，奔赴美国、加拿大、联邦德国、澳大利亚。最容易的去处，是弹丸之地的日本。即使一点日语不懂，只要凑足几十万日元，或是一二万元外汇券，申请签证获准，便可赴日留学。据日本法务省入国管理局统计，今年1至5月赴日的自费留学生，已达8064人，而去年全年为7179人。目前，上海人的"留日热"还在不断升温，许多人涌向日本驻沪总领事馆排长蛇阵，甚至出现了"10元人民币代排一夜队"的人。

这盛况，在70年代末不可想象。那时，余悸未消，绝大多数人对出国这个敏感问题，不敢想，不敢说，不敢做，心里还有点吓佬佬。

但害怕归害怕，还是有人想出去，疾风暴雨的年头毕竟过去了。上海医药公司一家仓库的搬运工——24岁多一点儿的黄一勤就是一个。他跃跃欲试，打定主意出洋闯荡。欲望战胜了害怕。

1979年春节，在日本的两个嬢嬢一起到上海来了。这回黄一勤憋不住了，见到大嬢嬢就急切地说：我想出去闯一闯。

在这个家庭里，他生活得不快活。文化大革命爆发时，他才小学三年级，但已吃尽苦头了。书香门第出身的爸爸，被人家弄去扫大街，回家总拿给他带来厄运的小儿子出气，动不动把黄一勤绑起来打，一打二三十分钟。打到后来，黄一勤已经不会掉眼泪了。打死他也不哭，不叫，不讨饶。每次都靠母亲和邻居阿奶来解救。

爸爸拿他发泄。他拿人家出气，搞恶作剧。只要晓得是谁欺负他爸爸，第二天就绝对不放过。弄不过你大人，弄弄你小人总可以。恶作剧的事黄一勤做过不少：欺负他们的里弄干部家晾被子，黄一勤到小菜场弄来带鱼污物往上刮；早上居委会主任、治保主任家马桶放在门口，他在下面垫二三块砖头，造成斜角，流得一塌糊涂……

　　17岁中学毕业后,黄一勤分到医药公司徐汇区仓库当装卸工。他想改邪归正了,"通报"过去的小兄弟,今后不要再找他。

　　当时有两种选择:一种是学徒工,一个月只有17元8角,但满师后可以有个好工种,人轻松。一种是当搬搬弄弄的普通工,拿41块。他选择了后一种——实际上他不这么选择也没用,人家看了他档案,就内定他当苦工。

　　他这可怜巴巴的41块钱,给在安徽插队的姐姐15块,给在江西插队的二哥以及补贴负债累累的家庭,自己只剩6块钱,没法过日子。他尽量低消费:自己卷烟抽,一个月4包大众牌烟丝2块钱;每天晚上喝1两酒,9分钱的乙曲或是1毛钱的土烧。他还帮人家去刷墙壁、装玻璃窗,弄点钱补贴补贴。

　　虽说穷,关键时刻他又慷慨得像富翁。在江西插队的哥哥急需钱办婚事,女方家里已是频频催促。他借了1200元债,给哥哥雪中送炭。

　　这还不算,为了解救落难小弟兄,他又背上了第二笔债。他有个从小就在一道的好朋友,坐了一年牢,刚放回来上班。又偷了人家自行车,被发觉了。黄一勤去托一个父亲是在区公安局的同学说情:跟你爸爸讲一声,我让他去自首,不要判他刑。

　　要求可以答应,但要黄一勤也帮帮他家忙。他插队的妹妹男朋友在上海,也是黄一勤的好朋友。同学家让小黄转告这个人:一是3年之内把女儿从外地调回来;二是结婚要有彩电。

　　于是,听出弦外之音的黄一勤,两肋插刀,又借了1200元去买彩电……同学的父亲很守信用,没有再抓人。

　　一欠欠了2500块,现在看着不稀奇,形势变了,还可以当个体户做生意,当时是件不得了的事,只能靠死工资。他每天拆东墙、补西墙,找朋友帮忙。后来明白了,像这样下去,这笔债一生一世也还不清。他开始萌发了出国闯荡的念头,这是没有希望里的希望。

　　想出去,还不光为了这笔钱。在单位里也感到压抑。在领导眼里他出身不好，思想落后，没有出头日子。原先在仓库里做工，顶头上司——股长兼团干部——是一位18岁的姑娘。她的同班同学好多是黄一勤的朋友，下班又跟黄一勤同路，两个人总是一边踏自行车，一边聊天。她师傅是工会主席，认为徒弟在谈朋友、轧坏道，便动手拆散，把黄一勤调到医药公司批发部——上交通牌大卡车做搬运工。

脾气倔强、喜欢硬出头的黄一勤，走到哪里都是一个刺头。车长比他小一岁，总喊他阿哥。一天，送药到一家区中心医院药库。卸货时，车子下面的人没接牢，一包药"啪"地摔在地上跌碎了。药房里有人在边上一边手乱挥，一边骂："身上穿得破破烂烂，事情也做得烂污烂糟。"黄一勤火大了，上去"叭"一把捉牢伊。对方挣扎道：你想打人？黄一勤索性露了本相，教训道：不要讲打人不打人。你穿开裆裤辰光，我就在这一带"撑市面"了。我打拳出身，你现在敢动伊一下，我叫你夜里出门脚骨敲断。

想不到，一回单位就"吃生活"了，坏掉的药放在台子上，开批判会。黄一勤关照车上几个人，把责任往他身上推，由他对付。戴眼镜的党支部书记上纲上线，像抓阶级斗争，连对方那个"受害者"的身份、年龄都报出来：共产党员，44岁……会议结束时，戴眼镜的书记还讲：小黄，你留下来。黄一勤窝着火回答："对不起，我不留了。开会已经开到7点钟了，我娘今天过生日，菜烧好了等我回去，有话明天再讲。你也是有儿子的人，做得不要太绝。"

第二天早上，又到小组里开批判会，又摆了一桌子药。党支部书记上纲上线还不过瘾，要他们赔偿经济损失了：主要责任者多少，次要责任者多少，总共18块钱。黄一勤火气老旺，别转身上楼去借互助金，回来"啪嗒"一声，20块钱摆在支部书记面前，"你拿去，够了吧！"

不是他闯的祸，偏要硬出头。他把头头得罪了。不过，若干年之后，他们又成了朋友。

黄一勤的至亲好友进他在东京办的黄楼书院,一概收费。但对有位整过他的领导却开先例:你子女来,可以分文不收,而且帮助解决房子,联系工作。报复心重的黄一勤,要以特殊方式让他的老上级内疚。而这位老上司说及当年这一段,不止一次夸赞说:你是一个男子汉!

两个嬢嬢来得正是时候。像是知道黄一勤拆东墙补西墙,背了一身债。也像是知道他想换个工作环境,改变生活道路。是的。从17岁开始做这个装卸工,也做够了。自己脑子不比人家笨,读书不比人家差,但在国内这样下去,永远没机会上大学。工作上不惬意,精神上也不惬意,他不甘心,觉得委屈了自己,一定要换个环境。

大嬢嬢了解黄一勤的心情,也了解国情,创造性地想出一个最稳当、最完美的主意,说:"小弟,你跟我妹妹结婚,不是名正言顺好到香港去吗?"

这建议大胆得不可设想。但小嬢嬢一口答应,愿意帮忙。于是,他和年龄比他还小的嬢嬢真的在梅龙镇酒家办了3桌喜酒。酒席雷厉风行地办了,单位里也传得沸沸扬扬,民政局却不批,说男方一定要超过25足岁,才能领取结婚证书。一盆冷水浇下来,事情办不下去了。

"香港不能去,算了。你到日本来探亲,我叫我先生做保人。"大嬢嬢真叫负责到底,虽也扫兴,还是安慰小弟,回去之前又拿出第二方案。

虽说手续纷繁,要单位同意,区里同意,市里同意,但周折比他预料的少得多。

1980年10月20日,他终于拿到了很难拿到的探亲护照。当然,这顺当跟他新添的一笔债务有关——又欠了800元!

二

黄一勤第一次去日本,是1981年3月7日。两手空空,连换洗衣服也没带,就带着满腔希望。神户嬢嬢关照说:国内衣裳带来也不能穿,我在日本替你买。

想得很美，但很快就在嬢嬢家碰了一鼻子灰，中国人亲眷碰在一起，话总讲不完。他跟嬢嬢从小就熟，这次出来又很兴奋，家常一谈就谈到深夜一两点。

做梦也想不到，姑父竟然吃醋了。东洋人亲戚之间淡漠得很，他无法想象，年纪差不多，怎么会是嬢嬢？来的大概是情人，才这么亲热，话这么多。

虽说姑父是一家蛋糕工场的工场长，收入不错，但无意让这位中国亲戚白吃饭。中国亲戚却也自觉，每天惨淡经营，帮一家皮鞋店扎鞋底，一个钟头只有200日元。最受折磨的是他的手，戴着皮套子拉蜡线，一拉十几个钟头，又肿又痛，晚上睡觉时难受得没处放，恨不得斩掉拉倒。

黄一勤做客40天，有20多天是这么熬过来的：咬紧牙关，忍气吞声。但他终于被逐出家门了。这个东洋姑父神经搭牢，老是浪声浪气，没有好脸色。嬢嬢无可奈何地说："小弟，我没办法了。你要么回国，要么到其他地方去。"嬢嬢是尽心尽力了，这中间还帮他介绍了几个日本姑娘，人家认都不认识他，他连一句日本话也不会说，人家怎么肯嫁给他。

肚子里窝着火，却又无处发作。千方百计、兴师动众出来，这样灰溜溜回去还有什么面子？黄一勤回答说：我决不回去，但我不会做对不起你的事。你让我到东京去闯一闯吧。

嬢嬢给了他1万多日元，这是他扎鞋底扎出来的血汗钱。还不放心地拳拳叮嘱：你到东京，先花1000块到银行里立只账号，没钱用马上打电话告诉我，我给你寄来。

真是世态炎凉。才探了个把月亲，就变得举目无亲了。他感到失望、渺茫、恐慌。东京一个人也不认识，黄一勤心里一点也没底。所以去投奔那里，只是偶然在报纸上看到一则启事，东京日中学院要招生，说不定会有点机会。

东京给他的第一印象是很有魅力，让人充分感受到现代化的滋味。很奇怪，地下有火车，地上也有火车，而且居然在高楼大厦当中穿来穿去。但他实在没有情绪观光、欣赏。作为一个寒酸的流浪者，他跟这个繁华的花花世界形成巨大的反差。

这是个星期六。他去找一个叫吉田的老师。听他把情况一说，吉田就一口回绝，学院不可能收留：你的护照是探亲的，不是留学的。但这位40岁上下的老师心地很好，见他无亲无靠，当晚把他带到家里住。

吉田教中文。星期一早上，他把黄一勤带到课堂上，介绍给大家："这位是中国来的，想找个工作，哪位有办法解决？"谢天谢地，一个叫麻田的学生举手说："我有办法。"

麻田25岁，已经大学毕业了，再来学中文。他外公对中国相当熟，日本侵占中国时，在哈尔滨居住。现在是一家大公司——惠雅堂会长，开有出版社、高尔夫球场、饭店和不动产，钞票多得要漫出来。

下午，小麻田就把黄一勤带回家。上帝保佑，老麻田觉得"这小家伙还可以"，同意留下。他被安排在家里开的俄国餐厅里洗碗，住在宿舍里。工作时间是晚上5点到10点，5个钟点2500块。小麻田的姨妈就是饭店的老板娘，几年之后又成了黄一勤的过房娘。

有个落脚点，心里的一块石头落地了。他想多赚点钱，又找到新宿一家"中华楼"饭馆去问，"有工作做吗？"星期天他帮吉田老师的朋友搬家时，曾到过这家中国餐馆。老板回说：这里没有，但我可以帮你介绍一家。

阎王好见，小鬼难搪。那是家台湾人开的中国饭店。店长山东口音，一听黄一勤从上海来，就骂山门：妈的，大陆来的不行，共产党的人不行。老板娘赶出来打圆场说："小伙子还可以呀。明天来试试看。"她倒是欣赏这个年轻、漂亮的劳动力。似乎是报应，那个吃相难看的山东店长，境况江河日下；在黄一勤发迹之后，三天两头来恳求他帮忙。

　　跟俄国餐厅一样，工作也是洗碗。每天干5个半钟点：从上午10点到下午3点半。

　　头一天到饭店厨房间打工，提心吊胆，慌手慌脚，耳朵成了摆设没用了，日本话一句也不懂。厨房间里大师傅脾气暴躁，叫他拿东西他不知所措，只见对方嘴巴动，却不知他要什么。日本人不讲做思想工作，讲动手打的，勺子往你头上敲，盆子朝你身上摔。

　　虽说生性倔强，但自知理亏，也无话可讲。好容易找到的工作，黄一勤不想丢掉。而且他看得出大师傅火气虽大，心地不坏——他后来再到日本打工、读书，差不多有两年时间里，每天的饭盒子都是这个好心的大师傅帮他准备的。

　　俄国餐厅的老板、老板娘很赞赏他的勤快，有点空当，连凳脚下面都去擦拭。所以，当他三个月的探亲护照期满，想办延期，这两个日本人欣然赞同。

　　办好延期手续的这天，黄一勤刚到俄国餐厅一会儿，好情绪就一下被破坏了——无论如何也想不到，神户姑父精神发狂，竟然赶来驱逐他。在麻田家族面前，无端中伤说："这个人要逃到台湾去，不能让他留下来！"他气昏了，后来才晓得，为了阿佺是真是假一事，这个日本佬又跟嬢嬢大吵一场，然后跑来赶人。他希望斩草除根，不留隐患。

　　真是欺人太甚。"小家伙在东京孤身一人，一句日文不懂，不要再难为他了。"老麻田出场了，话说得相当强硬，"你不做担保人，我做！入国管理局局长是我同学。"

　　黄一勤不知道老麻田怎么对付姑父的，只知道姑父灰溜溜地走了。人非草木，他感受到这家人确实对他不错。

　　但转眼3个月又匆匆而过，已经不可能再延期，非回去不可了。他有意识地试探说："我还想回来，能否帮我担保？"麻田家没答应。日本人相当实际，也相当势利：在这里出力，不亏待你；你既然走了，就画一个句号。

当然也有例外。黄一勤在台湾人开的中国饭店里，结识了常来吃饭的东洋大学教授中下先生。此人一看就是一副学者样子，年近花甲，个头瘦长，满头花发。他当过记者，办过报社，开过出版社，跟这家饭店里的营业部长黄亦星是30多年至交。碰巧得很，黄亦星也是川沙老乡，对黄一勤这个同姓小辈相当关照。

中下先生过去一直研究中国，名望相当高，是东京数得上的中国通。竹下登首相要访问中国，他是智囊人物之一。"我是半个中国人"。中下先生自小在天津长大，会说中国话——用一口北方口音，对黄一勤表述他的"地方主义"偏向："我是北方人，挺棒；你们南方人不怎么样。"

但显然，黄一勤不在中下先生泛指的"怎么样"之列。这位对中国浩繁的古典文学、拗口的"之乎者也"研究有素的日本学者，所以对黄一勤"一见钟情"，是因为惊愕于这个毛头小伙子的古文功底。老人把他叫到家里，赞许他说："40年来，我头一次看到像你这样年龄的人，看古文像看白话文。"

讲到留学的事情，黄一勤忧心忡忡地说："回去，恐怕出不来了。不知你能不能想想办法，我已经山穷水尽，只有这一线希望了。"

"不用怕，我一定保你来！"中下真是"北方人"脾气，相当豪爽，安慰说，"假使有麻烦，我会利用外务省关系，利用《读卖新闻》社的关系。"

舷窗外是茫茫大海，他在回国的旅途中。不，严格说，从踏上甲板那一刻起，就算是踏上了中国国土。这是一艘返回上海的中国远洋公司货轮。

按说，远洋货轮是不许外人上船的。但黄一勤不仅仅上来了，而且带着装箱有六个立方的家用电器——彩电、冰箱、洗衣机、照相机。为了让吃过许多苦的父母扬眉吐气，享受一下"现代化"，他已囊空如洗。

1981年中秋那天，一个周末。当他突然回到家，喜出望外的妈妈先是呆住了，随后才猛一把抱住他，放声大哭。快活的眼泪不必擦，让她老人家哭个够吧。

三

又是一个星期六——1982年2月24日。

似乎是命运注定，黄一勤生活中一些至关重要的难忘时日，都发生在星期六。

本是兴奋地卷土重来、二闯东洋，但打从下午4时出了东京机场，他就扫兴地感觉到，出师不利：说好来接他的一个人没来，任他左顾右盼，左等右等，仍是毫无影踪。天又不帮忙，下着讨厌的雨。

真不知是何缘故。待他带着疑团，乘长途汽车赶往东京郊区，好不容易找到那人住处，已是晚上八九点钟了。"还算好！"他心想，"今朝夜里总归住在这里了。"但对方无意留客，下了逐客令，说："对不起，在日本没有这个习惯。"

他等于被人家赶了出来。

午夜时分，才重新赶回市区。但夜色浓重，他已经不识路了，末班车也早过去了，只得露宿在大门紧闭的池袋火车站门口。沿马路的车站，有点儿檐口，他背靠着柱子，就坐在那只价值47块钱的红皮箱上。边上还有一只粗糙的尼龙袋。

用上海话来说，他是"赤屁股打天下"。换洗衣服，一件都没带。但知道日本烟酒昂贵，这些嗜好物他倒背得不少。10只原装咳嗽药水的2000毫升塑料壶里，灌的是土烧；还有10包大众牌烟丝及卷烟纸。总价值不过才人民币二三十元，却够他受用一阵了。

模模糊糊地打盹。早春二月的雨夜，相当冷，他穿得又单薄，实在难熬。但他安慰自己，明天这时候，就能住进麻田家那间有六张席子地位的房间了。俄国餐厅的老板娘答应过，下次你来了，还是到我们店里做，到我们宿舍里住。眼下，他难以进入睡眠状态的主要原因，是担心烟丝给飘进来的雨水打湿了。凌晨二三点钟，警察查夜来了。他出示了护照，又在纸上用汉字写道："末班车未赶上。"警察基本上看懂了、点点头，不再打扰他了。

早上，雨过天晴。他7点多钟就赶到千叶县，保证人中下先生家在这里。皮箱里还藏着件有点价值的礼物——一本旧的、老版本的《康熙字典》，中下先生一定会很喜欢的。但他在离保证人家还有十几分钟路程的今川河边停下了。身上唯一的一套衣裳又潮又脏，溅满了泥浆，这副样子太丢人，怎么能去拜见中下先生?

他不得不采取断然措施，到河里洗了衣裤，洗了鞋子，然后放在水泥河堤上晒。但他够狼狈了，像示众似的，上头穿绒线衫，下面穿棉毛裤，过往的人都朝他看。顾不上许多了，他只好强作镇静，旁若无人地卷烟抽。一直苦苦坚持到下午一点多，衣服才干了，鞋面也干了，虽说鞋底还潮湿，但见中下先生时不至于太难堪了。

从星期一起，开始每天赶三个场次，打工19个小时。他的生活节奏，日复一日，像时钟那样枯燥、匆忙、紧张。

上午10点，他在一个姓张的上海老板开的京王饭店切菜。饭店11时半开门，他要在个把小时里，事先为大师傅准备好两箱菜:一箱红萝卜切成片，这是烧什锦汤、什锦饭用的。一箱白萝卜切成条，腌萝卜干。营业时间到了，还得继续输送:萝卜、辣椒、黄芽菜，切成片、切成丝、切成块。反正，得一刻也不歇手地切上5个小时，直到下午3点为止。

这里工资说定700日元一个小时。但过了些时候，老板跟介绍人说，"小黄这个人切菜不灵光，让伊跑堂去。"跑堂的工资是店里最低的，550日元一小时。但黄一勤也不好说什么，知道自己切菜确实不行，以前在家里从来没做过。但没多久，老板又说:"这几天厨房里忙，侬去帮帮忙。"还是叫他切菜，工资却白白少掉150块。

还是大师傅告诉他实话，"原来不知道你还在语言学堂读书，介绍人没说。日本政府规定，这类学生不许打工。现在老板知道你这个身份，乘此机会压低你工资。"黄一勤一听火冒三丈，不做了！他另找了一家中国饭店，还是在厨房里切切弄弄，工作时间也不变。

到俄国餐馆洗碗，本来是4点到10点。老板娘说，想多赚点的话，你早点来，做做清洁工作。

"早点来"，就得3点半之前赶到：店里计报酬，半个钟头起算——300日元。3点出来，走到俄国餐厅不过20分钟，但京王饭店下班换衣裳不方便——在一家大百货店里。于是，他下午吃饭时，就把衣服从换衣间拿出来，摆在厨房间一只角落里。到时间换好就跑。他气喘喘地奔去，到门口歇一歇，差不多3点25分了。"啪！"一卡打进去，恰到好处。

争分夺秒地赶来，一忙忙上6个半小时，已是力不自胜。有时，老板娘让他坐下来把餐巾纸折成三角。他一坐定眼睛就想合上，只好在边上放杯冷水，不时用手蘸些在眼皮上，作为清醒剂。

晚上10点下班，半小时之后，他又出现在一家烤鸡、烤肉的日本大众小酒店里。一直忙到第二天早上5点。

骑自行车回到宿舍，差不多将近6点了。

他舍不得乘车子，一天来回要240日元，一个月就是7000多。于是，花4000日元买了一辆灰不溜秋的旧女式车。

没有人比他对精疲力竭的含义理解更深。倒在榻榻米上，转眼就呼呼入睡了。但他无福享受8小时睡眠，充其量只能享受短短的3个小时。"家书抵万金"，要是上海家里人有信来，他会像突然服了兴奋剂似的，看上半个小时、一个小时，甚至不惜因此耽误了全部睡眠。

上午10点钟，他又要上班。还得有个提前量——路上得花费半个多钟头。他根本不可能从梦中醒来，完全依赖闹钟大声吵醒自己。

他创纪录地买了5只闹钟。第一只钟9点开始闹,第二只9点03分闹。随后,接力棒似的,每隔三分钟就有一只跟上来铃声大作。人太累了,眼睛都睁不开,也不想睁开,一听闹钟叫就厌烦。二三只一掀,还是警钟长鸣,脑子就警觉了,清醒了,屈服了:不行,9点20分之前不出门,就要迟到。他不得不一骨碌起来了。

昏昏沉沉、睡眼惺忪地冲出门,又吃苦头了。特别是冬天,冰天雪地把手脚冻僵了,他连车带人不止一次地摔倒在打滑的地上,跌得四仰八叉;要不就是迷迷糊糊地朝路旁大树上撞去,撞得身上青一块、紫一块,甚至付出流血代价。

一个星期里,他至少有三个早晨——星期一、星期四、星期五,不用跟无情无义、穷凶极恶的闹钟们打交道。但不幸,这比打交道还更糟糕,一早上那少得可怜的三个小时好梦也没法做了。

虽说忙,虽说累,他还不得不见缝插针地挤时间到日语学校读书。虽然学校管理并不严,眼开眼闭,但还是有种压迫感和威慑力:一直不去,到时候便不能延期,不能在日本待下去。

星期四是中国人这家饭店休息,上午10点到下午3点全属自己支配。早上从日本人开的那个小酒店下班,他就不睡了。8点开始,至12点钟到学校里读书。中午就不回宿舍了——学校、宿舍和俄国餐厅之间,像个三角形,回去再出来,太浪费时间。

他直接骑车到俄国餐厅。白天,店里有个小间不开放,可以钻在里面呼呼大睡。3点半之前,店里人会来叫他。

第二天早上,他又再接再厉地放弃睡眠,狠狠心到学校去读一个小时书。但几乎每次一进教室,就困得难受,心里后悔不迭:"今天真不应该来。"老师在讲课,他不好意思明目张胆地睡觉,那太放肆了。只能假装看书,打打瞌睡。幸好,有同学帮他打掩护。香港来的一个年轻姑娘,对他很不错,总是心照不宣地坐在黄一勤前面的位子上,挡着老师视线,让他睡得"安然无恙"。好在只消充当一个小时保护伞,一到九点钟黄一勤就要溜掉,十点钟还得上班。

他不想给老师留下太坏印象,更不希望被遗忘。无论如何,一个星期总得在老师的签到簿上出现三次——一而再,再而三嘛。所以,他星期一还是如法炮制,到学校露露面,上一节课就悄悄撤退。

这天是俄国餐厅休息日。下午3点之后至10点,他是自由的。但实际上,他也不见得比上班空闲。先是在房间里大扫除,把这一周里换下的一堆变味的衣裳袜子洗好、晾好。然后,就急着去浴室打扫"变味"的自己了。洗澡本是种愉快享受,在他却无疑是沉重负担。他没功夫洗澡,一个星期只能到浴室"偶一为之"。而每次都是硬着头皮洗的。每晚必到的日本浴客,像是发现了天外来客,都以惊诧不解的目光看着他唰唰地从身上搓下一条条、一层层老垢。"这个人怎么这样脏,怎么这样懒?"饱汉不知饿汉饥啊!

终于完成任务,"逃"出浴室了。晚上还得去小酒店干一通宵活,他赶紧回宿舍"干干净净"睡上两三个钟头。

热天没有澡洗,身上不干不净,臭汗淋漓;人也累得倒了胃口,不想吃东西,睡又睡不好,实在太折磨人了。冷天也真不是人过的日子。东京的冬天跟上海差不多,房间里却没床,要睡那个短命的"榻榻米"。下面铺一条棉花胎,一条薄垫被,上面盖一条被子,一条毯子,躺进去就像进了冰凉世界,身子不由得蜷缩起来。

虽说黄一勤是条年轻汉子,也经受不住这太重的负荷、太快的节奏。几个月下来,黄一勤身体开始垮下来了。好端端的胃也已不堪忍受,那疼痛由针刺而火燎,愈演愈烈。他熬住了,在日本不能泡病假,难得一次还可以。他也不能让老板知道他累病了,做不动了;更不能让他们知道,自己一天要打三份工。

后来更不行了。每天凌晨两三点那一阵,痛得脸上变色,冷汗直冒;

而且不光前面痛，背脊后面也痛。人也唰地瘦下来，体重直线下降，竟从一年半前的六十七公斤掉到四十七公斤。倒是俄国餐厅的老板娘不放心地催促道："小黄，你到医院去检查呀！"X光片一拍，胃镜一照，不得了！胃溃疡很严重，有三个地方已经烂了。而所谓"背脊痛"，查下来则是因劳累过度引起的慢性胰腺炎。

再不能这样跟生命开玩笑了。再不能一天只睡两三个钟点了。他心里相当明白。

这个年轻人前程并不灿烂。身体已经是个问题。能否掌握日本语这个攸关能否生存下去的工具，又是个问题。

黄一勤上一次到日本半年，挣了点钱，却没机会进语言学校，一句日语都不会。带了几盘"会话磁带"回国，一进原单位的老轨道，上班、下班，东忙西忙，根本没顾上学。这次虽然进了为期一年半的日本语学校，也只是去露露面而已，而且多半是去打瞌睡。有理由担心，一年半下来，他的耳朵和嘴巴在日本还得继续当摆设。

说来不可思议，此番他来东京之后，日语竟是突飞猛进。所有跟他交谈过的中国人、日本人，都呆住了，不敢相信："小黄，你真的才来了一年？"而日本语学校的老师所以睁一只眼闭一只眼，任其"来去自由"，不光是因为知道他穷，要拼命打工，更因为他的日语程度进步相当快，考试成绩总是名列前茅。

有奥秘吗？有！黄一勤虽说很少去学校，但有位老师却跟他须臾难分——衣兜里，始终放着一本比香烟盒稍大的袖珍日语字典。

在饭店里工作时，看到菜单上有不认识的字，马上翻字典。在马路上，看到个陌生字，又把字典掏出来，边走边看，这个字究竟什么意思？

从口袋里这么掏进掏出，频率太高了，字典的边边角角都给翻得卷起来了，随后又开始掉页——丢三落四了。翻都没法翻了，还舍不得丢掉，为买一本1000多日元的新字典，他要盘算多少回。但到后来还是觉得扔掉合算，与其查个字这么麻烦，不如重新买一本，可以节省好多时间。

口袋里的日语字典，一年已经换过3本。而他衣服里面贴满的橡皮膏，不知换过多少次。每条橡皮膏上都写着日语单词。他一有空就看就读，等到弄懂了记住了，又换上一批新的橡皮膏。在日本话里，橡皮膏这个词儿也很妙、很形象——"一贴还好拉下来"。

上了一年半的日本语学校，黄一勤累计起来最多只去过一个月。但学期考试时，他得了第一。

在日本一年一度的全国性日语统考中，他也显示了实力。考生如云，在日本各地的各国学生都不肯错过这个机会——只有在考试中取得"优秀"的人，才能进入日本第一流大学。黄一勤考了个第二名。

而在日本NHK电视台举办的轰轰烈烈的日语比赛中，这位身穿白底蓝条T恤衫登上演讲台的年轻人，更是出尽风头。居然在参赛的两万多名外国学生中，杀出重围，拔得头筹。这是荣誉，也是好兆头——有人告诉他，曾在NHK赛场上得奖的中国幸运儿们，后来一个个都进入了层次较高的"小圈子"，在日本成了相当出色的翻译和电视播音员。

不过，黄一勤最感到满意和欣慰的，是他同时报考早稻田大学、法政大学等日本四所名牌大学，竟都被录取。在国内的时候，他总觉得自己的才能被埋没了，生活没有提供公平竞争的机会。"为什么我只能当苦力，不能上大学呢？"他希望能得到深造，希望能有机会体现自身价值。

他选择了法政大学。不为别的，就因为他所崇敬的同族前辈、大名鼎鼎的黄炎培先生，当年到日本考察时，曾在这个学校里度过三个月，并结识了孙文、黄兴等革命先驱。

又是考了第一名，他很得意。吃饱老酒之后，不觉愤愤然想起父亲过去让他吃耳光时，断言他这一生一世是"吃生活的坯子，穿麻袋布的料——没出息。"他提笔给父亲写了封"反攻倒算"的信，在历数自己的辉煌成绩后，洋洋自得地反问道：我不是蛮有本事，蛮有出息吗？

他又新起炉灶，找了份基本不影响上课的工作——帮"丸之内送报组"送报。每天送两次，早上5点到7点半，下午2点半到4点半，一共近5个小时。

学校里的课程，重头戏是上午9点上到12点。他送完早报还不到8点。时间绰绰有余。下午第一节课是必修课，非去不可。他一点钟进课堂，两点钟逃出来，再去送报。日本大学也怪，纪律说严又不严，不去上课不行，但去了你想打瞌睡也可以，上到一半溜掉也可以，没人会来管你。

他专门给单位订户送报，这比送个人订户爽快，一共只有二十几家单位，而且一如上海外滩那样——办公大楼全集中在那一长溜高楼大厦里。但这活儿却也算不得轻松愉快，一是数量多，一个单位就有好几十份报纸，厚厚的、沉沉的。他那自行车的后座上，报纸总是像堆小山，堆得高高的，扎得牢牢的。二是要赶时间，大楼奔进奔出，电梯上上下下，天再冷，也是忙得一身汗。进人家门里有暖气，不觉得什么，跑出来给冷风一吹，汗珠子一下都化成了鸡皮疙瘩。冷冷热热，反反复复，那滋味真叫人难熬。

平时还好，可以骑车送。但一碰上个雪压冰封的天气，就麻烦无穷。1984年1月，东京下了一场几十年未有过的大雪，飘飘落落，数日不歇。大地一片白茫茫，下面冻得硬邦邦，上面却是软乎乎。车子没法骑，也没法推，但报纸非得在7点半之前准时送到，不然客户会有意见。他只好早早赶去，将报纸分扎成几大捆，一次次背，多跑几个来回。但直到他肩上压着重重的报纸、匆匆出动，头班电车还不见影踪，似乎仍在睡梦之中。

下午送报送到4点半，转而再到俄国餐厅打第二份工：从5点干到11点。一天能睡5个多小时，晚上不用熬夜，他人已经不像先前那样疲劳了。而且，少打了一份工，总收入并不低于过去的23万至30万，送报的收入相当可观，一天5个小时，一个月给16万。

几个月之后，连俄国餐厅这个铁饭碗他也不想捧下去了。打从1982年初春起，在这里做了一年零八个月，店里对他不薄。但他已经明白，一直在这个地方做下去没办法找到更好出路。他希望能更广泛地接触社会，通过做各种各样的工作去实际了解。好在自己日语已经讲得不错了，也认识了一些人。他把想法跟老板和老板娘说了，他们表示理解，完全支持他去闯荡事业。

他不无留恋地搬出麻田家那相当不错的宿舍，另外租了间只有三张席子（约5个平方）的住处。从这时候起，留学生在东京所能做的临时工，他几乎都做过。而且，每次都是有言在先，一个地方只做一两个月。

他有时到医院去洗死人。洗一次死人2万日元。这个挣钱活儿，是一位相熟的医生帮忙介绍的。晚上打工打到11点半之后，赶到阴森森的停尸房，一套清洗工具已经准备停当。日本洗死人比活人洗澡还讲究。不仅要身上洗得一尘不染，连耳朵洞里都要挖得干干净净。一个死人要洗两三个钟头，很麻烦。但这收入好，相当于他在饭店里洗30个小时碗。况且，还开阔了他的眼界。

他还顶替一位上海朋友到"男人俱乐部"去当过两天"男陪酒"——男妓。干这行的这位老乡因病告假，征得店长同意，让黄一勤临时去帮忙。

到这个地方来的，无非两种女人，一种是有钞票人家跑来消遣，还有一种本身就是妓女。这种人整天在酒吧里陪男人喝酒，脸上强作笑颜，内心却是相当压抑、厌烦，也要调节和平衡一下，让男人来侍候她。

这些"男陪酒"，一个个衣冠楚楚，手表也好，衣服也好，鞋子也好，都是第一流的。报酬也特别高，6个钟头竟有2万元。如果让一个有钱的女人看中了，更是得益匪浅，不过要求也极高：一是要年轻，人长得漂亮，二是日语要好，能说会道，知识面也要宽，能使客人笑口常开，满意而归。

黄一勤也是满意而归。这短短两天客串，又让他看到日本社会的一个方面。而且显示了实力，他显然符合"男陪酒"的两大标准，"接待工作"干得不坏。

不过，有些活儿干完了回去，却使他情绪大为沮丧。譬如，清扫大楼夹层里的灰尘就如此。一楼跟二楼或是其他楼层之间，夹层里都嵌着台空调机，里面上上下下、左左右右沾满灰尘。除尘很折腾人。得蒙着大口罩，佝偻着身子钻进那小小的、阴暗的空间。用那种压力相当大的强力气筒喷，把角角落落里的积尘都吹下来。一面这么拼命吹，一面用吸尘器使劲吸。人被滚滚烟尘包围了、吞没了。

这活儿全是星期六、星期天做，人家事务所这两天是休息日。人吃点苦倒无所谓，难受的是人脏得像个赤佬，这事务所却没法洗澡。而自己又不能飞回宿舍，还得在路上走，还得去坐电车。人家日本人星期日一个个穿得西装笔挺、清清爽爽，碰到他像是碰到瘟神，目光睥睨不屑地向他扫射，人躲得远远的。他感到无地自容，自尊心被严重伤害了，每一分钟都备受煎熬。唯一可安慰的是，干这倒霉的活儿收入很高。

他还做过多少地方呢？多得简直数不清。

东京的情人旅馆里，也去帮忙做过。悄然而来的情人们寻欢作乐之后，又悄然离去。他来整理房间，打扫战场。

当一个个浴室洗完那蒸气浴，让每一个毛孔里都滋滋流出汗水和油污之后，他又来收拾残局，哗哗地冲洗、擦拭浴室里留下的一切污泥浊水。

露天工作的差使苦，却挣得起钱，每天收入一万。他也常去打游击。有时，人家工程队承包修马路，要让车辆有秩序地改道行驶，他手拿个小旗，在现场担任交通指挥。有时，又有一条新的小地铁破土动工了，几百个卖苦力的留学生蜂拥而至，他也卷入了。工作是装车，把挖出来的泥土转移到车上。

他成了一个特殊的"游击队员"。

四

　　虽然，他黄一勤日语已经说得相当漂亮，虽然他已经进了堂堂的法政大学，还是无法改变自己眼下的社会地位，不得不继续出卖廉价劳动力。到1984年3月，他在日本闯荡整整两年了。这时，他打游击到东京有名的"新大谷"饭店当仆欧，负责把菜分到客人盆子里。这工种比以前干的洗碗、切菜那些粗活细了些。工作时间也可以自己掌握：饭店方面让你把一个星期里的空余时间事先告诉它，帮你作出安排。

　　"新大谷"是东京最高级的饭店之一。在频频举行的酒会上，很容易见到日本政界的上层人士和国内外来访的人物。黄一勤在这里认识了不少人，包括中国公派到日本来的几位高干子弟。他没想到，这些人无意之中使他在日本的生活处境发生了重大转折。

　　黄一勤所认识的，从北京一家中外合资的大饭店公派来日本实习一年的几个哥们，都是高干子弟——包括驻外大使的儿子。他们出入于上流社会。跟《朝日新闻》社也有关系，有时帮忙做翻译。

　　在一次酒会上，轮到他们圈子里的一个人当翻译。那人没空，跟黄一勤商量说："小黄，帮个忙！明天酒会缺一个翻译，你在边上帮他们传传话。"

　　虽是初出茅庐，却受到了《朝日新闻》社社会部部长的夸奖。"小黄，你的日语讲得不错呀！"这位后来青云直上，成了《朝日新闻》社总编辑的部长，跟黄一勤一边喝酒，一面随便谈起中国的名山大川和风土人情。他很喜欢天南海北什么话题都能吹一点的人，偏偏黄一勤喜欢白相，在国内跑过不少地方，算得是一个绝好的谈话对象。部长还有意无意地提了些问题：中国东南西北的边缘在哪儿？29个省市的名称及其负责人？国内政治运动的变迁情况，现在哪些人掌权？黄一勤应对自如。分手时，部长给了他一张名片。

过了些天，部长又打电话叫他到《朝日新闻》社去一次。他一路上心里在嘀咕，为什么事叫我？"好啊，小黄，欢迎你参加我们的外围组织。"部长说话很有艺术，先说出结果，再加解释，用的倒装句。"我们现在要搞战争遗孤的事情，这次想请你做翻译。下个星期就来，行吗？"

黄一勤喜出望外，一口答应。他还不明白，部长上次已经捎带着、声色不露地对他进行过面试。但他明白，自己是"替补队员"，要不是那几位公务缠身、重任在肩的哥们忙着到欧洲去考察半个月，这份差使不会轮上他。

负责战争遗孤报道班子的一位召集人也在场。《朝日新闻》社专门有这么一套实力雄厚、阵容强大的"孤儿取材班"，一共16个人，——6个是专职搞，还有10个是兼职的。

战争遗孤问题，是日本的社会热点，为朝野人士所密切关注。事情渊源于1945年7月，侵华的日本关东军战败，仓促溃逃，连自己的孩子也来不及带走。据日本政府的不完全统计，扔在中国的战争孤儿有四五千人之多。而现在，这些遗孤分期分批、陆陆续续地回到日本来寻找骨肉亲人。这一期已是第7期。作为日本的主要大报之一，对这等牵动民心的大事，不能不作持续深入的专题报道。

他很卖力气。跟记者们相处得也很好。本来说好请他干两个星期，给30万元。这个数目已经够刺激，够心满意足了。但一接待完，他拿到薪水就愣了，竟付给他80万。这是对他高效率工作的高奖励。

"为什么这样做？因为你所做的事已经不是原来的1倍、2倍，而是3倍、4倍。"社会部部长很喜欢这个全身心地投入工作的年轻人，进一步摊开谜底说，"孤儿取材班的所有记者，都已经跟我反映，要求让你再参加下一次接待！"部长还关切地问起他的经济情况和家庭情况。这时，他的生活已经可以了，家里欠的几千元债也已还清；只是已经有了女朋友，开始谈恋爱，总得积攒一笔钱。

又是一批战争遗孤来了。150个人分成3组，每组50个人。在一个组活动两个星期之后，隔开4天，又一个组再开始活动。他本来是陪记者下去采访，当翻译的。但到后期，记者们已经不大下去，没有必要下去了。而他却越俎代庖，变成不是记者的记者。日本人是务实的，你能干就放手让你干，让你充分发挥。他们甚至觉得，这个中国小伙子不仅仅是可以下去采访，而且占有优势：彼此间语言相通，谈话方便，感情很容易撞击、交流。

他心里燃烧着一股工作激情，生活变得如此充实，比起单调乏味的洗碗、切菜、洗死人来，天差地别。那是死的，这是活的，富于创造性的，他越做越有味道，有一种做不够的感觉。记者们又这么信任他，放手程度越来越高，起先还让他采访回来复述材料，揭示个框框条条，再去动笔。后来见他自己能把握了，只要他写完稿子给记者过过目，帮他修改、润色。他的口语不错，但文字表达毕竟还嫩。再后来，他信用更好了，可以不通过一般记者，直接把稿件交给部主任审阅。他确实不负众望，人家采访不到的深度材料他能采访到、挖掘到，写出来的东西味道就是与众不同。

好像知道他干这一行还没干够，第二次接待工作刚结束，部长就正式挽留他这个临时工，说："小黄，你不要走啦！在这里当记者，我一天给你3万，一个月90万。"

这么器重他，黄一勤不敢想象！在这个世界上，活了28年，17岁就走上工作岗位，有哪个领导这么尊重他、信任他，认识到他的才能和价值？没有！他从来不曾奢望过，这个几乎不接纳任何外国人进入编辑部的日本大报，居然破例让他当了嘱托（特约）记者。给他的薪水，也出乎意料的多，一年1000万！一个60岁的大学教授也拿不到这么多。在报社里，也只有那些38岁至40多岁的中坚力量，才能拿这么多。而一般年轻记者则是望尘莫及。至于大学生刚进报社，头一年薪水只有15万，而且不让你当编辑、记者，先要你为读者送报，让你了解读者的口味和体验新闻工作的甘苦。

一下子像从地狱走进了天堂。当初每天奔命似的打工19个钟头，一个月收入只有二十三四万，最多时也不过30万。而那些一天打工五六个小时，不愿意玩命的自费生，一个月只有七八万，处境维艰。现在天翻地覆，他至少拿90万，实际上还不止于此。连同加班费，以及考虑到他毕竟不入报社编制，不是正式成员，享受不到保险金，部长一个月总给他报40天，那就是120万的月收入。

一个打工为生的穷人，以前老为没钱发愁。1983年秋天，他在四出打游击做临时工，突然接到在江西的哥哥一封急信：江西发大水，把哥哥、嫂嫂好容易建立的小家庭冲光了。他身上没钱，离拿薪水还有10天，不得不去偷偷卖血。他的血流进了横滨华侨总会一个头头夫人的血管里。那个女人，年纪跟他差不多大。当他拿了只装着钱的信封走出门时，眼泪都出来了……

如今一下子富起来，真不知道这笔钞票怎么用。报社很客气，早上有车子接，而且都是豪华型小车。吃饭也不消自己破费。

他得意起来了。跑了3年战争遗孤的专题，跑出了一点小名气，人家都知道有这么个年轻人。报社也很得意，在日本3家大报中，《朝日新闻》关于战争遗孤的报道———一直占有优势。还专门出了一本书，《我是中国人》，里面有好几篇是黄一勤的手笔。

他艰难而又幸运地闯进了东京的上层社会。作为专门负责中国方面的"担当"，他越来越多地接触到那些跟中国有关系的国会议员，有的还成了私交甚笃的好朋友。《朝日新闻》社一些扶掖后生的名记者和老前辈，也有意地关照他、提携他，将他引见给一些社会名流。而他那位大名鼎鼎的保证人中下先生，更是尽心尽力，着眼于未来，让他结识了一批商界人士。黄一勤尤是感激，但起初并未充分意识到此举的深远意义。

在一再受到关于商品经济的启蒙和启示之后，这个聪明人终于豁然开朗，知道了怎么利用手头用不完的钱。他已经通过几家贸易公司，跟韩国、新加坡商人做生意。但这还是间接的，他在幕后，不在前台。后来，接任社会部部长的铃木孝雄提出来，"小黄，你也去弄个饭店嘛。我们新闻界好酒的人相当多，却没个清静所在，可以一边开怀喝酒，一边尽兴聊天。"

黄一勤本身就是酒鬼，一拍即合，准备搞个"小乐惠"，环境舒适，价格优惠，还能广交朋友，联络感情。于是，1986年8月，在"杉并区"这个地方，他的小饭店开张了。规模并不大，坐满也就三十五六个人。但生意不坏，层次也高，很受新闻记者、国会议员青睐。包括竹下登首相也到"小乐惠"享受过个中雅趣。不过，领导人光临一家小酒店，在日本算不得稀罕。

他从无冕之王变成小有财源的黄老板。第一次听到人家这么称呼，他感到陌生、新鲜、不大习惯。回想往事，不禁感慨万千。闯荡日本3年半，从打苦工到当老板，这条路曲曲弯弯，坑坑洼洼，何其艰难，又何其遥远。

社会地位巩固了，经济实力加强了，他不甘心献身于一个小饭店，不甘心一直用别的公司名义做买卖，"还是独立搞公司吧！"一年以后，他成立了黄楼集团。黄楼这个名字，并不仅仅是为了纪念他出生的那个上海郊县的小镇。"黄"在日语里发"广"音，而"楼"则是指砌房屋。所谓"广砌房屋"者，暗暗呼应大诗人杜甫"安得广厦千万间"的不朽名句也。

比起先前的小打小闹，黄楼集团神气多了：下面设有黄楼广告艺术株式会社，有黄楼商事株式会社——包括商场、卡拉OK夜总会和那个小乐惠饭店。还有黄楼书院。办这个学校并非偶然。在接触战争遗孤时，他太深地感受到，那些在中国长大的日本孤儿，实则已经是中国人了。他们有家有业，有老有小，大部分人不想回日本。语言不通，习惯不同，生活无着，回来也难以生存和立足。但他们很想送子女回来先受教育，再找工作。然而，日本政府嘴巴上说得漂亮，行动上却是绝不帮助。弄得一家家报纸愤愤然，忍不住要在版面上予以批判和呼吁。

"这件事他们不干，我倒要试试看！"黄一勤决意推出一个大专预备班性质的语言学校。他对那些遗孤太有感情了。当然，还有另一个重要因素，为来日本留学的中国同胞开设一个窗口，开拓一条通道。当记者的这几年，他曾帮姐姐和一些上海朋友办过入学手续，算是领教了。有些开了个学校自以为了不起的日本人，对中国人又凶又傲，只图拼命赚钞票，质量却是一团糟。抱着一腔热望来求学的许多青年人，被他们蒙骗了、耽误了。"人家能办学校，我为什么不能办？"他发狠了。但从零开始，筹备一个学校，要花相当大一笔钞票。他又觉得自己钱其实还是太少太少，杯水车薪！好在银行帮忙，一下贷给他一笔相当数量的贷款。显然，看在他《朝日新闻》社的记者分上。在日本，只有有地位、有信用的人，才能借到这么多钱。他的面子确实不小，待到黄楼书院挂牌成立那天，日本众议院议长、文部大臣、前法务大臣、自卫队防卫长官这批显赫人物，也一个个大驾光临。

摊子大了，实在忙不过来。1987年8月，他正式向报社提出辞职。虽然他十分热爱、十分留恋《朝日新闻》这个在日本有举足轻重地位的报社，以及记者这个工作。这几年，他无论到哪儿，人家都对他相当客气；即使他后来已离开报社，人家提到他还是说，"噢，他是《朝日新闻》社的！"难怪对于栽培他的这家新闻社，会怀有刻骨铭心的终生感激：

"《朝日新闻》社使我有了今天。我死都忘不了这一点。

"我事业的起点在《朝日新闻》社。"

离开《朝日新闻》社时，对赏识他的报社总编辑（原社会部部长），以及现任的社会部部长铃木孝雄，再三表示由衷感激之后，他把去因说得相当坦率：我是一个外国人，在《朝日新闻》社我的事业算到头了，不可能再有大发展，也不可能进一步重用我。还是让我到社会上去闯一番事业。我不甘心到此为止。

这两位日本上司，虽是惋惜，但很理解，相当赞赏这位中国下属的火热性格——事业上雄心勃勃，永不知足！

他很有透明度，感情外露，无意装点自己的老板形象，他无意掩饰自己的喜怒哀乐。

有时，他朗声大笑。有时，他忍不住咬牙切齿地骂句粗话，宣泄怒火。他很会说话，而且是滔滔不绝。但在追述凄楚往事时，他又每每停顿下来，有好几分钟闭起眼睛，低头不语，我想，要不是人多，他大概会失声痛哭出来。

这是一场熬神的采访。日本的两位马拉松巨星儿玉兄弟，跑完42.195公里全程，不过2小时8分至2小时10分左右。从昨晚开始，我们已经用完3个马拉松时间，进入第4个"马拉松"。

我的兴奋剂是浓茶。而黄一勤亟需的，是不绝于手的七星牌香烟，和不绝于口的杯中物，冰箱里最引人注目的是林立的瓶酒，库存充足。年复一年，他最大乐趣是每晚喝上五六个小时，不到半夜两三点钟不回家。一边畅饮，一边谈生意。

凌晨3点多了。虽然我们都是夜神仙，但7个多小时"马拉松"下来，却也倦意袭人。好在话题已经不再有先前的苦涩和沉重。

"我算熬出头了，日子好过了。可以说，今年要比去年好，明年又要比今年好。我这个人不肯安分，不想停顿，有点像梁山上下来的味道，坐不定，站不定，总想做事情。东京的中国自费留学生社会地位还是相当低，处境不好过的人相当多。不少人找来求援：有的要求解决工作，有的要求推荐学校，也有的要求帮助改变一下护照身份。

"我稍微过几天安稳日子，就想折腾。最近，正在跟人合资办大专。黄楼集团以前所有项目都是独资的，但办大专学堂花费不得了，不可能单独搞。学堂地点选在当年吃过原子弹的广岛。原因，一方面因为广岛地皮比东京便宜得多。另一方面，是从中日不再战的和平友好角度考虑。这个学校准备明年10月份开张，分14个科目，招2000名学生，大部分招中国来的自费生。"

"人生一世，草木一秋。"这位未来的广岛那所大专学校董事长，忽发感慨，引用了《水浒传》里的一句哲言，语言灼热地表白道：有这点钞票，我在东京几生几世也用不光。但总想为民族、为国家做点事，做得成做不成不晓得，成不成一颗心。不讲炎黄子孙，不讲龙的传人，撇开虚头花脑字眼不谈，你西装笔挺染头发，再洋派，再有钞票，你忘记不掉自己是中国人，你也不可能成为别地方人。

"我现在就把眼光转向国内，转向上海。今后搞任何一个项目，只要在'黄楼'力所能及、承受得了的前提下，可以用人民币结算，扩大合作范围。这次在上海国际俱乐部里搞了小项目——黄楼卡拉OK夜总会。设备是从国外进口的，投资30万外汇人民币。但我收进的是人民币。不能光考虑外商在上海要娱乐，中国人也要娱乐。都收外汇券，人家不能进来白相了，要骂山门。"

他的表现欲相当强烈。又离题强调起他的歌唱才能来，说："不吹牛皮，罗兄！你下趟到阿拉卡拉OK来，我唱两只给你听，肯定精彩。

"钞票是身外之物，生不带来，死不带去。这点钞票搬回来投资，赚了拿不出去也没关系，放在国内再生产，可以搞别的项目。也可以用一部分来赞助文化教育事业。东洋人日子已经好过了，钞票摆在伊面也没啥意思。我现在手头还不算阔绰，只能小打小闹，有一天彻底好了，我就全部扑上去。我这个人老狂，总想做带头羊——像孟子讲的'舍我其谁也？'要是有100家、1000家都像'黄楼'这样做，上海经济振兴一定有希望。"

我抓紧时间，提了最后一个要求：请他用过来人的眼光，对目前在东京的自费生，很概括地作点评价；对卷入汹涌"留学潮"的弟妹们，贡献几句肺腑之言。

他不假思索地回答说："我总觉得，比起我当初那阶段，现在自费生可以讲太甜太甜。吃不得苦，只想收获。当然，能不能成功，机遇比吃苦耐劳更重要，可遇不可求。就像你们写文章的人里头，也是成功的一二三，不成功的千千万。

"所以，我讲主要一点心要平。到美国去也好，到日本去也好，不要期望太高。幻想太多太多，不惬意，肯定不惬意！"

黄一勤很喜欢用"不惬意"这个海派字眼。妙的是，我们的超长"马拉松"，恰恰是以"不惬意"这几个字收尾的——而且是双重的！

1988年8月—9月热浪中，写于上海爱国二村斗室